Janna Hagedorn

ELBE AUFWÄRTS

Über dieses Buch

Mit 45 hat Harmony Schlüter-Hansen alles erreicht, was sie im Leben wollte: den Chefredakteursposten bei einem glamourösen Hamburger Modemagazin, die Eppendorfer Altbauwohnung, den dekorativen jüngeren Mann an ihrer Seite. Aber Männer und Jobs sind flüchtig, und so entschließt sich Neu-Single Harmony zu einer radikalen Kehrtwende: als Besitzerin des edlen Landgasthofs »Elbliebe« im niedersächsischen Wendland. Leider hat dort keiner auf Variationen vom Elbfisch-Sushi gewartet, und auch das Sozialleben zwischen Schützenverein und Öko-Bauernhof folgt anderen Regeln als das der Großstadt-Medienszene. Aber dann erlebt Harmony zum ersten Mal in ihrem Leben, was Freundschaft bedeutet. Da ist die Nachbarin Wiebke mit der Seele eines Kindes und dem Herzen einer Frau. Und Paul, auf dessen Winterkartoffelsuppe Harmony bald nicht mehr verzichten möchte. Aber warum erzählt der Koch so wenig aus seiner Vergangenheit? Warum ist diese Landschaft Harmony auf diese gespenstische Weise vertraut? Und ist Hamburg wirklich schon fertig mit Harmony – oder nur Harmony mit Hamburg?

Über die Autorin

Janna Hagedorn, Jahrgang 1969, ist Journalistin und schreibt u. a. für Merian, Myself und Petra. Unter dem Namen Verena Carl hat sie bereits sehr erfolgreiche Romane und Kinderbücher herausgebracht. Im Diana Verlag sind auch ihre Romane *Yogis küsst man nicht* und *Friesenherz* erschienen.
Sie erhielt zweimal den Hamburger Literaturförderpreis und lebt mit ihren Kindern und ihrem Mann in Hamburg.

Janna Hagedorn

ELBE AUFWÄRTS

Roman

DIANA

MIX
Papier aus verantwortungsvollen Quellen
FSC® C014496

Verlagsgruppe Random House FSC® N001967

2. Auflage
Originalausgabe 10/2015

Dieses Werk wurde vermittelt
durch die Literarische Agentur Michael Gaeb
Redaktion: Carola Fischer
Umschlaggestaltung: t.mutzenbach design, München
Umschlagmotiv: © shutterstock
Satz: Leingärtner, Nabburg
Druck und Bindung: GGP Media GmbH, Pößneck

Printed in Germany
ISBN 978-3-453-35865-2

www.diana-verlag.de

Dieses Buch ist auch als E-Book lieferbar.

I

Es war an einem Dienstagabend im September gegen dreiundzwanzig Uhr dreißig, als ein unspektakuläres »Pling« Harmony Schlüter-Hansen unbarmherzig zurückschleuderte auf den harten Boden der Tatsachen. Äußerlich unbewegt stand sie vor der englischen Vintage-Kommode auf dem Flur, zwischen Badezimmer und Schlafzimmer, und starrte auf die Nachricht, die eben auf dem matt glänzenden Display des iPad mini aufgepoppt war. Eines iPads, das nicht ihr gehörte. Sondern Mo. Dem Mann, dessen Name an ihrer Tür und dessen Zahnbürste in ihrem Badezimmer stand. In ihrer Wohnung. Sie war nicht sicher, ob ihr das auch das Recht gab, seine Nachrichten zu lesen. Sie hätte nie heimlich seinen Posteingang durchsucht. Aber eine Message, die ihr derart aufdringlich ins Gesicht sprang? Gegen die war sie machtlos.

Sie starrte darauf wie ein hypnotisiertes Wild angesichts näher kommender Scheinwerferlichter und wartete darauf, dass jetzt noch irgendetwas passierte, etwas, das besser zu ihrem Zustand passte als der leise Ton, mit dem der Computer die Ankunft einer neuen Facebook-Nachricht ankündigte. Wenigstens eine Sirene wäre jetzt angemessen gewesen oder ein Hardrock-Riff aus den Achtzigern. Aber wie zum Hohn blieb es um sie herum ganz still, bis auf das tiefe Singen in den Wasserleitungen, das genauso zur normalen Geräuschkulisse in ihrem Eppendorfer Altbau gehörte wie der Hall von Schritten in den minimalistisch möblierten Räumen.

Noch einmal las sie die Nachricht auf Mos Tablet, aber es konnte keinen Zweifel geben. Es waren nicht die Worte selbst, die hätten sie nicht misstrauisch gemacht. Es war die Uhrzeit. Eine Frau, die um kurz vor Mitternacht eine solche Nachricht verschickte, bedeutete Gefahr. Alarmstufe orange, mindestens.

Nur einen winzigen Augenblick später begann in ihrem Kopf ein Film abzulaufen, und während sie noch immer wie festgefroren im Flur stand, mit unbewegter Miene, auch weil sie eine sauteure Gesichtsmaske mit Hyaluronsäure aufgetragen hatte, dachte sie: irgendwie logisch. Auch im Augenblick des Todes, so sagte man ja, blitzten noch einmal im Zeitraffer die Highlights des eigenen Lebens auf wie bei einer zu schnell eingestellten PowerPoint-Präsentation. Dann war es nicht minder stimmig, wenn das auch in Momenten passierte, in denen auf brutale Weise etwas zu Ende ging. Und dass dies hier ein solcher Moment war, daran gab es keinen Zweifel. In diesen Dingen konnte sich Harmony felsenfest auf ihren Instinkt verlassen, auf ein Bauchgefühl, das so zuverlässig war wie eine Atomuhr.

Harmony starrte weiter blicklos auf das Display und ließ die Bilderflut vor dem inneren Auge über sich ergehen. Den Liebesfilm ihres Lebens. Da musste sie jetzt wohl durch, auch wenn es mit Sicherheit nicht gesund war, jetzt diese schönen Szenen vorgeführt zu bekommen wie auf einer Großleinwand. Mo und sie damals an der Bar bei »Da Matteo«, Mo und sie unter dicken blau-weiß karierten Federbetten mit Blick auf den Hafen von Hörnum auf Sylt, Mo und sie am ersten Abend in ihrer Wohnung, unter der Regenwasserdusche zwischen den dunklen Marmorwänden.

Dann noch ein ganz altes Bild, beinahe schwarz-weiß. Der Abend, nachdem der Verleger sie gefragt hatte, ob sie die Chefredaktion des *Style*-Magazins übernehmen wollte. Wie sie spätabends über regenglänzendes Kopfsteinpflaster gelaufen war, hin zu Mos abgerocktem Apartment in St. Georg. Mo, der damals noch nicht ihr *Lebensabschnittsgefährte* gewesen war, nicht ihr *Partner* oder wie die Ausdrücke alle hießen in einem Alter, in dem »Freund« endgültig zu sehr nach »Bravo Girl« klang. Nein, damals war Mo noch ihr Lover gewesen. Ihr *junger Lover*. Keine Brille, kein Bauch, keine Geheimratsecken. Vor allem das. Volle Haare waren fast das wichtigste Körperteil bei einem Mann.

Sie konnte sich selbst sehen, wie sie die abgelaufenen Treppenstufen hochstolperte, durch Knoblauchdunst und Putzmittelgestank hindurch, und wie verblüfft er in seiner Wohnungstür stand, grünen Zahnpastaschaum vor dem Mund, das unternehmungslustige Funkeln in seinen Augen. Tief hängende Jeans und nackte Füße. Aus irgendeinem Grund war diese Kombi für Harmony schon immer der Inbegriff männlicher Sexyness gewesen. Und es gab nicht viele Männer, die das so selbstverständlich tragen konnten wie Mo.

Dann wurde der Film gnädigerweise endlich abgeblendet. Was danach passiert war, wäre zu schmerzlich gewesen, zu schön, zu kostbar, um es jetzt anzurühren. Auch das war so ein Augenblick gewesen, in dem sie instinktsicher gewusst hatte: Mo und sie gehörten zusammen. Auch wenn eine realistische Seite in ihr immer unbarmherzig darauf bestanden hatte, dass ihr Duo-Auftritt eine befristete Veranstaltung war, ein Zeitvertrag, eine Liebe mit Sollbruchstelle. Was die Leidenschaft nur intensiver gemacht hatte und dem Genuss eine gewisse tragische Note gegeben hatte, wie ein schweres Abendparfüm an einem Frühlingsmorgen.

Harmony wusste, dass diese tragische Note ihr stand, sie verlieh ihr eine gewisse Grandezza. Nie hatte sie mehr Komplimente für ihr Aussehen bekommen als in den vergangenen fünf Jahren. Obwohl sie gerade vierzig geworden war, damals, als Mo und sie sich verliebten. Dabei hatte sie nicht einmal etwas machen lassen, anders als die meisten Chefredakteurinnen artverwandter Modemagazine. Na gut, ein paar Filler, gelegentlich eine homöopathische Dosis Botox. Aber das war ja heutzutage ähnlich normal wie regelmäßige professionelle Zahnreinigung.

Harmony wartete noch einen Moment, ob das unfreiwillige Kopfkino wirklich vorbei war. Dann fiel ihr die »Lust & Liebe«-Doppelseite ein, die die Jungredakteurin ihr heute auf den Server gestellt hatte. *»Zehn Punkte, an denen Sie merken, dass er Sie betrügt (oder wenigstens mit dem Gedanken spielt.)«* »Gar nicht so blöd, die Kleine«, hatte die Textchefin gönnerhaft kommentiert, und Harmony hatte ihr recht gegeben. Jetzt, ein paar Stunden später, gleich doppelt. Denn unversehens betraf das Thema sie selbst.

Statt der erwartbaren Merkmale *(»Er riecht auffällig nach Duschgel, wenn er nach Feierabend nach Hause kommt«)* hatte die Nachwuchs-Schreiberin wirklich originelle Ideen gehabt. Und, das musste Harmony zugeben, mit jeder Einzelnen ins Schwarze getroffen. Innerlich ging sie die Punkte durch. *Plötzlich mehr Lust auf Sex mit der eigenen Frau?* Harmony machte im Geist einen Haken. Wenn auch auf niedrigem Gesamtniveau, ergänzte sie. *Erklärt besonders ausführlich seinen Tagesablauf?* Exakt, dachte Harmony.

Eigentlich war Mo immer vage, was sein Abendprogramm anging, und Harmony hatte auch kein Bedürfnis nachzufragen. Seitdem sie ihm den Job als Restaurant- und Bartester für ein wichtiges Food-Magazin verschafft hatte, vor allem aber seitdem er mit seinem Restaurant-Blog im Netz bekannt geworden war, musste er häufig kurzfristige Reisen und Termine wahrnehmen. Harmony war es recht. Schließlich hatte sie selbst häufig geschäftliche Abendessen und war zufrieden, wenn Mo und sie sich irgendwann spätabends zu Hause trafen. Aber in den letzten Wochen erstattete er ihr jeden Morgen eifrig Bericht wie ein Schulkind, das seiner Mutter keine Sorgen bereiten möchte. Dabei konnte er umgekehrt sicher sein, dass sie ihn nicht kontrollierte. Sein Handy ortete, heimlich Quittungen überprüfte. So etwas hätte sie stillos gefunden. Vielleicht hielt er sie auch für zu unbedarft. Oder technisch zu uninformiert. Dabei wäre es ein Leichtes gewesen.

Auch für morgen wusste sie genau Bescheid. Angeblich. Tagsüber flog er nach Bordeaux zu einer Weinverkostung, abends italienische Landküche bei »Da Matteo«, *friends and family only*. Letzteres stimmte jedenfalls, sie selbst hatte auch eine persönliche Einladung bekommen.

Nur bei Punkt zehn der Jungredakteurinnen-Liste war Mo offensichtlich nachlässig gewesen. *»Besorgt sich entweder ein zweites Handy oder stellt die Push-Funktion aus, sodass neue E-Mails und Facebook-Nachrichten nicht mehr automatisch auf dem Display erscheinen.«* Möglichkeit b: Er war seinerseits technisch so unbegabt, dass er an der Aufgabe gescheitert war.

Endlich gelang es Harmony, ihren Blick von den zwei Zeilen auf dem Display des iPads zu lösen. Stattdessen fixierte sie sich selbst, das maskenstarre Gesicht in dem Flurspiegel. Weiße, gipsartige Masse vom Kinn bis zur Stirn, ein weißes Frotteeband, das die Haare zurückhielt, ein weißer Bademantel. »Die Mumie III«. Sie versuchte, einen Fuß zu heben und ihre Beine ins Bad zu lenken, damit sie sich wenigstens diese Maske des Grauens aus dem Gesicht wischen konnte. Auch wenn die

Hyaluronsäure ihren zellverjüngenden Effekt erst nach einer optimalen Wirkzeit von fünfundzwanzig Minuten entfalten würde. Egal. Das, was hier gerade passierte, würde Harmony ohnehin innerhalb kürzester Zeit um Jahre altern lassen. Dagegen half wahrscheinlich nicht einmal die neue Stammzellentherapie aus L. A., von der ihre Beauty-Chefin erzählt hatte. Bye-Bye, Happiness. Bye-Bye, Harmony.

Aber zunächst einmal musste sie feststellen, dass sie ein noch viel akuteres Problem hatte: Sie konnte sich nicht rühren. Ihre Beine fühlten sich an wie mit Blei ausgegossen. Genau wie ihre Lunge.

Musste sie am Ende weinen?

Sie versuchte sich zu erinnern, wie es sich anfühlte, wenn die Tränen kamen. Es wäre das erste Mal seit Jahren. Nicht einmal im vergangenen Frühjahr, an Bord eines Schiffes gemeinsam mit einer Urne, die die Reste ihrer Mutter enthielt, war ihr diese Erleichterung vergönnt gewesen. Es hatte nichts mit Willenskraft zu tun, mit übermenschlicher Selbstbeherrschung. Harmony hatte schlicht vergessen, wie man so etwas machte. Wenn sie denn überhaupt noch Tränen übrig hatte, dann lagen sie gefroren in der hintersten Ecke dieses Tiefkühlfachs, das sie ihre Seele nannte.

Sie wartete noch kurz, aber nichts Außergewöhnliches passierte. Jedenfalls keine Tränen. Nichts bis auf diese vorübergehende Lähmung. Einen Moment lang spürte sie Panik aufkommen, aber schon gleich danach wurde ihr klar, wie sie diese Bremse lösen konnte. Kein körperliches Problem, höchstens ein psychosomatisches. Es war ganz einfach: Sie musste den Tatsachen ins Auge sehen. Einen Plan machen. Dann würde sich die Starre lösen.

Sie sah sich im Spiegel in die Augen. »Harmony«, sprach sie

stumm zu sich selbst, »beschwer dich nicht. Du hast es nicht anders gewollt.«

So war eben das Leben. Menschen kamen und gingen genauso wie die Mode. Mo, der nebenan bereits im Bett lag, den Kopf so dekorativ auf seinen muskulösen Unterarm gebreitet, dass sein Tattoo perfekt zur Geltung kam. Harmony erinnerte sich gut an die kryptische Titelzeile, für die sie vor fünf Jahren so viel Lob vom Verleger bekommen hatte. *Junge Männer sind das neue Schwarz*. Wenn überhaupt, dann waren junge Männer die neue Schlaghose. Ein Trend, der genauso schnell kam, wie er wieder ging. Der gelegentlich auf den Laufstegen aufpoppte wie eine Facebook-Nachricht zur Unzeit und dann auch rasch wieder in den Altkleidercontainern verschwand. Kein Vergleich mit Schwarz, dieser zeitlosen Coco-Chanel- und Prada-Farbe. Mo würde nicht bleiben, allen Beteuerungen zum Trotz. Auch wenn sein Luxuskörper noch dort drüben lag, sein Geist war längst woanders.

Harmony wusste, dass nicht jeder ihre Definition von Liebe teilte. Und das war noch höflich ausgedrückt. Häufig hatte sie gehört, wie Kolleginnen hinter ihrem Rücken von ihrem »Trophy Man« tuschelten. Aber das, was sie für Mo empfand, kam den Beschreibungen von Liebe am nächsten, die sie gelegentlich in ihrem eigenen Magazin las. Davon abgesehen konnte auch der Verlust eines schönen Accessoires ausgesprochen schmerzlich sein. Das wusste wohl jede Frau, die aus Versehen schon einmal ein Paar besondere Schuhe in einem Hotelzimmer hatte stehen lassen.

Noch einmal versuchte Harmony, sich in Bewegung zu setzen, und diesmal gelang es ihr problemlos. Als sie vor dem Badezimmerspiegel mit der indirekten Beleuchtung stand und sich mit gleichmäßig kreisenden Bewegungen die bröckelnde Masse aus dem Gesicht wischte, fühlte sie, dass sie buchstäblich einen Schritt weiter war.

Vielleicht hatte der Gedanke an Schuhe geholfen. Oder an Hotels.

Sie dachte an die Unterzeile ihres Magazins: *Move on!* Das war immer ihr Lebensmotto gewesen. Weiter. Egal was passierte. Selbst wenn der Weg holprig wurde. Dann brauchte man vor allem eine gut durchstrukturierte To-do-Liste. Einen Plan für privates Changemanagement.

Einen Augenblick lang wägte sie ab, ob sie Mo sofort hinausschmeißen oder lieber selbst die Wohnung verlassen und sich woanders einquartieren sollte, und entschied sich dann für das Zweite. Man war immer in der besseren Position, wenn man ging, als wenn man blieb. Auch wenn es eigentlich unfair war, dass sie die Scherereien hatte, obwohl er der Bad Guy war. Sie würde ihm die Hotelrechnung schicken lassen. Für das teuerste Zimmer, das sie hatten.

Aber zuerst würde sie sich Mos iPad schnappen und das Geschäftliche regeln. Zwei Unterpunkte. Nein, drei. Dann ihr Outfit für morgen packen. Drittens: Morgen früh nicht vergessen, der Jungredakteurin in der großen Konferenz ein Lob für ihren Text über die Anzeichen eines Betrugs auszusprechen, vor versammelter Mannschaft. Die Mädels wussten genau, dass Harmony nur in begründeten Ausnahmefällen lobte. Und sich etwas darauf einbilden konnten, wenn sie es einmal tat.

Als Harmony die Balkontür öffnete, griff die Nachtluft mit kalten Fingern nach ihr. Es war diese verdammte Jahreszeit, die mittags so trügerisch schmeichelte, sodass die Mädchen aus der Grafik und die Redakteurinnen in Spaghettiträgertops auf der Dachterrasse des Verlagsgebäudes in der Sonne saßen und ihre Take-away-Salate verzehrten. Und die einen nachts so kühl und feucht einhüllte, mit diesem herbstlichen Grabeshauch, der signalisierte: Nur ein kleiner Aufschub, meine Liebe – bald fallen die Blätter, und dann kommt der Schneematsch und dann gar nichts mehr.

Harmony spürte die glatte Kälte des Balkonbodens unter ihren nackten Füßen, im ersten Moment unangenehm, im zweiten beruhigend, so wie ein kühler Wadenwickel, wenn man Fieber hatte. Sie warf einen Blick über die nächtlich stille Straße. Mehrmals kurvte ein hochbeiniger Audi um den Block, mit wütend aufheulendem Motor, und sie konnte sich vorstellen, wie der Fahrer darin zunehmend ärgerlich wurde, dass um diese Zeit nur noch wenige kamen, um ihre Parkplätze zu räumen. Wer jetzt einen hatte, kurz vor Mitternacht mitten in Eppendorf, der gab ihn nicht so schnell freiwillig wieder her. Nun, immerhin würde hier bald ein Auto weniger um die kostbaren Lücken buhlen. Sollte sich Mo mal schön ein anderes Stellplätzchen für seinen Old-School-Mercedes suchen.

Harmony zückte geschäftsmäßig ihr eigenes Smartphone. Zuerst das Einfache tun, dann das Schwierige, zuletzt das Zuckerl zur Belohnung. So hatte sie schon immer ihre To-do-Listen organisiert. Ein Freizeichen ertönte, im Hintergrund leiser Neunzigerjahre-Triphop. Nach dem zweiten Läuten hob jemand ab.

»Parkhotel Harvestehude, Sie sprechen mit Ann-Kathrin, was kann ich für Sie tun?«

Die Stimme klang nach frisch frisierter Diskretion, nach einer weißblusigen, Perlenkette tragenden Elblette, Jurastudentin vielleicht, die ein Praktikum absolvierte. Wahrscheinlich war der Hotelbesitzer ein alter Golfkumpel ihres Vaters. Oder ihr Patenonkel. Oder beides.

»Schlüter-Hansen«, gab Harmony knapp zurück. »Ich

bräuchte kurzfristig ein Zimmer. Superior, Alsterseite. Und wenn Sie mir in etwa dreißig Minuten ein Taxi an meine Privatadresse schicken könnten, danke.«

Sie hielt das Telefon ein Stück von ihrem Ohr weg, bereit, grußlos aufzulegen, auch wenn sie wusste, dass sie es nicht tun würde, und genoss das verdatterte Schweigen am anderen Ende. Gleichzeitig spürte sie einen Anflug von Schuldgefühl. Gemein, die arme Rezeptionspraktikantin so zu überfahren. Andererseits: Wäre es nicht deren Job gewesen, sich rechtzeitig nach den Namen der wichtigsten Stammgäste und ihren Gewohnheiten zu erkundigen? So war das doch, wenn man in dieser Branche arbeitete. Augen auf bei der Berufswahl.

»Äh«, das Mädchen war hörbar aus dem Konzept gebracht, »könnten Sie – könnten Sie Ihren Namen bitte rasch buchstabieren?«

Harmony ließ eine bedeutungsvolle Pause verstreichen. »Schlüter-Hansen«, sagte sie dann noch einmal würdevoll. »Harmony.«

Verwirrtes Schweigen am anderen Ende der Leitung.

Harmony versuchte es noch einmal. Auf die staatstragende Tour.

»*Die* Schlüter-Hansen.«

»Tut mir leid«, gab das Mädchen kleinlaut zurück, »ich fürchte, ich bin nicht ganz …«

»Ja, haben Sie denn überhaupt keine Ahnung von Mode?«, blaffte Harmony zurück, aber wieder überrollte sie eine Welle des Schuldgefühls, und sie beschloss, sich ihre Gemeinheit für eine andere Stelle aufzusparen. Für einen anderen Menschen. Einen, der es verdient hatte. Nicht für ein Mädchen, das einfach nur das Pech hatte, sie an ein anderes Mädchen zu erinnern, das sie nicht einmal kannte. Mit dem Mo sie aber offensichtlich betrogen hatte. Die arme Rezeptionistin zu quälen, nur weil sie möglicherweise ein ähnlicher Typ war wie Mos neue Flamme, war nicht nur ungerecht, sondern vor allem stillos. Eine Eigenschaft, die Harmony sich nicht leisten konnte.

»Nichts für ungut«, lenkte sie deshalb ein, »ich bin ja bloß die Chefredakteurin der ›Style‹. Wenn ich aus irgendwelchen Gründen in Hamburg auf ein Hotel angewiesen bin, greife ich gerne auf Ihr Haus zurück. Meine Adresse sollten Sie in der Datenbank finden.«

»Amelie Schlüter-Hansen«, echote das Empfangsmädchen, und Harmony ließ es dabei bewenden. Schließlich hatte sie noch zwei weitere Punkte auf ihrer Liste. Sie beendete das Gespräch und öffnete ihre Facebook-App.

In Gedanken wiederholte sie die verräterische Nachricht von Mos iPad noch einmal: »Du hast dein blau gestreiftes Hemd vergessen. Das mit dem Anker am Kragen.« Harmony musste nicht lang überlegen, welches Hemd gemeint war. Sie selbst hatte es Mo geschenkt, in der Mittagspause bei der *Media Future Convention* in Los Angeles im letzten Sommer. Erst hatte er sich gewehrt und behauptet, er sehe darin wie ein Hamburger Reeder in Rente aus.

In der Tat war es Kalkül gewesen, dass das Kleidungsstück ihn ein wenig älter machte. Privat liebte sie seinen Rock'n'-Roll-Stil, in der Öffentlichkeit schämte sich Harmony manchmal ein wenig für ihn, für diesen knackigen Kerl mit seinen engen Shirts und seinen kunstvollen Tattoos zwischen den ganzen Krawatten- und Anzugträgern. In Hamburg, im Kreis der anderen Gastrokritiker, gab ihm sein Äußeres eine eigene Note, mit der er gerne spielte. Das Enfant terrible der Haute Cuisine. Dort, auf einer internationalen Konferenz, war es einfach nur daneben.

In den letzten Monaten hatte Mo das Hemd dann plötzlich freiwillig getragen. Und jemanden gefunden, der es ihm gerne auszog. Warum sollte man sonst sein Hemd vergessen? Und warum sollte eine Frau ihn um diese Uhrzeit darauf hinweisen? Sie dachte wieder an die frische Stimme der Hotelpraktikantin. Sofort stellten sich die Bilder dazu ein. Mo im heißen Clinch mit einer jungen, blitzblanken Frau auf einem blitzblanken Hotelbett. Dazu passte der Absender, der über der Nachricht gestanden hatte. Marie – wann war dieser Name in den Hitlisten der beliebtesten Vornamen aufgetaucht? Sie rechnete nach und merkte, wie ihr schwindlig wurde. Jung, ja – aber *so* jung?

Bei allem was sie tat, hatte sie ein seltsames Gefühl von Vertrautheit. Wahrscheinlich weil sie diese Szene so oder so ähnlich schon lange in Gedanken durchgespielt hatte, all die Jahre über. Weil sie gewusst hatte, dass es so kommen musste.

Sie tippte den Namen in das Suchfeld auf Facebook ein und hatte Glück. Es gab zwar Millionen von Maries, aber nur die eine war auf die Idee gekommen, ihren Namen in zwei getrennten Silben zu schreiben. So, wie es als Absender über Mos Nachricht gestanden hatte: »Ma Rie«. Wahnsinnig originell, dieser Trend zu verfremdeten Vornamen in Social Networks. Vielleicht würde Obamas Geheimdienst dann nicht wagen, die Statusmeldungen mitzulesen. Aber sie, Harmony, war skrupelloser als die NSA.

Sie klickte Ma Ries Profil an. »Kennst du Ma Rie?«, fragte Facebook säuerlich. »Um zu sehen, was sie mit Freunden teilt, sende ihr eine Freundschaftsanfrage.« Auf der öffentlich sichtbaren Profilseite waren nur sparsame Informationen. Die Frau lebte in Blankenese und war auf ein berüchtigtes Upperclass-Internat gegangen. Am Ende wohnte sie sogar noch bei ihren Eltern. Und Mo hatte sie in ihrem Mädchenzimmer mit Elbblick besucht. Harmony schüttelte sich. Fotos waren keine zu sehen. Die teilte sie offensichtlich nur mit ihren Freunden.

Aber was nicht war, konnte ja noch werden.

Harmony schickte ihr eine Freundschaftsanfrage heimlich erleichtert, dass sie noch kein Bild von ihr gesehen hatte. Auch Schmerz war leichter zu ertragen, wenn er in kleinen Wellen kam. Nicht alles auf einmal. Nun musste das Mädchen nur noch die Freundschaft bestätigen, aber das würde sie mit Sicherheit tun. Diese jungen Dinger schauten schließlich nicht zweimal hin, wer da mit ihnen Kontakt aufnahm. Wenn Mariechen genauso naiv in Sachen Mode war wie das Empfangsmädchen im Parkhotel, würde sie kaum ahnen, wer da ihre neue BFF, ihre neue *Best Friends Forever* werden wollte. Außerdem hatte Mo einen anderen Nachnamen als Harmony. Da würde die Kleine kaum die richtigen Schlüsse ziehen.

Während Harmony im Bad einige Kosmetikartikel packte, rief sie noch bei »Da Matteo« an.

Jetzt, so kurz vor Mitternacht, war der Wirt mit Sicherheit gut zu erreichen. Da saß er immer mit den Stammgästen an der Bar und erzählte Familiengeschichten aus dem Piemont. Von den Geheimrezepten seiner »Nonna« und Onkel Cesare, der in den Wäldern ohne Erlaubnis Wild erlegte. Die Gäste liebten diese Geschichten und seinen italienischen Akzent, viele kamen nur seinetwegen und weniger wegen des mittelmäßigen Essens. Mit seinem dunklen Schopf und seinen stechenden Augen sah Matteo auch noch genauso aus wie der exotische Italiener in einem Fünfzigerjahre-Heimatfilm. Täuschend echt. Nur wenige kannten Matteos Geheimnis. Harmony war eine von ihnen. Sie hatte es niemals ausgenutzt, bis zum heutigen Abend. Aber ungewöhnliche Situationen erforderten ungewöhnliche Maßnahmen.

Matteo ging persönlich ans Telefon. Im Hintergrund hörte sie Gläser klirren, jemand lachte, und es erklang die gleiche unpassende Lounge-Musik wie in der Warteschleife des Parkhotels.

»Haar-Moh-Ni-EE«, sang er begeistert in den Hörer, »wasse kann ich tun für dich, *cara mia?*«

»Du, sag mal, hat sich mein Mann für morgen Abend auch angemeldet?«

Es kam ihr leicht von den Lippen, diese kleine Hochstapelei, an die sie sich in den letzten Jahren gewöhnt hatte. Mein Mann. Vor anderen behauptete sie, es sei schließlich keine Frage des Trauscheins, wie man sich gegenseitig bezeichnete, und dass sie alle anderen Formulierungen für peinlich hielt, vor allem im Alter über fünfunddreißig. Dabei wusste sie es im Grunde ihres Herzens besser. Ein paar Jahre lang hatte sie vergeblich darauf gehofft, dass Mo sie fragte. Sie hätte gerne Ja gesagt, einmal im Leben. Auch wenn sie sich selbst im Verdacht hatte, dass es ihr eher um das Hochzeitsoutfit gegangen war. Vielleicht ein Kleid von Lala Berlin. Aber so war es eben immer gewesen mit Mo, seine Oberfläche und ihre Abgründe hatten sich perfekt ineinandergefügt. Als hätte sie ihn als Model gecastet, passend zu ihrer inneren Sehnsuchtslandschaft.

Aber egal ob gecastet oder geliebt oder beides: Dass er sie jetzt so behandelte, würde sie nicht auf sich sitzen lassen.

Auf der anderen Seite der Telefonverbindung hörte sie Matteo mit den Seiten eines Reservierungsbuches rascheln.

»*Un attimo, per favore* … *Amico* Moritze … Si, Mo ist auf der Liste … und deshalb rufste du anne, *cara mia?*«

Harmony rief sich innerlich zur Ordnung. Jetzt durfte sie sich nicht von Sentimentalitäten davontragen lassen.

»Matteo«, sagte sie und betonte jede Silbe extra, »wie lange kennen wir uns jetzt eigentlich?«

»*Non lo so,* weisse nichte«, schmeichelte er zurück, »ich kann mir gar nichte mehr vorstellen, wie es war ohne dich. *Questa vita senza te.*«

»*Bene*«, sagte sie trocken, »hör mir jetzt einmal gut zu.«

Dann erläuterte sie ihm ihrem Plan.

Als sie fertig war, hörte sie am anderen Ende noch immer das Gläserklirren aus der Gaststube. Von Matteo kam nichts außer einem trockenen Schnauben.

»*Ma, bellissima!*«, stammelte er schließlich, »du kannste doch nichte ...«

»O doch«, sagte sie leise, »ich kann. Du weißt, was sonst passiert.«

»Aber *cara* ...«

Sie machte eine Kunstpause, während sie ein Tübchen Augencreme in ihre Kosmetiktasche fallen ließ.

»Dann erzähle ich beim nächsten Mal allen deinen Stammgästen, dass du gar nicht Matteo heißt, sondern Matthias. Und dass deine Großmutter nicht im Piemont wohnt, sondern in Pirmasens. Und dass ...«

Weiter kam sie nicht, denn während sie halblaut telefonierte und packte, hörte sie ein Geräusch hinter sich. Sie drehte sich um. Im Türrahmen stand Mo, und sie erschrak. Beinahe hatte sie über all ihren Zukunftsplänen ganz vergessen, dass er ja immer noch da war, leibhaftig in ihrer gemeinsamen Wohnung, ohne zu ahnen, dass sie ihm auf die Schliche gekommen war. Da lehnte er wie ein kleiner Junge, verschlafen und zerzaust. Out-of-bed-Frisur, dachte sie automatisch, der Megatrend von 2003. Mit seiner behaarten Hand rieb er sich den Bauch. Makelloses Sixpack, nicht zu wenig und nicht zu viel. Es war erstaunlich, wie Mo trotz seiner Karriere in der Gastronomie noch immer scheinbar mühelos seinen Körper konservierte.

»Mach'ssn da?«, murmelte er und blinzelte.

Sie stand da und wartete. Dass er weiterfragen würde, warum sie ihre Kosmetiksachen packte, oder ob alles in Ordnung war mit ihr. Aber er schüttelte nur missbilligend den Kopf.

»Du weißt doch genau, dass ich morgen krass früh losmuss nach Bordeaux«, sagte er maulig und rieb sich mit den Fäusten die Augen. »Weil die 'ne richtige Kackverbindung haben, über Brüssel, mit Umsteigen, und abends ist noch der Empfang bei Matteo. Und du machst hier so'n Lärm um die Zeit.«

Matteo! Den hätte Harmony um ein Haar vergessen. Sie wollte nicht, dass er am anderen Ende der Telefonverbindung das Gespräch zwischen Mo und ihr belauschte. Hektisch tippte sie den roten Telefonknopf an und ließ das Smartphone in der Tasche ihres Morgenmantels verschwinden.

»Frühe Flugzeiten gehören zum Berufsrisiko«, sagte sie eisig. Dann drängte sie sich an Mo vorbei ins Schlafzimmer, zog ihren kleinsten Trolley aus der Ecke, ließ die Kosmetiktasche nachlässig hineinplumpsen und öffnete den Kleiderschrank.

Mo trottete hinter ihr her. »Was wird 'n das, wenn's fertig ist?«, sagte er schnodderig, aber die Anspannung in seiner Stimme war kaum zu verbergen. Stumm legte sie ein passendes Outfit für den nächsten Tag in den Koffer, konnte sich nicht zwischen Killer-Stilettos und Cutout-Booties entschieden, nahm schließlich beide. Dann legte sie würdevoll ihren Morgenmantel über den Eames-Chair neben dem Bett und stand für einen Augenblick nackt vor Mo.

Es war ein seltsamer Moment, und sie konnte sich nicht entscheiden zwischen Stolz (sieh her, das hier wird dir von heute an entgehen) und Scham (sieh her, kein Wunder, dass du lieber eine zwanzigjährige höhere Tochter aus Blankenese vögelst). Etwas fahrig griff sie nach einem Body, ihrer Seven-for-all-

Mankind-Jeans und einem zeitlosen Cashmere-V-Pulli und streifte sich alles über, keine Sekunde zu spät, ehe das Taxi klingelte. Die Praktikantin hatte wohl doch noch zwei und zwei zusammengezählt.

Im letzten Moment schnappte sie noch das schwarze Wollcape von der Garderobe im Flur und schlang es um sich herum. Die dramatische Geste – halb verlassene Frau, halb Held eines Mantel- und-Degen-Films – tat augenblicklich gut. Mit diesem Cape fühlte sie sich stärker, besser gerüstet für das, was kommen würde. Wenigstens für den ersten Schritt.

Sie baute sich vor Mo auf und tippte mit dem Zeigefinger gegen seine nackte Brust. Er stolperte ein paar Schritte zurück, als hätte sie ihn geschubst.

»Flieg nach Bordeaux, und verpass den Termin morgen Abend bei Matteo nicht«, sagte sie eisig. »Danach hast du eine Stunde Zeit zum Kofferpacken. Alles, was dann nicht weg ist, stelle ich vor die Tür.«

»Aber …«

Sie drehte sich brüsk um, zog ihren Rollkoffer über das Fischgrätparkett zur Tür, und Mo tappte ihr hilflos hinterher wie ein junger Hund, der nicht ganz versteht, warum er nicht auf den Teppich pinkeln darf. »Ich würde mal Facebook checken«, sagte sie kühl über ihre Schulter. »Du hast eine neue Nachricht.«

2

Irgendetwas stimmte nicht in Harmonys Büro, aber sie kam nicht darauf, was es war. Die Helmut-Newton-Bildbände auf dem gläsernen Beistelltischchen? Lagen am korrekten Platz und waren auch auf der richtigen Seite aufgeschlagen. Ein Vermächtnis ihres Vorgängers, der ihr damals erklärt hatte, großformatige Schwarz-Weiß-Fotografien unnatürlich gestählter Frauenkörper würden die Mitarbeiterinnen gleichzeitig einschüchtern und inspirieren, wenn sie zu Besprechungen ins Chefzimmer kamen. Harmony war nicht ganz sicher, ob die Theorie stimmte, hielt sich aber in einer Art professionellem Aberglauben seit Jahren daran. Die frischen Blumen in der dänischen Designer-Vase? Waren ebenfalls da, auch wenn die Sonnenblumen für Harmonys Geschmack noch ein wenig zu verschlossen waren. Sie schätzte es mehr, wenn die Blüten sich bereits auf dem halben Weg zwischen Knospe und Prachtentfaltung befanden. Der Obstteller?

Der Obstteller! Endlich hatte Harmony den Fehler gefunden. Statt eines aufgeschnittenen Apfels lag dort eine aufgeschnittene Birne. Was war denn in Mandy gefahren? Eine Redaktionsassistentin konnte doch nicht einfach eigenmächtig die Bestellung ändern! Seit fünf Jahren waren die Eckdaten die gleichen: Apfel, leicht säuerliche Sorte, mit Schale, hauchdünn.

Misstrauisch hob Harmony einen der Birnenschnitze an und schnupperte. Nicht zum ersten Mal kam ihr der Verdacht, Mandy könnte vielleicht irgendetwas mit dem Obst machen, ehe sie es Harmony hinstellte. Heimlich über die Schnittflächen lecken, draufspucken oder noch Schlimmeres. Heute waren die Gedanken besonders quälend, wahrscheinlich weil Harmony so schlecht geschlafen hatte im Superior-Zimmer unter den Decken aus ägyptischer, doppelt gekämmter Baumwolle. Auch weil es sie daran erinnerte, welchen Deal sie gestern Abend mit Matteo gemacht hatte. Heute früh, bei Tageslicht, war sie nicht mehr ganz sicher, ob ihr Plan wirklich so elegant und teuflisch war. Oder einfach nur kindisch. Mehr Cindy aus Marzahn als Glenn Close.

Sie tippte mit dem Zeigefinger gegen den Knopf der mattsilbernen Gegensprechanlage. Sofort meldete sich am anderen Ende eine blecherne Stimme. »Frau Schlüter-Hansen? Können die Kolleginnen reinkommen?«

Das sind nicht meine Kolleginnen, hätte Harmony am liebsten gesagt. Das sind auch nicht meine Mitarbeiterinnen. Das sind meine Angestellten! Meine Untergebenen! Sie schüttelte sich ein wenig. In der Branche galt sie als streng, aber gerecht. Nicht als tyrannisch. Sie hatte einen Ruf zu verlieren. Und das wäre nicht gut gewesen. Vor allem wenn es in einem Augenblick passierte, in dem ihr Lebensgefährte, der Kult-Gastrokritiker Moritz Liebermann, mit einer Blankeneser Gymnasiastin durchbrannte. Das hätte man ihr als Charakterschwäche ausgelegt. Und der Verleger, Dr. Schwindtke, konnte keine charakterschwachen, hysterischen Chefredakteurinnen leiden. Die ersetzte er im Handumdrehen durch eine Dreißigjährige, die auch gleich den besseren Body-Mass-Index mitbrachte. Zwei Fliegen mit einer Klappe. In Harmonys Alter ein gefährliches Spiel.

Kurz ging ihr der Termin durch den Kopf, den sie nächste Woche mit Schwindtke hatte. Er selbst hatte um das Treffen gebeten, ohne nähere Gründe anzugeben. Aber Harmony konnte sich schon denken, was er wollte. Der Trend ging zu kleinen Führungsmannschaften, zu Chefredakteurinnen, die für mehrere Titel zugleich verantwortlich waren. Vermutlich würde er ihr neben der *Style* noch die *Elsa* aufs Auge drücken. Warum auch nicht. Auch diesem Hausfrauenblatt konnte man noch etwas Stilbewusstsein einimpfen.

Und für Überstunden hatte sie ja bald viel, viel Zeit.

Leider, leider.

»Frau Schlüter-Hansen?«, quäkte es erneut aus der Gegensprechanlage.

»Sag mal, Mandy?«, fragte sie zurück, »magst du eigentlich Obst?«

Im Hintergrund konnte Harmony ein verhaltenes Kichern hören. Offensichtlich standen die Ressortleiterinnen schon im Vorzimmer und hörten jedes Wort der Konversation.

»Ja, mögen schon«, antwortete Mandy blechern, »bloß, ich hab diese Allergie. Kann praktisch nichts Rohes essen. Außer Südfrüchten. Ananas, Kiwi, Orange. Das geht.«

»Keine Birne?«, fragte Harmony zurück, auch wenn ihr klar war, dass die anderen heute Mittag in der Kantine diesen skurrilen Dialog gackernd nachspielen würden. Aber das musste sie jetzt zu Ende bringen.

»Keine Birne«, bestätigte Mandy, »und auch keinen Apfel.«

»Und was passiert, wenn du rohes Obst isst?«

»Kratziger Hals, trockener Husten, Ausschlag«, zählte Mandy auf und räusperte sich wie zur Bestätigung.

Harmony zögerte. Bis eben gerade war die Antwort ungemein beruhigend gewesen, aber wenn Mandy ausgerechnet jetzt hüsteln musste, konnte es auch das Gegenteil bedeuten. Möglicherweise war genau das die Reaktion ihres Körpers auf das einmalige Ablecken eines Birnenschnitzes. Harmony schob den Obstteller angewidert zur Seite.

»Schick sie rein«, sagte sie.

Die Tür ging auf, vier Ressortleiterinnen staksten in das Chefbüro, um dort auf dem kleinen weißen Ledersofa Platz zu nehmen. Beauty-Chefin, Report-Chefin, Mode-Chefin, Feelings-Chefin. Klangvolle Titel waren das, ein Coup, auf den Harmony stolz war. Im Zuge der letzten Verlagsreform waren nicht nur Chefredaktionen zusammengelegt worden, sondern auch die Hälfte der Redakteurinnen entlassen worden. Die andere Hälfte war zu Chefinnen befördert worden. Mit einem kleinen Schönheitsfehler: Sie waren Häuptlinge ohne Indianer. Sie mussten den ganzen Kram alleine stemmen, und mehr Geld verdienten sie dadurch auch nicht. Aber dafür bekamen sie neue Türschilder und Visitenkarten. »Weiche Faktoren«, so hatte das die Human-Resources-Frau aus dem achten Stock genannt.

Leider benahmen sich die Damen weder wie Häuptlinge noch wie Chefinnen. Warum nur, dachte Harmony, konnten die nicht einmal auf den Schuhen laufen, die sie auf ihren Modeseiten präsentierten, mit viel Weißraum drumherum und kernigen Bildunterschriften? Lediglich die Art Direktorin, in Chucks und Karohemd, unterwarf sich nicht dem Dresscode. Aber die war lesbisch. Die durfte das.

Im Hinsetzen musterte die Beauty-Chefin argwöhnisch die Report-Chefin. »Abgenommen?«, fragte sie.

Die Report-Chefin nickte glücklich. »Ja, ich hatte doch letzte Woche Magen-Darm.«

»Super«, die Feelings-Chefin hob anerkennend den Daumen,

»das schafft echt was weg. Hatte ich neulich auch und drei Kilo minus in fünf Tagen.«

Mürrisch blickte Harmony in die Runde. »So«, schnarrte sie, »was haben wir?«

Die Report-Chefin nestelte an ihrer Lederkette mit dem Alu-Anhänger, und Harmony fragte sich, ob diese Art von Neunzigerjahre-Ethnoschmuck wirklich wieder im Kommen war, oder ob der Frau jegliches Stilbewusstsein abging. Gut, das hier war nicht die *Vogue,* wo den Redakteurinnen alles vorgeschrieben wurde, von der Absatzhöhe bis zum Hüftumfang. Aber ein wenig mehr Identifikation, ein wenig mehr Style hätte der Frau schon gut gestanden.

»Also«, sagte die Report-Chefin gedehnt, »es geht ja um die Zwölf. Dezemberheft. Weihnachten. *Glamour to go, glamour to stay*. Fest der Liebe und so.«

»Glamour to stay?«, fragte Harmony mäßig interessiert nach.

»Ja. Ist wieder total in, dieses retromäßige Großfamiliengefühl. So von wegen: Wir treffen uns mit mehreren Generationen und den besten Freunden noch dazu, schieben die Ente in den Ofen, dazu der gestylte Weihnachtsbaum.«

»Sagt wer?«

»Die Kolleginnen von der amerikanischen Vogue machen dieses Jahr eine riesige Weihnachtsbaumstrecke. Die lassen sich vom Tree-Stylisten von Rihanna beraten.«

»Tree-Stylisten? Profi-Weihnachtsbaumschmücker?« Harmony nickte anerkennend. »Recherchier doch mal, ob deutsche Stars so etwas auch haben.«

Die Feelings-Chefin schaltete sich ein. »Also, das ist mir ein bisschen zu kühl ... zu edgy ... ich finde, das ganze Heft sollte von so einem heimeligen Glanz durchzogen sein. Aber auch stilvoll. Mehr so: Heimat ist das neue Fernweh.«

»Absolut«, pflichtete ihr jetzt auch die Modechefin bei, »für unsere *So-in-love*-Modestrecke haben wir schon einige Promi-Paare gecastet. Ich seh das vor mir: Gehauchte Herzen in der kalten Winterluft, Anna Loos trägt einen Mantel im Men-Style und sonst nichts, Jan-Josef Liefers legt ihr von hinten ein Cape von Alberta Ferretti um die Schultern ...«

»Love, love, love«, schmetterte die Feelings-Chefin, »wenn das nicht titeltauglich ist, weiß ich auch nicht.«

Harmony grub nacheinander alle vier Fingernägel in das Fleisch ihres Daumens, bis darin eine halbmondförmige dunkelrote Delle entstand. Dann zählte sie, wie lange es dauerte, bis die Delle verschwand. Nach fünf Sekunden gab sie auf. Alte Haut. Altes Fleisch. Es war einfach nur deprimierend.

»Ja, und vor allem«, das war wieder die Report-Chefin mit der Lederkette, »wir sollten ausnahmsweise mal weg von diesem ganzen urbanen *Look and Feel.* Vor allem für das Weihnachtsheft. Ich spür da was anderes: Landlust, Kutschfahrten auf Waldwegen, holzvertäfelte Hütten, dampfender Kakao, Wollsocken.«

Dampfender Kakao. Wollsocken. Harmony blickte über die Köpfe der Redakteurinnen hinweg. Draußen vor dem Fenster konnte sie die Hafenkräne auf der Elbe in der Vormittagssonne glitzern sehen. Ein riesiges Containerschiff schob sich langsam durch das Bild.

»Na klar«, bestätigte die Feelings-Frau, »weiß man doch: Land ist die neue Stadt. Gemütlich ist das neue Cool.«

Harmony steckte sich langsam einen Schnitz Birne in den Mund und kaute bedächtig. Es war sehr still geworden im Büro. Mit jedem Biss schienen die Kaugeräusche lauter anzuschwellen, bis sie schließlich in ihrem eigenen Kopf dröhnten wie ein Presslufthammer. Dann griff sie zu einer Papierserviette mit bunten Paul-Smith-Streifen und tupfte sich die Lippen ab.

»Gemütlich«, sagte sie und legte in die drei Silben sämtliche Verachtung, die sich seit gestern Abend um 23.30 Uhr in ihrem Kopf, ihrem Körper und ihrem Herzen gesammelt hatte. »Ich hasse gemütlich.«

Die Art Directorin fläzte sich rücklings in das Sofa, streckte die langen Beine von sich und verschränkte die Arme vor der Brust wie ein Kerl. Die vier Ressortleiterinnen nahmen dagegen eine kerzengerade Haltung ein wie brave Kinder, die gerade eine Standpauke bekommen hatten, und blickten auf den taubenblauen Teppich.

»Ich glaube«, legte Harmony nach, »ihr habt *Style* nicht verstanden! Wir machen hier doch nicht die *Elsa!* Und auch nicht die *Landlust!*«

»Aber ...«

Die Feelings-Chefin versuchte, noch etwas zu sagen, aber Harmonys eisiger Blick brachte sie zum Schweigen.

»Morgen, gleiche Zeit, gleicher Ort«, sagte Harmony sehr leise, so, als müsste sie sich mühsam beherrschen. »Und dann möchte ich ein neues Konzept. Nichts mit Familie. Nichts mit Gemütlichkeit. Und schon gar nicht mit Love. Ihr könnt die Tür offen lassen.«

Harmony wandte sich ihrem E-Mail-Eingang zu, doch dann nahm sie aus dem Augenwinkel eine Bewegung wahr und hob den Blick. In der Tür stand Mandy, streichholzdünn und ganz in Schwarz, und beäugte sie auf eine schwer zu deutende Weise. So, als wisse sie nicht genau, ob Harmony gefährlich war oder zahm, ob man mit ihr Mitleid haben oder sich doch eher vor ihr fürchten musste.

»Vorhin gab es einen privaten Anruf für Sie, Frau Schlüter-Hansen«, sagte sie.

Harmony spürte, wie ihr Herz für einen Schlag aussetzte,

und ärgerte sich gleichzeitig. Erstens hätte Mo auf ihrem Mobiltelefon angerufen, nicht im Sekretariat. Zweitens hatte er ihr schon in der Nacht eine Reihe Nachrichten hinterlassen.

Na gut, sie wollte jetzt nicht anfangen, sich in die Tasche zu lügen. *Eine* Nachricht war es gewesen.

Und drittens konnte er ohnehin tun, was er wollte, sie würde ihn nicht zurücknehmen. Es sei denn, es gab doch noch eine völlig harmlose Erklärung für alles. Und das Mädchen aus Blankenese war seine Cousine. Allerdings waren Mos Eltern beide Einzelkinder. Soweit sie wusste.

»Ihr Vater hat sich gemeldet«, setzte Mandy hinzu, und Harmony machte eine wegwerfende Handbewegung. *Der Horst.* Stadtbekannter Psychotherapeut, aber völlig unfähig, was die eigene Familie betraf. Der Mann, der sich nie Papa nennen lassen wollte, nicht einmal, als Harmony noch ganz klein gewesen war. Schuldig am Hippie-Namen seiner Tochter, für den sie ihre ganze Kindheit lang gehänselt worden war.

Und vermutlich der letzte Mensch auf Erden, der kein Handy besaß.

Stattdessen rief er Harmony noch immer auf dem Festnetz im Büro an. Sein Pech, wenn er sie auf diese Weise nie erreichte. Fünf Monate war es her, dass sie ihn zuletzt gesehen hatte. Auf Ingrids Bestattung. Im April. Zurückrufen würde sie jedenfalls nicht.

Sie erwartete, dass Mandy von selbst das Büro verließ, aber die dachte gar nicht daran. Stattdessen blickte sie Harmony jetzt wirklich bekümmert an.

»Sie sehen nicht gut aus, Frau Schlüter-Hansen«, sagte sie. Zum Glück für sie bemerkte sie ihren Fauxpas aber rasch und fügte hinzu: »Natürlich sehen Sie immer großartig aus … nur irgendwie müde und abgespannt. Richtung Burn-out.«

Harmony nickte ungeduldig, vielleicht eine Spur zu harsch. Es rührte sie ja doch, dass ihre Sekretärin sich um sie sorgte, und diese Rührung durfte sie nicht zulassen. Denn wie hätte sie weiterleben können, wenn sie sich auf all diese Gefühle der anderen einließ?

»Sie sollten einfach mal rausfahren«, sagte Mandy. »Ein paar Tage aufs Land. Ganz weit weg von all dem hier.« Mit großer Geste deutete Mandy auf den Obstteller, das Blumenarrangement und das Fenster mit Blick auf das Hafenpanorama.

»Land ist die neue Stadt«, witzelte Harmony und gab ein ersticktes Krächzen von sich, das eigentlich als spöttisches Lachen geplant gewesen war.

»Lustig«, Mandy sah angenehm überrascht aus, »genau das wollte ich auch gerade sagen.«

3

Um halb sechs rauschte Harmony entschlossenen Schrittes aus dem Büro, griff sich im Vorbeigehen einen der Orangenschnitze, die Mandy auf ihrem eigenen Tellerchen zwischen Telefon und Flachbildschirm hortete, und warf ihrer Sekretärin ein forsches »Ich bin dann mal weg« hin. Auf dem Weg zum Lift kam sie an halb geöffneten Bürotüren vorbei, durch die sie schemenhaft über Tastaturen gebeugte Köpfe erkennen konnte. Hinter der Tür der Feelings-Chefin hörte sie Frauenstimmen lachen, doch das Lachen erstarb einen kleinen Moment, nachdem Harmony mit ihrem schwarzen Cape vorbeigeflattert war wie ein weiblicher Dracula zur Unzeit. Die würden sich jetzt noch eine ganze Weile fragen, was Harmony von ihrem Büroklatsch mitbekommen hatte.

Als hätte sie keine anderen Sorgen.

Als sie auf den Liftknopf drückte, grinste sie in sich hinein wie ein Schulkind, das sich diebisch über einen gelungenen Streich freut. Nicht wegen der Redakteurinnen, da stand sie drüber. Aber einfach gehen, ohne Angabe von Gründen – das war etwas, das ihr noch immer ein Hochgefühl bereitete.

Allein dafür hatte sich der weite Weg gelohnt. Das Volontariat bei einem Haus- und Gartenmagazin, die langen, ermüdenden Interviews mit Herstellern von Gartenkrallen und

Zierteichen. Danach die harten Jahre als Redakteurin bei einer Modezeitschrift, deren Chef dafür berüchtigt war, dass er mit Kugelschreibern nach seinen Mitarbeiterinnen warf. Seit sie Chefredakteurin bei der *Style* war, hätte keiner mehr gewagt, auf sie zu zielen. Und sie selbst hätte sich niemals derart unsubtiler Methoden bedient. Gegenstände werfen, das war Neandertaler-Stil. Typisch Mann. Als gäbe es nicht deutlich schärfere, effektivere und dabei völlig gewaltlose Methoden. Sie dachte an ihr spätabendliches Telefonat mit Matteo, der nicht Matteo hieß und nicht aus dem Piemont stammte, und lächelte wieder in sich hinein. Dann dachte sie wieder an Mo. Und lächelte nicht mehr.

Zwischen dem achten und dem sechsten Stock hatte sie einen Augenblick lang den Impuls, noch einmal umzukehren und ins Büro der Feelings-Chefin zu stürmen, um sie nach ihrer Meinung zu fragen. Die nachlässige Facebook-Nachricht – war sie ein unbewusstes Signal von Mo gewesen? Genauer gefragt: War er nur deshalb so nachlässig gewesen, weil er im Grunde seines Herzens wollte, dass seine Untreue aufflog? Fand er am Ende, dass man Harmony die Wahrheit vorher nicht hätte zumuten können – in der harten Zeit, die hinter ihr lag? Oder war einfach so wenig übrig geblieben von seiner Leidenschaft, von seinen Gefühlen, dass es ihn schlicht nicht mehr kümmerte, ob sie ihm auf die Schliche kam?

Zum wiederholten Mal checkte Harmony den E-Mail-Eingang auf ihrem iPhone. Keine Nachricht von Mo. Nicht eine. Doch, die einzige, die bereits gestern Abend eingegangen war, kurz nach Mitternacht, als sie eben in ihr Hotelbett zurückgesunken war. »Was war denn das? Bekommst du deine Tage?«

»Hier wollen Sie aber nicht hin«, sagte eine Männerstimme, und Harmony hob verwirrt den Kopf. Sie blickte auf, erst in das glatt rasierte Gesicht eines Anzugträgers, dann auf die Digitalanzeige neben der Tür. Wo er recht hatte, hatte er recht. Blind war sie losgebrettert, als der Aufzug zum Halten gekommen war, den Blick auf das Display gerichtet, und war doch erst zwei Stockwerke weitergekommen. »Oh, danke«, stammelte sie, stolperte rückwärts und verkniff sich weitere Telefonblicke für die nächsten zweieinhalb Minuten.

Währenddessen zückte der Mann seinerseits ein Smartphone und nutzte die Reisezeit für einen kurzen Überblick über sein Leben. Oder vielleicht auch nur seine Finanzen. Irgendwann, dachte Harmony, irgendwann werden wir alle nur noch mit Sturzhelmen durch die Gegend laufen, weil wir verlernt haben, irgendetwas anderes wahrzunehmen als die paar Quadratzentimeter, die die Welt bedeuten. Bei jedem Stockwerk sank Harmony der Magen tiefer in die Kniekehlen.

Als sie im Erdgeschoss ausstieg und mit müder Geste den Gruß des Pförtners erwiderte, war von ihrem kurzzeitigen Hochgefühl nichts geblieben. Beim Einsteigen in den Lift hatte sie sich noch gut gefühlt, stark, selbstbewusst, kampfbereit: Sie war niemandem Rechenschaft schuldig, konnte kommen und gehen, wie sie wollte, und Mo, dem würde sie es zeigen. Hier, beim Anblick ihres Spiegelbildes in den zurückweichenden Glasscheiben der automatischen Tür, fühlte sich die neue Freiheit einfach nur bedrohlich an. Schon bald würde kein Hahn mehr danach krähen, wann sie abends nach Hause kam. Keiner würde sie mehr fragen, ob sie ihre Tage hatte. Ganz zu schweigen davon, dass sich diese Frage in den nächsten Jahren ohnehin erledigen würde.

Der Anzugträger aus dem Aufzug eilte an ihr vorbei, schnellen Schrittes auf ein Taxi zu, das mit Warnblinkanlage direkt vor der Tür wartete. Er riss die Hintertür auf, und Harmony konnte sehen, dass nicht nur der Taxifahrer auf ihn gewartet hatte. Etwas Blondes blitzte auf der Rückbank auf, und die Wiedersehensfreude war selbst im Verkehrslärm rund um die Landungsbrücken nicht zu überhören. Als das Taxi losfuhr, fühlte sich Harmony, als hätten ihre besten Freunde sie zurückgelassen, nicht mitgenommen zu einer Party, zu der alle eingeladen waren außer ihr.

Dabei konnte sie sich nicht einmal den Namen dieses Anzugschnösels merken.

Sie logen sich in die Tasche, alle miteinander. Fünfundvierzig, das war eben *nicht* die neue Fünfunddreißig. Das war allerhöchstens die letzte »So-gerade-noch«. Die letzte »Kurz-vor-Schluss«. Ein gnadenloser Schritt auf dem Weg zu jenem Jahrzehnt, in dem man eine Frau mit dem besten Willen nicht mehr als jung bezeichnen konnte. Und was der Markt für Frauen über fünfzig zu bieten hatte, sowohl der Arbeits- als auch der Liebesmarkt, das wusste Harmony gut. Zu gut.

Die wenigen Frauen, die Harmony als Freundinnen bezeichnete, waren entweder auf dem besten Weg vom coolen zum wunderlichen Single, züchteten ihre komplizierten Befindlichkeiten wie kostbare Haustiere, verbrachten Wochen im Schweigekloster, obwohl zu Hause ohnehin keiner war, der ihnen ein Ohr abkaute, oder sie hingen fest in Familien mit maulfaulen Teenagern, in freudlosen Ehen, in denen es bestenfalls noch Freundschaft gab und Gespräche über Vor- und Nachteile des G8-Abiturs. Und die Jobs? Mehr als eine Kollegin in der Branche war von einem lukrativen Chefredakteursposten erst in die luxuriöse Arbeitslosigkeit katapultiert worden und hatte sich dann, als die Abfindung zur Neige ging, mit einem Platz fünf Etagen tiefer begnügen müssen. Ihre Vor-Vorgängerin bei der *Style* leitete jetzt ein Kundenmagazin für den Sanitärbedarfsfachhandel. Aber die war wenigstens nicht allein in ihrem Einfamilienhaus in Wellingsbüttel. Die hatte einen Mann, zwei Kinder und einen Hund.

Immerhin, dachte Harmony. Das war auch für sie noch eine Option. Ein Golden Retriever würde sie zumindest nicht für eine blutjunge Blankeneserin verlassen. Der würde treu sein, auch wenn Frauchen nach nächtlichen Hitzewallungen morgens müffelnd aufstand. Schade eigentlich, dass sie noch nie eine besonders ausgeprägte Beziehung zu Hunden gehabt hatte. Aber vielleicht konnte man das ja ändern.

Harmony war so in ihren düsteren Gedanken versunken, dass sie auf dem Parkplatz um ein Haar einem Fahrradkurier vor die Reifen gelaufen wäre. Fröstelnd zog sie ihr Cape um sich herum und stöckelte dann über die Straßenbrücke hinüber auf die Uferpromenade. Um diese Jahreszeit waren dort nur noch wenige Touristen unterwegs. »Letzte große Hafenrundfahrt 17 Uhr« stand auf einem Schild an der Treppe, die zu den Pontons hinunterführte. Zu spät, dachte Harmony. Es war einfach für alles zu spät.

Sie blickte auf die glitzernden Reflexionen der tief stehenden Abendsonne auf dem Wasser der Elbe. Fünf Monate war es jetzt her, dass sie ihre Mutter, *die Ingrid*, den Fluten dieses Flusses anvertraut hatte. Oder wenigstens das, was von ihr übrig geblieben war, nach einem langen, harten Kampf, der die Mutter in ein dürres Geschöpf mit fleckiger, zu straff gespannter Gesichtshaut verwandelt hatte.

In Cuxhaven waren sie von der Elbmündung aus losgefahren, eine verschwindend kleine Trauergesellschaft an einem grauen Apriltag, und hatten vor der Insel Scharhörn die blumengeschmückte Urne ins Wasser gesenkt, unter dem aufgeregten Gekreische eines Möwenschwarms. Außer *dem Horst,*

Ingrids geschiedenem Mann, Harmony und Mo war nur noch Tante Gerhild dabei gewesen, die ein Gartencenter in Osterholz-Scharmbek besaß. Tante Gerhild hatte behauptet, Harmony habe sich überhaupt nicht verändert. Harmony konnte sich dagegen nur vage an die Verwandte erinnern. Ein Gesicht war ihr kaum in Erinnerung geblieben, eher ein bestimmter Geruch. Trocken, staubig und mit einem Hauch von Mottenkugeln, als wäre Tante Gerhild nicht aus Fleisch und Blut, sondern aus dem gleichen Material wie Lavendelsäckchen, die man zwischen Wäschestücke legte und dann jahrelang vergaß.

Erst als Tante Gerhild eine knochige Hand auf Harmonys Schulter legte, während die sterblichen Überreste ihrer einzigen Schwester von den Wellen verschluckt wurden, regte sich in Harmony ein kurzes Wiedererkennen. Zwar hätte sie ihre Tante nicht auf der Straße erkannt, aber ihr Duft war ihr vertraut.

Als sie klein war, hatten die Ingrid und der Horst nicht viel von Verwandtschaft gehalten. Und die Verwandtschaft nicht viel von ihnen. Ihre Art zu leben, die Wohngemeinschaft in einem besetzten Haus in Hamburg-Eppendorf, mit langen, staubigen Fluren und einen konstanten Stapel aus schmutzigen Nudeltöpfen und halb vollen Aschenbechern in der Küche, die Mitbewohner, die ständig kamen und gingen und jeden Satz mit einem vertraulichen Du anfingen, hatten alle abgeschreckt.

Später, nach der Trennung, als der Horst ausgezogen war und irgendwann auch das ständig streitende lesbische Pärchen, das die Wände seines WG-Zimmers lila gestrichen hatte, da hatte es nur noch sie beide gegeben. Mama Ingrid und sie. »Du bist meine Familie«, hatte Ingrid mehr als einmal zu Harmony gesagt, wenn die sich beschwerte, dass andere Kinder Großeltern hatten, Cousins, Geschwister. »Du bist alles, was ich brauche.« So war es dann geblieben. Bis schließlich auch Ingrid ausgezogen war, damit Harmony die Wohnung in Eppendorf als Studenten-WG nutzen konnte.

Ingrid hatte die Nase voll von Kommunen, von Beziehungen und von Eppendorf sowieso, das längst vom Studenten- zum Banker- und Medienmenschenviertel geworden war. Von da an wohnte sie in einem Mini-Apartment in Ottensen mit dem festen Entschluss, nicht einmal ihre Nachbarn kennenzulernen. Soweit Harmony wusste, hatte sie das auch zwanzig Jahre lang durchgehalten. Deshalb begleiteten so wenige Menschen Ingrid auf ihrem letzten Gang.

Es gab Bestattungen, die waren traurig und feierlich. Diese hier war einfach nur traurig. Auf eine billige, deprimierende Art und Weise. Mo beschwerte sich beim anschließenden Essen in einem Cuxhavener Ausflugslokal ausführlich über die ungenießbare Scholle Finkenwerder Art, die unter einem Haufen zäher, lauwarmer Speckstückchen begraben lag und mit Krautsalat aus dem Eimer statt mit frischem Kartoffelsalat serviert wurde. Der Horst versteckte sein Schweigen hinter einem ergrauten Bart und stopfte zwischen den Gängen auf der windigen Terrasse eine altmodische Pfeife. Und dann war da noch ein nicht minder schweigsamer Kapitän namens Fiete Jensen, der eine mit goldenen Tressen geschmückte Uniformjacke trug und nach dem Essen allein mehrere Gläser »Kleiner Küstennebel« herunterkippte. Nichts an diesem kalten, harten Tag war tröstlich.

Im Stillen hatte sich Harmony sogar nach einem Pfarrer gesehnt, einem Gebet. Dabei war sie selbst als Kind nie in der Kirche gewesen, nicht einmal zu Weihnachten. Lieber hatten ihre Eltern und deren Freunde obskure heidnische Feste gefeiert wie die Sommersonnenwende oder Rituale für die Erdmutter.

Auch später war ihre Mutter dem Unglauben treu geblieben, selbst als sie alt und krank war. Empört hatte sie die Nachtschwester gerufen, als sie feststellte, dass in dem Rollschränkchen neben ihrem Bett eine Bibel lag. Nicht etwa *Das Kapital*. Oder die weisesten Weisheiten von Buddha bis Bhagwan. Das hatten sie nun davon, sie und ihre Tochter: einen versoffenen Kapitän als letzten Wegbegleiter.

Seither hat es Tage gegeben, an denen Harmony den Blick auf die Elbe beruhigend fand, so als sei ihre Mutter noch da. Als würde sie ihr zuzwinkern im Glitzern des Abendlichtes auf den Wellen. Und andere Tage, an denen die Wirkung genau gegenteilig war. An denen sie immerzu daran dachte, dass der Wellengang schon lange das Material der Urne zersetzt und die Asche ihrer Mutter freigegeben hatte. Tage, an denen sie den Gedanken nicht ertrug, dass winzige Partikelchen dieses Körpers vielleicht durch den Sog eines großen Schiffs von der Nordsee zurückgetrieben sein könnten in den Fluss, sich dort unten zwischen Schiffschrauben ablagerten, mit verrosteten Dosen irgendwo an den Strand gespült wurden. Heute barg der Anblick des Flusses jedenfalls keinen Trost.

Plötzlich spürte Harmony unter ihren Fingern, dass ihre Kelly Bag vibrierte, und hörte das dumpfe Geräusch einer Nachricht. Wieder spürte sie das halb freudige Erschrecken wie einen elektrischen Schock, ein Kribbeln in Ellenbogen und Knien. Vielleicht war Mo schon gelandet und auf dem Weg zu »Da Matteo«. Oder war er sogar schon dort und vermisste sie? Einen Augenblick lang war sie in Versuchung, alles abzublasen. Matteo anzurufen, die ganze Aktion zu stoppen, sich ein Taxi zu schnappen und Mo stumm aus dem Lokal zu führen.

»Komm«, würde sie leise sagen, und dann würden sie gemeinsam unter den traurigen Trauerweiden an der Alster spazieren, und er würde ihr sagen, dass er dumm war und auch nur ein Mann. Dass es nichts mit ihr zu tun gehabt hatte und schon gar nichts mit Liebe.

Dann würde sie ihn umarmen und versöhnlich in sein Ohr flüstern: »Du hast es mir versprochen, wenn schon Sex, dann wenigstens nicht mit Frauen in meinem Alter«, und sie würden zusammen lachen und daran denken, wie sie einmal über die Möglichkeit eines Betrugs gesprochen hatten, nach mehreren Aperol Spritz an Matteos Bar. Wie sie ihm leichtsinnig eine Art Freifahrtschein ausgestellt hatte, für jüngeres Fleisch, weil das ihm vielleicht Lust machte, aber nicht den Platz in seinem Herzen, in seinen Gedanken ersetzte. Weil keines dieser jungen Dinger mithalten konnte mit ihrer Lebenserfahrung, ihren spitzzüngigen Formulierungen, der Souveränität, mit der sie sich durch die Welt bewegte.

Wie sie dieses verblüffend großzügige Angebot schon am nächsten Morgen eisig zurücknahm, weil sie plötzlich das Gefühl hatte, Mo würde die blonden Kellnerinnen mit den bodenlangen Schürzen in ihrem Lieblings-Frühstückslokal auf einmal anders mustern als am Tag zuvor. Mit hoher, dünner Stimme hatte sie ihm einen Vortrag gehalten über Liebe und Vertrauen, und er hatte entschuldigend die Hände gehoben und seine Handflächen gezeigt, »Hey«, hatte er gesagt, »hab schon verstanden, ich dachte nur.«

»Was dachtest du?«, hatte sie zurückgeschossen, und er hatte seine Arme verschränkt, sodass sein Tattoo am Unterarm beinahe in 3-D aus der Haut heraussprang.

»Du bist doch ein cooles Mädchen. Wie deine Ma.«

Später allerdings, an jenem Nachmittag im Bett, da hatte sie es ihm gezeigt. Was ein wirklich cooles Mädchen war. Dass sie ihrem Jahrgang, 69, *Summer of love,* alle Ehre machte. Und dass jeder Mann, der noch ein bisschen Restverstand hatte, sich die Finger lecken musste nach einer solchen Geliebten. Ein Schauer überlief Harmonys Nacken, als sie daran dachte. Von dort war es nur ein kleiner Schritt zur nächsten Versöhnung. Vielleicht nahm sie das alles wirklich viel zu schwer.

Aber halt. Einen Schritt nach dem anderen. Erst einmal sehen, was er zu sagen hatte. Sie fischte ihr iPhone aus der Tasche und blickte auf das Display. Der nächste elektrische Schlag durchzuckte ihren Körper, kribbelte noch stärker, aber ohne die jungmädchenhafte Vorfreude.

Der Signalton hatte zwar eine Nachricht angekündigt, aber die stammte nicht von Mo.

Sondern von Ma Rie.

Für einen Moment schloss Harmony zittrig die Augen und spürte, wie sich in ihr etwas zu drehen begann, eine unheilvolle Spirale, während die Hafengeräusche plötzlich unnatürlich laut wurden. Das metallische Hämmern in den fernen Docks, Schiffssirenen, die Klingeltöne der Touristenhandys. Dann zwang sie sich, die Augen wieder zu öffnen. Wenigstens einen Spaltbreit, sodass sie erkennen konnte, wie tief ihr Fall sein würde. Wie hart der Boden.

»Ma Rie hat deine Freundschaftsanfrage bestätigt«, las sie, »schreibe an Ma Ries Chronik und informiere dich über ihre Aktivitäten.«

Immerhin, damit hatte sie recht gehabt. Diese jungen Dinger nahmen planlos jede Freundschaftsanfrage an.

Harmony tippte auf den Link, und eine Profilseite öffnete sich. Sie schaute hin. Schaute noch einmal hin. Irgendetwas stimmte nicht an diesen Fotos, an den Daten, den Federzeichnungen, mit denen die Seite illustriert war.

Nur die letzten Statusmeldungen, die stimmten ganz genau.

Auch wenn der Name Mo nicht darin vorkam. Gestern, siebzehn Uhr: ein wortloses rotes Herz.

Und während Harmony langsam, langsam verstand, was das bedeutete, diese Statusmeldung und diese unerwarteten Fotos, zog eine Möwe über ihr engere und immer engere Kreise und ließ schließlich ein weiß-grau gesprenkeltes Häufchen fallen, direkt auf den vergoldeten Verschluss der Kelly Bag.

4

Harmony setzte den Blinker, bog in die Eppendorfer Landstraße ein und gab gleichzeitig ihre Bestellung beim Universum auf. Einen Parkplatz direkt vor der Haustür. Das Gleiche wie immer. Eigentlich hatte sie ja eine handfeste Allergie gegen Esoterik, konnte weder Yoga noch Pendeln etwas abgewinnen, aber das Prinzip »Bestellung beim Universum«, das sie in einem amerikanischen Glücksratgeber gefunden hatte, funktionierte erstaunlich gut. Ziemlich oft jedenfalls. Leider nur, wenn es um alltägliche Dinge ging wie einen kurzfristigen Termin im Day Spa oder um die Frage, ob die Isabel-Marant-Boots ausgerechnet in Größe 39 auf Lager waren. Oder eben um eine Parklücke abends um neun mitten in Eppendorf. Bei größeren Wünschen zeigte das Universum ihr mit schöner Regelmäßigkeit die kalte Schulter. Benahm sich wie eine launische Diva, die gerade das verweigerte, was die Welt am sehnlichsten von ihr erwartete. Oder lieferte prompt ein Geschenk, das sich erst viel später als Mogelpackung entpuppte. Ganz offensichtlich hatte auch Mo in diese Kategorie gehört.

An diesem Abend neigte das Universum zu einem Mittelmaß an Zickigkeit. Weder direkt vor der Tür noch zwei Blocks weiter konnte Harmony ihr Auto abstellen. Sogar auf dem Bürgersteig vor den hoch aufragenden Gründerzeitfassaden mit ihren säulenbewehrten Eingangsportalen standen schon Autos, vor allem Mini-Cabrios und Smarts. Dabei blickten sie unschuldig aus großen, erloschenen Scheinwerferaugen, als wollten sie sagen: Liebe Verkehrspolizisten, tut uns nichts, wir sind doch noch so klein.

Harmony kurvte bereits zum zweiten Mal um den Block, als ein Mann mit sorgsam zurückgegelten Haaren und Lederslippern auf einen geparkten BMW zuschlenderte, mit einer betont lässigen Bewegung des Handgelenks die Fernbedienung für die Tür zückte, öffnete und sich dann hinter das Steuer schwang. Erst als Harmony die Parklücke übernommen und den Motor per Knopfdruck ausgeschaltet hatte, fiel ihr auf, wie perfekt der Platz war. Von hier aus hatte sie freie Sicht auf ihre eigene Wohnung, den Balkon und das Schlafzimmerfenster, und wenn dort abends um halb zehn noch kein Licht brannte, dann hieß das, Mo war noch immer nicht zu Hause.

Auf keinen Fall wollte sie dort auf ihn warten. Das war viel zu defensiv. Sie musste diejenige sein, die nach ihm die Wohnung betrat, am besten wenn er schon halb entkleidet war. Damit sie ihn in einer Position der Schwäche zur Rede stellen und dann in Boxershorts und Badelatschen vor die Tür setzen konnte. Sie hoffte nur, dass er auf dem Nachhauseweg bei der eigenen Parkplatzsuche ihr Auto nicht entdecken würde. Aber wahrscheinlich war er nach seiner Reise und seinem Abendtermin ohnehin mit dem Taxi unterwegs.

Ganz gegen ihren Willen kam ihr ein Bild in den Sinn: Wie Mo damals, als sie sich kennenlernten, oft in seiner Hochparterrewohnung in einer völlig heruntergekommenen Straße in St. Georg auf der Fensterbank im offenen Wohnzimmerfenster gesessen hatte, rauchend und sinnierend. Während sich zwei Meter unten erbarmungswürdige Nutten die Beine in den Bauch standen, Männern halblaut Angebote zuraunten, vorbeigehende Frauen dagegen anzischelten wie wütende Gänse.

Wie hatte sie es geliebt, damals in ihrem ersten Sommer, unter dem Gezischel die Straße entlang zu ihm zu laufen, den Blick fest auf die schlanke Silhouette zwischen Fensterbank und Fensterrahmen gerichtet. Oft hatte er ein kleines schwarzes Notizbuch in der Hand gehabt und etwas hineingekritzelt. Mo, der sich damals als Dichter und Moderator obskurer Literaturveranstaltungen durchschlug. In den hatte sie sich verliebt und ihn zu ihrem Geschöpf gemacht, zu einem smarten Gastrokritiker, der sein verbales Gelegenheitstalent jetzt gewinnbringend als Chefkolumnist zur Geltung brachte. Nicht mehr hinter dem Mikrofon in verqualmten Reeperbahnkaschemmen. Und jetzt, wo er endlich perfekt war, fing er etwas mit einer anderen Frau an.

Mit einer anderen Frau, die gerade mal zwei Jahre jünger war als sie selbst.

Einem Küken von dreiundvierzig Jahren.

Das war das Allerschlimmste. Es musste ihm ernst sein.

Jetzt war es dunkel hinter dem Fenster dieser Wohnung, die doppelt so groß und dreimal so schick war wie das abgerockte Stuckdeckenloch in St. Georg, und ab heute Abend würde die Silhouette dieses Mannes nie wieder dahinter zu sehen sein. Höchstens noch einmal, wenn er seine persönlichen Gegenstände und seine Möbel abholte. Harmony dachte nach. Die meisten davon hatte sie ihm in den letzten Jahren geschenkt. War es eigentlich rechtens, dass er sie jetzt bei einer Trennung behielt? Obwohl er der Schuldige war?

Es dauerte nicht lange, da hielt tatsächlich ein Taxi vor der Haustür, keine zwei Meter von Harmonys Versteck entfernt. Mo zahlte, der Fahrer füllte umständlich eine Quittung aus, dann stieg Mo aus, ein Rollköfferchen in der Hand. Er sah blass und übernächtigt aus, aber das konnte auch an der unbarmherzigen Innenbeleuchtung des Taxis liegen. Während er auf die Haustür zuging, hielt er sich mehrmals die Hand vor den Mund, als müsste er husten. Harmony nickte sich aufmunternd im Innenspiegel zu. Also doch. Matteo hatte nicht gewagt, sich ihren Anweisungen zu widersetzen.

Was er Mo wohl aufgetischt hatte? Ein Salatdressing mit Nüssen und roher Karotte, so minimalistisch püriert, dass Mo nichts davon gemerkt haben konnte? Ob es noch mehr Symptome gab als das Husten? Juckreiz, Ausschlag, leichte Atemnot? Nichts Lebensgefährliches, natürlich nicht. Gerade so, dass Mo es ein wenig mit der Angst zu tun bekam. Natürlich war es für Matteo auch nicht ohne Risiko, ausgerechnet einem bekannten Gastrokritiker einen Cocktail mit allem zu servieren, auf das er allergisch reagierte. Eine solch bedauerliche Verwechslung sollte bei einem jahrelangen Stammgast eigentlich nicht vorkommen. Soweit Harmony wusste, hing sogar in der Küche ein Zettel mit sämtlichen Unverträglichkeiten wichtiger Besucher. Damit selbst neue Köche auf den ersten Blick Bescheid wussten.

Aber offensichtlich hatte Matteo noch mehr Angst, dass Harmony ihn wegen seiner komplett unitalienischen Herkunft outen könnte. Ein rheinischer Provinzkoch, der es zu Hamburgs In-Italiener gebracht hatte – das wäre gefundenes Fressen für die Boulevardpresse und noch viel schlimmmer für seinen Ruf als eine einzelne Schmähkritik in einem Feinschmecker-Fachblatt. Das wusste Matteo, und er wusste auch, dass Harmony es wusste. Kluger Mann.

Mittlerweile musste Mo in der Wohnung angekommen sein. Harmony zwang sich, weiter zu warten, sah zu, wie schließlich hinter dem Wohnzimmer- und Schlafzimmerfenster das Licht anging, sah ihn herumtigern. Nach etwa fünf Minuten gab ihr Handy einen Signalton von sich: kein Anruf, aber eine neue SMS von Mo. Wahrscheinlich konnte er vor lauter Gehuste nicht sprechen. »Fuck, Mo, wo bist du?«

Sie seufzte. Noch immer verwendete er also ihren ganz privaten Kosenamen, diese Silbe, die sie gemeinsam hatten, er ganz vorne, sie in der Mitte. Die Stelle, an der ihre Namen sich vereinigten, es jedes Mal miteinander trieben, wenn einer den anderen rief. Ein Wort auf der Roten Liste der bedrohten Arten. Außer ihm nannte keiner sie so, und wahrscheinlich würde es auch in Zukunft keiner mehr tun. Er würde Mo bleiben. Sie war es nur für ihn.

Als weitere zehn Minuten vorbei waren, stieg sie schließlich aus und ging ins Haus.

Sie hatte sich nicht verrechnet. Mo trug tatsächlich schon seine Feierabendkluft, ein verwaschenes Nirvana-Shirt und Boxershorts, und saß mit einem Becher Tee auf einem Korbsessel am Küchentisch. Das Papieretikett des Teebeutels war durchweicht und lappte unglücklich über den Rand. Nicht zu fassen. Der dachte doch tatsächlich, er würde eine weitere Nacht in dieser Wohnung verbringen.

Kannte er sie wirklich so schlecht nach fünf gemeinsamen Jahren?

Er nieste lautstark und blickte Harmony dann vorwurfsvoll entgegen, die Lippen zu einem Schmollen geschürzt.

»Gesundheit«, sagte sie kühl. »Wenn du immer noch nicht gepackt hast, dann solltest du es jetzt allmählich tun.«

»Wieso?«, jetzt sah er sie verständnislos an, »Bordeaux war doch heute!«

Sie nickte würdevoll. »Erfasst. Und morgen ist irgendwas anderes. Jedenfalls nicht mehr diese Adresse in Eppendorf.«

Seine Unterlippe sackte noch ein paar Zentimeter ab. »Du schmeißt mich raus?«, fragte er. »Du …«

Er wollte noch etwas sagen, aber eine erneute Salve Reizhusten unterbrach ihn. Harmony grinste triumphierend. Was auch immer er ihm untergemischt hatte, Matteo hatte einen Volltreffer gelandet.

Mo fuhr sich mit dem Unterarm über den Mund und holte dann tief Luft. Schließlich sah er ihr in die Augen.

»Und wo soll ich hin, bitte schön?«, fragte er dann beleidigt.

»Blankenese soll ganz hübsch sein«, gab Harmony wie aus der Pistole geschossen zurück. »Habe ich gehört.«

Er kratzte sich jetzt mit beiden Händen am Kopf und blickte dann auf die Hautschuppen an seinen Fingern, als stände darin der Text für seinen nächsten Satz geschrieben. Dann schwieg er eine ganze Weile.

»Ich kann dir alles erklären«, sagte er schließlich heiser.

Immerhin leugnete er nicht geradeheraus, dass es eine andere Frau gab. War das nun ein Mindestmaß an Stil, oder war er klammheimlich froh, dass Schluss war mit dem Versteckspiel?

»So?«, fragte Harmony. Sie stand noch immer vor dem Küchen-Korbstuhl, breitbeinig und auf High Heels, und machte keine Anstalten, die Schuhe auszuziehen.

»Jedenfalls ist es nicht so, wie du denkst.«

»Aha. Und wie ist es dann?«

Er zuckte mit den Achseln. »Ich wollte das eigentlich nicht, mit der … mit der Marie. Ich bin da irgendwie so reingerutscht.«

Plötzlich sah Harmony vor ihrem geistigen Auge eine Doppelseite in der *Style* vor sich. Ressort »Feelings«. Eine Tabelle mit Bullshit-Bingo: Für jeden abgedruckten Satz, den ein Mann aussprach, wenn man seinen Betrug durchschaut hatte, gab es einen Punkt.

»Es hat jedenfalls nichts mit dir zu tun.«

Doppel-Bingo.

»Weißt du, ich dachte – du bist doch eine starke Frau, Harmony. Und dass du eigentlich da drüberstehst, über diesem spießigen Treueverständnis.«

Triple-Bingo.

Harmony setzte zu einer Antwort an, schluckte sie jedoch wieder herunter. Denn dieser Satz wäre ein Gegentreffer für Mo gewesen. Bullshit-Bingo, die Rückrunde, auf einer Doppelseite in einem Männermagazin: Was sagen Frauen, wenn sie von deiner Affäre erfahren? »Was hat sie, das ich nicht habe?«

Dabei wäre es eine durchaus berechtigte Frage gewesen. Den Bildern bei Facebook zufolge war es jedenfalls nicht der straffe Bauch, die jugendlich-glatte Haut, das naturblonde Haar. Die Bilder zeigten eine zierliche Person mit grauen Strähnen im dunklen Haar. Aquarellmalerin. Künstlerin mit Atelier in der Blankeneser Bahnhofstraße.

»Sie ist jetzt übrigens meine neue BFF«, konterte Harmony schließlich kühl.

»Hä?«, machte Mo einfallslos.

»Best Friends Forever«, erklärte Harmony. »Nennt man jetzt so. Sie hat meine Freundschaftsanfrage bestätigt.«

»Die kennt sich mit Computern nicht so richtig gut aus«, murmelte Mo entschuldigend. »Glaub ich jedenfalls.«

»Du wohl auch nicht«, sagte Harmony. »Sonst hätte ich ihre Nachricht nie entdeckt.«

Er öffnete den Mund, als wollte er etwas erwidern, schloss ihn aber gleich wieder.

»Eine Hübschere hast du wohl nicht gefunden, oder?«, setzte Harmony nach.

»Aussehen ist ja nicht alles«, gab Mo zurück. »Außerdem hat die Marie eine Spitzenfigur. Für ihr Alter.«

Noch zwei Sätze fürs Bullshit-Bingo. Allerdings für andere Themen.

»Wenigstens gibst du es zu«, sagte Harmony. »Dass du mich betrogen hast.«

Mo zuckte mit den Achseln und sah sie von unten herauf an. Dann schlürfte er lang anhaltend an seiner Teetasse.

»Ich hätte es dir schon gesagt.«

»Aha. Zum richtigen Zeitpunkt, nehme ich an.«

Mo nickte dankbar. Anscheinend hatte er mit der neuen Frau auch gleich sein Gespür für Ironie verloren. Vergeistigte Aquarellmalerinnen aus Blankenese hatten das vermutlich auch nicht.

»Ich konnte dir das ja nicht antun«, sagte Mo. »Bisher.«

Bingo. Bingo. Bingo.

»Und jetzt kannst du?«

»Na ja«. Mo rutschte unbehaglich auf seinem Stuhl herum, »jetzt ist das ja schon ein Weilchen her. Mit deiner Mutter.«

Harmony zog scharf Luft ein.

»So lange geht das schon? Du hattest schon was mit der, als meine Mutter starb?«

Mo zerrieb ein paar Hautschüppchen zwischen seinen Fingern und hüstelte wieder.

»Du musst halt auch mal mich sehen«, sagte er. »Du warst ja gar nicht mehr die Alte. Keinen Sinn mehr für Spaß, kaum noch Bock, mit mir ins Bett zu gehen. Dieser ewige Krankenhausgeruch in deinen Klamotten, der ging ja gar nicht mehr raus. Und dann dieser ewige Kommandoton. Bloß weil du nicht ertragen konntest, dass du nicht alles im Leben kontrollieren kannst. Dass du deiner Mutter nicht einfach befehlen kannst dazubleiben. Marie … die ist einfach ganz anders drauf.«

»Mit der hast du Spaß«, sagte Harmony knapp. »Und wahrscheinlich bügelt sie deine Hemden.«

Mo schüttelte langsam den Kopf.

»Weißt du, was sie gesagt hat? Dass sie wirklich beeindruckt war, dass ich eine ältere Freundin habe. Also, dass ich so wenig auf Äußerlichkeiten Wert lege. Menschen mit dem Herzen wahrnehme.«

Harmony blieb die Luft weg. »Was soll das heißen, kein Wert auf Äußerlichkeiten?«, japste sie. »Meinst du damit etwa, ich hätte mich gehen lassen?«

Er schüttelte defensiv den Kopf. »Nein, sie weiß ja gar nicht, wer du bist. Oder wie du aussiehst. Lebt in einer ganz anderen Welt. Aber ich muss zugeben, als sie das gesagt hat … da hab ich mich dann wirklich in sie verliebt.«

»Wenn wir das jetzt noch mal kurz zusammenfassen wollen«, konterte Harmony eisig. »Sie ist beeindruckt, dass du mit einer alten Schachtel zusammenlebst, und das hat dich wiederum so beeindruckt, dass du dich in eine fast genauso alte Schachtel verliebt hast.«

Er zuckte jämmerlich mit den Achseln.

»Und dafür willst du jetzt Applaus?«

Mo kratzte weiter seine Kopfhaut. Nicht mehr lange, und sie würde anfangen zu bluten.

»Soll ich dir mal ganz ehrlich was sagen?«, fragte er schließlich.

»Ich warte darauf«, schnappte Harmony zurück, auch wenn sie nicht ganz sicher war, ob sie das wirklich tat.

»Weißt du«, sagte er, »der Unterschied ist: Marie gibt mir ein ganz anderes Gefühl für mich selbst. Die kann wirklich Nähe zulassen. Gefühle rauslassen. Auch mal weinen und so, weil die Situation in den letzten Monaten war ja nicht ganz einfach für sie.«

Er blickte mitleidheischend zu Harmony hinüber, und sie fragte sich, ob jetzt nicht doch der Zeitpunkt gekommen war für einen Waffenwechsel. Fort von subtilen Racheaktionen und hin zu stumpfer Gewalt.

Sie sah sich suchend in der Küche um und suchte nach einem Gegenstand, den sie auf die Schnelle nach Mo werfen konnte. Dunkel erinnerte sie sich, dass irgendwo in den Schränken mit der roten Plexiglasfassade im Sechzigerjahre-Stil genügend Material vorhanden sein musste, vom marmornen Mörser bis zum japanischen Sushimesser. Die Küche war ausgestattet wie für einen Profi.

Nur dass keiner von ihnen beiden das jemals ausnutzte. Mo und sie kochten nie.

»Das Problem ist«, sprach Mo unbekümmert weiter, »du hast nie wirklich was rausgelassen. Jedenfalls hast du mir nie das Gefühl gegeben, dass du einen Mann brauchst.«

Harmony funkelte ihn böse an. »Dich, *chérie,* brauche ich von heute an jedenfalls nicht mehr.«

»Ey, Mo. Bitte! Ich bin außerdem voll erkältet. Muss irgendwo Zug gekriegt haben. Mir geht's nicht so gut.«

Sie trat nah vor ihn und richtete die Spitze ihres Zeigefingers auf ihn wie die Mündung einer geladenen Pistole.

»Wenn du nicht in zehn Minuten diese Wohnung hier verlassen hast«, sagte sie sehr leise und sehr eindringlich, »dann wirst du dich wundern, welche Gefühle ich dann rauslasse.«

Später, nachdem sie sich vergewissert hatte, dass das Taxi draußen vor der Tür um die nächste Ecke gebogen war, öffnete sie doch noch die Tür ihres Küchenschranks. Das japanische

Sushimesser lag kalt und glatt in ihrer Handfläche, das Metall wärmte sich langsam unter ihrer Berührung. Sie bog ihre Finger, ganz langsam, bis die Fingergelenke der rechten Hand sich beinahe um die Schneide geschlossen hatten.

Auf einmal sah sie wieder ihre Sekretärin vor sich. Mandy, wie sie mit mitfühlendem Blick in der Tür des Chefbüros gestanden hatte. *Sie sollten mal rausfahren. Ausspannen. Ein paar Tage aufs Land.*

Vielleicht ging es nicht nur um ein paar Tage. Vielleicht ging es um mehr. Wenn ein ganzes Leben in sich zusammenbrach, lag darin schließlich auch eine Chance. Gut möglich, dass sie mehr hinter sich lassen musste als Mo.

Der Gedanke verschwand so schnell, wie er gekommen war, aber er hatte etwas Tröstliches. Was auch immer passierte, sie würde nicht einfach sitzen und zusehen, dass ihr Leben den Bach hinunterging.

Vorsichtig legte Harmony das Messer zurück in seine matt glänzende Schatulle.

5

Das beleidigte Schweigen begann kurz hinter Lüneburg. Nachdem Harmony in einem kleinen Ort an der Bundesstraße 216 getankt hatte, sprang zwar der Motor anstandslos wieder an, doch das Navigationssystem verweigerte stur den Dienst. »Systemfehler – Neustart« stand quer über dem Display, und die sanft säuselnde Stimme, mit der Harmonys persönliche Verkehrslotsin bisher die Richtung vorgegeben hatte, blieb einfach stumm. Stattdessen schien es ihr, als wäre der Motor, der sonst leise schnurrte wie eine hochgezüchtete Siamkatze nach einer Portion kanadischem Wildlachs, auf einmal lauter geworden.

Möglicherweise protestierte selbst ihr Porsche Cayenne gegen die ungewohnte Fahrt nach Süden, wo er doch die Strecke in Richtung Nordsee viel besser kannte. Dabei waren SUVs wie er doch eigentlich wie gemacht für unwegsame Landstraßen und Fahrten durch die Pampa. Aber auch englische Steppjacken sah man schließlich häufiger in Eppendorfer Einkaufsstraßen als auf der Entenjagd in Schottland. Glaubte Harmony jedenfalls. Nicht dass sie jemals in Schottland Enten gejagt hätte.

Während der Fahrt hieb Harmony ein paarmal mit der flachen Hand auf das Display, ein Universaltrick, der eigentlich immer funktionierte, ob bei störrischen CD-Playern oder

Lampen mit Wackelkontakt, aber die Navi-Dame ließ sich nicht erweichen. Vielleicht war auch sie ein echtes Stadtkind und der Anblick von Feuerwehrfest-Plakaten, verblichenen Schützenfestwimpeln, Großmärkten an Ortseingängen und Maisfeldern verwirrte sie. Harmony erinnerte sich vage, dass sie in der Seitentasche des Beifahrersitzes noch einen alten gedruckten Straßenatlas hatte und lehnte sich, eine Hand am Steuer, hinüber, um nach ihm zu graben. Ein entgegenkommender Traktor mit Heuanhänger hupte wütend, und Harmony kam gerade noch rechtzeitig in die Spur zurück, um zu merken, dass es sich nicht lohnte, deshalb einen tödlichen Verkehrsunfall zu riskieren.

Sie fuhr beim nächsten Discounter-Markt rechts ab und parkte neben einem Stand vor dem Eingang, auf dem grüne, orangefarbene und gelbe Kürbisse gestapelt waren. Dann griff sie nach dem Atlas und versuchte, sich zu orientieren. Und das auch noch ohne Beifahrer. Aber an diesen Zustand musste sie sich ohnehin gewöhnen. Wenn es sein musste, dann eben auf die harte Tour. Ungeduldig schlug sie die passende Doppelseite auf, fand auch Lüneburg und die Elbe, aber der Ortsname, den sie suchte, sprang ihr nicht ins Auge. Wunnefitz, Wunnefitz … offensichtlich war das Dorf so winzig, dass sie das Register bemühen musste.

Seufzend warf sie einen Blick auf die Uhr. Halb fünf am Freitagnachmittag. Wäre sie wie geplant in die entgegengesetzte Richtung gefahren, hätte sie um diese Zeit längst ihr Auto auf den Sylt-Shuttle auffahren können. Und dann Motor aus, Fenster auf, Haare im Wind, rechts das von der Nachmittagssonne beschienene Watt, links die Nordsee. Das waren die Bilder gewesen, die ihr nach Mandys Bemerkung am Vortag in den Sinn gekommen waren: Barfußlaufen am Strand, frische Austern bei Gosch am Hafen von List, einen Absacker in der Sansibar an einem Tischchen zwischen den Dünen. Meeresbrandung, kreischende Möwen, der Duft von Heckenrosen. So ließ sie sich ein paar Tage auf dem Land gefallen.

Und ja, ihre Assistentin hatte völlig recht gehabt. Auch wenn sie nicht gewusst hatte, warum. Harmony musste sogar ganz dringend raus, raus aus der Wohnung, wo alles nach Mo roch, raus aus dieser Stadt, fort vom Anblick dieses Wassers, das aus Richtung Blankenese kam, dort, wo Mo jetzt vielleicht mit seiner Künstlerin am Strand saß und Bier aus der Flasche trank. Sex am Nachmittag hatte. Oder irgendetwas anderes tat, das man tat, wenn man entweder jung war oder sich so fühlen wollte.

Doch als Harmony nach einem Anzeigentermin zurück ins Büro gekommen war, hatte Mandy sie mit einem mitleidigen Blick gemustert und dann erklärt, dass Sylt kurzfristig vollkommen ausgebucht war. Bis auf ein Ein-Zimmer-Apartment in Westerland, mit Landblick und Selbstversorgung. Vorausschauend hatte sie es auch noch auf den Nachbarinseln versucht, auf Föhr und Amrum, sogar in St. Peter-Ording, wo Familien mit Kleinkindern durch die hässliche Fußgängerzone flanierten, am Strand Surfer in ihren Bullys kifften, und das nun wirklich nicht Harmonys Pflaster war. Nichts zu machen.

Nur ein einziges Wellness-Arrangement hatte Mandy für ihre Chefin gefunden, das noch so kurzfristig zu haben gewesen war. In einem Landhotel in Wunnefitz, im Wendland, rund hundert Kilometer südöstlich von Hamburg. Harmony hatte keine blasse Ahnung, wie es dort überhaupt aussah, und normalerweise hätte sie ein solches Angebot in der Luft zerrissen: ein Hotel, von dem man noch nie gelesen hatte, weder in einem Wohn- noch in einem Reisemagazin, und ein Ort, von dem man erst recht noch nie gehört hatte.

Aber im Augenblick war sie einfach zu schwach, um sich zu wehren.

Erst als sie die Adresse in ihr Navigationssystem eingegeben hatte, war sie erneut schmerzlich zusammengezuckt. »Residenz Elbblick«, so hieß das Hotel mit vollem Namen. Der erste Teil klang nach Altersheim. Der zweite hatte schon wieder diesen verdammten Fluss darin. Aber immerhin würde das Wasser vor ihrem Hotelzimmerfenster nicht aus Richtung Blankenese kommen. Keine bösen Erinnerungen mit sich tragen und auch garantiert keine noch so winzigen Krümel menschlicher Asche.

Und nun stand sie auf diesem halb leeren Parkplatz neben dem Kürbisstand und versuchte herauszufinden, wo sie eigentlich hinmusste. Offensichtlich gab es hier keine Autobahn und nur eine einzige bedeutende Bundesstraße. Der Rest war ein unüberschaubares Gewirr von Nebensträßchen, auf dem Atlas in Gelb eingezeichnet, die sich durch unbewohnte Waldgebiete und entlang der Elbe schlängelten, dekoriert mit Pünktchen, neben denen ulkige Ortsnamen standen. Klein Kühren, Pommoissel, Dübbekold. Nachdem sie eine Weile vergeblich gesucht hatte, schlug sie schließlich doch im Register nach und fand ihr Ziel, ein winziges Dorf in der Nähe von Hitzacker. Diesen Namen immerhin hatte sie schon einmal gehört, vor Jahren, in den Nachrichten. Nur in welchem Zusammenhang?

Sie versuchte, sich die Strecke einzuprägen, dann verstaute sie den Atlas wieder in der Seitentasche und ließ den Motor an. Irgendwie würde sie dort schon hinkommen. Früher war es ja auch ohne Navi gegangen. Genauso wie es früher ohne Handy gegangen war, ohne Internet, ohne Sushi-Bestellservice und ohne Nachtcremes mit Hyaluronsäure.

Sogar ohne Mo.

Aber wie das alles funktioniert hatte, das ganze Leben –

das konnte Harmony sich beim besten Willen nicht mehr vorstellen.

Sie fuhr ein Stück durch ein Waldgebiet. Gelbe Blätter segelten sanft über die Landstraße, Wind fuhr durch die Birken, die rötlichen Stämme der Lärchen wirkten wie von innen erleuchtet. Oben im Spätnachmittagshimmel kreiste ein einsamer Greifvogel. Schließlich lichtete sich der Wald wieder, und nun ging es vorbei an Stoppelfeldern und Silos, durch Orte, in denen Räucherfischhändler mit Neonbuchstaben für ihren Fang warben und von Unkraut überwucherte Grundstücke an der Straße zum Verkauf angepriesen wurden. In Hamburg wäre ein solches Grundstück schneller weggegangen als der Abstand zwischen zweimal Rasenmähen im Juli.

Sie überholte mehrere Laster und bog schließlich links ab auf eine Nebenstraße, die von Apfelbäumen gesäumt war. In weiter Entfernung, ganz hinten auf dem Stoppelfeld, stand eine einsame Erntemaschine. Daneben prangte ein schief gestelltes Kreuz aus zwei gelben Holzbrettern, ein X, das Harmony vage bekannt vorkam, als hätte sie es schon einmal gesehen. Sie konnte sich aber nicht erinnern, wo.

Langsam fand Harmony Gefallen an der Landschaft. Die sanften Hügel, die Alleen mit Birken und knorrigen Apfelbäumen, die Knicke, bei denen man nie wusste, was sich dahinter verbarg. Hier und da grasten Pferde auf der Weide, Ziegen standen in einem Gatter, hinter Fachwerkfassaden verbargen sich Hofläden, die Biogemüse und Käse aus eigener Milch verkauften. Harmony fragte sich, ob es schon einen Feinschmecker-Guide über diese Gegend gab, oder ob es möglicherweise hier noch einiges zu entdecken gab. Sie sah schon die Titelzeile vor sich: »Das Wendland – die Toskana Deutschlands!« Nein, das klang zu altbacken. Jünger. Cooler.

»Der Arsch der Heide. Aber ein ausgesprochen hübscher.«

Dann rief sie sich zur Ordnung. Schließlich war sie nicht hergekommen, um neue Ideen zu entwickeln. Obwohl man das in dieser Einöde sicherlich gut hätte machen können. Sie war hier, um mal rauszukommen. Abzuschalten. Alles hinter sich zu lassen. Und wenn Harmony Schlüter-Hansen sich ein Ziel setzte, dann würde sie es auch erreichen. Allen würde sie es zeigen. Mandy würde sich wundern, wenn sie am Montag ins Büro kam. Sowas von entspannt und so jenseits ihres Alltags würde sie ihre Chefin jedenfalls kaum wiedererkennen.

Schließlich erblickte sie das Schild »Elbuferstraße«, und schon nach zehn Minuten, in einer Biegung, lag der Fluss plötzlich vor ihr. Ein Fluss, der nichts mit der Elbe gemeinsam hatte, die sie aus Hamburg kannte. Ein tiefblaues Band mäanderte durch eine Auenlandschaft. Schön war das. Sogar sehr schön. Beinahe wäre sie in der Stimmung gewesen zu singen. Sie drehte den Knopf am Autoradio.

Das hätte sie nicht tun sollen. Nicht gerade jetzt. Denn irgendein sadistischer Musikredakteur hatte sich ausgerechnet für diesen Augenblick diesen Song aus den frühen Neunzigern ausgesucht, den sie seit zwanzig Jahren abgrundtief hasste. »Let's come together«, säuselte eine Stimme, »in sweet harmony.« Schon damals war ihr das Lied wie Hohn vorgekommen, ausgerechnet dieser Text, gerade als sie in einem Alter war, in dem niemand es mehr wagte, sie wegen ihres Vornamens auszulachen. Nachdem sie sich als Kind jahrelang zum Gespött auf dem Schulhof gemacht hatte, vor all den Sabines und Katrins und Bettinas und Steffis mit ihren Allerweltsnamen.

Damals, mit Anfang zwanzig, hatten andere den Namen plötzlich cool gefunden, besonders, hatten ungläubig gestaunt, wenn sie beteuerte, dass es kein Spitzname war, sondern wirklich so in ihrem Personalausweis stand. Zum ersten Mal war sie ein wenig stolz gewesen auf diesen Vater, den sie kaum jemals sah, von dem kaum etwas übrig geblieben war außer ein paar gelbstichigen Fotos aus ihrer Kindheit, von dem sie nur einen vagen Geruch in der Nase behalten hatte, nach Pfeifentabak und ein wenig Achselschweiß. Ganz anders als die Väter ihrer Freundinnen, die nach Rasierwasser und Zigaretten gerochen und Krawatten mit Blumenmuster getragen hatten. Ja, fast war sie ihm ein wenig dankbar, dass er auf diesem Namen bestanden hatte. Für sie, das erste WG-Kind, das Kommunenkind, das Maskottchen dieser Truppe aus dem besetzten Haus. Dort war sie immerhin nicht so allein gewesen mit der seltsamen Namenswahl ihrer Eltern. Sie erinnerte sich, dass es in der ständig wechselnden WG-Bewohnerschaft später noch andere Kinder mit ausgefallenen Namen gegeben hatte, eine missmutige kleine Joy und einen kahlköpfigen River.

Und dann kam Jahre später dieser säuselige Sommerhit, den keiner leiden konnte, und nahm ihrem Namen auf einen Schlag jede Aura von Coolness. *Let's come together right now. In sweet harmony.*

Schlecht gelaunt schaltete sie das Radio aus, während sie wieder in ein Waldgebiet hineinfuhr. Hier war es schon reichlich düster, so als könnte der Abend gar nicht abwarten, endlich hereinzubrechen. Einmal sprang dicht vor ihr ein Eichhörnchen über den Weg, gerade schnell genug, dass es nicht unter die Räder kam. Noch ein paarmal sah sie die gelben Xe, als Aufkleber an Heckscheiben, in den Fenster der vereinzelten Häuser am Wegrand, als Verzierungen in Gartentürchen. Langsam bekam sie den Eindruck, dass das kein Zufall sein konnte. Jedenfalls gab es hier mehr von diesen seltsamen Zeichen als hölzerne Niedersachsen-Pferdchen auf den Giebeln.

Sie fuhr noch ein Stück weiter, und auf einmal tauchte vor ihr das Ortsschild von Hitzacker auf. Das war falsch. Ganz eindeutig. Dabei war nirgends auf dem Weg eine Abzweigung nach Wunnefitz ausgeschildert gewesen. Einen kurzen, schrecklichen Moment lang kam Harmony der Gedanke, dass Mandy ihr einen Streich gespielt hatte. Dass sie überhaupt nicht versucht hatte, ein Hotel auf Sylt zu buchen, sondern sie hierhergeschickt hatte, in diese gottverlassene Gegend, in dieses winzige Kaff, um ihr eins auszuwischen.

Oder noch schlimmer: Hatte sich Mandy am Ende alles nur ausgedacht? Gab es das überhaupt: ein Hotel namens »Elbblick«, einen Ort namens Wunnefitz? Harmony wendete in einer Sackgasse und rief sich innerlich zur Ordnung. Schließlich hatte das Navi den Ort gefunden, solange es noch mit ihr gesprochen hatte. Nun, da es schwieg, blieb ihr wohl nichts übrig, als nach dem Weg zu fragen.

Nach ein paar Kilometern in die Gegenrichtung war auf der linken Seite ein Campingplatz mit Namen »Waldesruh« ausgeschildert, und Harmony fuhr in den Forstweg hinein. Auf dem Platz konnte man ihr bestimmt weiterhelfen.

Fast zehn Minuten quälte sich das Auto auf dem unwegsamen Untergrund bergauf, über eine ausgewaschene Piste mit knöchelhohen Schlaglöchern, und sie fragte sich, ob die Ingenieure, die diese schicken Geländewagen entwarfen, sie jemals auf entsprechendem Boden testen ließen. Auf einem echten Gelände, nicht nur auf einer betonierten Rennstrecke. Während sie noch überlegte, wie sie ihr Auto im Ernstfall auf diesem schmalen Weg hätte wenden können, war sie endlich bei einem roten Schwedenhäuschen mit der Aufschrift »Empfang« angelangt. Daneben mahnte ein Schild die Ruhezeiten an: mittags zwischen dreizehn und fünfzehn, abends ab zweiundzwanzig

Uhr. Sie ließ die Scheibe hinunterfahren und sah sich um. Aus einer Ecke dröhnte laute Schlagermusik über den Platz, sonst lagen die Wege wie ausgestorben. Es war kein Zeltplatz, eher eine Ferienhaussiedlung mit Mini-Windmühlen in den Vorgärten und Gartenzwergen unter Lauben. Schließlich tuckerte ein Mann in einer abgewetzten Cordhose und Karohemd auf einem fahrbaren Rasenmäher vorbei. Der sah immerhin geländegängig aus.

»Entschuldigung«, rief Harmony und gestikulierte zu dem Fahrer herüber. Er stellte den Motor ab und wandte sich zu ihr um.

Er sagte etwas, das sie nicht verstand. Sie schaute fragend, und der Mann machte eine Geste, als wollte er etwas aus seinen Ohren entfernen. Jetzt verstand sie und nahm ihr Headset ab. Um diese Uhrzeit würde in der Redaktion vermutlich nichts Entscheidendes mehr passieren, das einen Anruf rechtfertigte. Der erste Schritt zur Entspannung. Gleich würde sie ihr Handy stumm schalten. Die konnten sie alle mal. Alle miteinander.

»Ich sagte: Wenn Sie zum Sommerfest wollen, das Hauptprogramm ist schon vorbei«, rief der Mann auf dem Rasenmäher gegen den Schlagerlärm an. Irgendetwas mit Weinbrand und Blutbahn, das sich auf Truthahn reimte. Nicht dass Harmony es so genau hätte wissen wollen.

»Kein Wunder«, gab sie zurück und stopfte die Kopfhörer in die Handtasche auf dem Beifahrersitz. »Ist ja auch ein bisschen spät für ein Sommerfest.«

»Das ist bei uns traditionell spät. Im Mai gibt es auch noch ein geselliges Beisammensein. Das ist aber weniger aufwendig. Da schmieren wir nur Mettbrötchen.«

»Und was haben Sie heute zum Essen?«

»Gegrilltes. Ich glaube, die Spareribs sind aus. Aber gleich kommt Paulchen mit einer neuen Lieferung. Wollen Sie vielleicht in der Zwischenzeit ein Tombolalos kaufen?«

»Was gibt es zu gewinnen?«, fragte Harmony belustigt nach.

»Hauptpreis ist ein Spanferkel. Für fünfzehn Personen. Aber es sind auch ein paar nette Geschenkgutscheine dabei. Zum Beispiel für ein Candle-Light-Dinner in der Trattoria Romantica.«

»Klingt ja romantisch.«

Der Mann verzog das Gesicht. »Geht so. Ist nur für eine Person. Man kann noch jemand mitbringen, aber der zahlt dann voll. Ich fand das ja ein bisschen knauserig. Aber mehr war dieses Jahr wohl nicht drin. So sind sie, wenn sie mal einen Preis zur Verfügung stellen.«

»Sie?«

»Na, diese Städter«, sagte der Mann verächtlich, als erklärte das alles.

»Welche Städter?«, fragte Harmony nochmal nach.

»Die da drüben«, der Mann machte eine vage Geste Richtung Osten. »In der Stadt eben. Hitzacker.«

Harmony musste wieder an ihren Straßenatlas denken. Darin war Hitzacker einer der Orte mit dem zweitkleinsten Punkt, den menschliche Ansiedlungen bekommen konnten.

»Vielen Dank«, sagte sie, »aber eigentlich suche ich etwas. Und mein Navi ist kaputt.«

Der Mann nickte mitfühlend. »Neumodischer Kram«, sagte er. »Ging ja früher auch ohne.«

»Wunnefitz«, erklärte Harmony. »Das ist nicht richtig ausgeschildert.«

»Ach so«, sagte der Mann, »ist aber ganz einfach. Sie fahren auf die Hauptstraße zurück, vorbei an der Stelle, wo der rote Pick-up am Feldweg steht. Den parkt der Hotte immer dort, wenn er angeln geht. Dann kommt gleich der nächste Ort, da müssen Sie auf das leere Storchennest auf dem Dach achten. Gleich danach scharf rechts, und Sie sind so gut wie da.«

Hinter Harmony machte eine Fahrradklingel Lärm, und sie drehte sich um. Hinter ihr in der Zufahrt stand ein voll beladenes Lastenfahrrad, auf dem ein Mann mittleren Alters saß. Brille, Geheimratsecken und ein lang gestreckter Körper, gerade noch sehnig, beinahe schon dünn. Um seinen Hals baumelte ein gelbes X an einer Kette. Jetzt, da Harmony es in Klein sah, dämmerte es ihr wieder. Hatte das nicht etwas mit Protest gegen Atommüll-Transporte zu tun?

»Ich will euer Schwätzchen ja nicht unterbrechen«, rief er, »aber ich müsste mal da durch. Eilige Lieferung.«

»Ach schau an«, sagte der Mann auf dem Traktor, »Paul mit den Schinkenwürsten.«

»Sind auch ein paar Tofuwürste dabei«, gab der Lange mit der Protestkette zurück.

Der Traktorfahrer lachte dröhnend. »Unverbesserlich, was?« Dann wandte er sich an Harmony. »Das ist unser Grillmeister. Echter Profi. Hat mal Koch gelernt.«

»So sieht er aber nicht aus«, wunderte sich Harmony und musterte den asketischen Körper auf dem Fahrrad.

»Wenn Sie Lust haben, bleiben Sie doch noch auf einen kleinen Imbiss«, ermunterte sie der Traktorfahrer. »Unser Paulchen ist ein feuriger Kerl.«

»Ach danke«, winkte sie ab, »ich hab noch einen Termin.«

Sie wendete vorwärts in einen Gehweg, damit das Lastenfahrrad sie überholen konnte. Im Rückspiegel sah sie, wie der Lange noch einmal grüßte. Sehr freundlich. Ganz anders als die Hamburger Verkehrsrowdys. Die wurden schon gleich ausfallend, wenn man mal eine halbe Sekunde zu spät an einer roten Ampel anfuhr.

Und noch etwas fiel ihr auf. Der Blick des Mannes, ganz anders, als sie es gewohnt war. So blickte weder ein Jäger auf seine Beute noch ein Platzhirsch auf seinen Konkurrenten, und es war auch nicht der leere Gesichtsausdruck eines Gegenübers, das beim ersten Scannen schon das lang überschrittene Verfallsdatum feststellt. Nein: Dieser Mann hatte sie mit einem aufrichtigen Interesse angesehen, einer Offenheit, die sie beinahe misstrauisch machte. Was war denn das für einer?

Nicht dass sie es wirklich hätte wissen wollen.

Sie stieß zurück und schaukelte bergab über die miserable Piste, dann bog sie wieder auf die Elbuferstraße ein. In der nächsten Kurve musste sie scharf bremsen. Denn um ein Haar hätte sie zwei junge Männer überfahren, die seelenruhig auf der Fahrbahn unterwegs waren, als hätten sie alles Recht der Welt dazu.

Jedenfalls nahm Harmony an, dass es Männer waren. Die Kombination aus Latzhose und Rastalocken war auf den ersten Blick nicht ganz eindeutig.

Einer von ihnen trat in die Pedale eines Liegerads, an der Lenkstange flatterte ein Wimpel mit einer Friedenstaube. Der andere schob eine Schubkarre voller Stallmist. Sie hupte ärgerlich, überholte und gab wieder Gas. Im Rückspiegel sah sie, wie der Hintere seine Schubkarre abstellte. Er nahm etwas aus dem Mund, das eine selbst gedrehte Zigarette sein konnte oder ein Joint, dann hob er seine rechte Hand und winkte.

6

Der Name des Hotels war nicht nur korrekt, sondern sogar reichlich untertrieben. Das »Elbblick« thronte auf einem Hügel oberhalb des Flussufers, von dem aus man bis nach Mecklenburg-Vorpommern schauen konnte. Im Spätnachmittagslicht zogen Lastkähne ihre trägen Bahnen auf dem Fluss, am Ufer standen Bäume, die mangels Gesellschaft ihre Äste nahezu unverschämt in die Breite hatten wachsen lassen. Auf den Marschwiesen trafen sich schnatternd Vögel zu einer Pause auf dem Flug gen Süden. Und wenn man ganz genau hinsah, konnte man von hier oben sogar einen einsamen Angler auf einer Buhne erkennen, der dort so unbeweglich stand wie das Schilf unter dem windstillen Himmel.

Doch die majestätische Lage lenkte nur auf den ersten Blick von der Tatsache ab, dass das Hotelgebäude schon bessere Tage gesehen hatte. Die Erkerchen und Türmchen der Villa kündeten von vergangenem Wohlstand, aber der Putz war an vielen Stellen abgeblättert. Vor der Eingangstür stand ein trauriges Männchen, das aus Besenstielen, Schürzen und einem Kürbiskopf zurechtgebastelt war und grinste auf eine leicht irre Weise, die Harmony an Jack Nicholson als wahnsinnigen Hotelbesitzer in *Shining* erinnerte.

Aber vielleicht war das auch ungerecht dem Männchen

gegenüber. In ihrer Lage – plötzlich Single, plötzlich perspektivlos und um gefühlte zwanzig Jahre gealtert – hätte vermutlich auch ein schickes Pariser-Boutique-Hotel mit Promi-Stammgästen sie an den einsamen Kasten in den Bergen erinnert, in dem ein erfolgloser Schriftsteller langsam in den Wahnsinn entglitt.

Das Foyer war leer, auf dem Empfangstresen stand eine altmodische Messingklingel und ein reichlich verstaubtes Blüten-Potpourri. Harmony beugte sich über das Tellerchen, um zu schnuppern, und musste prompt niesen. Irgendwo dudelte ein Radio, ein Sommerhit mindestens vom vorvergangenen Jahr oder noch älter, in dem jemand von seiner Sehnsucht nach einem Haus am See rappte. Dazu roch es dumpf nach Fleischklößen. Offensichtlich hatten die Wendländer eine etwas andere Vorstellung von Wellness als Sylter oder Hamburger.

Harmony ließ ihren Handteller mehrmals auf die Messingklingel sausen, mit zunehmender Kraft, und stellte fest, dass die harsche Bewegung ziemlich wohltuend war. Auch anders als sie Wellness bisher kannte, aber effektiv. Noch einmal verdrosch sie das Metall und stellte sich vor, es wäre Mo. Irgendwann begann ihre Hand zu schmerzen, und sie gab auf.

Weil sich drinnen nichts rührte, schnappte Harmony schließlich ihren Rollkoffer und ging wieder vor die Tür. Auf einer kleinen hölzernen Terrasse neben dem Hotel sah sie von fern ein paar Menschen in der Abendsonne sitzen. Vielleicht wussten die, wo man sich hier anmelden konnte.

Drillinge, dachte Harmony im Näherkommen verblüfft. Und sie sind sogar gleich angezogen! Dabei handelte es sich unzweifelhaft um erwachsene Frauen. Ob sie noch bei ihrer Mutter lebten, die den Töchtern jeden Tag das passende Partnerlook-Outfit in Größe zweiundvierzig heraussuchte? Erst im

Näherkommen korrigierte Harmony den ersten Eindruck. Die drei Frauen, die dort in Liegestühlen kreisförmig um ein Bistrotischchen fläzten, waren doch nicht miteinander verwandt. Sie hatten nur alle die gleichen flauschigen, weißen Bademäntel an, die gleichen grob gestrickten Wollsocken an den Füßen, und ihre kurz geschnittenen Haare leuchteten rötlich. Allerdings in verschiedenen Tönen von Karotte bis Aubergine.

»Also, ich könnte noch ein Proseccochen«, sagte die eine gerade und blickte betrübt in ihren leeren Sektkelch. Dabei streckte sie übertrieben geziert eine Hand aus. Ihre Finger waren perfekt manikürt, auf dem Zeigefinger blinkte ein aufgeklebtes Strasssteinchen. Die Zweite trug schlammfarbene Fingernägel. Heißeste Trendfarbe der Nullerjahre. War das also auch schon hier angekommen. Das leuchtend orangefarbene Pfützchen in ihrem ebenfalls bemitleidenswert leeren Glas passte allerdings perfekt dazu.

»Und ich noch so ein Aperölchen«, seufzte sie melancholisch.

»Na, dann nehm ich auch noch ein Hugochen«, sagte die Dritte so bedächtig, als hätte sie sich zu einer wichtigen Entscheidung durchgerungen. Auf ihren Fingernägeln blitzte es türkis.

Harmony stakste auf High Heels über den Kiesweg. Als die Frauen ihre Schritte hörten, wandten sie synchron die Köpfe.

»Och«, sagte die erste.

»Schade«, sagte die Zweite.

»Der Letzte hat mir aber besser gefallen«, kicherte die Dritte. Dann giggelten die drei auf eine Weise, die offenbarte, dass sie schon jetzt nicht mehr bei der ersten Runde waren.

»Nichts für ungut«, die Erste sah Harmony mit etwas glasigen Augen an. »Wir hätten uns nur so gefreut, wenn der junge Mann uns noch mal eine Runde zu trinken gebracht hätte.«

»Und ich würde mich freuen, wenn der junge Mann mir meinen Zimmerschlüssel bringen würde«, gab Harmony zurück. »Ich habe nämlich das Last-minute-Wellnesspackage gebucht.«

»Last minute«, sagte die Zweite und hielt ihr Glas schräg, als könnte sie ihm so durch ein physikalisches Wunder doch noch einen weiteren Schluck entlocken.

»Besser spät als nie«, kicherte die Dritte.

Einen Augenblick lang überlegte Harmony, ob sie einfach umkehren, ins Auto steigen und nach Hamburg zurückfahren sollte. Offensichtlich lagen die Vorstellungen, was ein vernünftiges Wellnesshotel war, noch weiter auseinander, als sie geahnt hatte. Und Hamburg und Wunnefitz trennten weit mehr als hundert Kilometer. Geistig gesehen. Doch im gleichen Moment betrat von der anderen Seite ein Mann die Terrasse, und die Mienen der Bademantelfrauen hellten sich auf.

»Der Kerl mit den Getränken«, juchzte die eine. »Dich schickt der Himmel.«

Wie es schien, hatten sich die drei Damen diesen Kellner schon ganz ordentlich schöngetrunken. Ein nicht mehr ganz junger Mann mit einem nicht mehr ganz roten Bart rieb sich die großen Hände an einer nicht ganz sauberen Jeans ab und lächelte in die Runde.

»Von ganz so weit oben komme ich nicht«, sagte er, »ich hab nur den Grill vorbereitet.« Dann erblickte er Harmony, kam mit großen Schritten auf sie zu und streckte ihr eine Hand hin.

»Oh«, sagte er, »ich sehe, wir haben noch einen neuen Gast.«

Harmony musterte die Hand, die Schmutzränder unter den Fingernägeln, die ausgeprägten Adern auf dem Handrücken. Wäre sie nicht so halb gepflegt, es wäre eine schöne Hand gewesen. Eine Handwerkerpranke, sexy auf eine etwas ungehobelte Weise.

Und die Hand passte gut zum Rest des Mannes: sommersprossig, eine Menge rötliche Haare auf dem Kopf und am Kinn, in die sich eine Spur von Grau mischte, Karohemd und Fellweste. Als sie einatmete, wehte ihr ein Geruch entgegen, der ihr fast vertraut vorkam. Der leicht fettige Duft von Schaffell und Rauch. Auch der Bart hatte einen ziemlich ehrlichen Duft. Harmony meinte, eine Note Schmieröl auszumachen. Jedenfalls nicht so ein frisiertes Hipsterbärtchen wie es die Latte-Macchiato-Grafiker im Hamburger Schanzenviertel trugen. Kombiniert mit riesigen Wollmützen, selbst im Sommer, die Harmony immer fatal an gebrauchte Kondome erinnerten. Dieser hier war offensichtlich ein richtiger Naturbursche.

Flüchtig ergriff sie die Hand und ließ sie gleich wieder los.

»Freut mich«, sagte sie. »Schlüter-Hansen.«

Er lachte, und sie fragte sich, was es da zu lachen gab. »Schon gut«, sagte er, »ich bin Jano.«

Unwillkürlich musste sie an den Mann mit dem Lastenfahrrad und den Tofuwürsten denken. Keine zwei Stunden im Wendland, und schon wieder stand ein Mann vor ihr, der sie offen, fast kindlich musterte. Nicht dass dieser ihr Typ gewesen wäre. Genauso wenig wie Tofu-Paule. Aber es schien hier ein Nest zu geben voller Männer mit klarem Blick, ungewohnt für Großstadtfrauen mit einer Vorliebe fürs Komplizierte. Sie ertappte sich bei dem Gedanken, wie solche Naturburschen wohl im Bett waren, ließ ihn aber gleich wieder fallen.

»Jano ist ein Künstler«, sagte die zweite der Wellnessgrazien träumerisch.

»Genau«, forderte die Dritte, »deshalb hätte ich jetzt gern noch einen ganz kunstvollen Hugo.«

Die Erste lächelte Harmony freundlich zu. »Trinkst du was mit?«, fragte sie, »dann schnapp dir einen Stuhl.«

Harmony war hin und her gerissen zwischen Rührung und Fremdschämen. Einerseits fand sie es reichlich anmaßend, dass diese drei Grazien sie so mir nichts, dir nichts duzten und eingemeindeten. Andererseits war es manchmal ganz erfrischend, mit Menschen zu tun zu haben, die nicht wussten, wer sie war. Die nicht eingeschüchtert waren von ihrem Status. Und, das merkte sie mit einem leichten Anflug von Panik, es berührte sie seltsam, dass das Trio sie auf diese Weise willkommen hieß. Als gehörte sie dazu. Als wäre sie hier zu Hause. Sie schüttelte so lange den Kopf, bis sie sicher sein konnte, dass ihre Stimme nicht heiser klingen würde. »Danke, nein«, sagte sie. »Ich muss heute noch klar denken.«

Die Zweite prustete los, und Harmony war froh, dass das Glas in ihrer Hand noch nicht wieder mit Aperölchen gefüllt worden war.

»Der war gut«, kicherte sie, »klar denken. Ich dachte, wir sind zum Entspannen hier?«

»Janochen«, quengelte die Dritte, »bringst du uns schnell noch 'ne Runde?«

Jano schüttelte bedächtig den Kopf.

»Ihr, meine Lieben, zieht euch jetzt erst mal hübsch was an. Die Spareribs sind nämlich gleich so weit. Und Sie, Lady, geben mir mal ihr Köfferchen, das bringe ich in Zimmer 20, erster Stock links. Auspacken können Sie später, jetzt genießen Sie erst mal schön den Sonnenuntergang.«

Dann hob er den Arm – nicht minder muskulös und ansehnlich wie die Hand daran –, wischte sich nicht vorhandenen Schweiß von der Stirn und machte auf dem Absatz kehrt, wobei er Harmonys Koffer hinter sich herzog wie ein treues Hündchen. Die Rollen knirschten über den Kies. Harmony stand unbeweglich, schon zum zweiten Mal innerhalb von zehn

Minuten unentschlossen, ob sie das Verhalten eines fremden Menschen dreist oder eher hinreißend finden sollte.

»Ist er nicht süß?«, Rotschopf Nummer eins warf erst Jano einen schmachtenden Blick zu, dann sah sie Harmony an. »Er sorgt für uns wie ein Vater.«

»Das ist ja auch sein Job«, sagte Harmony. Plötzlich kam sie sich sehr verloren vor, wie sie mit ihren High Heels im Kies stand, wie eine Fremde, die in ein fröhliches Familienfest hineingeplatzt ist. »Ich glaube«, sagte Harmony, »ich muss mir ein bisschen die Beine vertreten.«

»Aber nicht zu lang«, rief eine der drei Rothaarigen hinter ihr her, »Essen ist doch gleich fertig.«

Harmony war froh, dass die Frau in diesem Moment ihr Gesicht nicht sehen konnte. Das Gesicht einer Frau, die das Weinen verlernt hatte und alles getan hätte für ein paar Tränen, die das Brennen in ihren Augen lindern würden.

Eine winzige Straße schlängelte sich von der Anhöhe, auf der das Hotel lag, hinunter zum Flussufer. Am Fuß der Anhöhe lag das eigentliche Dorf, wenn man es denn überhaupt so bezeichnen konnte. Wunnefitz war nicht mehr als eine Ansammlung von ein paar Bauernhöfen, Scheunen und zwei niedrigen Gelbklinkerbauten, die sich kreisförmig um eine große Linde mit einer Sitzbank gruppierten. »Achtung, hier spielen Kinder!«, mahnte ein Straßenschild, aber die Häuser lagen wie ausgestorben in der Abendsonne. Hinter Gartenzäunen konnte sie verwilderte Gärten erkennen, die Sträucher mit den leuchtend roten Beeren sahen nicht so aus, als hätten sie in den letzten Jahren einen Gärtner gesehen. Freestyle.

Harmony erwog einen Moment lang, ihre Schuhe auszuziehen. Das Klackern der Absätze hallte unangenehm laut auf dem Asphalt, und noch mehr als zuvor hatte sie das Gefühl, beobachtet zu werden. Aber so wie die Luft hier nach Bauernhof roch, nach Tieren und ihren Ausdünstungen, wollte sie nicht riskieren, mit ihren pedikürten Zehen in einem frischen Kuhfladen zu landen.

Zwischen zwei Häusern führte ein Feldweg hindurch in Richtung Flussufer. An einem Nebenarm der Elbe stand dicht das Schilf, auf der anderen Seite des Weges rankten Brombeerhecken und hielten ihre reifen Früchte in die Abendluft, die niemand gepflückt hatte. Die Armen. In einem Anfall von Mitleid riss Harmony eine Handvoll davon ab und stopfte sie sich in den Mund. Die Säure zog ihre Schleimhaut zusammen, die Kerne quietschten unangenehm zwischen ihren Backenzähnen, aber gleichzeitig war da etwas, das sie nicht zu fassen bekam. Ein Geschmack nach Kindheit, eine dunkle Erinnerung an einen Spätsommertag am Ufer eines glänzenden Flusses. Wann und wo war das nur gewesen?

Der Weg führte direkt zur Böschung, von der Trauerweiden ihre langen Äste ins Wasser hängen ließen. Eine einzelne, ausladende Ulme stand in Ufernähe und säuselte ein Duett mit dem Wind. Harmony kämpfte ein paar dornige Äste nieder, die über den Weg gewuchert waren, dann stand sie in einer winzigen Sandbucht direkt am Elbufer. Über ihr querte ein perfektes Dreieck aus Zugvögeln den Himmel in Richtung Süden. Das Elbwasser schimmerte in einem teuer aussehenden Metallic-Ton.

So, sagte Harmony zu sich selbst, hier bist du also.

Mit einem Mal spürte sie nichts als einen wohligen Frieden, gemischt mit einem leichten Gefühl von Taubheit, so als wäre in ihr etwas eingeschlafen, das kribbelnd langsam wieder erwachte. Tief sog sie die Luft ein, die hier ein wenig brackig roch, pilzig, nach Wald und Herbst und Fluss und Feuchtigkeit.

Gleichzeitig erlebte sie ein weiteres Déjà-vu, diesmal mit einer solchen Macht, dass sie sich beinahe rücklings in den Elbsand gesetzt hatte. Plötzlich war sie vollkommen sicher: Sie kannte diesen Ort. Es war wie Nachhausekommen, ein mächtiges Gefühl von Vertrautheit und Selbstverständlichkeit. Dabei konnte das Gefühl nichts mit der Wirklichkeit zu tun haben. Schließlich konnte sie sich nicht erinnern, jemals in dieser Gegend gewesen zu sein.

Wahrscheinlich war es der Schock. Die abrupte Trennung von Mo. So wie Unfallopfer trotz Verletzungen ruhelos die Landstraße entlangtigerten und kaum spürten, wie ihnen die Lebenskraft entwich. Da konnte das Gehirn schon ein paar absurde Halluzinationen produzieren. Harmony wusste nicht mehr, ob die Auszeit wirklich eine gute Idee gewesen war. In Hamburg hätte sie weiterhin funktionieren können, das Leben ohne Mo organisieren, vielleicht sogar noch teuflischere Rachepläne schmieden, als sie es bisher getan hatte. Hier, allein im Wendland, war sie völlig auf sich selbst gestellt, schutzlos ihren Gedanken ausgeliefert.

Und diesen Fremden, die sie mit ihrer selbstverständlichen Wärme aufgenommen hatten, als gehörte sie dazu. Auch wenn die Frauen keine Ahnung hatten von den Farbtrends der letzten Fashion Week und diese Männer für ihren Geschmack ein klein wenig zu sehr nach Mann rochen. Und die falschen Fahrzeuge hatten.

Erst als sie sich zum Gehen wandte und wieder auf die kleine Ansammlung von Häusern zukam, entdeckte sie, dass eines anders war als die anderen. Äußerlich unterschied es sich kaum, mit seinen alten, hölzernen Fachwerkbalken und seinem leicht schmuddeligen Ziegelwerk. Aber im Gegensatz zu den anderen schien es wirklich verlassen zu sein. Die Fenster im ersten Stock waren mit Brettern vernagelt, auf einer Terrasse davor stand ein einzelner weißer Plastiktisch unter einem mächtigen Walnussbaum.

Wieder spürte sie dieses Kribbeln im ganzen Körper, als strömte ihr Blut plötzlich schneller, als erhielte jede Zelle eine Extraportion Sauerstoff, und ohne zu wissen, was es war, ahnte sie: Jetzt und hier, an dieser Stelle und in diesem Moment, würde sich ihr Leben noch viel dramatischer verändern, als es das durch die Trennung von Mo getan hatte. Hatte sie es nicht schon vor ein paar Tagen geahnt, das Küchenmesser in der Hand, dass etwas Größeres anstand?

Harmony ging näher und umkreiste das Haus. So heruntergekommen es war, hatte es doch eine prächtige Eingangstür, mit Einlegearbeiten und bunten Malereien wie auf einem Bauernschrank. Direkt darüber konnte sie eine Inschrift lesen. »Dorfgasthof Wunnefitz« stand in ausgeblichenen Frakturbuchstaben dort. Rund um den Schriftzug war das Holz dunkler, es sah aus, als hätte noch vor Kurzem ein neueres Schild darüber gehangen und wäre dann entfernt worden. Neben dem Eingang hing ein Schaukasten an der Hauswand, die Glasscheibe war eingeschlagen, und dort, wo wahrscheinlich einmal eine Speisekarte gehangen hatte, kringelten sich braune Blätter vom Vorjahr zwischen Glasscherben.

Harmony hob den Blick. Auch auf dem Giebel stand etwas geschrieben. »Der Herr hat's gegeben, der Herr hat's genommen«, entzifferte sie mühsam, »errettet aus des Stromes Flut, was wir nannten Hab und Gut.« Darunter ein Datum aus dem 19. Jahrhundert.

Harmony umrundete das verlassene Lokal, stellte sich auf

die Terrasse und blickte in Richtung Elbe. Die Büsche, dachte sie, die müsste man entfernen. Dann könnte man direkt auf die Elbe gucken.

Und dann, genauso deutlich wie das seltsame Déjà-vu von vorhin, sah sie die Zukunft vor sich.

Tische unter den Nussbäumen, Vintage-Möbel mit abgebeizten, groben Oberflächen, minimalistisch dekoriert, im Sommer mit Rosenblättern, im Herbst mit Kastanien, Blättern, Flusskieseln. Eine in Leder eingebundene, handgeschriebene Karte, kleine Auswahl, regional, saisonal, aber von bester Qualität. Ein Hauch von Crossover vielleicht: Kürbissuppe Thai-Stil, Sushi vom Elbfisch, Heidschnucke orientalisch.

Natürlich eine erlesene Weinkarte, mit ein paar Spezialitäten aus Deutschland von innovativen Winzern aus der Pfalz oder aus Baden, die sich nicht verstecken mussten vor der Konkurrenz aus Frankreich oder Italien.

Sie sah Themenmenüs und Kulturabende, schmalhüftige Kellner mit schwarzen Hemden und langen weißen Schürzen zum Tresen eilen und mit vollen Tabletts durch die Tür treten, die Gaststube drinnen, einen Ofen mit holländischem Kachelmuster, vielleicht Petroleumlampen auf den Tischen, einen offenen Kamin, Holzbänke, über die lässig ein paar Kuhfelle geworfen wurden. Und dann sah sie noch die Hochsommervariante, einen Bohlenweg in Richtung Strand, einen Beachclub auf dem winzigen Sandstreifen, mit Deckchairs aus Teakholz und einer Cocktailbar.

Das konnte die Zukunft sein. Ihre Zukunft. Sie würde sich nicht in das Schicksal der verlassenen Frau fügen, nicht zulassen, dass hinter ihrem Rücken über sie getuschelt wurde. Ganz im Gegenteil: Sie würde sich neu erfinden, derart schwindelerregend neu erfinden, dass selbst eine Madonna dagegen aussehen würde wie eine biedere Provinzmaus. Ihr stand eine glänzende Zukunft als Szene-Gastronomin im Wendland bevor. Und nicht nur irgendeine Szene-Gastronomin. DIE Szene-Gastronomin.

Und dann, als sie noch einmal das verlassene Gasthaus umkreiste und die Aufschrift über der Eingangstür betrachtete, fiel ihr auch der richtige Name für ihr neues Baby ein.

»Elbliebe«, murmelte Harmony, und zum ersten Mal seit langer Zeit fühlte sich ihr Leben ganz und gar richtig an.

Am Autobahnausbau zwischen Hamburg und Hitzacker konnten die ja noch arbeiten.

7

Am folgenden Montagmorgen, zu einer für Medienmenschen unanständig frühen Zeit, ließ Harmony Schlüter-Hansen ihre High Heels einsam über die Seufzerbrücke klappern.

Die hatte wenig mit ihrer weltberühmten Namensschwester in Venedig gemein, weder den weißen Marmor noch die exponierte Lage an der Lagune, sondern war nur eine hundsgewöhnliche, stählerne Verbindungsbrücke zwischen zwei Verlagsgebäuden, auf der elbabgewandten Seite. Aber was das Gejammer anging, konnte sie locker mithalten.

Vor Jahrhunderten in Venedig waren es die Gefangenen des Dogen gewesen, die beim Gang über die Seufzerbrücke zum letzten Mal die Schönheiten der Welt anschauen durften, ehe sie in den feuchten Kerkern ihr elendes Leben aushusteten. Hier und heute waren es die Chefredakteure des Verlagshauses, die auf diesem Weg ihre schweren Gänge zu Verlagsgeschäftsführern und Controllern antreten mussten.

Auf dieser Seite der Straße, in diesem Gebäudeteil, ging es nicht um die kreativste Titelzeile oder die avantgardistischste Modestrecke. Jedenfalls nicht, solange sich die Kreativität nicht in aufsteigenden Umsatzkurven und zusätzlichen Anzeigen-Deals messen ließ. Hier, so sahen es die Chefredakteure, saßen die Spielverderber. Die grauen Herren. Die Zahlenmenschen.

Die den Erfolg und die Qualität eines Blattes ausschließlich in PowerPoint-fähigen Diagrammen bemaßen. Ein Gang über die Seufzerbrücke bedeutete fast immer eines: Ärger.

Doch an diesem Morgen war Harmony trotzdem guter Dinge. Wenn sie heute den Rückweg antreten würde, dann aller Wahrscheinlichkeit nach als designierte Chefin gleich zweier auflagenstarker Blätter. Der *Style* und der *Elsa*.

Schon auf der Rückfahrt vom Wendland nach Hamburg hatte sie sich einige Gedanken über ein neues, leicht modifiziertes Konzept für die *Elsa* gemacht. Auf dem Weg zu Dr. Schwindtke spielte sie mit dem Gedanken, ob sie sich die Kosten für den Wochenendtrip vom Verlag erstatten lassen konnte. Frauen wie die drei Rothaarigen, die sie am Freitag getroffen hatte, waren schließlich die typischen *Elsa*-Leserinnen, mit ihrer Vorliebe für Aperölchen und Naturtönungen und Drei-Sterne-Wellness. Es tat einer künftigen Chefredakteurin nur gut, sich gelegentlich inkognito unter die Zielgruppe zu mischen. Gerade wenn man selbst nicht dazugehörte.

Ja, vielleicht war es wirklich ein Wink des Schicksals gewesen, der ihre Wege nach Wunnefitz statt nach Sylt gelenkt hatte. Aber mit Sicherheit nicht so, wie sie es sich in diesem seltsamen Moment der Klarheit am Elbufer ausgedacht hatte. Inklusive herbstlicher Tischdeko, schmalhüftigen Kellnern und Kulturabenden im Kuhfell-Look.

Ein kurzer, unerwarteter Rausch, dem schon am nächsten Tag auf der ranzig riechenden Massagebank des Wellnesshotels ein emotionaler Kater gefolgt war. Wirtin werden – war sie eigentlich noch bei Trost? Was hatte sie sich dabei eigentlich gedacht?

Vielleicht, überlegte Harmony, wäre das eine Psycho-Geschichte für die nächste *Style*-Ausgabe: am Boden bleiben. Für ihren Geschmack hatten sie ein wenig zu oft Geschichten über Frauen gebracht, die ihr Leben umwarfen. Die den Versicherungsjob gegen eine Yogaschule auf Bali oder ein veganes Café auf Ibiza tauschten. War es nicht viel ehrlicher, auch einmal die Vorzüge des Dableibens zu beleuchten? Die Rückbesinnung nach einem kurzen, wahnsinnigen Moment, in dem alles möglich schien?

Sie selbst würde als Interviewpartnerin selbstverständlich nicht zur Verfügung stehen. Nicht nur weil sie die Chefin war. Sondern auch weil sie deutlich zu alt war, um in ihrem eigenen Blatt aufzutauchen, außer auf einem bis zur Unkenntlichkeit gephotoshoppten Bild auf der Editorial-Seite.

Am Ende der Seufzerbrücke kündigte ihr Smartphone mit einem zarten Pling den Eingang einer neuen Nachricht in ihrem geschäftlichen Account ein. Sie zückte es im Laufen und warf einen Blick darauf.

Zunächst wollte sie es gleich wieder einstecken, als sie sah, dass die Nachricht von einem Branchendienst kam. Der *Krass-Report,* mit Neuigkeiten aus der Medienlandschaft. Den konnte sie sich auch noch später zu Gemüte führen. Schließlich wartete der Verleger.

Aber dann blieb sie an einem Wort hängen. Stutzte. Las weiter. Stieß an einen Namen in einer Überschrift. Blinzelte. Las wieder den Namen. Ihren eigenen. Lächelte in sich hinein. Dann steckte sie das Smartphone schnell weg. Nein, sie würde sich die Begegnung mit Dr. Schwindtke, den Moment, in dem er ihr die Leitung der *Elsa* anbot, nicht verderben. Diesen Triumph wollte sie in vollen Zügen genießen. Branchennachrichten konnte sie später noch zur Genüge lesen. Schließlich hatte sie diese Top-Meldung schon erahnt, ehe der *Krass-Report* sie offiziell gemacht hatte.

Mittlerweile war Harmony vor dem Büro des Verlegers angekommen und betrat das Vorzimmer, ohne anzuklopfen.

Unverwandt hob Schwindtkes Sekretärin den Kopf und sah Harmony wortlos an. Harmony verkniff sich ein Grinsen.

»Einen wunderschönen guten Morgen«, wünschte Harmony jovial. Die Frau starrte sie noch immer an, als sei sie eine Erscheinung, aber vielleicht war dieser Eindruck auch nur ihrem Augen-Make-up geschuldet. Mit so viel Kajal sah jede Frau aus wie ein geblendeter Waschbär, Siebziger-Revival hin oder her.

»Sie können gleich durch«, hauchte die Sekretärin mit den Smokey Eyes.

Als Harmony das Büro betrat, steckte der kluge Kopf des Verlegers hinter einer wohnzimmertischgroßen, aufgeschlagenen Zeitung. Darunter lugten ein paar Beine in Bügelfaltenhosen hervor, an den Füßen rahmengenähte englische Lederschuhe. In der Luft hing klassische Klaviermusik und ein Hauch von Bergamotte. Dr. Günther Schwindtke, ganz hanseatischer Groß- und Bildungsbürger, saß in seinem Lieblings-Fauteuil, trank Earl Grey und studierte die Weltläufte. Der glaubte wohl, er sei hier bei der *Zeit*. Oder beim *Spiegel*.

Harmony machte probehalber noch einen Schritt, und schließlich ließ er seine XL-Zeitung sinken. Mit einem durchgeistigten Lächeln tauchte er aus seiner Lektüre auf – soweit Harmony die Titelzeilen über Kopf lesen konnte, ging es um zeitgenössische Inszenierungen in Salzburg und Bayreuth –, und sie entspannte sich endgültig. Das hier würde ein harmloser Plausch werden, mit einer guten Nachricht am Ende.

»Frau Schlüter-Hansen«, flötete Dr. Schwindtke, erhob sich von dem Sessel, in dem er gelesen hatte, und ließ dabei riesige Storchenflügel bedruckten Papiers zu Boden gleiten, »das freut mich aber, dass Sie so rasch kommen konnten.«

»Ehrensache. Ist mein Job.«

Bei diesem Worten lächelte der Verleger ein bisschen schief und sah ertappt zu Boden, fing sich aber gleich wieder.

»Jedenfalls sehen Sie aus, als hätten Sie ein paar erholsame Tage hinter sich«, sagte er, trat noch einen Schritt näher auf sie zu und schüttelte ihre Hand einen Tick zu lange. Dann deutete er auf einen Stuhl an seinem Besprechungstisch, an der anderen Seite des lichtdurchfluteten Eckbüros, gegenüber der Polstermöbelecke, in der er seine großbürgerliche Teezeremonie abgehalten hatte.

»Scharf beobachtet«, Harmony nickte und setzte sich, »ich habe gerade den schönsten Arsch der Heide …«, sie korrigierte sich, »ich meine: die Toskana Deutschlands kennengelernt.«

»Ach was«, der Verleger blieb unentschlossen am Fenster stehen, »Sie waren in der Pfalz?«

Sie schüttelte unwillig den Kopf. »Nicht doch. Im Wendland. Völlig unterschätzte Gegend. Wenn Sie mich fragen«, sie blickte ihn kokett von der Seite an, »ich könnte jeden verstehen, der dort hinkommt und sofort mit Aussteigergedanken spielt. Die Versuchung ist groß, kann ich bestätigen.«

Er nickte langsam und bedächtig, und sie wartete eine Spur zu lang, dass er endlich etwas sagen würde. Ein wenig sanfter Protest wäre an dieser Stelle wohl das Mindeste gewesen. Schließlich hatte sie, die Stütze der Gesellschaft, das beste Pferd im Stall, soeben angedeutet, dass sie sich auch noch ein ganz anderes Leben vorstellen konnte denn als Chefredakteurin mit Doppelposten. Ob er sich seiner Sache zu sicher war?

So weit durfte man Männer besser nicht kommen lassen. Nicht privat, aber auch nicht beruflich.

»Liebe Frau Schlüter-Hansen«, begann er schließlich umständlich und legte seine Daumen und Zeigefinger zu einer

Merkel-Raute zusammen, »ich möchte gar nicht lange um den heißen Brei herumreden.«

»Meine Rede«, stimmte Harmony zu, »wäre ja noch schöner, wenn nicht mal Journalisten wie Sie und ich gleich auf den Punkt kommen.«

Der Verleger betrachtete eingehend seine Schuhspitzen, als sei dort die endgültige Antwort auf die Frage zu lesen, ob nun Salzburg oder Bayreuth das interessantere Regietheater zu bieten hatten.

»Ich fang mal anders an«, begann er schließlich und räusperte sich umständlich, »Sie wissen ja von unserer großen Marktforschung, die wir in den letzten Monaten haben durchführen lassen. Innovativer Ansatz, tiefenpsychologische Gespräche statt Masseninterviews mit skalierten Fragen. Wir wollten wirklich hineinkriechen in unsere Leserinnen, wissen, wie sie ticken, was sie im Innersten bewegt.«

Bei der Vorstellung, wie Dr. Schwindtke in eine *Elsa-* oder *Style-*Leserin hineinkroch, wurde Harmony leicht übel. Aber es war noch etwas anderes, das ihren Magen zum Hüpfen brachte, ein Ton in der Stimme des Verlegers, der ihr ganz und gar nicht gefiel.

»Nun, jedenfalls hat die Mafo höchst spannende Ergebnisse gebracht. Sie wissen ja so gut wie ich, dass der Markt für Printmagazine seit dem Siegeszug des mobilen Internet dramatisch eingebrochen ist. Aber es gibt einen Lichtstreif am Horizont. Eine Hoffnung.«

Er machte eine Kunstpause, und irgendetwas sagte Harmony, dass er nicht im nächsten Moment strahlend auf sie deuten und etwas sagen würde wie »Chefredakteurinnen wie Sie«.

Tat er auch nicht.

Das Gespräch war anders, als sie es sich vorgestellt hatte. Beunruhigend anders.

»Es ist klar herausgekommen, dass in der Zielgruppe der *hedonistischen Genießerin* Printmagazine nicht mehr das führende Medium sind. Ganz im Gegensatz zu einer anderen Zielgruppe: der *vergangenheitsorientierten Romantikerin.*«

»Vergangenheitsorientierte Romantikerin«, notierte sich Harmony in ihr Moleskine-Notizbuch. Offensichtlich mal wieder ein Wortungetüm, das man sich merken musste. Marketingmenschen liebten so etwas. Best-Ager, Baby-Boomer, Silver Surfer. Manchmal ging's sogar auch auf Deutsch.

»Und wissen Sie, Frau Schlüter-Hansen, ich glaube, der Erfolg unserer Titel kommt dadurch zustande, dass wir Menschen in Chefpositionen bringen, die auch privat leben, was sie beruflich verkörpern. Deshalb war ich auch all die Jahre so glücklich, Sie an der Spitze der *Style* zu sehen. Als hedonistische Genießerin par excellence.«

Etwas an diesem Satz stimmte nicht, und Harmony brauchte außergewöhnlich lang, um es zu identifizieren.

Es war die Zeitform.

»Was heißt, Sie *waren* zufrieden?«, stammelte sie.

Der Verleger seufzte tief. »Wissen Sie, ich schätze Ihre Arbeit sehr. Wie die Arbeit all meiner Chefredakteurinnen. Wenn ich mir zum Beispiel die Anita Wirblinger anschaue, dann sehe ich: ganz anderer Typ als Sie. Aber auch genauso mit Leib und Seele eins mit ihrem Blatt.«

Anita Wirblinger, *Elsa*-Chefredakteurin. Merkel-Blazer, Grundschullehrerinnen-Frisur, Ulla-Popken-Figur.

Ganz anderer Typ.

Doch, das konnte man so sagen.

»Tatsache ist«, Dr. Schwindtke trommelte unbehaglich auf

den Tisch, »dass auch die *Style* eine Portion mehr davon vertragen könnte, was die Frau Wirblinger bei der *Elsa* so erfolgreich vormacht. Dieses Heimatgefühl, diese Wärme, diese Bodenständigkeit. Und ich muss sagen, das sehe ich bei Ihnen nicht.«

Das Muster des Raufaserteppichs begann sich zu drehen, erst langsamer, dann schneller. In Sekundenschnelle entstand vor Harmonys Füßen ein Wirbel, ein Strudel, der drohte, sie hinab in seine Untiefen zu ziehen. Sie musste gegen das übermächtige Verlangen ankämpfen, ihr Smartphone aus der Tasche zu ziehen und nachzusehen. Vielleicht kam der *Krass-Report* wenigstens etwas schneller auf den Punkt. Das, was hier passierte, konnte einfach nicht wahr sein. Oder etwa doch?

Der Verleger redete weiter, aber die einzelnen Worte, die aus dem Nebel zu ihr drangen, Sätze mit »Doppelspitze« und »Synergieeffekt« und »Verschlankung«, ergaben keinen Sinn mehr. Harmony verstand nichts von dem, dessen sie sich vor Kurzem noch so sicher gewesen war.

Die Männer.

Die Welt.

Und warum nun ausgerechnet sie verschlankt werden sollte, bei ihrem Body-Mass-Index, und nicht Anita Wirblinger mit ihrer gemütlichen Zweiundvierzig-Vierundvierzig.

»An dieser Stelle möchte ich mich für die interne Presseabteilung entschuldigen«, sagte Schwindtke gerade, »glauben Sie mir, ich wollte nicht, dass die Nachricht vor unserem persönlichen Gespräch im *Krass-Report* steht. Auch wenn Sie glücklicherweise heute noch keinen Blick in die Branchendienste geworfen haben, sonst wären Sie ja vorbereitet gewesen. Da hat wohl eine Praktikantin die Deadline nicht beachtet und die Personalie zu früh rausgegeben. Das gibt Ärger, das verspreche ich Ihnen.«

Mit letzter Kraft hielt sie sich an der Stuhllehne fest. Als sie den Mund öffnete, war ihre Stimme nur noch ein Krächzen.

»Wenn Sie wüssten, wie romantisch ich bin«, würgte sie mühsam heraus, »und wie vergangenheitsorientiert.«

Der Verleger kam gemessenen Schrittes auf sie zu und legte schließlich väterlich eine Hand auf Ihre Schulter.

»Frau Schlüter-Hansen, das sage ich Ihnen jetzt nicht als Chef, sondern als Freund. Ich bin sehr froh über das, was Sie mir vorhin gesagt haben, ich kann Ihre Ausstiegsgedanken gut nachvollziehen, und ich kann Ihnen nur raten: Wann, wenn nicht jetzt? Kann es denn einen besseren Zeitpunkt geben, das eigene Leben noch einmal komplett neu auszurichten.«

Harmony sprang auf und entwand sich dem väterlichen Griff des Verlegers.

»Das ist jetzt nicht Ihr Ernst«, sagte sie jetzt sehr leise und sehr gefasst. »Nicht nur, dass Sie mir die Chefredaktion der *Style* wegnehmen, Sie wollen mich wohl auch noch dazu bringen, selbst zu kündigen? Damit Sie billiger wegkommen?«

»War ja nur ein Vorschlag. Sie müssen selbst wissen, welcher Weg für Sie der bessere ist. In Ihrem Alter.«

»Und Sie«, Harmonys Stimme durchschnitt eisig das Klaviergeklimper aus den hohen Boxen, »Sie brauchen einen verdammt guten Anwalt.«

8

Vom Geschäftskundenbereich der Kreissparkasse fiel der Blick auf den benachbarten Kirchturm, eine kleine kopfsteingepflasterte Gasse und weiter in Richtung Flussufer. Jedenfalls nahm Harmony an, dass sich dort hinten die Elbe verbarg, denn der Nebel war an diesem Oktobermorgen so dicht, dass sie kaum in das Städtchen hineingefunden hatte. Ein Nebel, der sie fast von Lüneburg an verfolgt hatte, nachdem sie in aller Herrgottsfrühe in Hamburg losgefahren war, erleichtert, dass auch diese schlaflose Nacht ein Ende genommen hatte.

Sie konnte sich nicht erinnern, dass sie jemals in ihrem Leben so schwer zur Ruhe gekommen war wie in letzter Zeit. Nichts half, weder Rotwein noch homöopathische Globuli. Vielleicht lag es am Alter. Mit fünfundvierzig Jahren durfte man sich nicht mehr allzu viele Fehler erlauben. Schließlich hatte man nicht mehr alle Zeit der Welt. Damit hatte der Verleger recht gehabt.

Und leider, leider auch mit seiner Einschätzung, was die finanzielle Seite anging. Es hatte Zeiten gegeben, in denen Chefredakteure jahrelang ein komfortables, arbeitsfreies Leben von ihren Abfindungen hatten finanzieren können.

So wie's aussah und nach dem, was der Richter am Arbeitsgericht bei einem schnell angesetzten Prozess gesprochen hatte, waren die schon lange vorbei.

Aber sei's drum. An so etwas Profanem wie Geld würde ihr Plan jedenfalls nicht scheitern. Das Leben hatte ihr eindeutig die Richtung gewiesen. Sie nicht ins Bodenlose fallen lassen, sondern ihr inneres Navi auf eine neue Richtung programmiert. Der Rausschmiss beim Verlag war da nur folgerichtig gewesen, so sehr er auch schmerzte. War ja beim Autofahren nicht anders. Ignorierte man die Stimme aus den Lautsprechern und bog rechts ab statt links, korrigierte das GPS automatisch den Kurs und wies einen bei nächster Gelegenheit wieder zurück auf den rechten Weg. Und ihrer führte nach Wunnefitz, daran gab es nun keinen Zweifel mehr.

»So«, sagte der Mann auf der anderen Seite des Schreibtischs und sah dabei nicht sie an, sondern den Bildschirm seines Computers. »Sie möchten also die Immobilie Wunnefitz erwerben und in ein Ausflugslokal umwandeln?«

»Nun«, sagte Harmony säuerlich, »wenn Sie es so nennen wollen. Ich würde es eher …«

Weiter kam sie nicht, denn der Herr, laut Türschild Heinrich Lohmann, Filialleiter, starrte nun nicht mehr auf seinen Bildschirm, sondern auf den Becher in seiner Hand. Eben hatte er zu einem Schluck Kaffee ansetzen wollen, doch offensichtlich stimmte etwas nicht. Etwas Gravierendes.

»Dörnchen!«, polterte er ohne Vorwarnung los, und Harmony erschrak und wunderte sich gleichzeitig, wie man einen so niedlichen Namen so drohend aussprechen konnte. Im nächsten Moment streckte eine ältere Dame in einer blauen Strickjacke ihren Kopf zur Tür herein. »Chef?«, fragte sie unbeeindruckt. Dieser Umgangston schien hier üblich zu sein.

»Frau Dorn«, Heinrich Lohmann hielt ihr anklagend seinen Becher entgegen, »was ist das?«

»Montagmorgen«, gab die Sekretärin knapp zurück.

»Und im frühen Vogel ist der Wurm drin, oder wie?«

»Tut mir leid, Chef«, Dörnchen zuckte auf eine Weise mit den Achseln, die cool gewesen wäre, hätte das Wort nicht so wenig zu ihrer ergrauten Dauerwelle gepasst. »Die Schützenkönigstasse ist noch in der Spülmaschine, und die Nadine hat die nicht ausgeräumt, und heute ist die in der Berufsschule.«

Heinrich Lohmann warf seufzend einen Blick auf den blauen Keramikbecher mit der Aufschrift »Wendland kulinarisch«. »Na denn«, sagte er, »passt ja zu unserem kleinen Kundengespräch hier.«

»Ach«, die Sekretärin schob sich jetzt ganz zur Tür herein und musterte Harmony unverhohlen neugierig. »Ist das die Dame, die sich für die Immobilie der Bahn interessiert?«

Lohmann schüttelte den Kopf. »Nein, es geht um ein anderes Grundstück. Gastronomie.«

»Nein!« Die Sekretärin wisperte sensationslüstern: »Etwa das Lokal vom alten …?«

»Wir haben den Sack noch nicht zugemacht«, sagte Heinrich Lohmann, und warf seiner Sekretärin einen Blick zu, in dem Harmony für einen Augenblick eine Warnung zu erkennen glaubte. Aber wahrscheinlich sah sie mal wieder Gespenster. Ein Zustand, an den sie sich in den vergangenen Wochen schon beinahe gewöhnt hatte.

»Ja dann«, die Sekretärin nickte langsam und bedächtig, »dann wünsche ich … was soll man da wünschen?«

»Fragen Sie die Dame doch lieber, ob Sie sich auch ein Heißgetränk wünscht«, blaffte Lohmann sie an. »Oder lieber einen kalten Kaffee.«

Frau Dorn nickte ein wenig ertappt. »Filterkaffee könnte ich anbieten«, sagte sie, »oder Cappuccino.«

»Danke«, erwiderte Harmony, »Cappuccino würde mir gefallen.«

»Wie nehmen Sie ihn? Viel oder wenig Sahne?«

Harmony starrte die Sekretärin ungläubig an. Das hier war eine noch größere kulinarische Wüste, als sie es geahnt hatte. Die letzte ökologische Nische für längst ausgestorbene Spezialitäten wie Cappuccino mit Sahne. Wahrscheinlich bekam man hier auch noch Toast Hawaii serviert. Und eine Flasche Maggi zur Suppe. Umso besser, dachte Harmony. Dann konnte sie ihre gastronomische Vision gleich mit Entwicklungshilfe kombinieren.

Sie wedelte unbestimmt in Richtung der Sekretärin. »Nicht doch«, sagte sie, »dann nehm ich doch lieber ein Wasser. Still, wenn's geht.«

»Ja, ja.« Der Bankberater lachte jovial in das Klappen der Tür hinein. »Stille Wasser sind tief.«

»Was für eine Bahn-Immobilie?«

»Ach so, das«, er winkte verächtlich ab, »vergessen Sie's. Seit einiger Zeit steht ein altes Bahnhofsgebäude hier im Wendland zum Verkauf, aber bis auf ein paar Hippies hat sich noch keiner dafür interessiert.«

»Und was wollen die damit? Fahrkarten verkaufen?«

»Nein. Eher Selbstfindungs-Workshops anbieten. Oder psychologisches Töpfern. Fragen Sie mich nicht.«

»Auf einem Bahnhof? Ist das nicht ein wenig laut?«

»Ach, das lässt sich ertragen. Die Regionalbahn nach Lüneburg fährt ja nur dreimal täglich. Und an Sonn- und Feiertagen noch seltener.«

»Dann kommen wir zurück auf das Restaurant«, nahm Harmony den Faden wieder auf, und der Bankberater nickte dankbar.

»Genau. Gutes Stichwort. Sie würden eher?« Heinrich Lohmann blickte Harmony Schlüter-Hansen zum ersten Mal direkt in die Augen.

»Bitte?«

»Sie sagten, sie würden Ihr Projekt anders nennen. Das Ausflugslokal.«

»Ach so«, Harmony lachte, »ja, wissen Sie – nichts für ungut, aber Ausflugslokal, das klingt mir zu gestrig. Zu spießig. Da muss ich an Grillabende und Streuselkuchen denken. Oder Sch...« Geistesgegenwärtig verschluckte sie den Rest des Wortes, bevor es im Raum stehen und ihre aufkeimende Geschäftsbeziehung gefährden konnte. Gegen Schützenfeste sagte man in Gegenwart dieses mehrfach begabten Herrn mit der Vorliebe für geflügelte Worte wohl besser nichts.

Heinrich Lohmann hackte ein paar Stichworte in die Tastatur seines Computers. »Grillabende«, murmelte er, »also Steakhaus mit Schwerpunkt Erlebnisgastronomie. Erst Feste feiern, dann feste fallen.«

Er grinste sie Beifall heischend an.

»Nein, nein!« Harmony blickte so entsetzt zurück, als hätte er die *Style* mit dem *Kleinkleckersdorfer Kreisboten* verglichen, nur weil der schon einmal über eine Modenschau in der Mehrzweckhalle berichtet hatte. »Nein, völlig falsche Richtung. Was mir vorschwebt, ist eher *crossover. Fusion Food.*«

Nun wechselte Heinrich Lohmann zu einem Gesichtsausdruck, als hätte sie ihm eben vier Seiten aus einer chinesischen Speisekarte vorgelesen. In einem seltenen kantonesischen Dialekt.

Harmony legte nach.

»Natürlich mit ein paar neuen Einflüssen, vor allem Nahost. *Orient light* ist ja gerade schwer im Kommen. *Think locally, taste globally.*«

Der Filialleiter schlürfte sinnierend einen Schluck brühend heißen Kaffee aus seiner »Hitzacker kulinarisch«-Tasse. Dann legte er die Hände an die Tastatur und löschte seine Stichworte wieder. Am Fuß der Kaffeetasse bildete sich ein schmaler hellbrauner Ring und blieb zitternd auf der lackierten Oberfläche des hellen Holztisches stehen.

»Können Sie das mal eben buchstabieren?«

»Was genau?«

»Oder, besser, zeigen Sie mir doch einfach mal Ihren Businessplan. Da müsste das doch in verständlicher Form drinstehen.«

Harmony registrierte erleichtert, dass der Mann in der Lage war, einen Satz ohne verunglückte Wortwitze zu bilden. Dann begann sie sich zu ärgern. Wie konnte er, der Fililalleiter einer kleinen Wendländer Sparkasse, ihr, der Fast-noch-Chefredakteurin einer großen Fashion- und Lifestyle-Zeitschrift, unterstellen, dass sie sich nicht verständlich ausdrückte! Und überhaupt ...

»Businessplan, Businessplan«, blaffte Harmony, »wozu brauche ich einen Businessplan? Guter Mann, ich brauche keinen Businessplan, ich brauche eine Vision! Und die habe ich! Dieses ganze Landlust-Feeling, zusammengenommen an einem Ort, in einer kleinen, täglich wechselnden Karte.«

Heinrich Lohmann hob bedauernd die Hände. »Die Landfrauen kriegen Sie aber nicht«, sagte er, »jedenfalls nicht so kurzfristig. Die treffen sich seit Jahren im Steak- und Fischhaus in Lüchow.«

Harmony ließ sich nicht beirren.

»Es wird ein stark saisonales Konzept«, fuhr sie fort, »ich habe mir die Location schon gründlich vorgenommen und Ideen entwickelt. Im Sommer lasse ich einen Bohlenweg anlegen zu der kleinen Sandbucht, dann denke ich an Ibiza-Partys mit

Fingerfood. Nichts Großes, ein paar Liegestühle, eine Strandbar. Und …«

Wieder schüttelte Heinrich Lohmann den Kopf, diesmal noch bekümmerter. »Ich fürchte, das müssen Sie noch mal überdenken. Da spielt die Behörde nicht mit. Wegen der Biber.«

»Welche Biber?« Nun war es an Harmony, verständnislos aus der Wäsche zu blicken.

»Das wissen Sie nicht? In den letzten Jahren hat sich der Biber wieder am ganzen Flusslauf der Elbe ausgebreitet. Neben einer Reihe von Tierarten, die schon beinahe als ausgestorben galten. Wie Graureiher und Schwarzstörche.«

Biber, Störche und Cappuccino mit Sahne. Passte ja bestens zusammen.

»Ach«, Harmony wedelte ungeduldig mit dem Handgelenk, sodass die feinen Goldarmbändchen daran ein zartes Klingeln von sich gaben, »die paar Biber stören mich nicht, im Gegenteil. Ist doch sogar ganz putzig, wenn die auf ein Getränk vorbeischauen.«

»Vielleicht stören die Biber nicht Sie, gute Frau«, Heinrich Lohmann sprach jetzt so langsam mit ihr wie mit einem begriffsstutzigen Kind, »aber Sie stören die Biber. Und das stört die Herrschaften vom Umweltministerium. Und vom NABU. Und vom BUND. Schließlich liegt die Bucht von Wunnefitz mitten im SNEB.«

Als er ihr verdutztes Gesicht sah, erklärte er gnädig: »Siedlungsnaher Elbvorlandbereich. Sämtliche Nutzungsarten untersagt, bis auf die touristische und die naturwissenschaftliche.«

»Aber ich bin doch touristisch!«, entrüstete sich Harmony und wunderte sich gleichzeitig. Dass sie sich innerhalb kürzester Zeit nicht nur als vergangenheitsorientiert und romantisch, sondern auch noch als touristisch bezeichnen würde, dagegen hätte sie noch vor wenigen Wochen alles verwettet, das sie besaß. Sogar ihre Eigentumswohnung in Eppendorf.

Im gleichen Moment streckte die Sekretärin wieder den Kopf zur Tür herein. »So, Käffchen. Und ein Selter für die Dame.« Sie schenkte Harmony ein, vermied aber Augenkontakt, und Harmony hatte plötzlich den dringenden Verdacht, dass Frau Dorn erstens vor der Tür gelauscht hatte und zweitens mehr wusste, als sie in dieser Runde sagen durfte.

»Bringen Sie eigentlich Grundkenntnisse in der Fibu mit?«, fragte Heinrich Lohmann jetzt skeptisch.

Harmony war verwirrt. »Ich dachte, dieser Öko-Verein heißt NABU?«

Heinrich Lohmann lehnte sich zurück und musterte sie oberlehrerhaft. »Finanzbuchhaltung. Deckungsbeitragsrechnung. Betriebswirtschaftliche Kenntnisse. Anders gefragt: Bis wann rechnen Sie denn mit dem Break-even?«

Allmählich reichte es Harmony. Nicht dass sie damit gerechnet hatte, der Bürgermeister des Ortes würde sie gleich in Öl porträtieren lassen. Oder eine aufgeregte Praktikantin der Lokalzeitung ihre Mobilbox vollplappern wegen der Gerüchte, dass die moderne, neudeutsch-coole *Fusion*-Landhausküche endlich das Wendland erreicht hatte. Aber ein wenig mehr Enthusiasmus für eine Visionärin ihres Kalibers hatte Harmony doch erwartet.

Nun besaß Lohmann auch noch die Frechheit, die Arme hinter dem Kopf zu verschränken. Als hielte er sie für ein ganz kleines Würstchen, das völlig umsonst seine Zeit in Anspruch nahm. Dabei wurde sein Ton immer mehr zu dem eines selbstzufriedenen Mathelehrers, der mit Genuss eine planlose Schülerin an der Tafel demütigte.

»Butter bei die Fische, Frau Schlüter-Hansen. Fangen wir

mal ganz bei Adam und Eva an. Sie erwähnten, dass Sie Eigenkapital aus einem Erbe und einer Abfindung besitzen. Und eine Eigentumswohnung in guter Lage als Sicherheit. Aber wie groß ist ihre Finanzierungslücke denn nun insgesamt? Das sollten wir mal überschlagen.«

Harmony stand auf, strich würdevoll ihr schlammfarbenes Jackett glatt und griff nach ihrer Handtasche.

»Wissen Sie was?«, sagte sie dann nicht minder würdevoll, »das geht Sie gar nichts an. Mit einem Geschäftspartner, der so wenig Gefühl hat für den *spirit* einer Idee, kann ich nur baden gehen.«

»Frau Schlüter-Hansen ...« Heinrich Lohmann erhob sich verwirrt. So viel Gegenwind war er offensichtlich nicht gewohnt. Konnte er mal sehen, wie sich das anfühlte, dieser selbstgefällige Provinzfürst!

»Selbstverständlich steht es Ihnen frei, sich bei unseren Mitbewerbern nach Kreditkonditionen zu erkundigen. Aber ich kann Ihnen eines sagen: Ohne funktionierenden Businessplan lassen die Sie nicht mal in den Geschäftskundenbereich!«

»Wer spricht denn von Bankern?«, gab Harmony kühl zurück, »wozu hat man denn schließlich Familie?«

Jetzt konnte sie nur noch hoffen, dass ein Gartencenter in Osterholz-Scharmbek genügend abwarf, um eine fünfstellige Summe im mittleren bis höheren Bereich vorübergehend entbehren zu können. Und dass Tante Gerhild das mit der Familie genauso empfand wie sie.

In schweren Zeiten musste man zusammenhalten. Oder wie Heinrich Lohmann gesagt hätte: Blut ist schicker als Wasser.

9

»Es ist nie zu spät, eine glückliche Kindheit zu haben«, sagte eine Stimme hinter Harmony. Die Stimme passte zu Schaffellweste und Tabakrauch, und sie hätte sich nicht einmal umdrehen müssen, um zu wissen, wem sie gehörte. Dem bärtigen Kellner aus dem Wellnesshotel.

Harmony wandte den Kopf, ein wenig erfreut, ein wenig genervt, ein wenig schuldbewusst. Sie wusste genau, dass ein Mann wie Jano ihr peinlich gewesen wäre, wäre sie ihm in Hamburg auf dem Isemarkt über den Weg gelaufen, wo samstagvormittags die bessere Eppendorfer Gesellschaft ihre thailändischen Bio-Mangos und ihren Gelbflossenthunfisch einkaufte. Aber hier, inmitten eines verlassenen, halb aufgebauten Rummelplatzes in einer niedersächsischen Kleinstadt, vor einem verwaisten Kinderkarussell, galten nicht die gleichen Gesetze wie in der feinen Hamburger Medienszene.

Und außerdem fand sie es nach dem fruchtlosen Bankgespräch äußerst tröstlich, eines der wenigen bekannten Gesichter in ihrer neuen Heimat zu entdecken. Aus irgendeinem Grund wäre der Lastenfahrradfahrer vom Ferienhausplatz ihr zwar lieber gewesen. Tofu-Paule. Aber in der Fremde war man auf den Trost von Fremden angewiesen, da durfte man nicht wählerisch sein.

Beinahe wäre sie Jano um den Hals gefallen. Aber nur beinahe. Stattdessen sagte sie: »Was wissen Sie denn schon von meiner Kindheit?«

Jano warf sich lässig einen Jutebeutel über die Schulter, aus dem eine Porreestange schaute, und grinste ihr geradewegs ins Gesicht.

»Genauso wenig wie Sie von meiner, würde ich sagen.«

»Ist allerdings ein guter Spruch«, lenkte sie ein.

»Dafür ist er nicht von mir. Kommt aus einem Buch.«

»Ein Buch, das Ihr Leben verändert hat?«

»Ein Buch, an das ich mich kein Stück erinnern kann. Nicht einmal, wie es hieß. Nur dieser eine Satz, den hab ich mir gemerkt.«

»Picken Sie sich immer so die Rosinen heraus?«

Statt zu antworten, deutete Jano noch immer schmunzelnd auf das Kinderkarussell.

»Ich wette, Sie waren eins von den Hubschraubermädchen«, sagte er. »Immer eine Hand am Hebel, immer den Ehrgeiz, über den anderen zu schweben.« Dabei deutete er auf das grüne Flugzeug mit dem abgeplatzten Lack, das an einem stählernen Arm zwischen einem roten Rennauto und einer Mini-Segeljacht schlummerte.

Es war so kalt, dass beim Sprechen kleine Atemwölkchen aus seinem Mund kamen. Die tief stehende Spätherbstsonne beleuchtete die winzigen Staubpartikelchen in der Luft. Es sah aus, als würde er Gold ausatmen. Offensichtlich ein Mann mit inneren Werten. Und schönen Händen, das fiel Harmony schon zum zweiten Mal auf. In der Zwischenzeit hatte er sich sogar die Fingernägel sauber gemacht.

»Und Sie einer von den Jungs, die sich sogar auf dem Karussell mit einem Fahrrad begnügt haben«, gab sie zurück und musterte dabei unauffällig Janos Hosenbeine. Immerhin keine Klammern, die den Stoff über den Waden zusammenhielten. Aber der Mann war ja auch kein ökologisch bewegter Studienrat, sondern Mädchen für alles in einem drittklassigen Wellnesshotel. Fragen konnte er allerdings stellen. Das musste man ihm lassen.

Er ließ sich nicht aus dem Konzept bringen und schüttelte wieder seine graurötlichen Locken. »Nee«, sagte er, »ich war eher ein Feuerwehrfan. Vielleicht habe ich sogar da hinten dringesessen.« Er deutete auf ein knallrotes Auto mit eingeklappter Leiter und einer Messingglocke über der Fahrerkabine, die so aussah, als könnte sie echte Geräusche machen.

Harmony schüttelte wehmütig den Kopf. »Ich glaube, ich bin überhaupt nie mit einem solchen Ding gefahren«, sagte sie.

»Nichts sagen! Jetzt weiß ich's!«, Jano hieb vergnügt einen Zeigefinger in die Luft. »Sie haben sich gar nicht erst mit diesem Kinderkram begnügt, sondern sind gleich in den Autoscooter gestiegen.«

»Schön wär's. Ich kann mich nicht erinnern, dass ich überhaupt mal auf dem Rummel war.«

»Oh«, er sah sie ehrlich erschüttert an, »das klingt ja wirklich nach einer schlimmen Kindheit.«

Sie zuckte mit den Schultern. »Wie man's nimmt. Dafür hatte ich jede Menge Kassetten mit kommunistischen Kinderliedern. Und meine Eltern haben mich ständig ins Theater geschleppt, wo ich dann gelernt habe, dass Rassismus blöd ist und Umweltverschmutzung fies.«

Während sie noch sprach, wunderte sie sich über sich selbst. Wie kam sie dazu, mit einem fast Fremden über die seltsamen ersten Jahre ihres Lebens zu sprechen? Diese Zeit hielt sie sorgsam unter Verschluss, vor allem Kollegen gegenüber.

Mo, ja, dem hatte sie in sparsamen Portionen Anekdoten aus ihrer Kindheit serviert, von WG-Plenumssitzungen im Schneidersitz und Diavorträgen über tote Fische in umgekippten Seen, immer gerade so viel, dass seine Neugier auf sie und ihre ungewöhnliche Vergangenheit nicht erlosch, dass sie interessant für ihn blieb, facettenreich, ein wenig undurchschaubar. Aber diesen Jano, den ging das eigentlich gar nichts an. Andererseits spielte es auch keine Rolle. Es war ein wenig wie ein Gespräch mit einem Unbekannten im Zug: eine Vertrautheit, die aus der größtmöglichen Fremdheit entstand.

Jano strich sich mit einer raumgreifenden Geste durch die Haare, dann wechselte er das Thema. »Wie ich höre, bekommt man Sie jetzt häufiger zu sehen?«, fragte er, und Harmony war verblüfft, wie schnell sich die Nachricht von ihren Kaufabsichten des alten Gasthauses an der Elbe herumgesprochen hatte. Aber vielleicht war das auch nur privates Interesse an dem alten Kasten. Schließlich hatte Jano ihr an jenem Wochenende im Wellnesshotel die ersten Informationen gegeben, hatte gewusst, wem das Grundstück gehörte, und sie gewarnt, sich beim Preis nicht über den Tisch ziehen zu lassen. Ein guter Tipp. Was der Verkäufer dafür haben wollte, war für Hamburger Verhältnisse ein Spottpreis, dafür reichten locker die Abfindung und das Wertpapierdepot, das Harmony von ihrer Mutter geerbt hatte. Nur für eine neue Küche, für Inneneinrichtung und Renovierung brauchte sie fast noch einmal genauso viel. Das war die Finanzierungslücke, von der Lohmann gesprochen hatte.

Für einen winzigen Augenblick hatte sie daran gedacht, ihre Wohnung zu verkaufen. Aber das wäre der blanke Wahnsinn gewesen. Ein Bungeesprung ohne Seil. Diese Wohnung, in der sie aufgewachsen war, die sie als Studentin mit anderen geteilt hatte, in der schließlich Mo und sie so glücklich gewesen waren – die konnte sie auf keinen Fall aufgeben.

»Es wird sich kaum vermeiden lassen«, sagte sie und bereute den Satz in der nächsten Sekunde. Es hatte schnodderig klingen sollen, witzig, kumpelhaft, aber Jano blickte sie an, als hätte sie ihm soeben vorgeschlagen, Freunde zu bleiben. Nach einer fünfzehnjährigen Beziehung.

»Wollen wir …«, begann sie hektisch im gleichen Moment, in dem auch er den Mund öffnete. »Wollen wir …«, begann er ebenfalls, dann verstummten beide und sahen sich irritiert an, nur um gleich wieder gemeinsam anzusetzen.

»… eine Runde spazieren gehen?«, fragte er.

»… was essen gehen?«, fragte sie.

Er schwenkte entschuldigend seine Einkaufstasche mit dem Porree.

»An sich gerne, aber ich komm gerade vom Markt«, sagte er, und sie überlegte, wann sie zuletzt eine warme Mahlzeit selbst zubereitet hatte, mit echtem Gemüse und echten Töpfen. Wahrscheinlich brauchten Menschen, die in der Gastronomie arbeiteten, solche Tätigkeiten zum Ausgleich.

Sie nickte verständnisvoll, er nahm es als Zustimmung zu seinem Vorschlag und legte ihr für einen kurzen Augenblick die Hand auf die Schulter, um sie in die richtige Richtung zu dirigieren. Schweigend bummelten sie an geschlossenen Buden mit Werbetafeln für Pommes und Pilzpfanne vorbei, unter einem Banner mit der Aufschrift »Wendland kulinarisch«, das quer über die Straße gespannt war. Es war der gleiche Schreibschrift-Schwung wie auf der Bürotasse. Offensichtlich machten sie das hier jedes Jahr. Danach kamen sie an einer verwaisten Showbühne vorbei, schließlich an einem Verkaufsstand, an dem schauerliche, kleinkindgroße Hologrammbilder in Einwegrahmen lehnten, mit Totenschädeln, Rosen und tätowierten nackten Frauen, die sich lasziv zu räkeln begannen, wenn man mit jedem Schritt seinen Blickwinkel änderte.

Immer wieder grüßte Jano in die Ferne, winkte Menschen zu, die hundert Meter entfernt um die Ecke bogen oder sich auf dem Fahrrad näherten.

»Sie kennen hier wirklich jeden«, sagte Harmony verblüfft.

»Nein«, er lachte, »aber ich grüße jeden.«

»Warum das denn?«

Er nickte, als hätte sie eine lang gehegte Vermutung bestätigt.

»Sie sind 'ne echte Städterin, was?«

Schließlich passierten sie eine kleine Brücke über die Jeetzel, deren Geländer mit Liebesschlössern zugehängt war, und liefen auf das Hafentor zu. Sie passierten drei Pfeiler mit bunten Hochwassermarkierungen aus den letzten Jahrzehnten und eine Halbinsel am Zufluss von Jeetzel und Elbe, auf der ein hünenhaftes Hochzeitspaar aus Strohballen stand, sie im XL-Bettlaken-großen Kleid, er in einem improvisierten Anzug. Darüber flatterte ein Transparent im Wind, auf dem »25 Jahre Inga und Jörg« stand.

»Jetzt wissen's alle«, sagte Harmony und zeigte lässig auf das Riesen-Duo.

»Wussten sie vorher auch schon«, grinste Jano, bog links ab, und Harmony folgte ihm, ohne zu fragen, wohin der Spaziergang führte. Die Absätze ihrer schwarzen Cutout-Booties schienen in der Morgenstille zu dröhnen. Sonst war es vollkommen ruhig, selbst die Enten und Gänse schienen ein Schweigeabkommen geschlossen zu haben.

Der Nebel über dem Wasser hatte sich aufgelöst. Eine zaghafte Sonne tauchte Fluss und Wiesen in ein mildes Licht, die parkenden Autos auf dem Hafenparkplatz waren mit buntem

Herbstlaub geschmückt wie für die Hochzeit eines naturverbundenen Paares.

Schon bei den ersten Schritten auf dem Feldweg am Ufer begann Harmony, den Ausflug mit Jano zu bereuen. Nicht nur weil ihre Schuhe alles andere als geländegängig waren. Auf einmal kam ihr der Gedanke, Jano könnte vielleicht eine Gegenleistung für seine Hilfe bei ihrem Projekt erwarten. Ob er sich vorstellte, er könnte einen Job in ihrem Restaurant bekommen? Ob er den Spaziergang für ein informelles Vorstellungsgespräch nutzen wollte, und ob ihr Vorschlag mit dem gemeinsamem Essen ihn vielleicht noch bestärkt hatte?

Harmony nahm sich vor, ihm diese Idee mit etwas Taktgefühl auszureden, falls er sie äußerte. Bei aller Liebe, ein Kerl wie dieser, mit seiner Hippie-Mähne und diesen Klamotten, dieser Mischung aus Zimmermannsgeselle und Musiker, passte nun wirklich nicht in ein ländliches Szenerestaurant. Und ein paar Takte jünger und schlanker stellte sich Harmony das Personal auch vor. Menschen, die mit bodenlangen weißen Schürzen und knapp geschnittenen schwarzen Unisex-Hemden eine gute Figur machen würden. Die weder an der korrekten Aussprache scheiterten, wenn jemand einen Chianti bestellte, noch in Erklärungsnöte gerieten, wenn ein Gast mehr über die Herkunft einer seltenen Gemüsesorte wissen wollte. Und die nicht nur eine Nagelschere besaßen, sondern auch eine Nagelfeile.

Der Feldweg wurde auf Schritt und Tritt schmaler. Knorrige Äste hingen ins Wasser hinein, Schlingpflanzen und Treibgut hatten sich in ihnen verheddert. Links des Weges führte eine Böschung hinauf, die so steil war, dass die Wurzeln einiger der untersten Bäume aus dem Erdreich ragten.

»Schauen Sie mal«, sagte Jano mitten in das Schweigen hinein. »Als Kinder haben wir uns immer vorgestellt, dass dort die Zwerge wohnen. Auf mehreren Etagen.« Pflichtschuldig betrachtete sie das grobe Wurzelwerk und amüsierte sich. Tatsächlich bildeten die Wurzeln an manchen Stellen einen Überhang, der aussah, als hätten darunter winzige Wesen ihr Wohnzimmer.

Harmony atmete tief durch, sog den Duft nach Waldboden ein, dieses pilzige, leicht modrige Aroma, und fühlte sich auf einmal tief entspannt. Trotz ihres frustrierenden Gesprächs mit dem Bankmenschen, trotz der ernüchternden Feststellung, dass sie offenbar noch viel leichter zu ersetzen war, als sie geahnt hatte.

Ihr Abschied von der *Style* war ein Desaster gewesen. Steif hatten die Kolleginnen sich an die Wand im Besprechungszimmer gedrückt, als litte sie an einer ansteckenden Krankheit, und sich gleichzeitig bei ihrer neuen Chefin eingeschleimt, als hätten sie nicht die *Elsa* vorher alle vierzehn Tage mit spitzen Fingern aus den Posteingangskörben in die Papierkörbe befördert. Sogar für ihre Merkel-Blazer hatten sie der Wirblinger Komplimente gemacht. Peinlich.

Die würden sich alle noch wundern! Die hatten ihren Namen nicht zum letzten Mal gehört! Jetzt fing das Leben doch erst so richtig an. Mit einer gewissen Narrenfreiheit, die es mit sich brachte, wenn man stramm auf fünfzig zuging. Eine Narrenfreiheit, die sogar erlaubte, an einem Dienstagmittag mit einem Hilfskellner …

Diesmal war der Baumstamm schneller als sie, auch schneller als ihr Begleiter. Er lag quer über dem Weg, eigentlich nicht zu übersehen, aber vermutlich schon, wenn man mit seinen Gedanken irgendwo zwischen einer hundert Kilometer entfernten Großstadt und der fernen Zukunft festhing. Jedenfalls überall anders als im Hier und Jetzt. Schon lag Harmony bäuchlings auf dem Feldweg, während die ganze Welt zur Seite kippte und sich kleine Ästchen in ihre Unterarme bohrten. Einen stummen Augenblick lang blieb sie so, scannte ihren Körper auf Verletzungen, bewegte vorsichtig die Knie und wusste, dass sie mit dem Schrecken davongekommen war. Mit dem Schrecken und einer kaputten Sechzig-Euro-Strumpfhose. Um das zu wissen, musste sie gar nicht so genau hinsehen.

Während sie sich an Janos Hand benommen aufrappelte und sich notdürftig den Staub aus den Kleidern klopfte, musterte er sie halb besorgt, halb belustigt. Dann deutete er auf ihre Schuhe.

»Okay«, sagte er und reckte den Daumen hoch, »gewonnen.«

»Wie schön«, sagte sie außer Atem und betrachtete aus dem Augenwinkel die Laufmasche, die sich wie eine mehrspurige Autobahn den Oberschenkel hochzog. »Und zwar was?«

»Wir gehen doch lieber essen.«

»Aber keine Pommes. Und keine Pilzpfanne.«

»Keine Sorge. Die Stände machen erst später auf.«

Ritterlich reichte Jano ihr einen Arm, aber sie tat so, als hätte sie nichts von seiner Geste bemerkt. Kam gar nicht infrage, dass er sie jetzt durch die Stadt geleitete, als sei sie siebzig Jahre alt und gebrechlich!

»Aber das war erst der Trostpreis«, setzte er nach. »Der Hauptpreis ist: Du darfst mich jetzt duzen.«

Harmony verschlug es die Sprache vor so viel Chuzpe. Er erlaubte ihr das Du! Wenn, dann hätte es doch eigentlich umgekehrt sein müssen. Hoffentlich hatten die wenigstens einen anständigen Wein, dort, wo Jano sie hinführte. Zwar war es noch recht früh am Tag, aber darauf mussten sie schließlich anstoßen.

Zehn Minuten später betraten sie einen Gastraum, und Harmony fühlte sich sofort um zwanzig Jahre zurückversetzt. Um große, schwere Holztische waren Stühle und Sofas gruppiert, die nicht zueinanderpassten, und auf den Tischen standen leere Flaschen, in deren Hälse rote Kerzen gebohrt waren.

Genau so hatte es in den Studentenkneipen ausgesehen, in denen Harmony manchmal zu später Stunde mitgekommen war, wenn das zweite Glas Wein in einem angesagten Laden mal wieder das Monatsbudget gesprengt hätte. Aber auch die Lokale in ihrer Kindheit waren so gewesen. Kneipen, in denen sie als kleines Mädchen manchmal erschöpft eingeschlafen war, die Beine auf der Holzbank und den Kopf im Schoß ihrer Mutter. Während die Männer am Tisch, der Horst und seine Freunde, damit beschäftigt waren, den Kapitalismus abzuschaffen. Und die Luft dabei mit so viel Gift anzureichern, dass man durch den Dunst weder die Jeans tragende Bedienung erkennen konnte noch die staubigen Pflanzen auf der Fensterbank. Dunkel erinnerte sie sich daran, dass ein gewisser Klaus bei diesen Kneipenabenden immer ein Strickzeug dabeigehabt hatte und endlos lange Schals fertigte. Um seine weibliche Seite stärker zu leben, so hatte er es ausgedrückt. Und dann hatte es noch Wolfgang gegeben, mit den stets viel zu weit geöffneten Hemden, den zu stark ausgestellten Schlaghosen, den aufdringlichen Zigarillos.

In diesem Lokal roch es immerhin nicht nach Rauch, sondern leicht nach geschmolzenem Käse und einem Hauch Bier. Und es gab keinen Zigarettenautomaten und keinen Münzfernsprecher im Foyer. Aber das waren auch die einzigen Unterschiede.

Jano steuerte zielsicher auf einen Tisch am Fenster zu. Von

ihrem erhöhten Platz aus konnte Harmony mit Leichtigkeit über die Hafenmauer blicken, es schien, als könnte die Elbe jeden Augenblick auf ihren Tisch fließen. Im Sitzen zog sie die ungebügelte weiße Tischdecke ein Stück tiefer, damit niemand ihre Laufmasche entdeckte. Jano folgte ihrem Blick und deutete auf den Fluss.

»Ich könnte ihr stundenlang zuschauen«, sagte er, »du nicht auch? Immer gleich und trotzdem immer in Bewegung. Und jeden Tag von einer ganz anderen Farbe.«

»Das ist schon etwas ganz Besonderes«, pflichtete Harmony ihm bei. »In Hamburg sind die Restaurants direkt am Wasser auch immer besonders schnell ausgebucht.«

»Ja«, Jano lachte. »Wir sind eben alle miteinander ganz schön degeneriert.«

Befremdet schüttelte Harmony den Kopf.

»Wie meinst du das?«

»Überleg mal«, gab er zurück, »glaubst du, die Menschen vor zweihundert Jahren hätten viel Wert darauf gelegt, mit Blick auf einen Fluss zu speisen?«

Sie zuckte ratlos mit den Achseln.

»Weißt du«, sagte er, »diese ganze Romantik, diese ganze Natursehnsucht, bis hin zur Landhaus-Eckbank von Ikea – das hätten sich die Menschen nie träumen lassen, solange sie wirklich mit der Natur gelebt haben. Und ich meine nicht diese Postkartennatur, die hübsch als Kulisse aussieht, die sich gut macht auf Urlaubsfotos und in der es nie weit ist zur nächsten Hütte mit Kamin plus Zentralheizung. Sondern die unerbittliche Natur, die sich kein bisschen darum schert, wie es den Menschen geht. Die nach Lust und Laune die Ernte verhagelt oder Steine von den Bergen wirft oder Vulkane ausbrechen lässt.«

»Vulkane? In der Heide?«

Schon stand eine Kellnerin mit zwei in Leder eingebundenen Karten und gezücktem Block an ihrem Tisch.

»Das XL-Schnitzel zum XS-Preis gibt's aber erst ab dreizehn Uhr dreißig«, sagte sie bedauernd. »Ich wär da ja nicht so, aber der Chef meint, Happy Hour ist Happy Hour.«

»Ach danke«, sagte Harmony nach einem flüchtigen Blick in die Karte, »dann nehme ich einen kleinen gemischten Salat.« Nur mit Mühe unterdrückte sie ein Grinsen. Pilzpfanne draußen, Schnitzel-Hour drinnen – und dazwischen gähnte eine Marktlücke vom Ausmaß des Grand Canyon. Um das zu begreifen, brauchte man keinen Businessplan. Sondern nur ein bisschen Instinkt und gesunden Menschenverstand.

»Nimmst du nicht.«

Verdattert blickte Harmony auf.

»Nimmst du nicht«, wiederholte Jano. »Du bist nicht so ein Typ.«

»Nein?«, wunderte sie sich.

Er schüttelte energisch den Kopf. »Wer kleinen Salat bestellt, der weiß auch auswendig, wie viel Rente er mit fünfundsechzig bekommt. Oder kauft im Juli Winterreifen. Kaufst du im Juli Winterreifen?«

»Wir haben den auch mit gebratener Pute«, mischte sich die Kellnerin ein.

»Ich möchte ...«, setzte Harmony an, aber Jano ließ sie nicht zu Wort kommen. Er klappte energisch seine Karte zu und blickte die Kellnerin herausfordernd an. Dann deutete er auf Harmony.

»Die Dame nimmt das abenteuerlichste Essen auf der Karte«, sagte er, »egal was.«

Darauf wusste Harmony nichts zu erwidern. Im Stillen fragte

sie sich, was eigentlich anstrengender war. Ein Sparkassenchef, der jeden Satz mit einem Sprichwort einleitete, oder ein Hippie-Kellner, der am laufenden Meter Schlüsse über ihre Persönlichkeit zog, ob sie nun vor einem Kinderkarussell stand oder ein Mittagessen bestellte.

Die Kellnerin legte zweifelnd den Kopf schief. »Linsen-Bulgur-Eintopf?«, schlug sie vor.

»Ist der vegan?«

»Ja. Mit oder ohne Würstchen.«

»Dann zwei mal ohne«, sagte Jano entschlossen, »und einen halben Liter Chianti.«

Ehe Harmony noch protestieren konnte, war die Kellnerin schon weg. Ganz schön unverschämt, einfach so über sie zu bestimmen. Auch wenn sie zugeben musste, dass ihr irgendetwas daran gefiel. Schließlich passierte es Harmony nicht häufig, dass jemand anders eine Entscheidung für sie traf. Immerhin wusste Jano, wie man Chianti aussprach. Auch wenn sie ihn trotzdem nicht einstellen würde.

»Bist du in deinem Job auch so?«, fragte sie spitz.

Jano pulte seelenruhig einen erstarrten Wachstropfen von der Kerzenflasche.

»Du meinst, dass ich mich nicht mit dem Erstbesten zufriedengebe?«

»Nein. Dass du deine Gäste bevormundest.«

Er blickte sie einen Moment lang irritiert an, dann lachte er laut auf. »Meinst du, weil ich neulich im »Elbblick« ausgeholfen habe? Das war doch nur ein Freundschaftsdienst! Die Chefin ist meine Schwägerin.«

»Du bist gar nicht Kellner?«, fragte Harmony verblüfft.

Er schüttelte würdevoll den Kopf. »Nein. Künstler.«

»Du malst?«

Wieder schüttelte er den Kopf. »Aber nein. Ich töpfere.«

»Hübsch«, sagte Harmony mühsam und dachte an die Auslagen in den Geschäften, an denen sie auf dem Weg zur Sparkasse vorbeigekommen war. Tönerne Igel, tönerne Gartenzwerge, tönerne Schubkarren zum Bepflanzen.

»Nicht unbedingt«, antwortete Jano kryptisch.

»Wie das?«

»Ich bin kein Gebrauchstöpfer«, erklärte er, »ich bin Seelentöpfer.«

Er ließ den rätselhaften Satz im Raum schweben, und Harmony wartete vergeblich auf eine Erklärung.

Mittlerweile war der Rotwein angekommen, und Jano schenkte mit Schwung zwei Gläser voll, gerade mit so viel Wein, dass es nicht gierig wirkte, sondern kultiviert. Dann hielt er sein Glas gegen das Licht. Die tief stehende Sonne funkelte auf der tiefroten Flüssigkeit. Kurze Zeit später stellte die Kellnerin zwei tönerne Schalen mit dem Eintopf vor ihnen ab. Während Harmony noch misstrauisch an der braungrauen Pampe schnupperte, schaufelte Jano bereits gut gelaunt die ersten Löffel in sich hinein mit einem Gesichtsausdruck wie ein kleiner Junge, der nach einem Nachmittag im Wald müde, aber glücklich zu Mamas Fleischtöpfen nach Hause kehrt. Mit dem Unterschied, dass der Eintopf nicht einmal in die Nähe von Fleisch gekommen war. Schon beim dritten Happs blieb eine Portion in seinem Bart kleben und machte es sich zwischen den rötlichen Härchen gemütlich. Bart mit Bulgur. Er schien nichts davon zu merken. Vorsichtig führte Harmony den ersten Löffel zum Mund und stellte fest, dass der Eintopf gar nicht so übel war. Aber vielleicht lag es auch an den diversen Getreideshakes und Kornbreien, die Harmony im Lauf der Jahre in der *Style*-Versuchsküche gekostet hatte, immer zwei Monate vor der Januarausgabe mit der großen Sechs-Wochen-Diät. Die hatten so ähnlich geschmeckt.

Nach der Hälfte des Gerichts machte Jano eine kleine Pause und sah sie erwartungsvoll an. Dabei streichelte er sein Glas.

»Ton ist das irdischste Material, um überirdische Zustände darzustellen«, fuhr er dann endlich mit seiner Erklärung fort. »Eine Art greifbares Tagebuch. Eine Möglichkeit, das Unfassbare fassbar zu machen.«

Offensichtlich war das ihr Stichwort, um weiter nachzufragen. Aber Harmony fürchtete sich davor. Sie war nämlich ziemlich sicher, dass Seelentöpferei nicht nach ihrem Geschmack war. Und sie wollte ihn nicht kränken. Schließlich war er der erste Mensch, den sie in ihrem neuen Leben kennengelernt hatte. Bestimmt brachte es Unglück, es sich mit dem zu verderben.

»Woher kommt eigentlich dein Name«, fragte sie stattdessen, »ist der irgendwie … wendländisch?«

Jano blickte hocherfreut drein, auch zu diesem Thema schien er gerne etwas sagen zu wollen.

»Nein«, sagte er stolz, »den habe ich mir selbst gegeben. Mein Künstlername. Mein wahrer Name.«

»Du heißt eigentlich Jan?«, riet Harmony.

Er lachte kurz auf, blickte hinaus auf die Elbe, dann wieder zu ihr: »Nein, Norbert. Aber da war mir immer zu viel ›Nein‹ drin, verstehst du? Zu viel ›No‹. Ich dachte, ich muss dieser Negativität etwas entgegensetzen. Deshalb das Ja. Vor dem Nein. Ja-No. Mit Großbuchstaben in der Mitte, wenn man es schreibt.«

Harmony fragte sich plötzlich, ob er das alles wirklich ernst meinte. Oder ob sich hier jemand einen Spaß mit ihr erlaubte.

»Warum Jano und nicht Noja? Klingt das zu sehr nach Frauenname?«

»Das würde mich nicht stören. Ich habe einen guten Kontakt

zu meiner weiblichen Seite. Es geht mir eher um die Reihenfolge. Wobei das Nein natürlich zum Ja gehört, so wie Yin zu Yang.«

Harmony verbarg ihr Grinsen hinter dem bauchigen Weinglas. Der Mann, den sie für einen Hilfskellner gehalten hatte, war also ein spiritueller Seelentöpfer. Ein Wiedergänger des strickenden Klaus von 1975.

»Zeig mir doch mal ein paar Fotos von deinen Kunstwerken«, forderte Harmony.

»Glaubst du, ich schleppe die Mappen mit auf einen Waldspaziergang?«, fragte er pikiert zurück.

Guter Witz. So leicht hatte sie ihn durchschaut.

»Nein. Ich meine, auf dem Handy.«

Er lachte. »Aber nein.«

»Also, bei mir werden die Bilder automatisch vom Rechner auf das Smartphone übertragen«, antwortete Harmony, »hast du denn keine Cloud?«

Er grinste noch breiter. Jetzt gleich würde er zugeben, dass er alles nur erfunden hatte. Die Seelentöpferei und diese Geschichte mit dem Namen.

»Nee«, sagte er todernst. »Ich hab nicht mal ein Handy.«

Harmony bekam einen Lachanfall. »Du bist echt Bombe«, keuchte sie zwischen zwei Lachsalven, »beinahe hättest du mich jetzt so richtig rangekriegt. Aber das mit dem Handy, das war zu viel des Guten. Gib's zu, was machst du wirklich?«

Erst als er nach ein paar Minuten noch immer nicht in ihr Lachen eingefallen war, schwante es ihr schließlich.

»O nein«, sagte sie kleinlaut, »habe ich dich jetzt beleidigt?«

»Weil ich kein Handy habe? Aber ich hab ein Telefon«, sagte er und strahlte schon wieder. Offensichtlich hatte er ihr schon verziehen.

»Ein altes, beiges Telefon mit Wählscheibe. Und wenn du deinen Linsen-Bulgur-Eintopf brav aufisst, dann geb ich dir auch die Nummer.«

10

Das hier ist das Modell ›Holiday‹. Gastronomen, die das für ihre Tische bestellen, bekommen das komplette Dekomaterial automatisch zum Sommerferienbeginn im eigenen Bundesland. Ohne dass man selbst die Termine nachschlagen müsste. Zum ersten Schultag nach den Ferien wird die Deko wieder abgeholt und umweltfreundlich entsorgt. Praktisch, oder?«

Harmony starrte mit glasigen Augen auf die Doppelseite des Katalogs, der vor ihr auf Tante Gerhilds Wohnzimmer-Couchtisch ausgebreitet war. Die Seite zeigte ein doppelseitiges Foto von der mit Abstand geschmacklosesten Tischdekoration, die Harmony jemals gesehen hatte. Ein paar grellfarbige Plastikclogs mit Lochmuster steckten in einem kleinen Blecheimer voller Sand, umgeben von traurigen Häufchen von Seesternen und künstlichem Seegras. In einem davon steckte ein japanisches Eisschirmchen.

Harmony nickte benommen und wischte sich etwas Feuchtigkeit aus dem Augenwinkel. Auf irgendetwas hier reagierte sie allergisch, vielleicht auf den Mottenkugel-Tantenduft, vielleicht aber auch auf den Anblick der pinken Strandlatschen auf Hochglanzpapier. Sie hatte geahnt, dass das Gespräch mit Tante Gerhild vollen Einsatz von ihr fordern würde, schließlich handelte es sich um einen Geschäftstermin. Aber nicht, dass sie nach nur zehn Minuten an ihre körperlichen, geistigen und seelischen Grenzen kommen würde.

Denn genauso lange schon sprach Tante Gerhild voller Elan von ihrer neuen, gerade vor ein paar Wochen gegründeten Firma. Davon hatte Harmony bedauerlicherweise nichts gewusst, als sie ihren Besuch angekündigt hatte.

Ihre Tante führte jetzt einen Vertrieb für Tischdekoration. Als werdende Wirtin gehörte Harmony da selbstredend zur Zielgruppe. Fand zumindest Tante Gerhild.

»Ja«, sagte Tante Gerhild beinahe schwelgerisch, »da kommen Sommergefühle auf, was? Dürfte ich dir eigentlich gar nicht zeigen, jetzt, wo du auch unter die Selbstständigen gegangen bist. Du weißt ja, da ist Urlaub erst mal gestrichen, wenn man selbst und ständig arbeitet.«

»Aber diese Schuhe …«, begann Harmony, aber Tante Gerhild unterbrach sie sofort. »Ja, die sind das i-Tüpfelchen auf diesem Arrangement. Gibt es in vier verschiedenen Farben. Auf unserer Website kann man sich das auch als Filmchen anschauen, in 3-D. Momentchen, ich hol mal rasch den Laptop.«

»Ich wusste ja noch gar nichts von deiner neuen Geschäftsidee«, versuchte Harmony, die Richtung des Gesprächs ein wenig zu ändern. »Gibst du das Gartencenter denn auf?«

Tante Gerhild schüttelte den Kopf mit der praktischen Kurzhaarfrisur und lächelte überlegen.

»Synergieeffekte«, sagte sie dann betont beiläufig.

»Bitte wie?«

»Ganz einfach«, erklärte Tante Gerhild, »alle beteiligten Firmen haben ihre Restposten, die sie loswerden wollen. Dekomaterial, Grünpflanzen, Saisonartikel, B-Ware. Restaurantdeko ist dafür eine perfekte Verwendung.«

»B-Ware«, sagte Harmony mit einem Hauch von Verachtung in der Stimme, und Tante Gerhild blickte ertappt drein.

»Über den Preis können wir natürlich reden«, schob sie eilig hinterher. »Ich könnte dir das Deko-Package XL zum Basispreis anbieten, fürs erste Jahr wenigstens. Du gehörst ja schließlich zur Familie.«

Harmony spürte jetzt eine leichte Übelkeit und war schon wieder nicht ganz sicher, woher sie kam. Vielleicht war es einfach der Moment vor dem Sprung. Denn bisher hatte Tante Gerhild noch nicht nach dem wahren Grund von Harmonys Besuch gefragt, und Harmony hatte noch nicht gewagt, ihn anzusprechen. Dabei war es taktisch gar nicht schlecht, dass Tante Gerhild sie gerade als Kundin umwarb. Wenn sie den Rabatt ablehnte und das XL-Paket akzeptierte, konnte sie die Tante auch leichter um einen Privatkredit bitten. Als Gegengeschäft.

»Weißt du, Tante Gerhild, ich finde das bewundernswert«, begann sie. »Dein Geschäftssinn, dein Engagement. Deinen … Weitblick. Wenn man bedenkt, dass du sonst mit Rasenmähern und Blumenzwiebeln handelst.«

»Was soll das denn heißen?«, fragte die Tante spitz zurück.

»Das soll heißen, dass … du einen Sinn für das Bodenständige hast. Das Reelle. Im Gegensatz zu meiner Mutter.«

Die letzten Worte fielen Harmony schwer. Nicht nur weil der Gedanke an Ingrid noch immer so schmerzlich war. Auch weil es ihr widerstrebte, sich auf diese Weise bei Gerhild einzuschmeicheln. Aber ihre Wirkung verfehlten sie nicht.

»Das kannst du laut sagen«, ereiferte sich Gerhild.

»Nicht dass sie jemals Geld verprasst hätte«, ruderte Harmony zurück. »Was sie von Opa bekommen hat, als er starb, hat sie fast alles an mich weitergegeben.«

»Na ja«, Gerhild lachte bitter, »verprasst vielleicht nicht.

Aber auf Kosten anderer leben, das konnte sie gut. Erst Häuser besetzen und dann nach staatlicher Unterstützung rufen, wenn das Dach über dem Kopf undicht wird. Weil sie ja mit ihrer Aktion der Gemeinschaft einen Dienst getan hat. Angeblich. Auf *soziale Missstände* aufmerksam gemacht hat. Und was glaubst du, wer deine Klavierstunden bezahlt hat, als du ein Kind warst? Dein Vater vielleicht?«

Harmony beschloss, die letzte Frage zu ignorieren. Das brachte sie jetzt nicht weiter.

»Nun, jedenfalls, ich bin hier, um dir ein Geschäft vorzuschlagen«, sagte Harmony und schlug elegant die Beine auf dem grauen Ledersofa übereinander.

Gerhild blickte jetzt lauernd. Sie erinnerte Harmony an einen Raubvogel, der eine besonders fette Maus im Auge hatte und nur darauf wartete, dass die sich zu einem Nickerchen hinlegte.

»Ich dachte mir, ich nehme wirklich das XL-Paket. Die Deko, meine ich. Und zwar zum vollen Preis.«

Sie machte eine Pause, um zu warten, wie Gerhild die Nachricht aufnahm. Aber ihr Blick änderte sich kaum. Vermutlich ahnte sie, dass das noch nicht alles war. Zu Recht.

»Und?«, fragte Tante Gerhild schließlich zurück.

»Und was?«

»Was ist das Gegengeschäft? Was springt für dich dabei heraus?«

Harmony holte tief Luft, atmete wieder aus und legte eine Hand sanft gegen ihr Zwerchfell. So wie sie es vor Jahren beim Präsentationscoaching gelernt hatte. Dann erst antwortete sie.

»Tante Gerhild, ich brauche Geld. Ein bisschen jedenfalls. Sagen wir mal: einen Privatkredit.«

Tante Gerhild sah einen Augenblick so verblüfft drein wie

ein Raubvogel, dessen fette Beutemaus soeben unerwartet ein Paar Flügel ausgebreitet hatte und davongeflogen war. Dann lachte sie unbeherrscht auf und schüttelte dabei den Kopf.

»O Gott«, murmelte sie, »jetzt geht das schon wieder los.«

»Geht was schon wieder los?«, fragte Harmony irritiert.

»Neulich bei der Beerdigung«, sagte Tante Gerhild und stand erregt auf, »da dachte ich noch: Da fällt der Apfel aber mal weit vom Stamm. Da dachte ich, dieses Mädchen hat alles anders gemacht als seine Mutter und alles richtig. Gute berufliche Position. Der Mann an deiner Seite, nun, vielleicht ein etwas windiger Typ, aber immerhin gehört sie nicht zu diesen verbiesterten Single-Frauen, die ihren Fitnesstrainer dafür bezahlen, dass mal ein gut aussehender Kerl mit ihnen spricht. Ein halbes Jahr später bist du den Job los, den Mann offensichtlich auch und willst unter die Gastwirte gehen! Mit meinem Geld!«

»Es bleibt ja dein Geld! Sieh es als Kapitalanlage!«, versicherte Harmony. »Es ist ein Investment. In eine brillante Idee. Einfach weil Ingrids Geld nicht ganz ausreicht.«

Tante Gerhild wiegte den Kopf. »Und von wie viel reden wir?«

In Harmonys Kopf purzelten die Bilder der letzten Wochen durcheinander. Die Heizung mit der ländlichen Retro-Optik, die der Architekt ihr gezeigt hatte, der Edelstahl-Küchenblock, die Eibenholzmöbel vom Tischler aus Dannenberg. Die Preisliste des Rungis-Express, der auch in abgelegene Gegenden seltene Meeresfrüchte und First-Class-Fleisch lieferte. Wenn auch gegen saftigen Aufpreis. Sie hatte hin und her gerechnet, sich selbst auf Jahre Ausgaben für Garderobe und Neuanschaffungen zusammengestrichen, sogar Ikea-Schränke für ihre private Küche in der Wohnung über dem Gastraum bestellt. Auch auf den Bauingenieur würde sie verzichten und sich selbst bei der Renovierung versuchen. Aber ganz ohne fremde Hilfe würde es nicht gehen.

Nur mal so, für den unwahrscheinlichen Fall, dass die Gäste ihr nicht vom ersten Tag an die Bude einrannten.

Noch einmal atmete sie ein und aus, Hand auf dem Zwerchfell. Aber diesmal versagte ihr die Stimme trotzdem.

»Achtzigtausend«, flüsterte sie.

Tante Gerhild stieß ein verächtliches Schnauben aus.

»Achtzigtausend. Und davon bezahlst du der Firma, an der ich beteiligt bin, dann dein XL-Gastro-Dekopaket.«

»Ist doch nur vorübergehend«, sagte Harmony und hoffte, dass ihre Stimme jetzt nicht zu flehentlich klang. »Mein Unternehmensberater hat gesagt, wir sind spätestens in achtzehn Monaten Break-even.«

Das war gleich doppelt gelogen. Sie hatte überhaupt keinen Unternehmensberater engagiert, genauso wenig wie einen Bauingenieur. Aber immerhin kannte sie den Fachbegriff. Mit so etwas sollte eine Geschäftsfrau doch zu beeindrucken sein.

Tatsächlich verfehlte der Satz nicht seine Wirkung. Immerhin klang ihre Stimme schon deutlich freundlicher. »Beim letzten Mal«, sagte Tante Gerhild gedehnt, »da hat sich das Investment aber nicht gelohnt.«

»Wann hätte ich dich jemals um Geld …«

»Du nicht. Aber deine Mutter. Und ist aus dir eine Konzertpianistin geworden?«

»Du hast meine Klavierstunden bezahlt?«, fragte Harmony ungläubig.

Gerhild nickte seufzend. »Deine Klavierstunden, dein Ferienlager, den Schulranzen, den du mit zehn unbedingt wolltest.«

»Warum hast du das getan?«, wunderte sich Harmony, »ich

dachte, du und Ingrid, ihr habt euch nie besonders gut verstanden?«

»Haben wir auch nicht«, nickte Ingrid. »Aber Familie ist Familie. Da hält man zusammen.«

»Das heißt also, du würdest mir …«

»Was ist eigentlich mit der Wohnung?«, fuhr Gerhild dazwischen, »die muss doch mittlerweile ein Vermögen wert sein?«

»Meine Wohnung? In Eppendorf?« Harmony blickte ihre Tante so entsetzt an, als hätte diese ihr vorgeschlagen, die Urne ihrer Mutter zu versteigern.

»Wenn du es wirklich ernst meinst mit dem Aussteigen …«

»Was heißt denn Aussteigen?«, empörte sich Harmony, »ich habe doch keine Rucksackreise nach Indien gebucht! Ich will lediglich ein neues Kapitel in meinem Leben aufschlagen. Einer neuen Bestimmung folgen. Einen Traum nicht einfach so ziehen lassen.«

»Wenn du dich reden hören könntest«, jetzt kicherte Tante Gerhild verschmitzt wie ein Teenager, »ich denke die ganze Zeit, ich hör Ingrids Stimme.«

»Als Ingrid so alt war wie ich jetzt«, sagte Harmony finster, »hat sie in einem der letzten besetzten Häuser Hamburgs gelebt, mit Kohleofen und Tochter in der Pubertät, die sie wahnsinnig gemacht hat mit ihren Popperklamotten, ihren Röhrenhosen und ihren Strass-Ohrringen. Und sie hat von nichts anderem gesprochen, als nach Griechenland auszuwandern und eine Hafenkneipe auf Mykonos zu übernehmen.«

»Wer sagt's denn«, gab Gerhild jetzt beinahe vergnügt zurück.

»Wunnefitz ist nicht Mykonos«, gab Harmony giftig zurück, »und Ouzo gibt's bei mir auch keinen.«

»Oh, das würde ich mir noch mal überlegen«, sagte Tante

Gerhild. »So wie ich meine Niedersachsen kenne, die mögen gerne einen Schnaps zur Verdauung.«

»Gerhild?«

»Ja?«

»Können wir bitte wieder von Geld reden?«

»Hast du überhaupt einen vernünftigen Koch?«

Treffer, versenkt. Ohne es zu ahnen, hatte Gerhild ihren wundesten Punkt getroffen.

»Ich hab da so einige Eisen im Feuer«, behauptete Harmony zuversichtlich und spürte, wie ihr das Lächeln in den Mundwinkeln gefror.

Auch das hatte sie sich leichter vorgestellt: Einfach mal ein bisschen in der Hamburger Gastroszene umhören, wo man jemanden abwerben konnte. Aber keiner hatte angebissen. Nicht Yves vom »San Fran«, nicht Cenk vom »L'Aubergine«, auch nicht Tom vom »Sayonara Tokio«. Spätestens, als Harmony die Landkarten-App geöffnet und ihnen gezeigt hatte, wo genau er lag, der sexy Arsch der Heide, hatte sich einer nach dem anderen mit einem gequälten Kopfschütteln abgewendet.

Bei Tim von der »Bullerei« hatte sie es dann gar nicht erst versucht.

»Vergiss nicht, einen Räuberteller auf die Speisekarte zu setzen«, sagte Gerhild. »Für null Euro.«

»Was soll das denn sein?«

»Na, ein Teller für Kinder, die bei den Eltern mitessen. Hat einen richtig guten Servicecharakter. Und hinterher sind die Großen noch hungrig und bestellen teure Desserts, mit denen du mehr einnimmst als mit Kindergerichten.«

»Kinder gehörten eigentlich nicht zu meinem Plan«, murmelte Harmony.

Tante Gerhild ging ein paar Schritte und stellte sich vor die gläserne Terrassentür. Harmony folgte ihrem Blick. Der winterliche Rasen glänzte regennass und stumpfgrün.

»Soll ich dir mal was sagen?«, fragte sie zurück. »Wenn ich nur meiner eigenen Laune gefolgt wäre, ich hätte nie ein Gartencenter eröffnet. Ganz ehrlich: Ich kann Grünpflanzen nicht ausstehen.«

»Sondern?«, fragte Harmony verblüfft.

Gerhild seufzte erneut. »Steingärten. Japanische Steingärten. Das hätte mich interessiert.«

»Aber?«

Gerhild zuckte mit den Achseln. »Ist nicht gerade die Zielgruppe, hier im Kreis Osterholz-Scharmbek.«

»Diese Strandschlappen bei der Sommerdeko«, fragte Harmony vorsichtig. »Gibt es die eigentlich auch in Grün?«

11

Dass die Kehrtwende in Harmonys Leben abenteuerlich war, halsbrecherisch nachgerade, um nicht zu sagen selbstmörderisch, wusste sie selbst.

Dazu hätte es weder Tante Gerhilds mahnender Worte gebraucht, noch der Verblüffung des Sparkassen-Filialleiters und auch nicht des Schweigens beim *Lady's Lunch* in einem Eppendorfer Café, als Harmony einigen einflussreichen Medienkolleginnen von ihren Plänen erzählte. Nicht einmal dieser irrealen Momente, als sie fremde Menschen durch ihre eigene Wohnung führte, die ab sofort zu mieten war. Natürlich auf Zeit, natürlich möbliert, samt der englischen Vintage-Kommode und den Eames-Chairs. Ihr einziges Sicherheitsnetz, die einzige Heimat, die sie hatte.

Wirklich bewusst wurde ihr die Tragweite ihrer wahnsinnigen Idee aber erst an jenem Abend nach ihrem Umzug in die verlotterte Wirtswohnung über dem verlassenen Gastraum, als sie vergeblich versuchte, eine Pizza zu bestellen.

Dabei hatte sie sich so sehr über ihre eigene, rustikale Idee gefreut. Schließlich war sie nicht so naiv zu glauben, dass es auf dem Land überall einen guten Asia-Lieferservice gab, geschweige denn Sushi. Dafür hatte sie sich den ganzen Tag, während sie den Kofferraum entlud und die wenigen Habseligkeiten auspackte, die sie mitgenommen hatte, auf eine ehrliche Pizza gefreut. Pizza mit vier Käsesorten oder Salami oder sogar beidem. Ein Genuss, den sie sich seit Jahren verkniffen hatte. Aber jetzt, ohne Mann, dafür mit einem Restaurant kurz vor der Eröffnung, kam es auf ein oder zwei Kilo mehr auch nicht an. Im Gegenteil: Wahrscheinlich nutzte es sogar ihrer Glaubwürdigkeit als Gastgeberin, wenn sie um die Hüften herum eher wie Sarah Wiener aussah als wie Victoria Beckham.

Außerdem brauchte sie ihre Kräfte fürs Renovieren. Nach dem letzten Kassensturz hatte sie sich entschlossen beim Baumarkt eine Schleifmaschine ausgeliehen, die zweifelnden Blicke der Mitarbeiter geflissentlich ignoriert und das mörderische Ding mithilfe einer Sackkarre zu ihrem Auto transportiert.

Dann sollte es ja auch kein Problem sein, den alten Dielenboden im Gastraum selbstständig wieder in Form zu bringen. Wer führende Modezeitschriften mit angesagten Wohnstrecken leiten konnte, würde ja wohl in der Lage sein, auf einen Knopf zu drücken und eine Maschine zu bedienen.

Dafür, dass sie letzte Woche noch nicht einmal gewusst hatte, was genau eine Sackkarre war, machte sie erstaunliche Fortschritte im Heimwerkerbereich.

Aber jetzt erst einmal stärken.

Im Schein einer Glühlampe griff sie nach ihrem Smartphone, um nach dem nächstgelegenen Pizzaservice zu fahnden, und erfuhr zu ihrem Entsetzen, dass der sich in Uelzen befand. Kein weiterer Lieferservice im Umkreis von dreißig Kilometern.

Zwar ließ sich über die Tastatur ohne weitere Umwege eine Telefonverbindung herstellen, aber die entpuppte sich als Sackgasse. Das gelangweilte Mädchen am anderen Ende – sie hörte sich an, als würde sie zwischen zwei Silben Kaugummi kauen – beschied ihr leidenschaftslos, Wunnefitz sei weit außerhalb des

Liefergebiets. Sie ließ sich weder mit der Aussicht auf ein fürstliches Trinkgeld beeindrucken, noch schien sie Harmonys Namen jemals gehört zu haben.

Am Ende blieb Harmony nichts anderes übrig, als nach Hitzacker zu fahren und dort in einer Pizzeria zu warten, bis ihr der bestellte Teigfladen in eine Pappschachtel gepackt wurde.

Erst als sie schon wieder im Auto saß, kam ihr der Gedanke, dass es vielleicht netter gewesen wäre, sich an einen der kleinen Tische auf eines der durchgesessenen Sofas zu setzen und sich bedienen zu lassen, statt allein im kalten Obergeschoss über ihrer eigenen, verwaisten Wirtsstube zu essen. Als sie ihr neues Zuhause erreichte, das da so kalt, abweisend und novemberdunkel vor ihr lag, fiel ihr das Schlucken schwer, und als sie die knarzende Treppe in den ersten Stock hochstieg, war der Gedanke an einen lauwarmen Käsefladen reinste Folter.

Lange stand sie vor dem Fenster und versuchte, draußen irgendetwas auszumachen, eine Kontur, eine Lichtquelle, vielleicht den fernen Scheinwerfer eines Autos. Es war, als hätte jemand der Welt den Saft abgedreht, ein vollkommenes, unerbittliches Dunkel, das sie aus der Stadt nicht kannte, eine entschlossene, totale Stille, in der das Geräusch eines tropfenden Wasserhahns in den Ohren dröhnte wie kleine Explosionen.

Am Ende, als sie schlaflos in ihrem neuen Einsvierziger-Ikeabett lag, tröstete sie sich mit dem Gedanken, dass es bald in ihrem eigenen Haus jeden Abend verführerisch nach Essen duften würde. Vorausgesetzt, sie fand endlich einen Koch. Dann musste sie einfach nur in ihre eigene Restaurantküche gehen und sich etwas bestellen, wenn sie Hunger bekam.

Dann würde sie nicht mehr allein essen. Nie mehr allein sein.

12

»Das sieht ja gar nicht gut aus, junge Frau!«

Der beleibte Grauhaarige mit dem Walross-Antje-Schnurrbart wippte ein paarmal auf dem Dielenboden, der zur Mitte des Raumes hin hässliche Blasen schlug, und versetzte seinen gewaltigen Bauch damit in ungute Schwingungen. Wenn der so weitermachte, würde der Boden bald durchbrechen. Vielleicht nicht die schlechteste Idee. Dann hätte sie wenigstens jemanden gehabt, den sie für ihre kaputten Dielenbretter verantwortlich machen konnte. Haftpflichtversichert war der ja wohl.

Er wippte noch ein paarmal weiter, dann bückte er sich breitbeinig und fuhr mit einem Finger über die wellige Oberfläche der Dielen. Im nächsten Moment wich er vor dem Geruch nach angekokeltem Lösungsmittel zurück, der in Bodenhöhe noch penetranter war als einen Meter darüber.

»Wer war denn hier am laienhaften Werk, Sie etwa?« Belustigt musterte er Harmony, und sie machte innerlich einen weiteren Haken auf ihrer Bewerberliste. Vielleicht konnte der Mann ja sogar kochen. Aber wer schon im Vorstellungsgespräch einen solchen Ton anschlug, den wollte sie nicht in einem gemeinsamen Arbeitsverhältnis erleben.

»Und Sie wissen natürlich, wie man so was macht«, giftete Harmony zurück.

»Klar. Erst den alten Lack runter. Nicht einfach nur so an der Oberfläche rumsägen. So wird das nichts mit dem Renovieren.«

Harmony seufzte und gab dem Mann im Stillen recht. Was er da sagte, stimmte in mehr als einer Hinsicht. Auch für sie selbst. Eine Latzhose allein machte noch keine Handwerkerin aus einer ehemaligen Chefredakteurin. Und die ersten Entwüfe einer handgeschriebenen Speisekarte noch keine Gastgeberin aus einer, die sich seit Jahren lieber bekochen ließ.

»Aber sonst ist alles in Ordnung mit der Bausubstanz? Balken intakt? Rohre und so?«, fragte der Schnauzbart väterlich nach.

»Hab ich einen Mechaniker bestellt oder einen Koch?«

»Ich sag ja nur. Wenn Ihnen hier ein Rohr leckt, haben Sie nicht nur Wasser im Keller, sondern danach auch noch wochenlang so einen Bautrockner rumstehen. Kein schönes Geräusch, kann ich Ihnen sagen. Vom Mief mal ganz abgesehen. Da können Sie den Betrieb vergessen.«

»Sie wollten mir eigentlich gerade erzählen, was Sie für eine Vision für die ›Elbliebe‹ mitbringen«, versuchte Harmony lahm, das Gespräch wieder in andere Bahnen zu lenken.

»Vision? Machen Sie Witze? Hier ist kein Platz für Experimente. Was die Leute hier wollen, ist einfach gut und reichlich essen.«

»Schnitzel-Happy-Hour«, seufzte Harmony.

»Gute Idee. Ein ganzer Schnitzel-Tag ist noch besser. Damit kriegen Sie die Leute.«

»Ich weiß nicht«, Harmony seufzte wieder, »das ist eigentlich nicht das Konzept, das ich mir für das Lokal hier vorstelle. Da kommen wir wohl nicht zusammen.«

»Echt nicht?« Der Mann riss die Augen über dem Walrossschnurrbart verblüfft auf. »Ich dachte, wir werden ein Dream Team.«

»Und was bringt Sie auf diese abenteuerliche Idee?«

»Wenn ich das so offen sagen darf: Sie haben keine Ahnung. Weder von der Gastronomie, noch von den Gästen hier noch von Schleifmaschinen. Im Gegensatz zu mir. Dafür habe ich kein Geld und schon gar keine Lust, mich in so'n Abenteuer zu stürzen oder am Ende noch zu verschulden. Ganz im Gegensatz zu Ihnen.«

»Hört sich nach einem zauberhaften Paar an.«

»Machen wir uns doch nichts vor«. Der Schnauzbart legte ihr jetzt kumpelhaft eine riesige, rote Hand auf die Schulter. »Köche sind nicht so einfach zu finden. Ist auch kein Wunder, ist ein harter Job. Die Arbeitszeiten, die Hitze, der Suff.«

Angewidert drehte Harmony den Kopf weg. Offensichtlich brauchte dieser hier nicht mal den Kochwein vor der Nase, um schon mittags einen zu bechern.

»Na, wer will denn schon in dieser Einöde arbeiten, auf Dauer? Ist ja schön hier, naturmäßig. Aber die meisten möchten hier trotzdem nicht tot überm Zaunpfahl hängen. Die jüngeren vor allem. Wollen doch was erleben und nicht siebzig Kilometer bis ins nächste Spaßbad fahren. Oder in die nächste Disco. Aber aus dem Alter bin ich raus, ich mag das. Die Ruhe, die Beschaulichkeit. Ich meine das ernst, dieser Job hier wäre ideal für mich. Geregelte Arbeitszeiten, nicht zu hohe Kapazität hier im Lokal, überschaubare Speisekarten.«

Harmony schüttelte entnervt den Kopf. Der glaubte doch allen Ernstes, er könnte sich hier zur Ruhe setzen! Als wäre die »Elbliebe« so eine Art Rentnerparadies für ausgemusterte Drittliga-Köche. Da hatte er sich aber geschnitten. Sie würde …

Tja. Was würde sie?

Das Problem mit dem Schnauzbart war nämlich: Er war nicht der erste Bewerber. Sondern der letzte von fünf. Fünf popeligen Köchen, die sich auf ihre Kleinanzeigen in der Lokalpresse gemeldet hatten. Dass sie sich überhaupt auf eine derart lange Konversation einließ, lag nur daran, dass sie müde und erschöpft war. Enttäuscht und ausgelaugt. Denn einer war unpassender als der andere.

Denn sie wollte keinen Rastalocken-Hippie, der von Amaranth-Brot und Grünkerndips schwärmte. Auch keinen pickligen Gerade-noch-Azubi, der nicht eine einzige eigene Idee für die Speisekarte hatte. Erst recht keinen, der von der Arbeitsagentur geschickt wurde, nachdem er seinen Job als Fischburger-Brater verloren hatte und aus unerfindlichen Gründen noch immer so roch.

Einer war dabei gewesen, der ihr gefallen hatte. Weil er nicht aussah wie ein Koch, nicht nach Küchendunst roch und eine imposante Liste von Referenzen vorlegen konnte. Er hatte sogar einen französischen Namen gehabt: Jean-Pierre, lässig englisch abgekürzt zu »Dschäi Pieh«. Der hatte ihr Gesuch auch nicht in der Lokalzeitung gesehen, sondern war über Facebook gekommen.

Leider waren seine Gehaltsvorstellungen dann nicht minder imposant gewesen, und sie fragte sich, was so einer im Wendland wollte. Und welche Rechnungen er monatlich zu begleichen hatte, für Koks, Unterhaltszahlungen oder kriminelle Machenschaften.

»Also, ich will ja ihr Handwerk gar nicht infrage stellen …«, begann Harmony gerade, als sich quietschend die Tür zum Gastraum bewegte. Der Schnauzbart und sie wandten gleichzeitig die Köpfe, als eine sehr kleine, sehr dralle Frau mit einem langen Pferdeschwanz in den Gastraum tappte. Sie hatte einen ungewöhnlichen Gang, wie ein Kind oder ein junger Bär. Bei jedem Schritt schwang unter ihrem roten Anorak ein langer Rock mit Blumen.

Nach einigen Schritten blieb sie vor Harmony stehen und musterte sie herausfordernd aus schräg stehenden Augen hinter einer dicken Brille.

»Wo is'n der Koch?«, fragte sie dann mit einem leichten Nuscheln, als wäre die Zunge in ihrem Mund ein wenig zu groß.

Harmony lachte unsicher. Sie erkannte, dass die Frau eine Behinderung hatte, und das brachte sie aus dem Konzept. Harmony wusste fast alle Menschen zu nehmen, vom schöngeistigen Verleger bis zur neurotischen Model-Bookerin, aber bei Menschen mit Behinderungen versagte ihr soziales Empfinden völlig. Genau wie bei kleinen Kindern. Oder Sparkassenchefs.

»Wo der Koch is'!«, forderte die Frau jetzt leicht genervt, so, als wäre Harmony diejenige, die im Kopf etwas langsamer war oder schwerhörig oder vielleicht auch beides.

Harmony presste nervös die Lippen aufeinander. »Gute Frage. Wüsste ich auch gern.«

Die kleine Person setzte zum dritten Mal dazu an, etwas zu sagen, als erneut die Tür aufging und eine ältere Frau in einer grünen Wachsjacke im Laufschritt den Raum betrat.

»Liebchen!«, rief sie und packte die kleine Dralle halb besorgt, halb autoritär am Arm, »ich hab dir doch gesagt, du sollst an der Ecke auf mich warten.«

Liebchen schob schmollend die Unterlippe vor und blickte ertappt auf den Boden.

»Tut mir leid, jetzt ist Wiebke wieder ausgebüchst«, sagte die Ältere entschuldigend, »dieses Lokal hier zieht sie magisch an. Seit sie damals …«

Dann folgte sie dem Blick ihrer Tochter und entdeckte die Lackblasen auf dem ollen Dielenboden.

»Du liebe Güte«, entfuhr es ihr, »was haben Sie denn da gemacht, junge Frau?«

»Renoviert«, sagte Harmony spitz.

Wollte sich hier gleich die gesamte Dorfgemeinschaft versammeln und ihre missglückten Do-it-yourself-Versuche kommentieren?

»Ich schreib Ihnen gerne die Nummer von meinem Schwager auf, der hat ein Baugeschäft drüben in Jameln«, sagte die Frau, »leider hab ich jetzt keine Zeit für ein ausführlicheres Schwätzchen, ich muss noch zu meinen Eltern nach Bleckede. Der Mutter geht's nicht so gut, die zweite Hüfte macht ihr zu schaffen. Ich hab ihr ja gleich gesagt, sie soll die OP nicht in Dannenberg machen lassen, sondern am besten gleich in Hannover, aber alte Leute können ja so stur sein. Bis bald dann!«

Und sie schob ihre widerstrebende Tochter energisch Richtung Ausgang.

An diesem Abend stand Harmony noch lange an ihrem dunklen Schlafzimmerfenster und starrte in die Nacht, als wären dort die Antworten auf alle Fragen verborgen, die sie sich stellte.

Und auch die, die sie sich noch nicht zu stellen wagte.

13

Die verbleibenden Wochen bis zur Eröffnung gingen vorbei wie im Flug.

Allerdings fühlte sich Harmony dabei wie in einem Flugzeug mit defektem Fahrwerk.

Sie wusste, dass sie irgendwann da runtermusste. Fürchtete sich aber gleichzeitig vor der Bruchlandung.

Nichts war so leicht, wie es geschienen hatte. Schon gar nicht wie auf den »Leben & Lieben«-Seiten der »Style«. Diesen Geschichten von Frauen, die sich mit einer Yogaschule auf Sri Lanka oder einem veganen Imbiss auf Ibiza selbstständig gemacht, das Leben im Hamsterrad einfach zurückgelassen hatten. In diesen Geschichten war viel die Rede von Bestimmung, von neuen Horizonten, von seelischer Erfüllung.

Eher weniger von Finanzamt, Gewerbeaufsicht, Industrie- und Handelskammer.

Möglicherweise war auf Ibiza auch keine Hygieneschulung vorgeschrieben, wenn sich eine Quereinsteigerin mit einem gastronomischen Betrieb selbstständig machen wollte.

Und wärmer war es da sowieso.

Die schlechteste aller schlechten Nachrichten: Einen Koch hatte sie noch immer nicht gefunden. Die halbwegs gute: dafür einige Kellnerinnen auf 400-Euro-Basis und eine ganze Menge

Handwerker. Handwerker, von denen sie hoffte, sie würden nicht allzu pünktlich ihre Rechnungen stellen.

Nach dem Bodendesaster hatte sie stillschweigend die Schleifmaschine zurückgegeben, gehofft, dass wenigstens die unbeschadet das Desaster überstanden hatte, und beschlossen, jemanden zu fragen, der sich mit so etwas auskannte. Koste es, was es wolle.

Das tat es dann auch.

Wenigstens hatten die meisten kurzfristig Zeit. War wohl nicht so viel los, im Wendland im November. In Hamburg konnte es schon mal zwei Wochen dauern, bis jemand kam, um sich eine kaputte Spülmaschine anzusehen.

Aber egal wie hektisch die Stunden zwischen morgens um acht und abends um sieben waren, irgendwann kam die Nacht. Jeden Tag, ohne Ausnahme. Und das täglich ein paar Minuten früher, so kurz vor Jahresende. Eine Nacht wie ein plötzlicher Stromausfall, so scheinbar endgültig, kalt und undurchdringlich, dass sie sich fühlte wie Gretel allein im Wald. Allein, ohne Hänsel.

In diesen nicht enden wollenden Nächten lag sie in ihrem Bett in Wunnefitz und wartete, dass draußen irgendjemand wieder den Hauptschalter für die Welt betätigte, das Leben in Gang setzte. Dass vor der Tür irgendetwas geschah – der Schrei eines Vogels, das weit entfernte Hupen eines Lastwagens –, um sie davon zu überzeugen, dass sie nicht die letzte Überlebende auf dem Planeten war. Dann dachte sie nicht an Fibu und Fritierfett, an die Kalkulation der handgeschriebenen Speisekarten und den Schriftzug »Elbliebe«, den eine Hamburger Grafikerin entwarf.

Dann dachte sie an ihre Mutter.

Nicht diesen Schatten von Ingrid, der in ihren letzten Tagen im Krankenhausbett gelegen hatte, in dieser Welt aus Stahl, Kunststoff und Chemikalien, die so völlig anders war als das kreative, ungeputzte Chaos, ihr eigentliches Element. Sondern die Ingrid von früher. Ingrid, die aus Geschirrhandtüchern ein Räuberkostüm basteln konnte und in den Nächten wortlos die Decke lüpfte, wenn Harmony mal wieder von Albträumen geplagt über den langen Flur der Eppendorfer Wohnung getappt kam. Vielleicht war ihre Mutter der einzige Mensch, der das Hippie-Mantra vom Leben im Hier und Jetzt wirklich beherzigt hatte. Zwar hatte es Zeiten gegeben, in denen sie sich mehr um ihr eigenes spirtuelles Wachstum gekümmert hatte als um die Kinderarzttermine ihrer Tochter, Zeiten, in denen sie über Nacht mit einem neuen Bekannten an die Ostsee getrampt und Harmony morgens nur einen Zettel auf dem Küchentisch vorgefunden hatte. Aber wenn sie mit Harmony zusammen gewesen war, dann war sie ganz da gewesen. Ganz Mutter. Ganz warm, ganz weich, ganz Ohr.

Manche ihrer Erinnerungen konnte sie fühlen. Ingrids weicher Bauch, wenn sie sich als kleines Mädchen auf ihrem Schoß zusammengerollt hatte. Die Haut zwischen ihren Schlüsselbeinen.

Das war das Härteste. Nie wieder würde es einen Menschen geben, der sich für ausnahmslos alles interessierte, das Harmony betraf. Der jedes Wort für wichtig hielt und jeden Gedanken für erwähnenswert, einfach weil dieses Wesen, das sie geboren hatte, ihn äußerte.

Hatten Harmonys Gedanken einmal diese Richtung genommen, waren sie stur wie ein Rudel von Jagdhunden, spulten sich immer wieder in der gleichen, deprimierenden Form ab und landeten unweigerlich später bei Mo. Das war schon überhaupt nicht gesund.

In den ersten paar Wochen nach ihrer Trennung war das anders gewesen. Da war der Gedanke an ihren Ex zwar nicht gerade eine Quelle des Wohlbefindens, aber immerhin holte er sie aus dem jämmerlichen Halbwaisental heraus, in das sie sich mit dem Nachdenken über Ingrid hineinmanövrierte. Wieder und wieder weidete sie sich innerlich an ihrer Racheaktion, erinnerte sich, wie erbärmlich Mo gehustet hatte und wie erbärmlich er dreingeschaut hatte. Das letzte Mal, als sie ihn gesehen hatte.

Aber mit zunehmendem Abstand bemerkte sie, dass ihre Wut auf Mo sich langsam verflüchtigte, nicht mehr loderte, sondern nur noch leise vor sich hinglühte, und es fiel ihr zunehmend schwerer, Scheite nachzulegen.

Das war schlecht, denn Wut war eine wundervolle Erfindung für Verlassene. Nur Wut brachte diesen Überschuss an Energie mit sich, diese Entschlossenheit, mit der Harmony ihr Leben umkrempelte. Die Wut durfte ihr nicht ausgehen, das war gefährlich. Solange sie bei ihr war wie eine treue Gefährtin, eine stärkere Schwester, eine Stimme in ihrem Kopf, konnte sie alles schaffen. Wurde die Wut schwächer – und das wurde sie vor allem nach Mitternacht –, dann war Harmony nicht mehr das, was sie sein wollte. Das Stehaufmädchen, die Macherin, die zupackte, ihr Leben änderte, ihre heimlichen Träume verwirklichte.

Dann war sie nichts als ein Restposten. B-Ware. Eine abgelegte Frau. Und Erinnerungen überwältigten sie, gegen die sie machtlos war. Weil nicht der Kopf Regie führte, sondern der Körper. Auf einmal erinnerte sich ihre Hand daran, wie sich die kleine Kuhle unter Mos Brustbein anfühlte, die Muskelstränge in seinem Rücken.

Wenn sie vernünftig war, öffnete sie in solchen Momenten

eine Flasche teuren Rotwein und trank sie aus. Wenn sie sehr vernünftig war, trank sie nur ein Glas. Wenn sie übermenschlich vernünftig war, kochte sie sich einen Tee.

Aber meistens war sie nicht vernünftig. Schon gar nicht übermenschlich. Dann tat sie etwas viel Schlimmeres, als kalte oder warme Flüssigkeiten zu trinken. Dann ging sie ins Internet.

Und dort hatte sich eine Menge verändert, seitdem sich Harmony zum letzten Mal nach einer langjährigen Beziehung getrennt hatte, vor Mo.

Denn wie endgültig man jemanden aus seinem Leben streichen konnte, diese Frage war alle paar Jahre neu zu beantworten. In ihrer Teenagerzeit hatte es gereicht, melodramatisch Briefe und Fotos zu verbrennen. Wenn man dann nicht gerade jeden Tag am gleichen Bäckerstand in der Schulaula in der Schlange stand, konnte man Verflossenen hervorragend aus dem Weg gehen. Später, in ihren Dreißigern, hatte Harmony gelegentlich ihre Verflossenen gegoogelt. Aber das war selten sonderlich ergiebig, meistens fanden sich im Netz nur die immer gleichen Porträtfotos auf Firmenseiten.

Jetzt, nach der Trennung von Mo, erfuhr Harmony, dass die Welt sich ein beträchtliches Stück weitergedreht hatte. Denn jetzt gab es Social Media. Und damit eine unendliche, dank Flatrates quasi kostenlose Möglichkeit, das eigene Leiden zu verlängern.

Denn es war ja nicht nur so, dass Facebook sie auf die Spur jener Marie gebracht hatte, dieser alternden Lebenskünstlerin, der Mo neuerdings verfallen war. Einmal auf dieser Spur, fuhr man auch immer weiter, wie ein Zug auf Schienen, und es hätte große Anstrengung gekostet, diesen vorgegebenen Weg zu verlassen. Weder Marie noch Mo hatten gewagt, ihre Facebook-Freundschaften mit Harmony zu kündigen. Ein schlechtes Gewissen hielt beide wohl zurück vor diesem letzten, endgültigen Cyber-Bruch.

Und so verfolgte sie Nacht für Nacht die digitale Spur der beiden, wie ein Spürhund, der einfach nicht anders konnte, wenn man ihm das T-Shirt eines Vermissten hinhielt. Die hochgeladenen Fotos vom Grünkohl-meets-Hummer-Dinner in der Speicherstadt, die Links zu Songs, die möglicherweise zu Mos neuem Schlafzimmersoundtrack gehörten. Dann war sie abwechselnd die verängstigte Gretel im nächtlichen Wald und die böse Fee, die Dreizehnte, die an der Wiege einer jungen Liebe stand und wüste Verfluchungen ausstieß. Auch wenn sie keine davon in ihre Tasten tippte. Nicht nur weil ihre Selbstachtung ihr verbot, sich aufzuführen wie ein liebestoller Teenager. Auch weil sie genau wusste, dass es ihrem Herzen nichts nützen würde.

Im selben Maß, in dem ihre Wut schwand, begann sie grundsätzlich am Sinn von Racheaktionen zu zweifeln. Der erste Adrenalinrausch, in dem sie ihren Allergieanschlag geplant hatte, war allzu lang vorbei, die Erinnerung brachte keine Genugtuung mehr mit sich.

Je länger sie darüber nachdachte und je später die Nacht, desto mehr begann sie, sich zu schämen.

Sie hatte einem Mann geschadet, den sie geliebt hatte. Ja, er hatte sie zuerst verletzt. Aber gab ihr das ein Recht? Ging man so mit einem Menschen um, mit dem man sein Leben hatte verbringen wollen? Noch schwärzer wurden ihre selbstquälerischen Gedanken, sobald Matteo ins Spiel kam. Sie hatte einen Unschuldigen erpresst, mit einem völlig harmlosen Geheimnis, das er ihr selbst einmal in einer Champagnerlaune gebeichtet hatte. Einen Mann, der sie für eine Freundin gehalten hatte.

Und dann kam schließlich diese Nacht, in der Harmony

merken sollte, dass Wein allein noch nicht die bedenklichste aller Sofortmaßnahmen gegen Kummer war. Dass es immer noch härter ging, wenn es härter kam.

In dieser Nacht kam es härter. In dieser Nach kam Jim.

Als sich die Facebook-Seite mit nervötender Langsamkeit vor Harmony aufbaute, glaubte sie im ersten Moment an eine Verwechslung. Werbung für Hundefutter? Dann sah sie sich das Paar auf den neuen Fotos in ihrer Timeline genauer an, und erst danach überkam sie die letzte, niederschmetternde Gewissheit. Mo und Marie waren nicht nur ein schönes Paar, nicht nur ein passendes, wie sie so dastanden mit ihren vom Herbstwind zerzausten Haaren. Sie gehörten zueinander.

Denn von nun an hatten sie mehr als ein gemeinsames Bett. Sie hatten einen gemeinsamen Hund.

Einen weißen, wuscheligen Yorkshire Terrier mit einem roten Halstuch, der auf diesen neuen Bildern am Elbstrand um die beiden herumsprang, als könnte er sein Glück gar nicht fassen. »Willkommen, Jim!«, hatte Marie dazu geschrieben, und all das wirkte so selbstverständlich, so natürlich, als hätte sich ein allerletztes Puzzleteil in ein Bild geschoben, in dem sie, Harmony, nun endgültig keinen Platz mehr hatte.

Harmony stand auf, sehr langsam, als wäre sie nicht ganz sicher, ob dabei nicht etwas in ihr zu Bruch gehen könnte, und trat ans Fenster. Ihr leerer Blick fiel auf Regentropfen an der Scheibe, auf eine winzige Spinne in der oberen Ecke des Fensterrahmens. Sie brachte es nicht übers Herz, die Spinne wegzufegen. Unentschlossen knetete sie ihre Finger, dann ließ sie die Hände fröstelnd in den Taschen ihrer navyblauen Strickjacke versinken.

Die linke war leer. Aber in der rechten stießen ihre Finger auf einen zerknüllten Zettel.

Ein nicht bezahltes Parkticket aus Hamburg? Eine Einkaufsliste für ihren erbärmlichen Single-Kühlschrank? Harmony zog den Zettel aus der Tasche, und im gleichen Augenblick verstand sie, was sie da gefunden hatte. Ein weiches, längliches Papier, abgerissen vom Bestellblock eines Lokals in Hitzacker, auf dem eine Telefonnummer stand. Sie dachte an den Linsen-Bulgur-Eintopf, die Sonnenflecken in ihrem Chiantiglas, dann wieder an den Hund, der sich genießerisch im Elbsand wälzte, und auf einmal schien es ihr, als wäre dieser Fund kein Zufall.

Sie stellte sich vor, wie gleich ein altes beigefarbenes Festnetztelefon läuten würde, ein paar Kilometer flussaufwärts, sie dachte an ein Paar attraktive Hände, die Cocktails mixen und Kunst produzieren konnten, auch wenn es sich um getöpferte Seelenzustände handelte. Hände, die in ihrer Vorstellung immer attraktiver wurden, je später es wurde und je weniger sie die Bilder der glücklichen Hunde-Eltern aus ihrem Kopf verscheuchen konnte.

Und als sie am anderen Ende der Leitung Janos Stimme hörte, da sagte sie zwei Worte, von denen sie nicht gewusst hatte, dass sie sie jemals zu einem Mann sagen würde.

Schon gar nicht zu einem Mann mit Bauch und Sommersprossen, den sie auf dem Isemarkt keines Blickes gewürdigt hätte, es sei denn, er wäre der Verkäufer am Frischfischstand.

Sie sagte: »Rette mich.«

14

Vielleicht wäre doch noch alles anders gekommen, wenn es nicht nur spät, sondern mitten in der Nacht gewesen wäre. So mittendrin, dass sie trotz drei Gläser Rotwein und eines bezaubernden Terriers nicht mehr zum Hörer gegriffen hätte, um einen fast Fremden zu wecken.

Oder wenn Jano an diesem Abend gerade dabei gewesen wäre, einen Seelenzustand auf der Töpferscheibe nachzuempfinden, und deshalb das Läuten des altmodischen Apparats überhört hätte.

Hätte, hätte, Fahrradkette. Das Schicksal hielt keine dieser gnädigen Ausflüchte bereit, niemand vermasselte Harmony die Tour. Und so sah sie schon nach einer Viertelstunde das erste Licht seit Langem, von ihrem Wohnzimmerfenster aus, das Licht einer Fahrradlampe, das der schlingernden Fahrt über nasses Kopfsteinpflaster folgte. Jano hatte sich nicht zweimal bitten lassen.

Während der erzwungenen Denkpause zwischen Anruf und Ankunft hätte sie noch die Gelegenheit gehabt, darüber nachzudenken, ob es wirklich klug war, sich jetzt buchstäblich dem ersten und besten Mann in die Arme zu werfen. Ob sie noch elegant die Notbremse ziehen konnte, und wenn ja, wie. Sie hätte Jano ja nicht wegschicken müssen, sondern einen Tee kochen und den Reißverschluss ihres Pullovers bis zum Hals ziehen, als hätte sie von Anfang an nichts weiter vorgehabt, als zu reden, ein kleiner Late-Night-Talk unter Bekannten.

Aber leider hatte sie nicht viel gedacht in der Denkpause, und mit dem wenigen war jetzt auch Schluss. Weil sie beim Anblick des Fahrradlämpchens daran denken musste, wie sie damals, vor vielen Jahren, immer auf Mos beleuchtetes Fenster zugegangen war. Und weil es ihr plötzlich als schicksalshaft und romantisch erschien, dass einer sich furchtlos auf sein Rad geschwungen hatte, obwohl dort draußen jede Menge Gefahren lauerten. Vielleicht Rehe, die über die nächtliche Landstraße sprangen. Oder betrunkene Teenager in Papas BMW auf dem Rückweg von der nächsten Großraumdisco.

Wieder einmal, trotz ihrer fünfundvierzig Jahre, erlag Harmony einer romantischen Täuschung. Jener Täuschung, die Frauen überfällt, wenn sie sich eigentlich nur nach einer Mischung aus Sex und Selbstbestätigung sehnen, aber sich eine Nacht lang einreden, dies sei der Beginn einer großen Liebe. So wird der Zufallsmann an ihrer Seite zum Ritter in der schimmernden Rüstung.

Und als Jano draußen an die Tür pochte, verdrängte sie entschlossen auch noch die letzten Warnungen, die in ihrem Kopf aufblitzten: »Mach das nicht!«, »Bist du irre?« oder »So toll ist der nun auch wieder nicht.«

Das Bauchgefühl, das sonst so zuverlässig funktionierte wie eine Atomuhr, ließ sich eben auch konsequent ignorieren, wenn da noch andere Gefühle im Bauch waren, die schon lange nicht mehr zu ihrem Recht gekommen waren. Und die in diesem Augenblick so mächtig wurden, dass Harmony alles vergaß, vom Künstlernamen bis zur Seelentöpferei und dem Jutebeutel, von dem sie genau wusste, dass es etwa so gut zu ihr passte wie Schnaps auf dem Schützenfest oder ein dreistündiges Konzertvideo von Andrea Berg.

Weil sie zu lange nicht mehr in den Armen gehalten worden war, aber auch, weil sie schon zu lange keiner mehr bewundert hatte. Weil es diese düsteren Momente gab, nachts zwischen drei und halb fünf, in denen sie nicht nur daran zweifelte, ob sie ein halbwegs guter Mensch war, sondern auch ob die Welt überhaupt noch auf sie wartete. Oder wenigstens das Wendland. Und weil Mo sie nicht nur niemals gefragt hatte, ob sie seine Frau werden wollte. Sondern nicht einmal, ob sie einen Hund mit ihm haben wollte.

Regentropfen glitzerten in Janos Barthaaren, und als sie ihn im Flur neben der leer stehenden Gaststube an sich zog, für die am nächsten Tag die Echtholzmöbel geliefert werden sollten, stieß sie sich die Stirn an seinem metallic glänzenden Fahrradhelm.

»Hoppla, junge Dame«, Jano lachte und befreite seinen Kopf, »nicht so stürmisch. Wir haben doch alle Zeit der Welt.«

»So lange dauert es aber nicht mit der Rettung«, gurrte sie an seinem Hals. Jano löste vorsichtig ihre Arme von seinem Rücken, dann schloss er die Tür hinter ihr. Stumm deutete sie auf die Treppe, die in ihre Wohnräume führte.

»Moment«, sagte er, »erst mal raus aus dem nassen Zeug. Hast du zufällig ein paar Hausschuhe für mich?«

Im ersten Moment dachte Harmony, sie hätte sich verhört. Hausschuhe? So etwas hatte sie nicht mehr besessen, seitdem sie neun Jahre alt gewesen war und in selbst gestrickten Hüttenschuhen über die Flure der Eppendorfer Wohnung geschlittert war. Wenn überhaupt, dann schlüpfte sie in ein paar weiße Wollsocken mit Kaschmiranteil, die letzten Winter bei einer Modeproduktion zum Thema »Hütten-Style« übrig geblieben waren. Und Mo? Der hatte auch keine Hausschuhe besessen. Der war ja am liebsten nur in Jeans, mit nackten Füßen und mit nacktem Oberkörper …

»Harmony?«

»Ja?«

»Wo auch immer du bist, du bist gerade nicht im Hier und Jetzt.«

»Nein«, stammelte sie, »ich hab nur über Hausschuhe nachgedacht.«

»Macht nichts«, winkte er ab, »geht auch so. Dann erfährst du eben gleich mein bestgehütetes Geheimnis. Auch wenn wir uns noch gar nicht lange kennen.«

»Und das wäre?«, fragte Harmony beunruhigt, während Jano bedächtig die Schnürsenkel seiner knöchelhohen, graubraunen Treter aus den Ösen fummelte.

»Ich hab ständig kaputte Socken an«, strahlte er, stellte die Stiefel sorgfältig auf dem Boden neben seinem Fahrradhelm ab und präsentierte dabei ein paar beige Strümpfe, die aussahen, als stammten sie entweder noch aus den Siebzigerjahren oder aus DDR-Restbeständen, und die tatsächlich nicht weniger als vier Löcher hatten. Aus denen ragten ein paar Zehen.

Gegen die eigentlich nichts sprach, außer dass sie ganz eindeutig die Zehen eines Mannes um die fünfzig waren.

Was war Harmony verwöhnt gewesen in den letzten Jahren! Mo hatte nicht nur extrem gepflegte Füße gehabt, er hatte es auch sehr genau genommen mit der Körperrasur. Mit überflüssigen Augenbrauenhärchen. Mit einer Sommer- und einer Winter-Pflegeserie für empfindliche Gesichtshaut. Alles für sie.

Dabei war Jano eigentlich ein gut aussehender Mann, trotz der Ältere-Herren-Füße. Auf seine Weise war er sogar ein trendiger Typ, auch wenn er vermutlich nichts davon ahnte. Es hätten nur ein paar Kleinigkeiten gefehlt, um ihn in einen dieser Pseudo-Holzfäller aus dem Hamburger Schanzenviertel zu verwandeln: schwarz gerahmte Nerdbrille im Gesicht, Riesen-Häkelmütze statt Fahrradhelm, Schal mit Troddeln, und schon hätte der Seelentöpfer ausgesehen wie der Art Director einer Werbeagentur. Inklusive seines naturwüchsigen Vollbarts.

Dann hätte sie sich sogar mit ihm auf dem Isemarkt blicken lassen können.

Aber egal wie sie es drehte und wendete, ihre Gedanken kamen immer wieder am gleichen Punkt an. Jano mochte seine Vorzüge haben, innerlich und äußerlich, aber einen entscheidenden Nachteil würde er niemals wettmachen können:

Er war nicht Mo.

Deshalb, und nur deshalb war diese Verabredung die schlechteste Idee gewesen seit mindestens fünf Jahren. Damals, als sie auf Dr. Schwindtkes Neujahrsempfang in einer Kombi aus Overknee-Stiefeln, Netzstrumpfhose und Designerkostüm aufgekreuzt war, zu der die Modechefin ihr geraten hatte.

Und am nächsten Tag in der »Sonderbar«-Rubrik auf der Klatschseite der *Hamburger Morgenpost* aufgetaucht war. Als das »Silvesterkaterluder von Eppendorf«. Im Text hatte man ihr unterstellt, dass sie am 4. Januar noch zu umnachtet gewesen wäre, eine passendere Kombi zu finden.

Aber vielleicht ließ sich dieser spätabendliche Verabredungs-GAU mit weniger PR-Aufwand wieder geradebügeln. Immerhin sah ihnen beiden keiner zu.

»Ich weiß eigentlich auch gar nicht, was in mich gefahren ist«, sagte Harmony entschuldigend, »dich so spät am Abend noch anzurufen. Also, wenn du lieber ins Bett gehen möchtest, ich wäre dir überhaupt nicht böse.«

»Ins Bett gehen?«, fragte Jano und sah sie mit Hundeblick

an. Mit beige bestrumpften Füßen patschte er dabei in Richtung Treppe.

»In dein Bett, natürlich«, fügte Harmony eilig hinzu.

»Wir haben alle Zeit der Welt«, wiederholte Jano seinen Begrüßungsspruch, und diesmal klang es ein wenig bedrohlich in Harmonys Ohren. »Wir müssen nichts überstürzen.«

»Das heißt, du fährst doch lieber nach Hause?«

»Aber nein. Du kochst jetzt erst mal einen schönen Tee. Und dann können wir in Ruhe reden. Ich spür das, du brauchst das.«

Zwei Stunden später wusste Harmony, dass er es ernst meinte. Mit der Zeit, mit dem Tee, vor allem aber mit dem Reden. So lange saßen sie jetzt schon auf der Kücheneckbank, die Harmony aus dem verlotterten Wohnraum übernommen hatte. Dabei war es vor allem er, der den Part des Redens übernahm. Jano hatte für den Frieden getöpfert, vor der Lagerhalle in Gorleben in einer zweitägigen Performance gegen Atomkraft getöpfert, und stellte seine Kunstwerke jährlich in einer mongolischen Jurte am Elbufer aus, die während des Festivals »Kulturelle Landpartie« dort installiert war. Augenblicklich, so sagte er, töpferte er seine eigenen Träume. Sowohl Alb als auch Wunsch. Zwischendrin servierte er im Wellnesshotel seiner Schwägerin Cocktails, um sich ein bisschen Geld zu verdienen.

»Aber im Moment ist dort ja total tote Hose«, sagte er vergnügt und schlürfte seinen grünen Tee, eine Mischung aus Harmonys Hamburger Küchenschrank, die sie aus irgendwelchen Gründen mitgenommen hatte. Originalverpackt. Selbst hatte sie keine Verwendung dafür. Harmony war Espressotrinkerin.

»Tote Hose, wieso?«, schreckte Harmony aus ihrer Tagträumerei auf, der sie sich hingab, während sie so tat, als würde sie Janos Kunstvortrag lauschen. Einer Tagträumerei, in der gefährlich viel Mo auftauchte, Mo, der in einer stürmischen Nacht durch den wendländischen Wald brauste; Licht, das sich dem einsamen Lokal näherte, aber keine Fahrradlampe, sondern die gelblichen Scheinwerfer eines Old-School-Mercedes.

»Ist doch überall hier so«, sagte Jano leichthin, »reines Saisongeschäft. Bis März könnte man hier sämtliche Lokale und Hotels einfach zusperren, es wäre kein Verlust.«

»Aber die Einheimischen …«

»Wir? Wir gehen eher selten essen. Vielleicht noch jetzt, in der Vorweihnachtszeit. Das Geschäft mit den Betriebsfeiern, das nimmt meine Schwägerin noch mit. Dann fliegt sie für zwei Monate nach La Gomera.«

»La Gomera«, hauchte Harmony und spürte, wie ihr übel wurde. Und das lag nicht am ungewohnten Gemähtes-Gras-Aroma des Tees. Tote Hose bis März. Ob sie Tante Gerhild noch ein zweites Mal anpumpen konnte?

Sie blickte auf das abgestoßene Holz der Eckbank und überlegte, ob die möglicherweise eine Geldquelle war. Shabby Chic. Es gab Möbelgeschäfte in Eppendorf, die mit nichts anderem handelten: neu gefertigte Holztische und -bänke, die mithilfe jeder erdenklichen Folter auf alt getrimmt wurden, die mit Säure bearbeitet wurden und Schmirgelpapier, bis sie endlich aussahen wie die Eckbank aus dem Wohnraum über einem niedersächsischen Landgasthof.

Hier hatte sie Zugriff auf das Orginal, sowohl was die Männer anging als auch die Möbel.

Mit etwas Glück konnte Harmony für die Eckbank mehrere tausend Euro losschlagen. Und bei Ikea stattdessen ein paar günstige Stühle kaufen.

»Und du«, sagte Jano plötzlich und rückte näher, »du siehst aus, als hättest du dringend eine Umarmung nötig – und eine

Mütze Schlaf.« Dabei nahm er sie in seine groben Pranken und schob sein Gesicht so nah an ihres, dass sie das bittere Teearoma in seinem Atem riechen konnte. Im nächsten Augenblick zog er sie an sich heran, bis ihre Hände auf seinem Bauch zu liegen kamen, und sie spürte verblüfft, dass dieser zwar dick war, dabei aber straff wie eine gespannte Trommel.

Dann küsste er sie.

Sie erwiderte seinen Kuss erst zögerlich, dann fand sie Gefallen daran. Sie vergaß zwar nicht gerade alles um sich herum, aber doch ziemlich viel, einschließlich Hundefotos, Töpfern für den Frieden und der drohenden Pleite ihres noch nicht einmal eröffneten Restaurants, sollte sich bis März tatsächlich kein Gast blicken lassen. Jano konnte nicht nur Getränke mixen, sondern wusste auch mit seinem Mund so einiges anzustellen, das Frauen gefiel. Eine Exit-Strategie brauchte sie noch immer. Aber die konnte man ja auch ein bisschen nach hinten verschieben.

Vielleicht war sie auch einfach nur dankbar. Dankbar, dass er ihr bewies: Sie mochte eine rabenschwarze Seele haben, aber immerhin lud ihr Mund andere noch zum Küssen ein. Hatte sie vor zehn Minuten beschlossen, den Rest ihres Lebens als Single zu verbringen? Und wenn schon: Das schloss One-Night-Stands ja nicht zwingend aus.

Und außerdem kam es ihr nun doch zu unfreundlich vor, Jano unverrichteter Dinge wieder fortzuschicken, hinaus in die Nacht, zu den wilden Rehen und den betrunkenen Führerscheinneulingen.

Sie wollte gerade ein verführerisches »Komm!« in sein Ohr hauchen und ihn freundlich, aber bestimmt ins Schlafzimmer dirigieren, selbst noch verblüfft von der überraschenden Wendung, die dieser Abend nahm, als die Geräusche begannen. Zuerst dachte Harmony, sie hätte sich verhört, aber dann vernahm sie es ganz deutlich: Eine Mischung aus Stöhnen, Summen und dem hingerissenen Seufzer eines halbwüchsigen, weiblichen Fans beim Justin-Bieber-Konzert kam aus Janos Kehle.

Harmony wich zurück und starrte ihn an. Er blinzelte verdutzt, dann empört.

»Hey«, sagte er, »stimmt was nicht?«

»Das wollte ich dich auch gerade fragen«, gab Harmony zurück.

»Mir geht's gold«, sagte Jano, »das hörst du doch.«

Und wieder begann er, sie zu küssen, und seufzte dabei wie ein Dreizehnjähriger. Schlimmer: wie eine Dreizehnjährige. Nun half es auch nichts mehr, die Augen zu schließen, da hätte es schon eines Tricks bedurft, um auch die Ohren zu versiegeln. Alles, was da eben noch geköchelt hatte, fühlte sich an wie schockgefrostet.

Die nächste Kusspause nutzte Harmony, um demonstrativ auf ihre Armbanduhr zu sehen und dabei einen noch demonstrativeren, erschrockeneren Gesichtsausdruck aufzusetzen.

»Hilfe«, kreischte sie spitz, »schon halb zwei!«

»Na dann.« Erstaunlicherweise erhob Jano sich ohne weiteren Widerstand, und Harmony war so dankbar, dass sie ihm beinahe erneut um den Hals gefallen wäre, hätte er dieses Signal nicht grundlegend falsch verstehen können. Aber im nächsten Moment wurde ihr klar: Das Missverständnis war schon geschehen. Statt sich in Richtung Treppe zu bewegen und sich im Hausflur unten anzuziehen, tat Jano genau das Gegenteil. Mit aller Gemütsruhe streifte er sich seinen Strickpulli vom Oberkörper, sodass er in einem grün-weiß karierten Hemd vor ihr stand, und lächelte ihr zu.

»Zeigst du mir den Weg?«, fragte er und setzte schon wieder zu einer Art Seufzer an.

»Wohin?«, fragte Harmony irritiert, obwohl sie die Antwort schon kannte.

»Na, in dein Bett«, verkündete Jano.

»Aber …«

»Du musst keine Angst haben«, Jano lächelte sanft, »ich tu nichts, was du nicht willst.« Dann warf er einen Blick in Richtung Fenster. Regen trommelte gegen die beschlagene Scheibe.

»Außerdem«, sagte er, »wirst du mich ja wohl nicht vor die Tür setzen. Bei dem Wetter.«

Das saß. Ganz offensichtlich waren One-Night-Stands auf dem Land eine deutlich kompliziertere Angelegenheit als in einer Stadt, wo man zu jeder Nachtzeit ein Taxi rufen konnte, um einen Gast freundlich auf die Straße zu setzen.

Am nächsten Morgen erwachte Harmony von Geschirrgeklapper und schloss daraus, dass sie irgendwann doch noch eingenickt sein musste. Eines stand jedenfalls fest: Mit der Idee, sich einen Übernachtungsgast einzuladen, war sie vom Regen in der Traufe gelandet. Denn wenn schon sonst trübe Gedanken ihren Schlaf störten, dann waren in der vergangenen Nacht noch weitere Faktoren erschwerend hinzugekommen. Allen voran die Anwesenheit eines viel zu großen und viel zu unbekannten Mannes in einem dafür viel zu schmalen Bett, der ihr permanent mit seinen viel zu großen Füßen und seinen viel zu langen Zehennägeln in die Quere kam.

Hellwach hatte sie dagelegen, seinen schweren Arm um ihre Schultern, und brennende Sehnsucht gehabt. Zur Abwechslung nicht nach Mo oder jedenfalls der Vergangenheit mit Mo. Sondern nach ihrer Hamburger Wohnung mit dem ausladenden Wohnzimmersofa, auf das sie einen unerbetenen Gast hätte ausquartieren können. Hier war sie noch so spartanisch eingerichtet, dass sie gar keine andere Wahl hatte, als Jano den Platz an ihrer Seite anzubieten. Immerhin hatte er sein Versprechen gehalten und bis auf einen keuschen Gutenachtkuss keine weiteren Annäherungsversuche gemacht. Vermutlich war ihre Körpersprache deutlich genug gewesen und international verständlich.

Sie blinzelte noch immer in den Morgennebel hinaus, als die Tür zum Schlafzimmer aufging und Jano mit einer dampfenden Tasse hineintappte.

Nachdem sie gestern zur Gesellschaft mitgehalten hatte, schien er sie für eine Teetrinkerin zu halten. Nun, offensichtlich hatte er ja auch sonst ein schräges Bild von ihr. Es spielte keine Rolle. Vermutlich hatte er nach dieser misslungenen Nacht genauso wenig das Bedürfnis, weitere Geheimnisse aus dem Hause Schlüter-Hansen zu lüften, wie Harmony umgekehrt. Umso netter, dachte sie, dass er ihr dennoch ein Getränk ans Bett brachte, statt grußlos im ersten Morgenlicht zu verschwinden. Obwohl diese Variante auch etwas für sich gehabt hätte.

Er setzte sich zu ihr an die Bettkante und strahlte sie an. Das machte sie augenblicklich hellwach. Warum tat er das? War in der Nacht etwa doch noch etwas vorgefallen, über das ihr Gedächtnis einen barmherzigen Schleier gebreitet hatte?

»Danke«, sagte sie reserviert. Sie setzte sich auf, griff nach der Teetasse und rückte ein Stück zur Seite. Jetzt, bei Tageslicht, mochte sie gar keinen Körperkontakt mehr zu ihm haben, nicht einmal einen Oberarm, der sich gegen ihren schmiegte.

Prompt hievte er mit einem wohligen Stöhnen seine Beine auf ihr Bett und ließ sich der Länge nach neben sie plumpsen.

Sie nahm einen hastigen Schluck und verbrühte sich die Lippe.

»Ich hab für heute ziemlich viel auf dem Zettel«, sagte sie,

»aber wenn du möchtest, können wir noch zusammen frühstücken.«

»Ach so?«, er zog belustigt eine Augenbraue hoch und grinste. »Mach dir keine Mühe«, sagte er dann und legte eine behaarte Hand auf ihren Oberschenkel, der in einer seidenen Pyjamahose eingehüllt war. Harmony schwankte zwischen dem Impuls, die Hand wegzuschieben, und Erleichterung. Jano war genauso klar wie ihr selbst, dass man das Zusammensein nicht unnötig verlängern musste.

Aber warum lag der Kerl dann hier herum und grinste wie ein Honigkuchenpferd?

»Weißt du«, sagte er, »ich hab mir gedacht, ich fahr rasch nach Hause und hol ein paar Klamotten. Und heute Abend kochen wir dann schön zusammen.«

»Heute Abend?«, echote sie unsicher.

»Ja, dann kannst du dich in der Zwischenzeit auch um die Handwerker kümmern. Die haben vor einer halben Stunde mit den Fliesen angefangen. Ich hab ihnen gesagt, du schläfst noch.«

Panisch blickte Harmony auf ihre Nachttischuhr. Auch das noch! Übermorgen würde also ganz Hitzacker von ihrem Techtelmechtel mit dem Seelentöpfer wissen. Umso wichtiger, dass sie das hier in Würde und Anstand hinter sich brachten. Wie erwachsene Menschen.

Was hatte er da gerade gesagt mit dem Essen?

»Jano«, sie balancierte die Untertasse auf den Knien, den Tee in der einen Hand und legte entschlossen ihre freie Hand auf seine, »ich weiß das zu schätzen, dass du so nett bist. Und es war ein schöner Abend gestern. Aber du musst keine Rücksicht nehmen. Oder glauben, dass ich jetzt etwas von dir erwarte. Schließlich wollen wir uns doch noch in die Augen sehen können, wenn wir uns zufällig mal im Ort begegnen.«

Verwirrt rappelte er sich auf.

»Zufällig, wieso denn zufällig? Jetzt geh ich erst mal packen. Und auf dem Weg mache ich noch einen Schlenker zum Hofladen und kaufe ein paar Steckrüben. Ich dachte, wir kochen uns einen Eintopf.«

»Nein«, Harmony hob abwehrend beide Hände, sodass der Tee in der Tasse bedenklich schwankte, »wir kochen gar nichts! Nicht zusammen! Und schon gar nicht aus einem Topf!«

»Ah«, er grinste plötzlich breit, »verstehe. Madame plant mal wieder eine kleine Werkspionage. Du möchtest, dass ich dich heute Abend zum Essen ausführe. Und schauen, wie die Konkurrenz hier so kocht.«

Harmony stand vom Bett auf, stellte die Tasse ab und verschränkte die Arme. Was war der Mann denn so schwer von Begriff?

»Und was soll das mit den frischen Klamotten?«, fragte sie angriffslustig.

»Na hör mal«, sagte er empört. »Ich kann doch nicht das ganze Wochenende im gleichen Zeug herumlaufen wie ein Waldschrat!«

Okay. Jetzt noch einmal ganz von vorne. Und ganz sanft, als müsste man einem Kind etwas erklären.

»Jano«, sagte Harmony, »ich hab den Eindruck, du hast da etwas falsch verstanden. Als ich dir sagte, dass ich ein bisschen Trost suche …«

»Dass ich dich rette!«, berichtigte Jano stolz.

»Ja. Von mir aus. Ich meine: Das hat auch gut geklappt. Mit dem Trösten, meine ich. Aber jetzt geht es mir schon viel besser.«

»Das ist doch wunderbar«, sagte er, »wir sind auf einem guten Weg.«

»Wir sind auf gar keinem Weg! Es ist doch nicht mal was passiert. Oder fast nichts!« Harmony wurde allmählich ungeduldig.

Jano blieb die Ruhe selbst.

»Ja, und das ist auch gut und richtig. Menschen in unserem Alter sollten sich viel Muße gönnen, wenn sie sich auf eine Beziehung einlassen.«

Was hatte er gestern Abend ständig gesagt? Alle Zeit der Welt. Wir haben alle Zeit der Welt. Das war deutlich mehr, als Harmony mit diesem Mann verbringen wollte.

Apropos: Wie hatte er das gemeint: in unserem Alter? Frechheit. Erstens gab es kein Wir, zweitens schon gar nicht beim Alter. Der ging doch stramm auf die fünfzig zu!

»Beziehung?«, Harmony verkniff sich ein Lachen, »ich bitte dich! Ich dachte, du bist Künstler!«

Endlich erstarb das siegessichere Lächeln auf seinem Gesicht und machte einer fassungslosen Leere Platz. »Ja, und?«, fragte er. »Habe ich deshalb keine Gefühle?«

»Na, ihr seid doch alle so … so freiheitlich«, stammelte Harmony. »Also, nicht dieses bürgerliche Besitzdenken. Nicht diese reaktionäre Zweierkiste.«

Weiß der Himmel, woher diese Siebzigerjahre-Ausdrücke auf einmal kamen. Sie mussten in einer gut verschlossenen Kiste gelagert gewesen sein, irgendwo in Harmonys Hinterkopf. Undeutlich kamen Erinnerungen hoch, an Geschrei nachts im WG-Gemeinschaftsraum, während sie, Harmony, in einem Nicki-Schlafanzug hinter der Tür stand und lauschte. Der Horst und die Ingrid, wie sie sich über einem überfüllten Aschenbecher anschrien, sodass mit jedem Wort kleine Ascheflöckchen aufgewirbelt wurden und über den Tisch schwebten wie bei einem häuslichen Schneegestöber.

Harmony hatte nicht alles verstanden, nur so viel, dass der Horst mit einer gewissen Geli sein Zelt geteilt hatte, bei einer Sitzblockade gegen ein böses, böses Atomkraftwerk, und dass die Ingrid das gar nicht lustig fand. Harmony fand das auch nicht lustig. Damals war es ihr größter Wunsch, dass ihr Vater in den Ferien mit ihr zelten ging. Immer wieder hatte er es ihr versprochen, aber passiert war nie etwas. Stattdessen campte er mit einer völlig fremden Frau. Neben einem Atomkraftwerk.

Jano lag noch immer auf dem Bett, aber er sah nicht mehr entspannt aus. Eher, als wäre er eben durchs Fenster von einem Heckenschützen getroffen worden.

»Das heißt, du willst wirklich nichts Festes?«, fragte er tonlos.

»Es liegt nicht an dir«, hauchte Harmony. »Es liegt an mir. Meine letzte Beziehung … ich brauch einfach noch Zeit.«

Im selben Augenblick hatten diese Worte die kleinen Männchen in ihrem Kopf aufgeweckt. Schon sprang eines unter ihrer Hirnrinde herum und hielt ein Transparent hoch, auf dem in großen Lettern »Bullshit-Bingo« stand.

Wo er recht hatte, hatte er recht. Auch sie beherrschte das Spiel. Sogar erschreckend souverän.

Jano stand stumm vom Bett auf. Er tat es auf eine schwerfällige Weise, und plötzlich wusste Harmony genau, wie er als alter Mann aussehen würde. Schlimmer: Dass sie es war, die ihn gerade um Jahre altern ließ. »Freiheit«, sagte er. »Was für ein kaltes Wort.«

Ein zweites Männchen erschien in Harmonys Kopf und hielt zögernd ein kleines Schild hoch, auf dem »Pathos-Alarm« stand. Sein Kollege mit dem »Bullshit-Bingo«-Transparent schubste ihn einfach zur Seite.

Während Jano die Stiegen hinunterstolperte und sich im

zugigen Hausflur seine Schnürstiefel band, folgte ihm Harmony unentschlossen. Was konnte sie jetzt noch sagen, ohne ihn noch mehr zu kränken? Noch dazu in Hörweite der Fliesenleger, die sich tatsächlich im Gastraum an die Arbeit gemacht hatten? Von fern hörte sie ein dudelndes Radio. »Dich, ja dich gibt's nur einmal«, trällerte eine Schlagerfee.

Unentschlossen folgte sie Jano zur Tür. Als er sie öffnete, wäre er beinahe mit zwei Männern in schmuddeligen Arbeitsanzügen und derben Schuhen zusammengeprallt, die direkt davorstanden und sich suchend umblickten.

»Wir kommen wegen der neuen Heizkörper«, sagte der eine und wischte sich eine ölige Hand am Latz ab.

»Das ist … hervorragend«, stammelte Harmony, »nur sind gerade die Fliesenleger im Gastraum beschäftigt.«

Terrakotta statt Dielenboden. Das hatte Harmony nach ihrem Schleifmaschinendesaster entschieden.

Die Arbeiter warfen einen Blick auf den Kastenwagen, der rechts neben der Tür parkte, dann sahen sie sich gegenseitig an.

»Ach was«, sagte der ältere der beiden, »die arbeiten?«

»Wieso sollten die nicht arbeiten?«

»Die sind aus Uelzen«, antwortete der Mann verächtlich. Der Satz schwebte in der kalten Winterluft und triefte vor Verachtung.

»Ja und?«

»Uelzener arbeiten nicht. Die machen um zehn Mittag und um zwölf Feierabend. Wenn Sie dann bitte hier unterschreiben wollen.«

Jano hatte sich währenddessen umständlich seine Jacke zugeknöpft und stapfte von dannen, ohne sich noch einmal umzublicken. Sie sah ihm nach und spürte, wie ihr übel wurde. Nun hatte sie sich völlig ohne Not einen Feind gemacht.

»Und Sie?«, fragte Harmony mühsam, während sie das Klemmbrett und den billigen Kugelschreiber entgegennahm.

»Bad Bevensen«, antwortete der Heizungsmann. Seine Stimme glühte vor Lokalpatriotismus.

Harmony warf einen Blick auf die Rechnung auf dem Klemmbrett. Sah deutlich, schwarz auf weiß, ihren Namen, ihren neuen Zweitwohnsitz, eine ganze Reihe von Posten, die sie nur zum Teil verstand, und unten, ganz unten, eine Zahl. Fettgedruckt. Mit extra ausgewiesener Mehrwertsteuer darunter.

Sie blinzelte. Blickte noch mal hin. Blinzelte erneut. Blickte. Und dann wurde ihr wirklich übel.

15

Es gibt Tage im Leben, da stimmt einfach alles. Das Aufwachen ist kein Schock, sondern ein langsames Emporgleiten, dem Tag und dem Bewusstsein entgegen, als würde man einen besonders gelungenen Tauchgang beenden. Später im Bad stellt sich die Dusche wie von Zauberhand auf die richtige Temperatur ein, die Butter auf dem Toast schmilzt appetitlich wie im TV-Werbespot, die Lieblingsjeans kneift nicht, und im Radio kommt wie aus dem Nichts ein Lied, das man seit zwanzig Jahren nicht mehr gehört hat und mit dem man romantische Erinnerungen verbindet.

Und kommt man dann an seinen Arbeitsplatz, sieht der genau nach der richtigen Mischung aus aufgeräumter Vorfreude und kreativem Chaos aus, dass man so richtig Lust bekommt loszulegen.

Der Donnerstag in der dritten Adventswoche sah zu Beginn genauso aus wie einer dieser perfekten Tage. Vielleicht abgesehen von Harmonys desolatem Kontostand. Aber den konnte sie in diesem Moment ganz gut ausblenden. Alles stimmte.

Na ja. Fast alles.

Harmony stand allein in ihrem Gastraum zwischen den Holztischen und dem Tresen und blickte sich um. Morgenlicht durchflutete den Raum, der geflieste Boden, akkurat gemacht von zwei arbeitssamen Uelzenern, schimmerte in anheimelndem Rostrot. Die Heizkörper schmiegten sich zurückhaltend an die Wände und verbreiteten heimelige Wärme, und Harmony schaffte es allmählich, sie anzusehen, ohne jedes Mal das Bild einer Sanduhr im Kopf zu haben, durch die ihr zusammengeliehenes Vermögen rieselte. Die Schwingtür zur Küche öffnete und schloss sich mit einem anheimelnden »Fump«, und der Edelstahl darin blitzte und blinkte wie ein Stand auf dem Weihnachtsmarkt.

Dahinter verbargen sich die Speisekammer, in der schon einige Vorräte lagerten, und ein geräumiger Allzweckraum, in dem man alles Mögliche ablegen konnte. Zum Beispiel neun nicht ausgepackte XL-Pakete, in denen sich gemäß Aufdruck nicht nur jeweils zwanzig Kunststoff-Weihnachtsengel aus Osterholz-Scharmbek, weiblich, mit Bikini vom Typ Hawaii befanden, sondern auch Girlanden in Pink und Grün, Modell »Crazy for Christmas.«

Um eine geschmackvollere Deko für den Eröffnungsabend hatte sie sich selbstredend auch noch gekümmert, das war schließlich Chefsache. Harmony fand, dass die Tannenzapfen auf den Tischen und die hohen Weidenruten, die sie zu kunstvollen Arrangements in leeren Weckgläsern zusammengebunden hatte, durchaus einer ländlichen Wohnstrecke in der *Style* würdig gewesen wären. Mal sehen, was die ehemaligen Kolleginnen sagten, wenn sie heute Abend zur Eröffnung kamen.

Nun durfte nur Tante Gerhild nicht doch noch hereinschneien, ganz gegen ihre Ansage, sie könne unter der Woche unmöglich später als zweiundzwanzig Uhr ins Bett gehen und müsse daher leider fernbleiben.

Aber auch für diesen Fall hatte Harmony vorgesorgt. Eine

zehnte Kiste mit den Bikini-Engeln hatte sie unauffällig hinter dem Tresen deponiert, und eine der beiden 400-Euro-Kellnerinnen (die kleine Blonde) hatte die Anweisung bekommen, die Biester unauffällig auf einem Ecktisch zu drapieren, sobald die Geldgeberin das Restaurant betrat.

Ihr Restaurant.

Harmony griff zum wiederholten Mal nach der leinengebundenen Karte und schlug das handgeschöpfte Papier auf, die von Hand kalligrafierte Speisekarte. Ein Vorgeschmack auf das, was da noch kommen sollte, nach dem Eröffnungsabend. Heute würde es nur Häppchen geben. Sushi vom Elbfisch, ein paar handverlesene Tapas auf Kürbisbasis, lauwarme Steinpilzessenz, die in Espressotassen gereicht wurde. Ging alles aufs Haus. Und sollte Appetit machen auf mehr.

Auch wenn es dafür einen sündhaft teuren Mietkoch aus Hamburg brauchte. Den sie sich nur für einen Abend leisten konnte.

Auch wenn die derzeit wichtigste Stelle in ihrem Leben noch immer unbesetzt war.

Egal. Hauptsache, ein Anfang. Danach würde sie weitersehen. Morgen war schließlich auch noch ein Tag.

Mit einem wohligen Seufzer betrachtete sie den verschlungenen Schriftzug über der Bar, eine gelbe Neonröhre im Stil einer modernen Lichtinstallation. Der Name. Ihre eigene Erfindung.

Die Uhr zeigte acht Uhr vierundfünfzig.

Um acht Uhr neunundfünfzig klingelte das Telefon.

Danach war nichts mehr gut.

»Hallo«, gurrte sie in den Hörer, als erwartete sie den Anruf eines Verehrers. Wer weiß, wer sich da noch in aller Herrgottsfrühe zur Opening Party einen Tisch reservieren wollte. Vielleicht doch Dr. Schwindtke?

»Damkowski, Rent-a-cook, guten Morgen«, meldete sich eine gelangweilte Frauenstimme. »Frau, äh … Frau Harmony, tut mir leid. Der Herr Götze ist für heute Abend jetzt doch kurzfristig verhindert.«

»Bitte?«

»Der Herr Götze. Hat angerufen, fühlt sich nicht so. Ich habe schon versucht, Ersatz zu finden, aber Sie wissen schon, Weihnachtsfeiern und so. Und dann die lange Anfahrt. Selbstverständlich erstatten wir Ihnen Ihre Anzahlung umgehend zurück.«

»Moment«, stammelte Harmony, »noch mal ganz von vorn. Der Koch, den ich für heute Abend gebucht habe …«

» … ist leider gesundheitsbedingt verhindert. Korrekt.«

»Gute Frau«, Harmony japste nach Luft, »wie stellen Sie sich das vor? Ich habe ein Restaurant zu eröffnen!«

»Tja. Selber kochen?«

»Sie mich auch«, murmelte Harmony und ließ den Hörer sinken.

Für einen Augenblick kam es ihr vor, als würden sich die Fugen zwischen den neu verlegten Bodenfliesen öffnen und sie in den sandigen Untergrund ziehen.

Aber genauso schnell war der Moment wieder vorbei. Schließlich hatte sie nicht umsonst jahrelang ein kompliziertes Modemagazin geleitet. Pläne mit dem Zusatz »B« waren ihre Spezialität.

Wie gut, dass sie noch einen in der Hinterhand hatte. Einen, der noch immer funktioniert hatte. Die Nummer eines Mannes, der sie nie im Stich gelassen hatte. Auch wenn beim letzten Mal ein wenig Druck notwendig gewesen war.

Sie suchte im Adressbuch ihres Mobiltelefons und wählte eine Handynummer. Eine Handynummer, die viele ihrer Kolleginnen gerne gehabt hätten. Nicht nur, dass man bei Matteo manchmal auch noch kurzfristig einen Tisch bekam, wenn man ihn auf seiner persönlichen Leitung anrief. Er war auch eine gute Quelle für den aktuellen Beziehungsstatus mancher Hamburger Promis. Eine Art Facebook auf zwei Beinen. Ihr alter Freund. Und seit Neuestem ihr Kollege.

Nein, Matteo würde sie nicht im Stich lassen.

»Si?«, klang eine verschlafene Stimme an ihr Ohr.

»Matteo?«, fragte sie eilig, »du, sorry, wenn ich dich so früh störe. Hier ist Harmony.«

Einen Moment herrschte Schweigen am anderen Ende der Funkverbindung. Die darauffolgenden Worte klangen kalt und klar wie eine eisige Dusche nach einem Saunagang. Und hatten keine Spur des antrainierten italienischen Akzents mehr an sich.

»Geht's noch?«, fragte Matteo.

»Ich weiß schon«, gab Harmony leicht verunsichert zurück, »ist bestimmt wieder spät geworden gestern. Aber ich dachte, in Anbetracht unserer alten Freundschaft könnte ich dich um einen kleinen Gefallen …«

Er ließ sie nicht ausreden.

»Erstens«, sagte er, »war es in der Tat ganz schön spät gestern. Deine Kolleginnen von der *Style* haben mal wieder bei mir gefeiert. Ich meine, deine Exkolleginnen.«

»Oh«, heuchelte Harmony Interesse, »was gab's denn zu feiern?«

»Na, den Einstand deiner Nachfolgerin. Anita Wirblinger hat alle eingeladen.«

Diese Nachricht erwischte Harmony jetzt doch kalt. Wie wenn man erfuhr, dass ein Mann, von dem man sich selbst hatte scheiden lassen, eine neue Liebe gefunden hatte.

»Und zweitens, meine Liebe«, begann Matteo und betonte die zweite Hälfte so, dass kein Zweifel daran bestehen konnte, dass er genau das Gegenteil meinte. »Zweitens sind wir keine alten Freunde. Was auch immer du von mir willst: vergiss es.«

»Aber Matteo«, sagte sie entrüstet, »du hast keine Ahnung, in welcher Notlage ich bin!«

»Notlage?«, er schnaubte verächtlich, »was glaubst du eigentlich, in welche Notlage *du* mich gebracht hast? Mit deiner niederträchtigen Erpressung? Wie du mich zu einem Werkzeug deines Rachefeldzugs machen wolltest?«

Erstaunt registrierte Harmony, wie wortgewaltig Matteo sich ausdrücken konnte. Mit seinem vorgetäuschten Wirte-Radebrech auf Italienisch war das niemals zur Geltung gekommen. Wäre ein guter Journalist geworden. Oder Krimi-Autor.

Aber das brachte sie jetzt nicht weiter.

»Aber Matteo«, versuchte sie es noch einmal auf die sanfte Tour, »das ist Monate her. Du weißt ja gar nicht, was das Wendland aus mir gemacht hat. Ein neuer Mensch bin ich geworden! Ein Mensch, der sich völlig abgewandt hat von den Intrigen und dem Kleinkrieg der Medienbranche. Ein Mensch ...«

»Das war nicht die Medienbranche. Das warst du. Du ganz allein. Und jetzt lass mich weiterschlafen. Ich habe Kopfschmerzen.«

»Matteo?«

»Was denn noch?«

»Was meinst du eigentlich damit, ich *wollte* dich zum Werkzeug meines Rachefeldzuges machen? Das klingt ja beinahe so ...«

»Gut zugehört, die Dame. Du glaubst doch nicht ernsthaft, dass ich meine Gäste vergifte? Und schon gar nicht meine Freunde.«

»Du hast Mo also gar nicht …«

»Gar nichts habe ich getan. Dass du mir so etwas überhaupt zutraust, daran darf ich gar nicht denken. Sonst packt mich die kalte Wut.«

»Matteo?«

»Harmony?«

»Kannst du mir wenigstens ein paar Worte über die Zapfanlage …«

Ungläubig betrachtete Harmony das Display ihres Telefons. Er hatte tatsächlich einfach aufgelegt.

Blicklos starrte sie auf ihre neuen Terrakottafliesen und war gespannt, ob sich die Fugen schon wieder in Abgründe verwandeln wollten, aber diesmal blieb alles ruhig. Erstaunlich ruhig.

Mos Krächzen und Husten an jenem Abend – nichts als eine harmlose Klimaanlagen-Erkältung.

Erstaunt spürte sie, dass sie eher erleichtert als enttäuscht war. Vielleicht machte sie das nicht zu einem besseren Menschen, schließlich hatte die böse Absicht gezählt. Aber vielleicht war es leichter, in ein neues Leben zu starten, wenn man nicht einen Kleinkriegsschauplatz zurückließ. Ohne diese schäbige Mafianummer war ihre Trennung von Mo schon beinahe nobel gewesen. Wer weiß, wozu diese unerwartete Wendung noch gut war. Und wozu sie Mo noch brauchen konnte.

Aber kochen? Kochen konnte der auch nicht.

Wahrscheinlich hätten andere Frauen in ihrer Situation einfach aufgegeben. Den Kopf in den Sand gesteckt, ein Schild mit der Aufschrift »Wegen Trauerfall geschlossen« an die Tür gehängt, die Lokalzeitung angerufen und die Eröffnungsfeier abgesagt.

Oder wären zumindest ihren trüben Gedanken nachgehangen. Wären durch die grau verhangene Elbaue spaziert, hätten dem Krächzen der Krähen zugeschaut, hätten sich an den Stamm der dicken Linde am Flussufer gelehnt, den Blick über das Schilf schweifen lassen und sich gefragt, was eigentlich grundsätzlich schieflief im Leben. Wenn man keine Freunde hatte, sondern nur Zweckbeziehungen, wenn man in der Liebe einfach ausgetauscht wurde wie an der Börse, wenn die Mutter gestorben war und man sich nicht sicher war, ob man den Vater eigentlich auf den Verteiler gesetzt hatte für die Einladung zur Opening Party.

Aber die kannten Harmony Schlüter-Hansen schlecht. Und sollten sie noch kennenlernen. Es mochte Leute geben, die sich diese Form von Selbstmitleid und Selbstkritik leisten konnten. Sie gehörte nicht dazu. Oder wenigstens war jetzt nicht der Zeitpunkt dafür. Zusammenbrechen konnte sie immer noch morgen früh um fünf, wenn die letzten Gäste von der improvisierten Tanzfläche wankten.

Immerhin, DJ Kiez hatte nicht abgesagt. Jedenfalls noch nicht. Eine Klub-Größe aus St. Pauli, der normalerweise in den besten Klubs der Hansestadt auflegte, Dance und House und TripHop. Auch nicht ganz billig, aber ein richtiger DJ war mit Sicherheit eine gute Investition. Hoffentlich hatte der nicht auch noch eine Last-minute-Einladung bekommen. Oder im Nachtleben jemanden kennengelernt, der jetzt wichtiger war als eine wendländische Wirtin.

Blieb das Problem mit den Häppchen.

Erneut hängte sich Harmony ans Telefon, getrieben von einer verzweifelten Zuversicht. Leider war die hier völlig fehl am Platz. Weder die zwei Catering-Unternehmen in Lüneburg noch der Fischhändler in Hitzacker waren in der Lage, von jetzt auf nachher Fingerfood für geschätzte einhundert Gäste zu liefern. In einem letzten Aufwallen von Hoffnung rief Harmony sogar den schläfrigen Pizzaservice in Uelzen an. Ein Gespräch, das sämtliche Vorurteile der Bad Bevensener Heizungsmonteure bestätigte. Es blieb nichts anderes übrig: Wollte sie zu Rotwein und Prosecco nicht Erdnüsse und Chips servieren, musste sie sich ihre eigene Großmarktkarte schnappen, sich ins Auto schwingen und in die nächste Kreisstadt fahren, um einzukaufen.

Die Kürbisvarianten verwarf sie schon auf der Fahrt, das Elbfischsushi ebenfalls. Sie wusste aus leidvoller Erfahrung, wie selbst gemachte Sushirollen aussahen, wenn sie aus den Händen von Laien stammten. Jahrelang hatten sich Kolleginnen auf irgendwelchen Küchenpartys abgemüht, und dabei herausgekommen waren immer diese knebelartigen, autoreifendicken Dinger, die aussahen, als würden sie einem den Mund für immer verschließen. Sie konnte sich nicht den eigenen Ruf ruinieren, ehe sie überhaupt einen hatte.

Immerhin, die Steinpilzessenz kam aus sauteuren Fertiggläsern. Ein wenig Fond mit Brühe erhitzen und abschmecken, das konnte sogar eine Frau, die Spaghetti in Wasser anbrennen ließ. Aber mit einem Süppchen allein konnte sie ihre Gäste auch nicht glücklich machen. Also entschied sie sich für Lammhackbällchen und selbst gemachten Kartoffelsalat. Eine Hommage an das klassische deutsche Weihnachtsessen mit ironischem Touch. Orientalisch gewürzt. Dachte sie sich jedenfalls. Leider hatte der Großhandel weder Kurkuma noch Kreuzkümmel vorrätig, und so fuhr sie gegen Mittag mit kiloweise Hack, Eiern und etwas zu frischen Brötchen zurück in Richtung Wunnefitz, um Klöße zu formen.

Neun Stunden später sah Harmony aus, als hätte sie in Eigenregie einen Elbdeich errichtet, mehrere Dörfer aufgebaut und hundert Liter Erdbeermarmelade für Waisenkinder gekocht. Ein Frau gewordenes Katastrophengebiet. Schweißtropfen hingen in ihren sorgsam gezupften Augenbrauen, unter ihren Achseln breiteten sich Flecken in Form exotischer Riesenschmetterlinge aus, und die Frisur hätte es nicht einmal mehr in eine Fotostrecke zum Thema »Grunge-Revival« gebracht. Harmony war nicht Grunge, Harmony war Hardcore.

Aber immerhin waren die Häppchen fertig.

Nun war es zwanzig nach sechs und die Hackbällchen thronten auf riesigen Wurzelholzbretten, ganz gegen den Rat der beiden Kellnerinnen Emily und Silke, die vergeblich nach Anrichteplatten mit Rand suchten. Ein Spießer-Utensil, das Harmony nicht ins Haus kommen würde.

»Aber auf einem Brett, so ohne Rand, da kullern die Dinger alle runter!«, gab Emily zu bedenken, und Harmony wedelte ihr ungeduldig mit einer Hand vor dem Gesicht herum, die schon ganz rot und rissig war vom vielen Ein- und Ausräumen der Spülmaschine. »Nicht mein Job«, sagte sie, »denkt euch was aus.«

Innerlich seufzend betrachtete sie ihre beiden Helferinnen. Auch nicht gerade das, was sie sich vorgestellt hatte. Kein Vergleich zu diesen gecasteten Kellnerinnen, die beim Eppendorfer Italiener auf ihre Entdeckung durch einen Model-Agenten warteten. Emily war breit und blond, mit buschigen Augenbrauen und Händen, die aussahen, als könnten sie ganz alleine einen Ackergaul anspannen. Oder eine Bierzapfanlage in Gang bekommen. Ein Eindruck, der leider täuschte. Immerhin war sie groß, sodass ihre lange weiße Schürze zwar um die Hüften etwas spannte, aber nicht am Boden schleifte. Dagegen war Silke winzig klein und so dünn, dass sie aussah wie ein Kind, das zu Fasching als Kellnerin gehen wollte.

Emily musterte Harmony kritisch.

»Sagen Sie mal, wollen Sie sich eigentlich noch umziehen?«

»Natürlich«, gab Harmony spitz zurück, »was glauben Sie denn?«

»Na, weil's schon zwanzig nach sechs ist.«

»Eben. Die ersten Gäste kommen doch nicht vor acht.«

»Da wäre ich mir nicht so sicher«, sagte Emily zweifelnd. »Zur Tagesschau wollen die meisten ja doch wieder zu Hause sein.«

Während Harmony noch überlegte, ob das ein Witz war oder ernst gemeint, öffnete sich die Tür zur Gaststube. Herein schlurfte ein spilleriger Kerl mit einer überdimensionalen neongrünen Wollmütze und einem brustlangen Vollbart, gefolgt von zwei Mädchen mit tief sitzenden Hüfthosen, die für die Jahreszeit völlig unpassende silberne Pailettenshirts unter ihren offenen, pelzbesetzten Parkas trugen. Die Mädchen schleppten angestrengt einen Plattenspieler und riesige Boxen. Um die dünnen Oberarme hatten sie mehrere Paar Kopfhörer geschlungen.

»Hi«, grüßte der Typ in die Runde. »Ich leg hier auf.«

»Ach Gott«, entfuhr es Harmony, »den hatte ich ja fast vergessen.«

»Irgendwie ganz schön dunkel«, nuschelte der Rastamann.

»Vielleicht sollten Sie mal Ihre Sonnenbrille abnehmen«, empfahl Silke.

»Hey«, keifte eines der Mädchen aus seiner Entourage beleidigt zurück, »das ist der Kiez. Und der Kiez trägt das so.«

»Toll«, freute sich Emily, »wusste gar nicht, dass auch getanzt wird. Ich und mein Freund, wir haben neulich erst einen Auffrischungskurs gemacht. Standard und Latein.«

Das erste Mädchen hievte unter Stöhnen den schweren

Plattenspieler auf einen Tisch neben dem Tresen und lief dann wieder hinaus, wahrscheinlich, um eine noch schwerere Plattenkiste zu schleppen. Währenddessen hatte sich der DJ auf einen Stuhl fallen lassen, legte lässig ein Bein über eine Lehne und zückte ein Briefchen Zigarettenpapier. Das zweite Mädchen zog ein Klemmbrett unter dem Arm hervor und präsentierte es zackig wie eine Waffe. Harmony wurde schlecht. Vorsichtshalber. Ihr Körper hatte schon gelernt, dass Klemmbretter Grund für Übelkeit waren. Vor allem wenn sie Blätter einklemmten, auf denen große Zahlen mit Eurozeichen dahinter standen. Dabei starrte das Mädchen angewidert auf die Holzbretter mit den Fleischbällchen.

»Das ist ja krass ekelhaft«, zischte sie. »Ich weiß nicht, ob der Kiez auflegt, wenn da so ein Haufen totes Tier neben ihm liegt.«

Sie fixierte Harmony angriffslustig. »Wir sind nämlich Veganer. Das heißt, meine Freundin ist noch auf Ovo-Lacto. Aber das ist nur so 'ne Phase.«

Der DJ hob beschwichtigend die Hand. »Hey«, sagte er in Richtung seiner Assistentin, »organisier mir doch mal'n Yogitee. Aber mit Soja.«

Harmony zog scharf die Luft ein. »Oh«, sagte sie, »das tut mir wahnsinnig leid. Earl Grey könnte ich anbieten.«

Seine Assistentin starrte Harmony an, als hätte sie eine Spritze, einen Löffel und ein Gramm Heroin angeboten.

»Das ist Koffein!«, quiekte sie entsetzt und schlang die Arme um ihren mageren Oberkörper, sodass die Pailletten rasselten. »So kann der Kiez nicht arbeiten!«

Aber der DJ lachte unergründlich und schüttelte den Kopf. »Lass mal«, sagte er, »ist schon okay. In der Provinz bin ich immer voll chillig.«

Zehn Minuten später, der DJ und seine Assistentinnen bauten gerade die Musikanlage auf, fegte Harmony hektisch durch ihr Badezimmer im ersten Stock und suchte nach einem Haarpflegeprodukt für Härtefälle. Während sie sich für eine Mischung aus Guttenberg-Gelfrisur und Retro-Look entschied und versuchte, gleichzeitig die Kleidungsfrage zu lösen, hörte sie von unten im Minutentakt Türengeklapper und Stimmen. Wer war denn das schon wieder, um diese Zeit? Gerade mal halb sieben? Sollte Emily etwa recht gehabt haben mit der Ankunft der Gäste? Wo waren sie denn hier, beim Kindergeburtstag?

Sie warf einen mit einem grünen Glücksdrachen bestickten Seidenkimono über ihr schwarzes Spitzenunterkleid, schlüpfte in ein paar schnürsenkellose Sneaker und beschloss, rasch einmal nach dem Rechten zu sehen, ehe sie sich fertig anzog. Ein Outfit, das sie mit viel Bedacht gewählt hatte: schwarze Hose und weiße Bluse, seriös bis in die Haarwurzeln, aber kombiniert mit einigen Ethno-Accessoires, klimpernden Armreifen und einem italienischen Folklore-Schal. Eine Aufmachung, die auf Anhieb signalisierte: Hier ist eine Geschäftsfrau, die Spaß versteht; eine Gastgeberin, mit der man über Kunst genauso reden kann wie über Bilanzen.

Sie eilte die Treppe hinunter, strich sich noch einmal die Haare zurück und betrat den Gastraum. An der Türschwelle blieb sie wie einbetoniert stehen.

Nein: Emily hatte keine Witze gemacht.

Denn die Menschen, die da ein wenig verklemmt zwischen den Tischen mit der Tannenzapfendeko, den Windlichtern in den Papiertüten und den Weidenruten in den Einweckgläsern herumstanden, gehörten auf keinen Fall zu DJ Kiez. Das waren auch keine Last-minute-Bewerber für Service-Jobs oder den vakanten Posten des Chefkochs. Und hoffentlich, hoffentlich keine Abgesandten des Gesundheitsamts, die überprüfen wollten, ob die gültigen Hygienevorschriften im Küchen- und Speiseeinnahmebereich inklusive Luftabzugsrichtlinien vollinhaltlich erfüllt waren.

Das waren Gäste. Und sie sahen ihr mit einer Mischung aus Erwartung, Überraschung und Scheu entgegen, dass ihr jetzt nur noch eines blieb. Die Flucht nach vorn.

Sie scannte den Raum nach bekannten Gesichten ab und fand tatsächlich welche. Im hinteren Teil des Raumes, neben dem Tresen, erkannte Harmony zwei der drei Rothaarigen, die sie damals auf dem Wellnesswochenende kennengelernt hatte. Dazwischen wuselten die beiden Kellnerinnen herum und balancierten vorsichtig die Holzbretter mit den Fleischbällchen. Obwohl, so vorsichtig mussten sie bereits gar nicht mehr sein, wie Harmony erschrocken registrierte. Etwa die Hälfte der Fleischbällchen war bereits aufgegessen.

Es war egal, dass sie Unterkleid, Kimono und Sneakers trug. Egal, dass sie ihre Haare mit einem Frotteeband fixiert hatte. Sie war hier die Gastgeberin. Sie musste funktionieren. Und nun waren ohnehin alle Augen im Raum auf sie gerichtet. Genau wie sie es sich immer gewünscht hatte.

Nun ja. Fast genau so.

»Liebe Leute«, sagte sie und spürte, wie unnatürlich das Lächeln ihr geriet, »das ist ja eine große Freude, dass Sie schon jetzt so zahlreich hier erschienen sind.«

Freundliche Gesichter. Menschen, die ihr zunickten. Sie fühlte sich ermutigt.

»Die ›Elbliebe‹ soll mehr sein als nur ein Restaurant, in dem man hervorragend essen kann. Sondern ein sozialer Raum. Ein Raum für Begegnung, für Kommunikation, für Inspiration«, fuhr sie fort. Alarmiert sah sie zu, wie das Lächeln aus dem Gesicht einiger Gäste verschwand. Hatte sie etwas falsch gemacht?

»Die war früher bei so einer Modezeitschrift«, hörte Harmony eine Frau in ihrer Nähe halblaut tuscheln.

»So eine Hose mit Drachen drauf hatte ich auch mal«, tuschelte eine andere zurück. »Aber ich wusste nicht, dass das noch in ist.«

Musik. Es fehlte Musik.

»Und jetzt freue ich mich auf einen gelungenen Abend, untermalt von einem sehr lieben Freund aus Hamburg, DJ Kiez, der in renommierten Hamburger Klubs auf St. Pauli auflegt und der heute den weiten Weg nach Wunnefitz auf sich genommen hat …«

»St. Pauli, das kenn ich«, hörte sie jemanden aufgeregt sagen, »da waren wir zur Weihnachtsfeier. Im Udo-Jürgens-Musical.«

Im nächsten Augenblick setzte gnädigerweise endlich die Musik ein, ein reduzierter Drum'n'Bass-Rhythmus, und Harmony überlegte, ob sie jetzt noch einmal unauffällig verschwinden konnte, um sich anzuziehen. Aber da hatten die beiden rothaarigen Wellness-Fans sie bereits entdeckt und stürmten auf sie zu.

Im ersten Moment war Harmony erleichtert, in zwei bekannte Gesichter zu blicken. Dann erst sah sie den Ausdruck auf ihnen. Sie fixierten sie, als hätten sie eben gerade ein Kind dabei ertappt, das wehrlose Katzenbabys quälte.

Was war denn mit denen los?

»Hallo, ihr beiden«, lächelte Harmony angestrengt. »Hugo?«

Die Rothaarige schüttelte spitzlippig den Kopf.

»Hugochen?«, versuchte Harmony es noch einmal.

»Also wenn überhaupt, dann lieber ein schnelles Bier«, sagte die andere, die nicht ganz so grimmig guckte.

»Das tut mir leid, aber mein Koch ist ausgefallen, und die Zapfanlage funktioniert noch nicht«, stammelte Harmony und ärgerte sich über sich selbst. Wie hatte sie es ihren Redakteurinnen immer eingebläut: Entschuldigungen werden nicht mitgedruckt. Warum hatte sie sich jetzt eine solche Blöße gegeben?

Die beiden Frauen sahen sich an.

»Es tut ihr leid«, sagte die eine und nickte bedächtig.

»Na immerhin«, sagte die andere, »sie ist wohl doch fähig zu Gefühlen.«

»Jedenfalls wenn es um ihr Geschäft geht.«

»Mit Menschen hat sie's wohl nicht so.« Dann musterte sie Harmony von Kopf bis Fuß, und Harmony wartete, dass sie etwas hinzufügen würde. Etwas wie: Mit Mode hat sie's wohl auch nicht.

Doch was sie sagte, war etwas ganz anderes. Viel Schlimmeres.

»Aber wir«, sagte die erste und tippte Harmony mit einem spitzen Fingernagel gegen den Brustkorb, »wir haben es mit Menschen. Und wenn jemand einen guten Freund von uns so respektlos behandelt, dann bekommt er es mit uns zu tun.«

Endlich verstand Harmony. Ausnahmsweise wurde ihr schlecht, obwohl kein Klemmbrett mit einer Rechnung in der Nähe war. Vor ihr standen Janos selbst ernannte Racheengel.

Oder hatte er die beiden am Ende geschickt?

In diesem Augenblick verstand sie: Das Landleben war kein Ponyhof, sondern eher ein endloses Mensch-ärgere-dich-Spiel, ohne Gewinner, aber mit den immer gleichen Figuren, die sich überholten, rausschmissen und von Runde zu Runde grimmiger wieder ins Spiel einstiegen. Eine Großstadt mochte vielleicht kalt und anonym sein, aber es war nie ein Problem gewesen, Menschen einfach loszuwerden. Hier blieb einem nichts anderes übrig, als weiter mit ihnen zu leben. Egal was passiert war.

Man konnte allenfalls versuchen, ihnen auszuweichen. Ein Slalomkurs durch verbrannte Erde. Das konnte ja heiter werden.

Hilfesuchend sah Harmony sich um und blickte schon wieder in ein bekanntes Gesicht. Immerhin ein deutlich freundlicheres als die beiden aus dem Jano-Fanklub. Sparkassenfilialleiter Lohmann kam lächelnd auf sie zu und schüttelte ihr jovial die Hand, sodass sie sich endlich von dem grimmigen Duo abwenden konnte. Die standen immer noch da wie bestellt und nicht abgeholt. Aber das sollte jetzt nicht Harmonys Problem sein.

Wenn auch Lohmann sich über ihr seltsames Outfit wunderte, ließ er es sich zumindest nicht anmerken.

»Frau Schlüter-Hansen«, sagte er überschwänglich, »da ist Ihnen ja in der Tat ein echtes Schmuckstück gelungen.«

»Ja«, sagte Harmony schnell, »auch ganz hervorragend geeignet für geschäftliche Besprechungen. In einem etwas intimeren Rahmen.«

Lohmann lachte laut auf, als hätte sie einen guten Witz gemacht. »Ach so«, sprudelte er heraus, »und ich hatte mir schon Gedanken gemacht über Ihre leichte Bekleidung.«

Er ließ seinen Blick durch den Raum schweifen, als wollte er sichergehen, dass sie niemand belauschte. Janos Racheengel hatten sich noch immer nicht vom Platz bewegt. Lohmann nahm Harmony am Arm und zog sie ein paar Schritte weiter. Zumindest folgten die Frauen ihnen nicht. Dann kam er mit seinem Gesicht unangenehm nah an ihres heran und hauchte mit Fleischklößchenatem in ihr Ohr: »Ich habe ja keinen Bedarf, ich bin glücklich verheiratet. Aber warum haben Sie mir das damals nicht gleich gesagt, dass sie auch Dienstleistungen anderer Art anbieten?« Dabei schielte er erst anzüglich in ihren Ausschnitt, dann auf die Weidenruten in den Weckgläsern, als überlege er, ob man die bei Bedarf auch für SM-Sexspielchen verwenden konnte.

»Nein«, schrie Harmony entsetzt auf und sprang einen Schritt zurück, »das haben Sie jetzt völlig falsch verstanden. Wir sind doch kein Bordell! Wir sind …«

Sie verstummte mitten im Satz, denn auf einmal schien es ihr, dass ihre Stimme unnötig laut geworden war. Erst dann verstand sie, woran das lag. Die Musik hatte abrupt aufgehört.

Für einen Moment war es gespenstisch still im Raum. Dann polterte Emily mit einem Tablett voller dampfender Espressotässchen mit Steinpilzessenz durch die Schwingtür der Küche und machte einen großen Schritt. Leider war er nicht groß genug. Im nächsten Augenblick gaben die nachschwingenden Flügel ihr einen gewaltigen Stoß in den Rücken, der sich bis in ihre Arme ausbreitete, und dann landete die ganze Pracht auf dem Terrakottaboden.

»Schade«, hörte Harmony jemanden sagen, »ich dachte, es gibt noch was zu essen.«

»Wieso essen«, antwortete eine zweite Stimme, »das war doch Kaffee. In feinen Lokalen trinkt man den zum Abschluss.«

»Wollen wir mal fragen, ob die was Kleines zum Knabbern haben? Ein paar Chips oder Erdnüsse?«

Harmony sah sich suchend um und fragte sich, was zuerst zu tun war. Sollte sie mit den Kellnerinnen die Sauerei aufwischen? Nachsehen, was mit dem DJ passiert war? Vielleicht war er ja nach dem ungewohnten Koffeinrausch von zwei Tassen

Earl Grey vom Stuhl gekippt. Sie ließ den Sparkassenchef stehen und bahnte sich etwas unschlüssig ihren Weg durch die Leute. Einige spendeten Emily Szenenapplaus.

Doch ehe sie etwas tun konnte, wurde sie erneut belagert. Eine grauhaarige Frau mit buntem Brillengestell drängte sich durch die Umstehenden und blieb mit gezücktem Block vor Harmony stehen.

»Sind Sie das?«, fragte die Grauhaarige, »Frau Schlüter-Hase?«

Harmony nickte schwach. Unter all den Katastrophen, die heute Abend schon passiert waren, war ein falscher Nachname nicht mehr erwähnenswert. »Lange, vom *Jeetzel-Kurier*«, stellte die Frau sich vor, »ich soll über das neue Ausflugslokal berichten. Find ich ja mutig, dass Sie das ausgerechnet jetzt aufmachen, in der hintersten Nebensaison.«

Dann blickte sie sich suchend um. »Ist der Herr Schrödinger denn noch gar nicht hier?«

»Wer ist Herr Schrödinger?«, fragte Harmony mit kraftloser Stimme.

Die Frau sah sie an, als hätte sie gefragt, wer Helmut Kohl wäre. Oder Boris Becker.

»Na, der Bürgermeister«, sagte sie ungeduldig.

Harmony konnte nur noch den Kopf schütteln.

»Sie machen ein Lokal auf und laden den Bürgemeister nicht ein?«, fragte Frau Lange noch einmal, »nun, es geht mich ja nichts an. Ist nicht meine Kneipe.«

»Das ist keine Kneipe«, hauchte Harmony.

»Dann erzählen Sie mal. Was haben Sie vor? Nebenraum für Familienfeiern? Schnitzelwochen? Sonderaktionen für Kinder?«

Frau Lange zückte ihren Block, aber zum dritten Mal an diesem Abend kam Harmony nicht dazu, ein angefangenes

Gespräch zu beenden. Auch wenn sie das gerne geführt hätte, selbst wenn die Reporterin nicht den Unterschied kannte zwischen einem Bierlokal und einem ländlichen Gourmettempel. Aber in diesem Moment baute sich eine der Gehilfinnen des DJ vor ihr auf und sah sie böse an.

»Schönen Gruß vom Kiez«, sagte sie beleidigt. »Wir sind dann mal weg.«

»Wieso seid ihr weg?«, fragte Harmony entsetzt und blickte auf die Uhr. Es war Viertel nach sieben.

»Jetzt hör mir mal zu, Lady«, sagte das Gör. »Miese Getränkekarte – okay. Tote Tiere auf dem Tresen – Schwamm drüber. Auflegen am späten Nachmittag – auch das. Aber bei dieser Crowd hier, da kann der Kiez echt nicht arbeiten.«

»Was ist denn passiert?«, fragte Harmony zögernd.

Im Hintergrund konnte sie erkennen, wie der DJ und seine zweite Helferin den Plattenspieler ausstöpselten, mit routinierten Bewegungen, die keinen Zweifel daran ließen: Die meinten das ernst.

»Der Typ, mit dem Sie da vorhin geredet haben. Mit dem Neo-Grunge-Bärtchen.«

Harmony wusste sofort, wen sie meinte. Sie war nur nicht sicher, ob Sparkassenfilialleiter Lohmann seinen Ziegenbart so bezeichnet hätte.

»Ja. Was ist mit dem?«

»Der ist zum Kiez hingegangen und hat gefragt, ob er sich was wünschen darf.« Sie machte eine Kunstpause. »Und dann hat er gefragt, ob der Kiez was aus den Achtzigern hat.«

»Und? Was ist so schlimm an den Achtzigern?«

»Er wollte nicht nur Achtziger. Er wollte Modern Talking.«

Noch nie hatte Harmony jemanden zwei Wörter so verächtlich ausspucken hören. Na gut: fast nie. Wahrscheinlich hatte sie selbst so geklungen, auf einer ihrer letzten Konferenzen als Chefredakteurin. Bei ihr war es das Wort »gemütlich« gewesen. Das Wort »Landleben«.

Und das Wort »Familie.«

16

Eine halbe Stunde später war das Restaurant gähnend leer. Draußen vor den Fenstern herrschte eine Dunkelheit, als hätte jemand ein riesiges schwarzes Leintuch über die Landschaft gebreitet. Die teure Steinpilzessenz war erst im Putzeimer, dann im Abfluss gelandet, die Zapfanlage funktionierte noch immer nicht, oder sie funktionierte hervorragend, aber Harmony wusste nicht, an welchen Schaltern sie drehen und wie sie den Temperaturregler einstellen musste. Eine einzelne Holzplatte mit drei traurigen Fleischbällchen stand noch auf dem Tresen und leistete Harmony Gesellschaft. Emily und Silke hatten ihre Schürzen ordentlich an die dafür vorgesehenen Haken gehängt und sich verabschiedet, nicht ohne vorher ihren verabredeten Lohn entgegenzunehmen. In bar. Harmony schickte ein Stoßgebet zu einem nicht näher definierten Gott, jedenfalls demjenigen, der für die Erfindung der Kreditkarte verantwortlich zeichnete. Notfalls musste sie eben für sich selbst auf Pump kaufen. Oder das Essen einstellen. War sicherlich figurmäßig höchst effektiv. Schaffte noch mehr weg als eine Woche Magen-Darm.

Sie ging seufzend zum Tresen, griff nach einer offenen Flasche Chianti und schenkte sich ein, bis der Pegel weit über dem oberen Eichstrich stand. Schließlich war sie kein Gast. Und die

Flasche ohnehin schon bezahlt. Dann setzte sie sich mit dem Glas auf die Eckbank an ihrem Lieblingstisch und legte die Füße in den sandfarbenen Sneakers auf der Tischdecke ab, die nicht mehr ganz so blütenweiß war wie noch vor zwei Stunden.

Zum ersten Mal, seitdem sie das leer stehende Lokal auf ihrem Spaziergang im September entdeckt hatte, war sie völlig antriebslos. Sie konnte sich nicht einmal dazu aufraffen, endlich etwas Vernünftiges anzuziehen. Für den unwahrscheinlichen Fall, dass heute Abend doch noch jemand aus Hamburg kam. Vielleicht ihre ehemalige Redaktionscrew.

Als sie vor ein paar Tagen mit ihrer früheren Art Direktorin telefoniert hatte, war die sehr vage gewesen, aber Harmony hatte sich nicht viel dabei gedacht. Das war nun mal ihre Art. Bis vor einigen Stunden war Harmony trotzdem völlig überzeugt gewesen, dass die Redakteurinnen und Grafikerinnen den Weg ins Wendland finden würden. Schließlich gab es das neue Leben der alten Chefin zu feiern. Doch jetzt, als sie ganz gegen ihren Willen wieder an das unerfreuliche Telefongespräch mit Matteo denken musste, war sie plötzlich weit weniger überzeugt. Was hatten wohlmeinende Kollegen nach dem Tod Ihrer Mutter immer zu ihr gesagt? Das Leben geht weiter? So war es wohl auch hier. Das Leben ging nicht nur weiter ohne die Verstorbenen, es ging auch weiter ohne die Menschen, die sich freiwillig ausklinkten.

Harmony schwankte zwischen Groll und Erleichterung. Immerhin gab es auf diese Weise keine weiteren Zeugen, die sich über ihren desaströsen Einstand das Maul zerreißen konnten. Sie durfte nur nicht vergessen, noch ein paar vorteilhafte Fotos von der Gaststube zu machen. Für die Facebook-Seite des Restaurants. Vielleicht konnte sie günstig ein paar Laienmodels casten, um möglichst bald den Einstandsabend nachzustellen.

Geschickt aufgenommen würde keiner sehen, dass es sich um arrangierte Aufnahmen handelte. Die Rechnung für die Models konnte sie ja bis zur zweiten Mahnung liegen lassen.

Um kurz nach acht ging die Tür zur Gaststube auf. Erst einen kleinen Spalt, dann etwas mehr, als stände dort jemand, der sich nicht recht hineintraute.

Gab es denn keine Gnade? Musste nun wirklich noch jemand kommen und sie in ihrem Elend besichtigen? Am Ende noch Tante Gerhild, die kontrollieren wollte, ob das XL-Dekopaket vorschriftsgemäß aufgestellt war?

Es war tatsächlich eine Frau, die zur Tür hereinkam. Allerdings nicht Tante Gerhild.

Sondern Liebchen. Die kleine dralle Wiebke.

Mit tapsigen Schritten kam sie auf Harmony zu und richtete den pinkfarbenen Plastikreif, der ihre Haare aus der Stirn zurückhielt. Es sah aus, als hätte sie sich auf ihre Weise besonders schön gemacht für diesen Abend.

Dann blieb sie stehen und blickte Harmony hinter dicken Brillengläsern an, halb erwartungsvoll, halb ängstlich.

Harmony ahnte bereits, was als Nächstes kommen würde.

»Wo is'n der Koch?«, fragte sie.

Harmony lauschte, ob noch weitere Schritte vor der Tür zu hören waren, aber es blieb still. Offensichtlich hatte Wiebke es diesmal geschafft, ihrer Mutter zu entkommen. Dafür sprach auch der abenteuerlustige Ausdruck in ihren Augen. Sie mochte vielleicht nicht die Hellste sein, aber das machte sie mit einer großen Portion Entschlossenheit wett.

Wiebke legte den Kopf schräg und sah sie fragend an.

Harmony nahm die Füße vom Tisch und fühlte sich ertappt, so wie eine Mutter, die sich in Gegenwart ihres Kindes schlecht benimmt.

»Das wüsste ich auch gern, wo der Koch ist«, seufzte Harmony. Ihre Stimme hallte leicht in dem hohen, leeren Gastraum.

»Ja, der war doch immer hier!«, wiederholte Wiebke noch einmal, diesmal lauter und mit unverhaltener Empörung. Sie erinnerte Harmony an die entsetzte Lokalreporterin, die nicht verstehen konnte, warum der Bürgermeister nicht auf der Gästeliste stand.

Harmony versuchte zu schätzen, wie alt sie sein mochte, aber gab es gleich wieder auf. Alles zwischen zwanzig und vierzig war realistisch. Ihre Haut jedenfalls war so glatt, dass Harmony beinahe neidisch wurde. Vielleicht lag es daran, dass Menschen wie sie auf eine fast magische Art von den typischen Erwachsenensorgen befreit waren, der Last der Verantwortung, Geldsorgen, scheiternden Zukunftsplänen. All diesen Dingen, die sich schon ab Mitte, Ende zwanzig entlang der Gesichtsmuskeln eingruben und die irgendwann nur noch eine Kombination aus teurer Kosmetik und radikaler Chirurgie ungesehen machen konnte.

»Es tut mir leid«, sagte Harmony so sanft wie sie konnte, »ich habe noch gar keinen Koch.«

Nun verwandelte sich die Empörung in dem rundwangigen Gesicht. Zuerst war es einfach nur Fassungslosigkeit. Dann abgrundtiefe Trauer. Wiebkes Unterlippe begann zu zittern.

»Aber wieso, wieso«, stammelte sie, »der war doch immer da, der Paul!«

In Harmonys Kopf setzten sich einige Puzzleteile schwerfällig in Bewegung und schwebten durch einen luftleeren Raum, aber ohne ein schlüssiges Bild zu ergeben. Der Name kam ihr bekannt vor, aber sie konnte ihn nicht zuordnen.

»Und wo war der?«, fragte Harmony.

»Na, in der Küche!«, presste Wiebke heraus, während ihre

Tränen zu sprudeln begannen, als wäre etwas in ihrem Gesicht leckgeschlagen. Dann breitete sie schwerfällig die Arme aus und trottete mit ausgebreiteten Armen auf die verdutzte Harmony zu. Gerade noch gelang es Harmony, eine Umarmung abzuwehren und sie an den Ellenbogen festzuhalten. Wiebke schluchzte nur noch untröstlicher. Ihre Nase lief.

Endlich kam Harmony eine Idee.

»Hat der Paul vielleicht mal als Koch hier gearbeitet? Früher, als das Lokal noch nicht mir gehörte?«, fragte sie und hatte im gleichen Moment wieder das Bild des langen Kerls auf dem Lastenfahrrad vor Augen, der Sojawürste für das Campingplatzfest geliefert hatte.

Unser Paulchen ist ein feuriger Kerl.

Wiebke hob ruckartig den Kopf und sah sie unter Tränen an mit einer derartigen Dankbarkeit im Blick, als hätte sie ihr die Antworten auf alle wichtigen Fragen des Lebens auf einem Silbertablett präsentiert. Umständlich beförderte sie ein Taschentuch aus ihrer Jacke, schnäuzte sich und nickte heftig. Danach hörte sie fast so plötzlich auf zu weinen, wie sie angefangen hatte. Harmony schämte sich plötzlich. Wie sollte sie der Frau beibringen, dass sie ihr nicht helfen konnte? Selbst wenn Wiebke den Langen mit der Protestkette meinte: Sollte sie vielleicht mit ihr durch Nacht und Nebel zum Campingplatz fahren, um ihn zu suchen?

»Wissen Sie, ich habe das Restaurant gekauft«, sagte Harmony vorsichtig. »Ich bin nicht von hier.«

»Aber Paul hat gesagt, ich darf immer in die Küche kommen«, behauptete Wiebke trotzig und stapfte mit leicht nach innen gedrehten Füßen in Richtung der Schwingtür. Ehe Harmony es verhindern konnte, war sie hineingegangen. Einen Augenblick war es still, dann hörte sie eine klägliche Stimme.

»Aber da ist keiner!«

»Sag ich doch«, Harmony war jetzt ein klein bisschen ungehalten, »ich weiß nicht, wo Sie Ihren Paul finden können.«

Wiebke erschien wieder im Durchgang zur Küche, die Unterlippe schmollend vorgeschoben, und blickte zu Boden. Plötzlich, noch ehe Harmony wusste, wie ihr geschah, breitete sie wieder die Arme aus. Diesmal war es nicht möglich, ihr auszuweichen. Sie warf sich mit ihrem ganzen Gewicht auf Harmonys Schoß, ungestüm wie ein Kind, sodass die beiden Frauen zu Boden gegangen wären, hätte dort nicht zufällig ein versprengter Stuhl gestanden.

»Er ist weg«, schluchzte Wiebke, »einfach weggegangen. Und hat gar nichts gesagt.«

Harmony fiel auf, dass Wiebke nicht nur so sprach, sondern auch ein wenig roch wie ein kleines Mädchen. Nach Erdbeerkaugummi und verschwitzt wie vom Toben. Einzelne dunkle Haare standen ihr wie kleine Wellen vom Kopf ab, wo der pinkfarbene Reifen in die Frisur gedrückt war.

Harmony wollte aufstehen. Sie abschütteln. Aber dann tat sie etwas, von dem sie selbst erstaunt war. Sie legte vorsichtig ihre Arme um den bebenden Rücken und streichelte die Fremde.

»Wir werden ihn schon finden, deinen Freund«, murmelte Harmony in Wiebkes verschwitztes Haar und merkte, dass ihr das Schlucken auf einmal schwerfiel. Es war etwas an dieser Frau, das sie rührte. Das Wechselspiel der Gefühle in ihrem Gesicht, dieser völlige Mangel an Beherrschung, diese Offenheit, als hätte sie keine Haut, nichts, das sie schützte.

»Danke«, schluchzte Wiebke, »du bist lieb.«

Erstaunt spürte Harmony, wie sich etwas in ihrem Hals zusammenzog. Sie schluckte trocken.

Wiebke richtete sich auf Harmonys Schoß auf. Erneut zog sie ein kariertes Stofftaschentuch aus der Manteltasche, knetete es gedankenverloren in der Hand und blickte Harmony schließlich mitfühlend an.

»Du guckst traurig«, stellte sie fest.

Harmony zuckte mit den Achseln.

»Hast du auch wen verloren?«

»Ja«, sagte Harmony mit belegter Stimme, »das kann man wohl sagen.«

»Dann helf ich dir auch beim Suchen«, sagte Wiebke und stand auf, keine Sekunde zu spät, denn ihr beträchtliches Gewicht lastete schwer auf Harmonys Beinen. Dann tätschelte sie tröstend Harmonys Gesicht.

Nun wurde es Harmony ein wenig viel mit der Nähe. Sanft griff sie nach Wiebkes Handgelenken und entfernte die rosigen Finger aus ihrem Gesicht.

»Vielen Dank«, sagte sie, »aber das machen wir nicht mehr heute. Und deinen Paul, den suchen wir auch nicht mehr heute Nacht.«

»Aber du hilfst mir.«

»Versprochen. Aber erst wenn es wieder hell ist.«

Wiebke zögerte einen Augenblick, dann nickte sie schließlich zufrieden. »Bringst du mich jetzt?«

»Kennst du deine Adresse? Weißt du denn, wo du wohnst?«

»Ja. Bei Mama.«

17

Draußen war es kalt geworden. Die Atemluft hing als warmes Wölkchen vor ihren Mündern, während Harmony hinter der seltsamen kleinen Person herstapfte und sich zum wiederholten Mal fragte, ob diese den Weg wirklich kannte. Wenigstens war das Dorf nicht groß. Wenn hier eine junge Frau, die ein wenig mehr Schutz brauchte als andere, durch die wenigen Straßen irrte, dann würde man mit Sicherheit schon nach ihr suchen.

»Findest du wirklich nach Hause?«, fragte Harmony zum wiederholten Mal.

»Ja. Aber es ist so dunkel.«

Wiebke hielt verunsichert an und blickte sich um. Dann griff sie in ihre Manteltasche und beförderte ein matschiges Etwas zutage, das sie sich konzentriert in den Mund steckte.

»Was war das denn?«, fragte Harmony angewidert.

Wiebke kaute bedächtig.

»Fleischklößchen«, nuschelte sie, »sind gut.«

»Meine Fleischklößchen?«

Wiebke sah sie mit großen Augen an. Ihre Unterlippe begann schon wieder verdächtig zu zittern.

»War das nicht richtig von mir?«, fragte sie ängstlich, »wolltest du die selber essen?«

»Nein, nein«, beruhigte Harmony sie, »ich freu mich, wenn es dir schmeckt.«

Harmony nickte zufrieden. »Proviant«, sagte sie, »ist wichtig. Sagt Mama auch immer.«

Dann griff sie mit klebrigen Fingern entschlossen nach Harmonys Hand und hielt sie so fest, dass Harmony keine Wahl blieb, als zuzugreifen. Dabei zog sie Harmony immer weiter die Dorfstraße entlang, bis sie auf ein Waldstück zukamen. Statt Asphalt war nur noch abgenutztes Kopfsteinpflaster unter ihren Füßen, und die Äste neigten sich über ihren Köpfen zusammen. Im Sommer würden sie hier einen hübschen grünen Tunnel bilden, jetzt, im spätherbstlichen Zwielicht, sahen die kahlen Äste gespenstisch aus, wie lange, knochige Finger, die sich dort oben ineinanderverhakten. Je weiter sich die beiden Frauen aus dem schwachen Lichtschein der wenigen Häuser entfernten, desto weniger war der Weg vor ihnen zu erkennen.

»Und wo geht es jetzt zu Mama?«, fragte Harmony vorsichtig.

Wiebke sah sie so tadelnd an, als wäre das die dümmste Frage, die sie je gehört hatte. Dann blieb sie stehen und drehte sich mit einer beinahe coolen Geste zum Dorf um.

»Na da«, sagte sie wegwerfend.

»Aber dann sind wir ja schon vorbeigelaufen!«, rief Harmony verdattert aus.

»Ich will auch nicht zu Mama«, sagte Wiebke und nickte zufrieden.

»Sondern?«, wollte Harmony bestürzt wissen.

Wiebke blickte sie an, als könnte sie nicht bis drei zählen.

»Na, zum Paul«, sagte sie, ungläubig, dass jemand einen so naheliegenden Plan nicht verstehen konnte.

Harmony erinnerte sich an das Gespräch in der Gaststube. Wiebke war vielleicht nicht besonders intelligent, aber auf ihre

Weise ziemlich gewitzt. Tatsächlich hatte sie nie ein Wort von Zuhause gesagt. Nur von »bringen«. Nachgegeben hatte sie nur zum Schein.

Harmony legte der kleinen Frau vorsichtig eine Hand an den Oberarm.

»Jetzt hör mir mal zu«, sagte sie sanft, »der Paul, der ist weg. Aber deine Mutter …«

Zornig funkelte Wiebke sie an. »Nein«, schrie sie dann unvermittelt und stampfte in einen feuchten Blätterhaufen am Straßenrand, »der ist überhaupt nicht weg! Ich hab den nur noch nicht gefunden!«

So konnte man das natürlich auch sehen.

»Schau mal, deine Mutter macht sich doch bestimmt Sorgen!«

Im gleichen Momente hörte Harmony ein Geräusch hinter sich, ein mechanisches Tuckern, das langsam näher kam. Und dann waren da auch noch Stimmen, die etwas riefen.

Harmony begriff und entspannte sich im gleichen Moment. Wenigstens dieses Problem würde sich gleich in Wohlgefallen auflösen. Es war zwar ihr geringstes, angesichts der katastrophalen Eröffnungsparty, angesichts ihrer Schulden und angesichts des zweifelhaften Rufes, den sie offensichtlich schon jetzt genoss. Aber immerhin eine Sorge weniger.

Aus der Dunkelheit schälten sich die Umrisse eines Traktors, der mit gelblich-trüben Scheinwerfern direkt auf sie zukam. Darauf saß ein älterer Mann in Arbeitsoverall, daneben lief eine ältere Frau. »Wiebke!«, hörte Harmony sie rufen, »Liebchen, wo steckst du?«

Harmony versuchte, Wiebkes Hand loszulassen, um dem Traktor entgegenzugehen. Aber die drückte dafür umso fester zu. Dabei sah sie sich suchend um, als überlegte sie, ob sie sich mit Harmony im Straßengraben verstecken konnte, bis der

Suchtrupp an ihnen vorüber war. Aber vergebens, ihre Eltern hatten sie schon gesehen.

»Liebchen«, rief Wiebkes Mutter, »ich hab dir doch gesagt, du darfst nicht weglaufen!« Dann stürzte sie auf ihre Tochter zu und drückte sie an ihre ausladende Brust.

Wiebke hing in der Umarmung fest und sah Harmony böse an. Ihre Hand hatte sie noch immer umklammert. Nun hielt auch der Traktor neben ihnen an.

»Danke«, sagte Harmony sanft, »ich glaube, du kannst jetzt loslassen.«

Die Mutter beäugte Harmony mit einer Mischung aus Dankbarkeit und Misstrauen.

»Vielen Dank«, sagte sie atemlos, »wo haben Sie meine Tochter denn gefunden? Und was wollten Sie im Wald mit ihr?«

»Sie hat bei der Eröffnungsparty in meinem Restaurant vorbeigeschaut«, erklärte Harmony knapp.

Die Frau lächelte schmallippig. »Ist ja schön, dass Sie auch mal zu Hause sind.«

Sie musterte Harmony von Kopf bis Fuß.

»Ich hab nämlich schon dreimal bei Ihnen geklingelt«, fuhr sie in anklagendem Ton fort. »Erst mit einem halben Blech Apfelkuchen, dann mit Adventsschmuck, und neulich hab ich noch mal einen Versuch gemacht. Leider auch vergeblich.«

»Ja«, gab Harmony verblüfft zurück, »ich bin ja viel geschäftlich unterwegs.«

»Da wo Sie herkommen, ist das wohl nicht üblich. Dass man sich vorstellt.«

Allmählich wurde Harmony ärgerlich. Schließlich hatte sie der Frau ihre Tochter zurückgebracht, eine Tochter, die sich nicht nachts alleine im Wald orientieren konnte. Da wäre ein wenig Dankbarkeit nicht verkehrt gewesen.

»Was hatten Sie denn beim letzten Mal dabei?«, erkundigte sie sich halb im Scherz, halb ernsthaft.

»Leberwurst«, antwortete Wiebkes Mutter mit unbewegter Miene. »Selbst gemacht. Im Glas. Konnte ich nicht einfach dalassen. Wird schlecht sonst.«

»Trotzdem vielen Dank«, seufzte Harmony.

»Ganz meinerseits«, gab die Frau kurz angebunden zurück. Dann wandte sie sich mit einer entschlossenen Geste zum Gehen und versuchte, Wiebke mit sich zu ziehen.

Immerhin ließ diese endlich Harmonys Hand los. Aber sie dachte überhaupt nicht daran, ihrer Mutter zu folgen.

»Nee«, sagte sie und stemmte sich dagegen. »Ich such jetzt den Paul.«

»Der ist aber sicher nicht hier im Wald«, gab Harmony zu bedenken.

Endlich meldete sich auch der Mann auf dem Traktor zu Wort.

»Nu steig man auf«, lud er Wiebke ein, »darfst 'n Stück bei Papa mitfahren.«

Wiebke schüttelte stumm den Kopf und blickte zu Boden.

»Wieso überhaupt Paul?«, fragte die Mutter ungehalten.

Wiebke rührte sich nicht. »Weil, den hab ich lieb«, sagte sie leise und sehr entschlossen.

»Welcher Paul?«, brummte der Vater vom Traktor herunter.

»Na, welcher wohl?«, zischte die Mutter entnervt zurück, »der früher im Lokal gearbeitet hat. Als das noch der Dorfgasthof Wunnefitz war.«

»Paul, Paul«, der Vater nickte stirnrunzelnd, »ist das etwa der Sohn vom …«

Die Mutter brachte ihren Mann mit einem alarmierten Blick zum Schweigen, und Harmony fragte sich, in welche dörflichen Intrigen sie nun schon wieder hineinzugeraten drohte.

»Komm, Liebchen«, Wiebkes Mutter verfiel jetzt aufs Schmeicheln, »du darfst auch noch ein Bällchen Eis.«

»Will kein Eis«, presste Wiebke mit finsterer Entschlossenheit hervor, »will zu Paul.«

Seufzend ließ die Mutter ihre Tochter los und musterte Harmony, als müsste die eine Idee haben, wie man herauskam aus dieser verfahrenen Situation.

Ausgerechnet sie!

Ein sanfter Wind war aufgekommen und fuhr raschelnd durch die letzten Herbstblätter an den Alleebäumen. Während sie einander alle schweigend anstarrten, Harmony überfordert, Wiebke kampfeslustig, die Eltern resigniert, mischte sich ein zweites Geräusch hinein, und Harmony brauchte einen Moment, um es zu erkennen.

Es war das Sirren eines Dynamos.

Wenige Augenblicke später kam auch schon der Lichtkreis eines Fahrrads auf der abschüssigen Straße in Sicht. Jetzt erkannte Harmony auch das Gefährt, und sie klopfte sich innerlich auf die Schulter.

Ein schwarzes Lastenfahrrad, darauf ein langer Kerl mit einem knochigen Gesicht, und auch wenn man sie unter der dicken Jacke nicht sah, hing bestimmt eine Protestkette um seinen Hals.

Tofu-Paule, der feurigste Kerl vom Campingplatz.

Außerdem, zumindest in Wiebkes Augen, der begehrenswerteste Mann Niedersachsens. Mindestens.

Aber wie konnte es sein, dass ausgerechnet der hier auftauchte wie vorbestellt? Zu dieser Uhrzeit und in einer der düstersten Ecken des gesamten Landkreises Lüchow-Dannenberg?

Kurz vor dem kleinen Grüppchen blieb Paul schlingernd

stehen und sah überrascht von einem zum anderen. Für einen Augenblick trafen sich sein und Harmonys Blick, und etwas darin ließ sie frösteln, auf eine merkwürdige, aber nicht unangenehme Art.

Es war der gleiche Blick, mit dem er sie vor einigen Monaten angesehen hatte, als sie mit kaputtem Navi auf dem Campingplatz gestrandet war. Nur noch intensiver, denn jetzt stand er direkt vor ihr. Ein Blick voller Offenheit, Wärme und Interesse. Ein Röntgenblick, als wäre dieser fremde Mann in der Lage, durch den trüben Tümpel ihrer Seele hinabzuschauen in die tiefsten Abgründe, furchtlos und schwindelfrei. Sie blickte rasch zur Seite und sah aus dem Augenwinkel, wie Wiebke sich etwas ruppig aus dem Griff ihrer Mutter befreite und dann auf ihn zulief. Nun war nichts Unbeholfenes mehr an ihrem Gang, sie schwebte förmlich über das Kopfsteinpflaster und breitete ihre Arme aus. Ihr Gesicht schien zu leuchten.

»Paul«, quiekte sie glücklich, und Harmony musste wieder an Jano denken, der beim Küssen gesummt hatte wie eine Dreizehnjährige. Nur dass die Begeisterung bei Wiebke nicht unpassend wirkte. Sondern rührend.

»Das gibt es ja nicht, meine Lieblingswiebke«, sagte Paul sanft und ergriff sie bei den Oberarmen, »das ist aber schön, dich mal wiederzusehen.«

»Wo warst du denn?«, hauchte sie.

»Das habe ich dir doch erklärt«, sagte er, »ich war lange weg, in einem weit entfernten Land. Seit einiger Zeit bin ich wieder hier. Erst einmal.«

»Ich mag wieder mal mit dir fernsehen«, forderte Wiebke, und Paul lachte.

»Immer langsam mit den jungen Pferden. Hast du immer noch die gleiche Lieblingsserie?«

Wiebke nickte eifrig.

Dann wirbelte sie herum und zeigte stolz auf Harmony, als wäre die etwas, das sie gerade zufällig im Wald gefunden hatte und jetzt mit nach Hause nehmen wollte.

»Guck mal, das ist meine Freundin. Die ist lieb.«

Jetzt blickte auch Paul wieder zu ihr hinüber. »Die Lady mit dem Porsche Cayenne, wenn ich mich nicht irre? Mal wieder verfahren?«

Harmony lächelte schwach. »Ich hoffe nicht. Ich bin eigentlich gerade dabei, mich niederzulassen.«

Erstaunt zog Paul die buschigen Augenbrauen hoch.

»Ach was!«, rief er aus. »*Du* bist das? Diese sagenumwobene Hamburger Geschäftsfrau, die den alten Dorfgasthof hier wieder flottmachen will?«

Zuerst wollte Harmony sich beschweren, dass er sie einfach so duzte, dann ließ sie es doch bleiben. Ein »Sie« gehörte vielleicht ins Chefbüro oder in ein Nobellokal. Nicht auf eine niedersächsische Dorfstraße, die gerade zur Bühne für große Gefühle wurde.

»Das trifft sich ja gut«, sagte er, »ich wollte nämlich gerade zu dir. In dein Lokal, meine ich. Hab gehört, da steigt heute Abend eine Eröffnungsparty.«

Während Harmony noch überlegte, wie sie ihm beibringen sollte, dass die Party krachend gescheitert war, wandte er sich wieder Wiebke zu.

»Meine Süße«, sagte er sanft, »eine Frau wie du sollte aber nicht so spät am Abend allein draußen unterwegs sein.«

Der Vater auf dem Traktor ließ ein wütendes Schnauben hören. Er starrte Paul unfreundlich an und schwieg. Aus welchen Gründen auch immer er Paul nicht leiden konnte, es war klar, dass er sich jetzt nicht mit ihm anlegen würde. Wenn einer die Situation retten konnte, dann Paul.

»Bin nicht allein«, sagte Wiebke trotzig und zeigte auf Harmony. »Die da ist auch da.«

»Zwei Frauen ohne männlichen Schutz. Umso schlimmer.«

Wiebke legte einen Finger an ihre kleine Nase und sah aus, als würde sie tief nachdenken.

»Die macht leckeres Essen«, sagte sie dann voller Überzeugung.

Paul ließ Wiebkes Ellenbogen vorsichtig los. »Das habe ich mir gedacht, du bist ja immer dort, wo es was zu futtern gibt. Aber jetzt begleite ich dich nach Hause.«

Harmony erwartete Protest, Widerworte, Gejammer. Aber nichts dergleichen. Offensichtlich war Wiebke Paul mit ganzem Herzen verfallen. Und würde einfach alles für ihn tun.

Sie nickte und blickte ihn glücklich mit geöffnetem Mund an. Dann ließ sie sich widerstandslos von ihm wegführen. Wiebkes Mutter seufzte hörbar erleichtert auf. Der Traktor setzte sich röhrend wieder in Gang, und dann machten sich alle gemeinsam auf den Weg zu einer seltsamen Schweigeprozession durch die Dezembernacht.

Schließlich verschwanden Wiebkes Eltern mit einem knappen Gruß in ihrem Wohnhaus, einem schmucklosen Backsteinbau am anderen Ende der Dorfstraße, ohne ein Wort des Dankes. Wiebke dagegen strahlte Paul zum Abschied selig an. Eine Frau, die endlich die Liebe ihres Lebens wiedergetroffen hatte. Sie wirkte jetzt rundum zufrieden wie eine Katze, die Sahne geschleckt hatte.

Harmony fand das bemerkenswert. Offensichtlich wusste Wiebke besser Bescheid als sie, wie flüchtig das Glück war. Und wie man es genoss, solange es dauerte. Sie hätte gerne erfahren, ob sie Mo jemals so selige Blicke zugeworfen hatte wie Wiebke Paul. Eine Liebe ohne Handbremse.

Wahrscheinlich nicht. Und das war auch gut so. Nicht auszudenken, überlegte Harmony, wenn sie sich in die Liebe zu Mo mit der gleichen Unbedingtheit hineingeworfen hätte. Ein Sprung vom Drei-Meter-Brett in ein Schwimmbecken ohne Wasser. Schließlich hatte sie immer gewusst, dass die Zeit begrenzt war. Vielleicht war man in dem Moment erwachsen, in dem man begann, Dinge vom Ende her zu planen. Der einzige Schutz gegen den Schmerz.

Sie hatte diese Lektion früh gelernt. Vielleicht zu früh.

18

Vielen Dank«, sagte Harmony etwas steif zu Paul, »ich weiß nicht, ob ich ohne Sie mit Wiebke fertiggeworden wäre. Ohne dich, meine ich.«

Paul schüttelte lächelnd den Kopf.

»Ich muss sagen, das macht mich jetzt auch etwas sprachlos. Als ich sie zuletzt gesehen habe, war sie noch ein junges Mädchen. Vor sieben, acht Jahren. Aber sie hat mich wohl nie vergessen. Oder sich an mich erinnert, als sie gesehen hat, dass das Lokal wieder in Betrieb ist. Ich fühle mich geehrt.«

»Und damals ist sie immer in der Küche herumgehangen, wenn Sie … ich meine, wenn du in dem alten Gasthof gearbeitet hast?«

»Ständig. Ich wusste aber nie, ob es ihr wirklich um mich geht oder ums Essen.«

»Ein Bratkartoffelverhältnis.«

»Eher eine Pommes-Affäre. Aber sie steht auch auf alles, das man aus Hackfleisch zaubern kann.«

»Na so was«, Harmony lachte, »und ich dachte schon, sie mag mich wirklich.«

»Oh, sie hat tiefe Gefühle, mach dir keine Sorgen. Und einen ausgeprägten Sinn für Höheres. Ihre zweite große Leidenschaft sind Fernsehserien aus den Achtzigern.«

»Lassie oder Bonanza?«

»Denver Clan. Ich glaube, den Dialog, den Krystle Carrington und Alexis Colby im Swimmingpool führen, nachdem sie sich gegenseitig hineingeworfen haben, kann sie auswendig hersagen. Damals, beim Pommes-Essen, hat sie mir immer ganz aufgeregt von den neuesten Folgen erzählt. Die liefen da gerade als zwanzigste Wiederholung im Nachmittagsprogramm von RTL II.«

Beide lachten, und Harmony fühlte auf einmal eine Woge tiefer Dankbarkeit. In dieser Nacht, am Dorfrand von Wunnefitz, in Gegenwart eines Fremden, hatte sie zum ersten Mal seit langer Zeit das Gefühl, ein liebenswerter Mensch zu sein.

»Was ist eigentlich aus dem alten Restaurant geworden?«, fragte Harmony neugierig. »Ich meine, warum hat der Besitzer aufgegeben?«

Paul sah sie nachdenklich an. »Wann hast du hier angefangen? Heute Abend?«

Sie nickte.

»Dann willst du es gar nicht wissen.«

Sie öffnete den Mund, um zu protestieren, und schloss ihn gleich wieder. Offensichtlich hütete hier jeder sorgsam sein Privatgeheimnis. Ungefähr so ängstlich wie das Originalrezept des Coca-Cola oder die Nähtechnik einer Ledertasche von Hermès.

»Möchtest du …«, begann sie zögerlich, bevor sie sich selbst zur Ordnung rief. Der letzte Herrenbesuch hatte ihr so wenig Glück gebracht, dass es sicher keine gute Idee war, schon wieder jemanden auf ein Getränk am späten Abend hereinzubitten. Mitten hinein in die Überbleibsel einer missglückten Party. Auch wenn dabei weniger Pathos im Spiel war.

Andererseits …

»Korrigiere mich, wenn ich mich irre. Aber du siehst aus, als wolltest du mich gern zu einer kleinen Küchenführung einladen«, schlug Paul vor und funkelte sie aus seinen warmen braunen Augen an.

»Gerne«, sagte sie nach einem kurzen Moment künstlichen Zögerns und spürte, dass sie einfach nur erleichtert war, jetzt nicht allein zu sein. »Ich glaube, nach so einem Abend brauche ich einen friedlichen Abschluss.«

»Ja, die gute Wiebke«, Paul lachte, »manchmal denke ich, sie ist zu beneiden. Mit ihren ungefilterten Gefühlen und ihrer Abenteuerlust. Ist doch ein Segen, wenn man nicht erwachsen werden muss.«

Harmony nickte stumm und wunderte sich, wie sehr Pauls Satz nach einer Antwort auf ihre stummen Gedanken klang. Dieser lange Schlaks mit der schwarz gerandeten Brille machte ihr gute Laune, und dazu genoss sie das Gefühl, eben eine gute Tat vollbracht hatte, ein selbstloses Werk, eine menschliche Geste. Vielleicht war sie ja besser als ihr eigener Ruf.

Doch während sie und Paul die kurze Strecke zurückgingen zum Restaurant, sank Harmony schon wieder der Mut. Hinter den Fenstern war noch immer Licht und warf einen warmen Schein hinaus in die Nacht. Genau so hatte sie es sich vorgestellt, einen heimeligen Ort für Menschen, die das Besondere suchten, einen Ort für Menschen, die bereit waren, weit zu gehen für etwas, das ihre Sehnsucht stillte, einen Ort, an dem alles stimmte. Aber das, was sie jetzt sah, war nichts als Fassade. Ein völlig leeres Gebäude, das von ferne Geborgenheit vortäuschte. Eine Kulisse für einen Film, der nie gedreht werden würde. Eine Liebe, die keiner mit ihr teilen wollte.

Stumm deutete sie auf die Eingangstür, und Paul ging hinein. In der Gaststube blieb er stehen und sah sich bedächtig um.

»Alle Achtung«, sagte er »du hast ja ein ziemliches Schmuckstück aus der heruntergekommenen Bude gemacht.«

»Aber?«, fragte Harmony. Irgendetwas in seiner Stimme verriet ihr, dass er nicht nur begeistert war.

»Ich weiß es nicht«, sagte er nach einer Denkpause, »aber irgendetwas fehlt hier noch.«

Noch immer stand auf dem Tresen das Holzbrett, mit einem einsamen Fleischklößchen darauf. Paul griff danach und steckte es sich in den Mund. Er kaute langsam und gründlich, dann grinste er in sich hinein.

»Was ist los? Irgendein Fleischklößchenwitz, den ich nicht verstehe?«

Er grinste noch breiter. »Die Leute hier mögen Essen, das nach Heimat schmeckt. Bodenständig und ein bisschen fad. Ich würde sagen, du hast alles richtig gemacht.« Dann legte er beinahe entschuldigend den Kopf schief. »Aber wenn ich das noch sagen darf: Ein klein bisschen Salz hätten die Dinger schon vertragen können.«

Mist. Die ganze Zeit über hatte sie sich im Verdacht gehabt, dass sie etwas vergessen hatte. Sie war nur nicht dazu gekommen, selbst von ihrem Essen zu kosten. Jetzt wusste sie, was es war.

»Du bist wohl nicht besonders gut auf die Gegend hier zu sprechen«, fragte sie vorsichtig.

Er zuckte lachend mit den Achseln. »Weißt du, das Wendland und ich, wir sind wie ein altes Ehepaar. Haben es miteinander versucht, ohne einander. Ich bin so weit weggegangen, wie es auf diesem Planeten gerade noch geht, bis nach Australien. Aber wir kommen nicht voneinander los, seit Jahrzehnten. Man kann vielleicht einen Menschen aus dem Wendland vertreiben, aber nicht das Wendland aus dem Menschen.«

»Und was machst du hier, wenn du nicht gerade den Campingplatz mit Tofuwürsten beglieferst?«

»Ich wohne dort. In einem Bauwagen. Als Mädchen für alles. Bis sich etwas anderes ergibt.«

»Ein Job?«

Harmony war plötzlich hellwach. Warum war sie nicht schon längst darauf gekommen? Manchmal lag das Gute wirklich nah. Oder in dem Fall: der Gute.

»Als Koch arbeiten kann ich immer«, sagte er. »Hab ich schließlich gelernt. Und die werden überall gesucht.«

Harmony nickte aufgeregt. Das war ja noch besser – der Mann konnte nicht nur einen Grill anheizen, der war Profi! Genau wie es der Mann auf dem fahrbaren Rasenmäher erzählt hatte, an ihrem ersten Tag im Wendland. Wie hatte sie das nur vergessen können?

Als er weitersprach, war es, als hätte er ihre Gedanken gelesen.

Leider war die Antwort nicht ganz so, wie sie es sich gewünscht hatte.

»Das ist aber nicht mein Traum. Ich denke in letzter Zeit häufiger, dass ich gerne sesshaft werden würde. Wäre ja vielleicht mal an der Zeit. Am liebsten würde ich etwas in einer größeren Gemeinschaft machen. Das alte Bahnhofsgebäude hier in der Gegend steht zur Versteigerung, das würde mich reizen. Kaufen, gemeinsam sanieren, zum Kulturzentrum umbauen.«

»Aber?«

»Dazu bräuchten wir Geld. Oder jemand, der uns einen Kredit gibt. Müsste gar nicht so viel sein.«

»Kommt mir bekannt vor.«

Harmony und Paul lehnten an der Bar und ließen ihre

Blicke durch den unaufgeräumten Gastraum schweifen. Sie ertappte sich bei einem ungewohnten Gefühl. Zum ersten Mal seit langer Zeit fühlte sie sich nicht allein. Und das lag nicht nur daran, dass jemand mit ihr im Raum war.

Wie oft hatte sie den Eindruck gehabt, der einzige Mensch auf der Welt zu sein, während Mo schlafend im Bett neben ihr lag oder ihr ganzes Team um sie herum im Konferenzraum saß? Nein, auf eine ganz grundsätzliche, angenehme Art und Weise hatte sie plötzlich das Gefühl, dass jemand hinter ihr stand. Auch wenn er ihr gerade von ganz anderen Zielen erzählt hatte. Egal. Pläne waren dazu da, sie umzuwerfen. Und neue zu schmieden. Das wusste schließlich niemand besser als sie.

»Bis heute Abend dachte ich, ich wüsste, was für ein Restaurant hier in der Gegend fehlt«, sagte Harmony und deutete auf die Tische um sie herum. »Aber vielleicht muss ich mein Konzept noch mal überdenken.«

»Einen Fan hast du auf jeden Fall«, er lächelte ihr ermutigend zu.

Er strich mit nachdenklichem Blick über den cremefarbenen Überwurf einer Stuhllehne. Dann schüttelte er den Kopf.

»Ich glaube, die solltest du weglassen«, sagte er. »Sonst wagt niemand, sich hinzusetzen. Weil die Leute nichts schmutzig machen wollen.«

»Aber die Hussen sind aus dem Stilwerk! In Hamburg! Maßgefertigt!«, empörte sich Harmony.

Er sah sie seltsam an. »Wen möchtest du eigentlich glücklich machen?«, fragte er schließlich. »Deine Gäste oder dich?«

Harmony ließ ihren Blick über die Tische schweifen, die Tannenzweige, die Ruten in den farbigen Glasvasen. Dann blickte sie Paul direkt in die dunklen Augen.

»Kannst du eigentlich mit Zapfanlagen umgehen?«, fragte sie.

Er nickte ihr aufmunternd zu. »Na, dann zeig mal her.«

19

Ein schriller Klingelton durchschnitt die Nacht. Oder zumindest etwas, das sich für Harmonys Begriffe anfühlte wie Nacht: vollkommene Dunkelheit draußen, noch vollkommenere Stille (zumindest bis zum Klingeln) und in ihrem Kopf die vertraute Mischung aus Träumen, die nie wirklich unangenehm waren, aber auch nicht wirklich angenehm. Immer ging es darin enorm anstrengend zu, ein Abmühen, weil sie irgendwo hinwollte, etwas erreichen, einen Zug noch erwischen, und dabei alles schiefging, was schiefgehen konnte. Heute hatte sie im Traum versucht mithilfe eines altmodischen Adressbuchs ein Haus zu finden, in dem jemand lebte, der dringend auf ihre Hilfe angewiesen war. Doch die Seiten des Adressbuchs waren wellig, die Schrift verlaufen, als hätte es auf dem Grund eines Flusses gelegen. Nun, wenigstens ein Problem hatte sie weniger, denn jetzt war sie wach.

Sie wollte sich schon das Kissen über die Ohren ziehen, leise den Besucher verfluchen und auf einen Neustart im Träumeland hoffen, da wurde ihr erst klar, wo sie sich befand. Ein Klingelstreich oder eine Verwechslung war vielleicht in einem Eppendorfer Altbau denkbar, kaum aber an der Tür eines Dorfgasthofes, und das in der Nacht vom 25. auf den 26. Dezember.

Wieder klingelte es, und Harmony blinzelte zum Display ihres Smartphones. Nacht? Na gut: Nacht war ein dehnbarer Begriff. Aber doch, acht Uhr vierunddreißig am 26. Dezember gehörte eindeutig dazu. Obwohl draußen ganz offensichtlich jemand stand, der das anders sah.

Schlaftrunken kroch sie aus dem Bett, schlitterte auf glatten Schafwollsocken die Treppe hinunter und spürte die Kälte der Dielenfliesen trotzdem, wie sie durch die störrischen weißgelben Fasern hindurch in ihre Fußsohlen und weiter in ihren Körper drang. Wer auch immer dort draußen stand, er brauchte einen verdammt guten Grund, sie jetzt zu stören.

Sie öffnete die Tür einen Spalt weit und sah direkt in Pauls ausgeschlafenes Gesicht. Da stand er, pustete Lebenszeichen in die schneidend kalte Luft, dampfte wie ein Pferd nach einem Ritt durch den Winterwald, das treue Lastenfahrrad an seiner Seite. Hinter ihm lag die Welt Grau in Grau, als könnte sie sich noch nicht entscheiden, ob sie sich heute wieder in ihre Bestandteile zusammensetzen sollte.

»Wir haben aber nicht ewig Zeit«, tadelte Paul und schob sich durch die Tür, ehe Harmony Widerspruch einlegen konnte.

»Wie, was, Zeit«, giftete Harmony ihn an, »vor allem ist jetzt Schlafenszeit.«

Er betrachtete sie mit zusammengekniffenen Augen, als wäre er sich nicht ganz sicher, ob sie noch alle Latten im Zaun hatte, dann schüttelte er den Kopf.

»Okay«, sagte er beherrscht, »ich mach dir einen starken Espresso, und du ziehst dich an. Und zwar nicht so, als wärst du auf dem Weg in eine Redaktionskonferenz.«

»Anziehen, wieso anziehen?«

»Hast du so etwas wie einen karierten Faltenrock?«

Nun war Harmony endgültig wach. »Mein lieber Paul«,

säuselte sie, »ich weiß, du hast mir das Leben gerettet, mehr oder weniger.«

Er machte eine abwehrende Geste mit den Händen, aber sie fuhr unbekümmert fort.

»Du hast die Zapfanlage in Gang gebracht, am zweiten Eröffnungsabend gekocht, und als nur zwei Gäste gekommen sind, hast du aus den Fleischresten so viel Geschnetzeltes gemacht, dass ich jetzt keinen Platz mehr habe in der Tiefkühltruhe. Du hast einen Job übernommen, den sonst keiner wollte, und du machst ihn toll. Dafür verzeihe ich dir alles, sogar dass du mich mitten in der Nacht aus dem Bett holst. Aber dass du glaubst, ich besäße so etwas wie einen Faltenrock, das ist genau ein Schritt zu viel.«

Er ließ sie reden, betrachtete sie interessiert, sogar ein wenig amüsiert, und legte dann seinen Daumen nachdenklich an die Lippen.

»Planänderung«, verkündete er schließlich. »Zieh an, was du willst, bloß quatsch nicht so viel. Das macht den Gildenbrüdern Angst.«

»Bitte wem?«, fragte Harmony verwirrt zurück, während er sie die Treppe hochschob.

»Na, die Schützen! Hab dir doch gesagt, dass du dich bei deren Weihnachtsumtrunk blicken lassen sollst! Schon vergessen?«

Schemenhaft kam die Erinnerung zurück. Das war vor einer Woche gewesen, in der Nacht nach der offiziellen Restauranteröffnung.

Lange hatten sie alleine in der Stube gesessen, Paul und sie, und er hatte ihr erklärt, was sie tun musste, um dazuzugehören. Und erfolgreich zu werden mit ihrem Lokal. Ganz offensichtlich ging hier das eine nicht ohne das andere.

Bei ihrem Gespräch war erstaunlich wenig von Dingen die Rede gewesen, die sie kannte. Nein, hier im Herzen Niedersachsens kommunizierte man nicht über Social Networks. Zumindest nicht, wenn man älter war als fünfzehn. Hier traf man sich noch live. Und das weder im Theater noch in Bars, sondern beim Adventskränzebinden im Gemeindehaus. Beim Kuchenbacken für den Turnverein. Oder eben bei diesem Weihnachtsumtrunk der Schützengilde, zu dem Paul ihr dringend geraten hatte. Wer wollte, dass ihn die Leute hier kannten, ja mehr noch: ihn mochten und sein Restaurant besuchten, der kam um diese Art der Kontaktpflege nicht umhin.

»Und die haben wirklich keinen Social-Media-Auftritt?«, fragte Harmony kläglich, während Paul sie in ihr Schlafzimmer schob.

»Doch, haben die wahrscheinlich schon«, sagte er, aber ehe sie protestieren konnte, fügte er hinzu: »ich schätze, die Seite verwaltet der Sohn vom Schützenkönig, und der stellt einmal im Jahr ein Foto vom Schützenfest online und schaut dann, ob jemand das Foto vom letzten Jahr kommentiert hat.«

Geschlagen wankte sie zu ihrem Kleiderschrank und zog wahllos etwas heraus. Paul stand noch immer hinter ihr, wie ein Vater, der überwachte, ob seine Tochter morgens nicht ins Trödeln geriet, wenn um sieben Uhr fünfzig der Unterricht begann. Jedenfalls stellte sie sich vor, dass das in anderen Familien so war. In normalen Familien. Ihre eigenen Eltern hatten sich selten um so profane Dinge wie Pünktlichkeit gekümmert.

»Wolltest du nicht Kaffee machen?«, fragte sie.

Ein wenig bedauernd, so schien es ihr, löste Paul seinen Blick von Harmonys Schlafanzug-Oberteil und wandte sich ab in Richtung Küche.

»Wie war dein Fest?«, fragte er im Hinausgehen.

»Fest? Welches Fest?«

»Na, Weihnachten. Fest der Liebe.«

Am 24. Dezember war sie abends allein durch Hamburg gelaufen. Ein alter Jugendtraum. Deshalb war sie auch extra in die Stadt gefahren.

Als Kind, da hatte sie sich noch gewünscht, einmal so Weihnachten zu feiern wie die anderen Kinder. Mit Tannenbaum, Gedrängel in einer überfüllten Kirche, Würstchen und Kartoffelsalat. Aber das war mit ihrer Mutter ja nicht zu machen gewesen. Als Harmony ganz klein war, hatte die Mutter ihr jedes Jahr erklärt, es sei geschmacklos zu feiern, während andere Kinder auf der Welt nicht einmal etwas zu essen hätten. Später wurde es noch schlimmer, da hatte die Mutter sich in den Kopf gesetzt, immer am 24. Dezember ein gutes Gespräch zu führen. Bei Seitan-Bratlingen und Kräutertee.

Bei irgendeinem dieser Gespräche hatte sie sich vorgenommen, eines Tages am Weihnachtsabend ohne Begleitung durch die Straßen zu ziehen. Sich einfach auszuklinken. Stolz darauf zu sein, dass sie hinter keines dieser erleuchteten Fenster gehörte, in keine dieser Runden, in denen es ja doch spätestens um einundzwanzig Uhr den ersten Streit und um dreiundzwanzig Uhr die ersten Scheidungsdrohungen gab. Aber ausgerechnet in diesem Jahr, in dem tatsächlich niemand da war, mit dem sie hätte feiern können, niemand, zu dem sie hätte Nein sagen können, war der Genuss nur von kurzer Dauer gewesen.

Lange hatte sie vor dem Haus in Eppendorf gestanden und hinaufgestarrt zu den dunklen Fenstern, hinter denen ihre Eigentumswohnung lag. Anscheinend war auch der Untermieter nicht zu Hause, ein stiller Geschäftsmann, dessen Firma für die Bezahlung aufkam. Aber sie wusste, wenn sie dort hineingehen würde, dann würde das Unglück wie ein Tsunami über sie hereinbrechen, würde die Einsamkeit ihre nebligen Finger um ihren Hals legen und leise, aber bestimmt zudrücken.

Um Mitternacht war sie über die beinahe menschenleere Autobahn und die völlig freie Landstraße zurückgefahren nach Wunnefitz, mit einem Geschwindigkeitsrekord von vierundfünfzig Minuten von Haustür zu Haustür. Seitdem hatte sie in dem wunderlichen Gefühl existiert, dass kein Mensch wusste, wo sie war. Dass sie in diesem stillen Haus mit dem »Betriebsferien«-Schild an der Tür so verloren und gleichzeitig so geborgen war wie ein schlafendes Dornröschen hinter der wintergrauen Dornenhecke. Ein wenig so wie in den frühen Neunzigern, als es noch keine Handys gab und man auch einfach so verschwinden konnte, auf Reisen. Angerufen hatte auch keiner. Auch nicht Mo. Gut, ihr Vater hatte einmal seine Telefonnummer auf dem Display hinterlassen, ohne Nachricht.

Aber das zählte nicht.

»Vielen Dank der Nachfrage«, rief sie in Richtung Küche, »war ein schönes Fest.«

»Mit wem hast du gefeiert?«, rief Paul, und sie hörte, wie er in der Küche mit einer Espressokanne hantierte.

Harmony dachte kurz nach.

»Mit einem Menschen, der mir nahesteht«, rief sie dann zurück.

Ein paar Minuten später stand Paul mit einer dampfenden Tasse Espresso vor ihr, und sie strich sich den Pullover über ihrer Jeans glatt. Er nickte zufrieden.

»Gut«, sagte er, »so kann ich dich auf die Schützen loslassen.«

»Aber du kommst doch mit?«, fragte sie entsetzt und griff nach dem Kaffeebecher.

Er schüttelte entschlossen den Kopf. »Liebe Harmony, ich

mach dir gerne alle Türen auf, wenn ich es kann. Weil ich an dein Lokal glaube, und weil ich gerne für dich koche. Aber du darfst nicht von mir verlangen, dass ich mit hindurchgehe durch diese Türen.«

»Aber warum?« Sie starrte ihn verdutzt an.

»Weil ich da schon war«, sagte er leise, »und das reicht für ein ganzes Leben.«

»Hast du denn ein Problem mit den Leuten hier?«, fragte Harmony. Sie musste wieder daran denken, wie kühl Wiebkes Mutter ihn damals im Wald, am Abend ihrer Eröffnung gemustert hatte.

»Nein. Aber manche Leute haben eines mit mir«, sagte er in einem Ton, der sich jede Nachfrage verbot. »Ich schmier dir jetzt noch ein Brot, das brauchst du. Wenn du da mit nüchternem Magen hingehst, hast du schon verloren.«

Ganz offensichtlich würde sie heute nichts mehr aus ihm herausbekommen.

»Kannst du denn nicht trotzdem mitkommen?«, versuchte sie es noch mal. »Mir zuliebe?«

Wieder schüttelte er den Kopf.

»Nein. Aber ich bring dich, und ich hol dich ab. Einer muss ja noch fahren.«

Paul hatte ihr schon einiges über die Schützengilde erzählt, aber etwas Wichtiges hatte er vergessen. Nämlich, dass man die Gaststube des »Jeetzel-Pub« besser nicht ohne Atemschutzmaske betrat. Als Harmony die Tür des Fachwerkhauses an der kleinen Brücke über den Fluss öffnete, schlug ihr eine nasenbetäubende Mischung aus altem Bratfett, billigem Putzmittel und nicht mehr ganz frischem Fleisch entgegen, und wenn sie nicht alles täuschte, war auch noch etwas Zigarettenrauch dabei.

Entweder nahm der Wirt es nicht so genau mit dem Rauchverbot, oder der Qualm hing in den Gardinen fest, die aussahen, als wären sie seit 1985 nicht mehr gewaschen worden.

In einer Vitrine drehten sich im blassen Licht einer Leuchtröhre zwei angeschnittene Sahnetorten um sich selbst, über der Bar hing ein Jägermeister-Schriftzug, darunter eine stattliche Ansammlung von Kornbränden.

Sie musste nicht lange suchen, um die Schützen zu entdecken. Zwar trugen sie keine Fantasieuniformen, aber die Gesellschaft am langen Ecktisch hatte rein statistisch einfach zu viele graue Bärte, zu viele Brillen und zu viele unübersehbare Bäuche, als dass es sich um eine zufällig zusammengewürfelte Gruppe handeln konnte. Ganz abgesehen von den weit überproportional vertretenen Y-Chromosomen. Frauen, das sah Harmony auf den ersten Blick, waren jedenfalls nicht anwesend.

Zögernd trat sie an die Tafel mit dem gusseisernen »Stammtisch«-Aufsteller und fingerte nach den Flyern in ihrer Handtasche. Eigentlich war ihr Plan ganz einfach: sich das Alphatier heraussuchen, den Schützenkönig, ihm ein paar Komplimente machen und dann ganz nebenbei erwähnen, dass man ihr Restaurant gerne auch für Vereinsfeiern mieten konnte.

Na gut, »gerne« war vielleicht etwas übertrieben. Helene Fischer und Mettbrötchen waren schließlich nicht die Kombi, die sie sich für die »Elbliebe« erträumt hatte. Aber vielleicht musste sie ihren Traum einfach quersubventionieren. Wenn die Vereinsmeier das Geld brachten, konnte sie davon an anderen Abenden ihre Speisekartenfantasien verwirklichen, bis es sich endlich herumgesprochen hatte, dass es bei ihr mehr gab als XL-Schnitzel und Bier in verschiedenen Größen. Und außerdem konnte sie dann endlich Tante Gerhild die erste Rückzahlung in Aussicht stellen. Wenn es so weiterging wie bisher, musste sie ihre Tante eher noch ein zweites Mal anpumpen. Und wer weiß, welch schreckliches Gegengeschäft sie dafür wieder ertragen müsste.

Aber bei alldem hatte sie sich die Schützengesellschaft ein wenig, sagen wir mal: kommunikativer vorgestellt. So ein Verein, das konnte ja kein schwieriges Terrain sein: Stuhl schnappen, möglichst großes Bier bestellen und dann so trinken, dass man ihr den Widerwillen möglichst wenig ansah – damit, so dachte sie, hätte sie schon gewonnen.

Leider interessierte sich von den grau melierten Herren im Moment keiner für die einzelne Dame, die da von hinten an ihren Tisch getreten war. Alle hatten sich um den einzigen jüngeren Mann geschart und steckten die Köpfe über etwas zusammen, das Harmony nicht erkennen konnte. Neugierig beugte sie sich weiter vor und prallte im nächsten Moment erschrocken zurück, als das Ding ohne Vorwarnung plötzlich laute Geräusche von sich gab.

Rum-ta-ta-, Rum-ta-ta. Trommeln, Tröten, Trompeten. Es klang, als zöge ein leibhaftiger Spielmannszug durch die Stube des »Jeetzel-Pub«. Aus sicherer Entfernung konnte Harmony dann doch einen Blick erhaschen. Auf dem Tisch lag ein Tablet-Computer. Darauf lief gerade ein Film mit einem Schützenfestumzug, das war jedenfalls nicht zu überhören. Harmony sah grüne Uniformjacken, blitzende Silberketten am Revers, schwitzende rote Gesichter, in denen sich Lippen um die Mundstücke bannerbehängter Trompeten schlossen. Aufgenommen mit einer wackligen Handkamera, ganz im Stil eines dänischen Dogma-Films. Am vorderen Bildrand wippte immer wieder eine blondierte Haarsträhne hinein und hinaus, von der Zuschauerin, die direkt neben dem Kameramann gestanden hatte. Über der schmalen Straße war zwischen den Fachwerkhäusern rechts und links eine Kette mit grün-weißen Wimpeln befestigt und wehte im Wind.

»Aber wie kommt das jetzt da rein? Ich meine, in das Internet?«, fragte gerade ein besonders dickbäuchiger Herr auf der anderen Seite des Tisches, der den Film über Kopf beäugte.

»Das ist da schon drin«, sagte der jüngere, dem das Tablet offensichtlich gehörte, »auf YouTube.«

»Das heißt, jeder kann das sehen?«, ereiferte sich ein Dritter, »und was ist, wenn das dann bei den Geheimdiensten landet?«

»Welche Geheimdienste?«

»Ja, wo lebst du denn? Noch nie was von der NSA gehört?«, empörte sich der Dicke.

»Och Rudi, was hast du denn schon für Geheimnisse?«, fragte der Mann von gegenüber.

»Aber das wissen die Geheimdienste ja nicht«, beharrte Rudi trotzig.

»Also«, hörte Harmony den jüngeren Mann sagen, »ich schlage jedenfalls vor, dass wir das auf unsere Website stellen. Als kleinen Imagefilm. Und bei Facebook und auf Twitter, da muss es auch rein.«

»Was geht denn das die ganze Welt an, wie wir hier in Hitzacker unseren Schützenumzug feiern?«

»Der ganzen Welt ist das völlig egal«, gab der Jüngere zurück, »aber du bist doch immer der Erste, der sich hier über unsere Nachwuchsprobleme beschwert. Das wäre mal eine modernere Ansprache.«

»Aber wozu sollen die dazu ins Internet, unsere Nachwuchsschützen«, polterte Rudi, »ist doch viel näher, wenn sie einfach mal zum Tag der offenen Tür kommen.«

»Aber im Internet ist die Tür immer offen.«

»Und brauch ich da so eine E-Mail, wenn ich mir den Film anschauen will?«

»Ich finde das keine schlechte Idee«, mischte Harmony sich ein, »Marketing auf allen Kanälen. Und beim Tag der offenen Tür besorgen Sie sich einen Beamer und projizieren den Film an die Wände im Vereinshaus.«

Alle Köpfe drehten sich auf einmal zu ihr um. Einige neugierig, einige überrascht, einige reserviert.

»Die kennt sich aber aus«, sagte einer der Schützen und nickte anerkennend.

»Na ja«, nölte der dicke Rudi, »für 'ne Frau schon.«

Der junge iPad-Besitzer warf ihm einen strengen Blick zu. »Du bist jetzt mal ganz ruhig, Dad«, sagte er, »wer hat sich denn um den DSL-Anschluss gekümmert, Mum oder du?«

»Na, wie auch? Deine Mutter ist ja schließlich den ganzen Tag zu Hause und hat Zeit für so'n Tüdelkram.«

Der junge Mann stand jetzt auf und reichte Harmony die Hand.

»Ich bin Fabian«, sagte er, »können wir Ihnen weiterhelfen? Suchen Sie jemanden?«

»Ich glaube, ich bin schon ganz richtig hier«, sagte Harmony, »ich bin die neue Gastgeberin vom Restaurant ›Elbliebe‹ in Wunnefitz.«

»Aha«, pampte Rudi wieder dazwischen, »mal schauen, was die Konkurrenz so kocht.«

Harmony blickte zum holzvertäfelten Tresen und dem Wandregal mit den verstaubten Pokalen vom TSV Hitzacker.

»Ach nein«, sagte sie dann, »ich glaube, das ›Jeetzel-Pub‹ hat eine etwas andere Zielgruppe.«

»Nun bietet doch jemand mal der Dame einen Stuhl an«, ging Rudis Nachbar, ein Grauhaariger mit einem imposanten Großwildjäger-Schnurrbart, galant dazwischen, »und bestellt ihr ein Getränk. Vielleicht einen schönen lieblichen Weißwein? Trinkt meine Frau auch immer gern zum Frühschoppen.«

Eine Viertelstunde später saß Harmony im Kreis der Schützen und nippte höflich an einem Glas, dessen Inhalt sie noch viel weniger genießbar fand, als wenn es ein großes Bier gewesen wäre. Aber als Geschäftsfrau musste sie nun mal Opfer bringen. Und die Schützen, das wusste sie schon jetzt, waren gute Multiplikatoren. Dazu musste sie nur den Gesprächen lauschen und sich merken, welche Namen da fielen. Wenn sie die auf ihre Seite ziehen konnte, dann hatte sie auch die Chefs vom Autohaus, von den zwei Bestattungsinstituten und den beiden großen Supermärkten am Ortsausgang. Wahrscheinlich sogar den Bürgermeister. Und das war ja schon mal ein Schritt in die richtige Richtung.

»Ihre Fleischklößchen sollen ja hervorragend sein«, lenkte jetzt auch der mürrische Rudi ein, »hat jedenfalls meine Nichte erzählt, die war am Eröffnungsabend da.«

Harmony überlegte fieberhaft, ob Rudis Nichte eine aus dem rothaarigen Jano-Fanklub war. Wenn dem so war, sollte sie die schlafenden Hunde jedenfalls besser nicht wecken.

»Also, mir imponiert das, wenn Frauen so ein Händchen haben für Technik«, warf der Schütze mit dem Großwildjäger-Schnurrbart ein, »ich weiß noch, als meine Frauke ihren ersten PC hatte, da hat sie die Maus auf den Boden gestellt, weil sie dachte, das ist ein Fußpedal, wie bei Diktiergeräten.« Er prustete geräuschvoll in sein Bierglas, ein paar seiner Kollegen prusteten solidarisch mit, aber deutlich leiser. Für Harmony hörte es sich an, als wäre der Witz etwa so alt wie der Computer, der in ihm vorkam.

Über den Tisch hinweg fixierte er Harmony mit schaumgekrönten Bartspitzen.

»Wie kommt das eigentlich, wenn Sie doch aus dem gastronomischen Bereich sind?«

»Ich bin Quereinsteigerin«, erklärte Harmony bescheiden. »Ich komme eigentlich aus der Medienbranche.«

»Eine Zeitungsschreiberin«, Harmonys Tischnachbar schlug ihr jovial auf die Schulter, »immer nur über Biber und Bezirksversammlungen berichten ist auf die Dauer ein bisschen eintönig, ne?«

Harmony nickte bedächtig. »Ja. So ähnlich.«

»Wir haben ja ein Herz für Damen, wir Schützen«, sagte Rudi in einem leicht anzüglichen Ton, »und wenn sie dann auch noch kochen können …«

»Papa«, Fabian rutschte unbehaglich auf seinem Platz herum, »ich finde, wir bräuchten die Frau vor allem als Social-Media-Beraterin.«

»Ach was«, Rudi erhob sein Bierglas in Harmonys Richtung, »aber wenn sie uns für den nächsten Stammtisch eine Runde schöne Hausmannskost anbieten kann, zum fairen Preis, dann kommen wir sogar mit einer Frau ins Geschäft.«

»Ich hatte noch nie was gegen die Frauenbewegung«, prustete der Schnurrbartträger, »Hauptsache, sie ist schön rhythmisch.«

Harmony lächelte tapfer und bohrte unter dem Tisch einen Daumen in ihren Oberschenkel, bis es schmerzte. Jetzt bloß keine Schwäche zeigen. Sich keine Blöße geben. Die Pfeile im Köcher behalten. Nicht umsonst hatte sie jahrelange Erfahrung in Meetings mit der Geschäftsleitung eines großen deutschen Zeitschriftenverlages. Vielleicht unterschieden die sich in der Wortwahl, aber das Gefühl war auch nicht anders als im Schützenverein. Mit denen würde sie schon fertigwerden.

»Dir geht's wieder nur ums Geld, Dad«, lenkte Fabian schnell ab und wandte sich an Harmony. »Er hat Angst, dass er wieder Schützenkönig wird, aus Versehen«, raunte er über den Tisch. »Dann muss er nämlich ständig Lokalrunden ausgeben.«

»Ich dachte, alle wollen gerne Schützenkönig werden?«, fragte Harmony verblüfft.

Fabian schüttelte unmerklich den Kopf. »Jeder will gerne Zweiter sein«, raunte er, »das ist fast so viel Ehre, aber ohne die Verpflichtung.«

Harmony blickte in die Runde und wunderte sich. Aus irgendeinem Grund hatte sie mehr und mehr das Gefühl, dass diese neuen Menschen um sie herum, von der verliebten Wiebke bis zum dicken Rudi, allesamt schlauer waren als sie selbst. Oder zumindest lebensklüger.

»Ich kann Ihnen gerne eine Pauschale machen«, sagte sie steif, »vielleicht im Paket, Gastronomie mit Social-Media-Beratung.«

»Darauf trinken wir jetzt«, ergriff Rudi das Wort und riss seinen Humpen in die Höhe, dass es spritzte, »und auf gesegnete Weihnachten.«

»Und darauf, dass wir nächstes Jahr eine bessere Blaskapelle haben als die Dannenberger«, rief einer aus der Bankecke.

»Und natürlich die Uelzener«, murmelte es von gegenüber.

»Auf die Familie«, pflichtete der Schnauzbärtige mit schwerer Zunge bei, »auf den Verein und alles, was wir lieben.« Dabei verdrückte er sogar einige harmoniesüchtige Tränen.

Harmony nippte aufopferungswillig an ihrem zuckersüßen Weißwein und überlegte, worauf sie ihr Glas erheben könnte. Eine Familie hatte sie nicht, einen Verein wollte sie nicht. Nichts von alldem spielte in ihrem Leben eine Rolle. Blieb noch die Liebe. Welche Liebe?

Aber plötzlich kam Harmony ein Gedanke. War da nicht

etwas, winzig und aufkeimend, noch zusammengerollt in einer winterkalten Knospe? War es nicht schon immer ihre besondere Begabung gewesen, gerade diejenigen zu lieben, die es ihr besonders schwer machten? Vielleicht galt das nicht nur für Menschen. Sondern auch für Orte.

Das Wendland hatte sie jedenfalls nicht mit solch offenen Armen empfangen, wie sie es erhofft hatte.

Aber genau das reizte sie.

20

»Nein! Nicht schon wieder!«

Entnervt warf Harmony den Blechlöffel auf den Küchentisch, direkt neben die Kunststoffschale mit dem kalten Wasser, in dem jede Menge erstarrte Bleitröpfchen herumdümpelten. Sie tauchte die Hand ins kalte Wasser und betrachtete melancholisch eines davon.

»Tränen. Als wäre ich der Typ Frau, der weint.« Mit einem dumpfen Plopp fiel das erstarrte Klümpchen vor ihr auf den Tisch. »Hauptsache, es ist kein Rohrbruch.«

»Könnten auch Schweißtropfen sein«, kommentierte Paul.

»Iih«, Harmony schüttelte sich, »dann schon lieber Parfüm.«

»Sieh das doch nicht so negativ«, wandte er ein. »Wir müssen hier noch so einige Liter Schweiß vergießen, bis der Laden läuft. Immerhin, gestern war ja jemand hier.«

»Ja. Ein einsames Männlein mit Goldrandbrille.«

»Was ist das hier, ein Restaurant oder ein Casting?« Er blickte sie mit amüsiert hochgezogenen Augenbrauen an.

»Immerhin hatte er Geschmack«, gab Harmony zu. »Wenigstens, was das Essen angeht.«

»Hab ich mir auch gedacht. Ich steh immer schon in der Küche und schließe Wetten mit mir selbst ab: Fragt der jetzt wieder nach Schnitzelpizza?«

»Schnitzelpizza?«

»Früher, als das hier noch so ein richtiges Dorflokal war«, erklärte er, »war Schnitzelpizza die Spezialität. Schweinebrocken mit Industriekäse überbacken. Dafür kamen die Leute meilenweit.«

»Sogar aus Dannenberg?«

»Na, na, na, nun übertreib mal nicht. Aber man soll hier gelegentlich eine Familie aus Pomoissel gesehen haben.«

»Der gestern Abend hat jedenfalls das große Wintermenü bestellt«, erinnerte sich Harmony.

»Und ein Glas vom zweitteuersten Rotwein«, nickte Paul.

»Ein Gast ist kein Gast«, winkte sie ab.

»Doch«, Paul nickte ermutigend, »ein Gast ist ein Gast.«

Harmony sah zu ihm hinüber, wie er seinen langen Körper auf der Eckbank ihrer Küche zusammenfaltete, und spürte, wie etwas in ihr langsam, aber sicher auftaute. Schmolz, so wie das Material eben im Blechlöffel über der Kerze geschmolzen war, erst nur zittrig und silbrig an den Rändern, dann förmlich in sich zusammenfallend. Einen Augenblick lang stellte Harmony sich vor, was ihre früheren Kolleginnen denken würden, wenn sie sie so sehen könnten: In einer alten Jeans in einer billigen Küche. Vor einer Kerze, die in einem Flaschenhals steckte, als stammte sie aus einer Studentenkneipe aus den Achtzigerjahren. Und dann auch noch in Begleitung eines Mannes, der keinen Hipster-Vollbart trug und auch keinen Retro-Dreiteiler, sondern einen farblosen Kapuzenpulli mit passender Hose. Immerhin keine Hausschuhe.

Aber es fühlte sich nicht peinlich an. Nicht seltsam. Nicht einmal so, als wäre Paul ein schlechter Ersatz, die Notlösung für ein Silvester, das völlig anders war als alle Silvester der letzten Jahre. Es fühlte sich gut an, mit Paul gemeinsam in einem Wir zu stecken, ein Wort, dass sich wie eine warme Decke um sie legte. Ein Wort, als sei sie das Schwesterlein und er das Brüderlein, als wären sie beide Hänsel und Gretel, die hier mitten im tiefen Wald ihr eigenes Knusperhäuschen errichteten, um Gäste anzulocken. Natürlich nur mit den besten Absichten. Und ohne Schnitzelpizza.

Die Bilanz der letzten Tage zwischen Weihnachten und Silvester war vernichtend gewesen, das musste sie zugeben. Aber gemeinsam mit ihrem neuen Koch hatte sie zum ersten Mal seit dem desaströsen Eröffnungsabend die Hoffnung, dass sie das Steuer herumreißen konnten. Sie mussten nur Geduld haben. Nicht gerade ihre hervorstechende Eigenschaft. Dafür hatte Paul Geduld für zwei. Das konnte reichen.

»Regen«, schlug Harmony vor, während sie das erstarrte Bleitröpfchen noch immer zwischen Daumen und Zeigefinger wendete.

»Ja«, Paul lachte, »aber dazu brauche ich kein Orakel aus dem Drogeriemarkt.«

Er griff nach dem aufgerissenen Plastikpäckchen mit den gegossenen, noch nicht geschmolzenen Figuren und fischte nach dem Beipackzettel, der unter einem Geldsack und einem lachenden Schweinchen verborgen war. »Tränen: Dein Leben ist ein Auf und Ab«, las er vor und schüttelte den Kopf. Dann hob er den Blechlöffel vom Tisch und sah sich suchend um. »Du kannst doch nicht das rußige Ding hier einfach so aufs Holz legen«, sagte er tadelnd, »das hinterlässt Spuren.«

»Kann ich doch nicht ahnen«, wehrte Harmony sich ungehalten. Wieder ein weiterer Punkt auf der Liste der Dinge, die andere als selbstverständlich voraussetzten. Zwar fühlte sie sich nicht mehr so allein, seitdem Paul sie mit dem Restaurant unterstützte, aber dennoch schien es ihr noch immer so, als wäre sie in einem fremden Land ausgesetzt worden, ohne Kompass, Landkarte und Wörterbuch. Einem Land, in dem es nichts wert war, wenn man wusste, ob man bauchfrei (a) mit Palazzo-Hosen und (b) mit Statement-Ketten kombinieren konnte (Auflösung: a unbedingt, b nur bedingt). Ein Land, in dem stattdessen zählte, wie man Businesspläne schrieb, dass Stuhlhussen abweisend wirkten und Bleigießlöffel den Küchentisch schmutzig machten.

Stumm griff Paul nach dem Geldsack aus der aufgerissenen Packung mit den Bleifiguren, legte ihn mit spitzen Fingern auf den rußigen Löffel und ließ den Löffel dann gefühlvoll in die Kerzenflamme sinken, dort, wo sie am heißesten war. Sofort bildete sich eine schillernde kleine Pfütze.

»Du musst das geschmolzene Blei mit Schmackes ins Wasser kippen«, erklärte Paul, »sonst passiert genau das. Es zerfällt in seine Einzelteile. Nämlich so.«

Er bewegte sein Handgelenk rasch und entschlossen. Es zischte leise, dann beugte sich Paul neugierig über die Wasserschüssel.

»Genau wie ich«, Harmony seufzte melancholisch, »früher aus einem Guss, jetzt in tausend Einzelteile zersprungen.«

Paul lächelte. »Interessant, dass du das sagst. Dann passt ja mein Silvestergeschenk für dich umso besser.«

»Ein Geschenk?« Harmony war gleichzeitig aufgeregt und voll schlechten Gewissens. Da verbrachte Paul Silvester mit ihr in der Küche, obwohl er doch mit Sicherheit Freunde in der Nähe hatte, mit denen er mehr Spaß gehabt hätte als mit seiner neuen Chefin. Hatte sogar noch etwas für sie dabei. Und sie, sie stand mit leeren Händen da.

»Warum denn?«, stammelte sie, »ich habe aber umgekehrt gar nichts für dich.«

Er schüttelte den Kopf. »Doch. Du bist doch da. Ein besseres Überraschungspaket könnte ich mir gar nicht vorstellen.«

»Wie meinst du das?«, fragte sie misstrauisch.

»Ich werde nicht schlau aus dir. Das macht mir Spaß. Als ich dich zum ersten Mal gesehen habe, dachte ich, du hast dich einfach nur verfahren.«

»Hatte ich doch auch. Das Navi hat verrücktgespielt.«

»Ja. Aber es war mehr als das. Du hast mich angeschaut aus deinem schicken Auto heraus, als hättest du dich nicht nur im Wendland verfahren. Sondern in deinem ganzen Leben. Mittlerweile habe ich den Eindruck, du weißt ganz gut, wo du hinwillst.«

»Absolut!«, stimmte Harmony ein und fühlte sich bestätigt. Aber Paul sah sie seltsam abwartend an.

»Ich weiß nur nicht«, fuhr er fort, »ob das auch der richtige Ort für dich ist.«

»Aber ich will nichts weiter als ein gut gehendes Restaurant!«, empörte sich Harmony.

»Und warum?«

»Ich will Gastgeberin sein!«

Paul nickte bedächtig. »Ja. Das glaubst du.«

»Das glaube ich nicht nur, das weiß ich!«

»Vielleicht, ja. Ich sehe eher ein kleines Mädchen, das unbedingt bewundert werden möchte. Das den ganzen Nachmittag lang freihändig auf der Spielstraße mit dem Fahrrad hin- und herfährt, damit Papa es sieht, wenn er mit dem Auto von der Arbeit heimkehrt. Nur dass Papa niemals kommt.«

»Mein Vater hatte kein Auto«, gab Harmony patzig zurück, »der ist selbst Fahrrad gefahren.«

Paul sah sie aufmerksam an, so als erwartete er, dass sie noch mehr erzählte. Frechheit. Was nahm der sich eigentlich heraus ihr gegenüber?

»Außerdem hat mich mein Vater nie interessiert«, fügte sie spitz hinzu, »und meine Mutter ist vor einigen Monaten gestorben.«

Paul nickte. »Ja, deinen Kummer kann ich spüren. Das tut mir leid.«

Harmony spürte schon wieder die Enge in ihrer Kehle. Das hatte sie jetzt davon, wenn sie zuließ, dass ihr Inneres weich wurde wie Blei auf einem Blechlöffel.

»Und wann krieg ich mein Geschenk?«, presste sie mühsam hervor.

»Ich kann es einfach nicht glauben, dass du noch nie Bleigießen gemacht hast«, beharrte Paul. Immerhin hatte er sie beide, auch wenn er es vielleicht nicht ahnte, vor einer größeren Überschwemmung bewahrt. Partytalk. Auf diesem Terrain konnten sie trockenen Fußes überleben.

»Wir haben eigentlich nie zu Hause gefeiert, mein Ex und ich«, sagte Harmony leichthin und verfluchte Mo mal wieder nachträglich dafür, dass er ihr nie einen Heiratsantrag gemacht hatte. »Letztes Jahr waren wir in Belize«, plauderte sie weiter, immer schneller, weil sie nicht sicher war, ob sie das rettende Ufer schon erreicht hatte. Sie konnte die Tränen noch immer spüren, als Blase in ihrer Kehle, eine bleierne Müdigkeit in ihren Knien. »Aber das war ein Reinfall. Kein Feuerwerk, und wenn du mich fragst, ohnehin ein überschätzter Geheimtipp.«

Harmony musste daran denken, wie Mo und sie nach Mitternacht erschöpft nebeneinander auf dem leicht schmuddeligen Bett eines Hotels im Kolonialstil gelegen hatten, das schon mal bessere Tage gesehen hatte. Mit trockenen Kehlen, Jetlag und zu faul, einander auszuziehen, während aus dem Hotelfoyer nervtötende Salsarhythmen heraufönten. Es war das erste

Mal in ihrer gemeinsamen Geschichte gewesen, dass sie ein Hotelbett nicht bereits am ersten Abend eingeweiht und mit ihrer persönlichen Duftnote versehen hatten. Rückblickend ein sehr klares Omen für das vergangene Jahr.

Hoffentlich waren Bleitränen weniger eindeutig als das mittelamerikanische Sex-Orakel.

»Willst du's noch mal probieren?«, fragte Paul und zog erwartungsvoll die Augenbrauen hoch.

»Was? Mittelamerika?«

»Nein. Eine Figur schmelzen. Und diesmal mit mehr Verve. Weil ...«

Paul kam nicht dazu, seinen Satz zu beenden. Mit großem Karacho wurde unten die Tür aufgerissen, dann hörten sie beide, wie schwere Schritte die Treppe hochstapften.

»Fuck«, Harmony sprang auf, »hab ich schon wieder nicht abgeschlossen?«

Paul sah sie an, mit erstaunlicher Gelassenheit im Blick. Was auch immer er erwartete, es schien weder der Axtmörder zu sein noch der Gerichtsvollzieher, der noch im alten Jahr seinen Kuckuck auf das schicke Inventar des Pleite-Lokals kleben wollte.

»Gutes Zeichen«, sagte er, »du wirst langsam eine echte Wendländerin.«

»Aber wer brettert hier um diese Zeit einfach rein?«, kiekste Harmony.

»Das werden wir ja sehen«, sagte Paul, streckte seine Arme aufreizend langsam über dem Kopf aus, dass es im Gelenk knackte, stand auf, als hätte er alle Zeit der Welt, und ging dann lässigen Schritts zur Küchentür. Er öffnete, dann lächelte er.

»Je später der Abend, desto schöner die Gäste«, sagte er, während im gleichen Moment eine ziemlich durchnässte Wiebke zur Tür herein- und auf den Küchentisch zustolperte. Ihr Haar klebte ihr in wirren Strähnen am Kopf, auf der Brille glänzten Regentropfen.

»Was spielt ihr?«, fragte sie.

Paul grinste Harmony an.

»Siehst du«, sagte er, »wir können hier genauso gut Partyhopping machen wie in der Großstadt.«

»Was is' Partyhopping?«, fragte Wiebke und hielt sich dabei eine ihrer nassen Strähnen vors Gesicht. Dann quetschte sie die Haare zwischen Daumen und Zeigefinger, bis ein Tropfen vor ihr auf dem Tisch landete.

»Genau das, was du hier machst«, sagte Paul freundlich. »War's langweilig bei dir zu Hause?«

»Wollte bei dir sein«, sagte Wiebke und schob die Unterlippe vor, entrüstet, dass Paul so eine dämliche Frage stellen konnte. Dann erblickte sie die letzte Bleigussfigur, und ein breites Lächeln überzog ihr Gesicht.

»Au ja, au ja!«, sie klatschte in die Hände, »das kenn ich, da will ich mitmachen.« Und sie ließ sich schwer neben Paul auf die Bank plumpsen.

»Aber nur, wenn du deine Jacke ausziehst. Sonst schwimmen wir hier gleich alle miteinander davon.«

Harmony stand noch immer unentschlossen neben dem Tisch und kämpfte mit widerstreitenden Gefühlen. Auf eine seltsame Art war es ihr vertraut, was hier passierte. Die offenen Türen, die Wärme, die Selbstverständlichkeit, mit der Menschen hereinschneiten, ohne zu fragen, ob sie willkommen waren – das war ein Gefühl aus ihrer Kindheit, an das sie lange nicht mehr gedacht hatte.

Auch damals hatte man nie genau gewusst, wer all diese Leute waren, die in der großen WG-Küche des besetzten Hauses kamen und gingen und ihre Hände an Teebechern wärmten oder an Bierflaschen kühlten. Freunde und Freundinnen, politische Weggefährten, kurzzeitige Untermieter, wenn wieder einer der Bewohner auf einen mehrwöchigen Selbstfindungstrip nach Indien oder Nicaragua aufgebrochen war. Jeder, der damals auf der Küchenbank oder auf dem abgewetzten Cordsofa saß, hatte auf seine Weise dazugehört, auch wenn es manchmal nur für Stunden war. Vielleicht war es diese schöne Erinnerung, sorgsam verdrängt, die Harmony überhaupt dazu gebracht hatte, ihre Tür offen stehen zu lassen.

Später war das anders geworden, da gab es in ihrem Leben genaue Vorschriften, wer sich wo aufhalten durfte. Das Chefbüro, das keiner betrat, ohne bei der Sekretärin anzufragen, die Gästelisten für die abendlichen Empfänge. Es wurmte Harmony, dass nun ausgerechnet Paul sich erdreistete, Wiebke hier willkommen zu heißen. In Harmonys Wohnung. Ohne überhaupt zu fragen, ob ihr das recht war. Aber gleichzeitig wagte sie nicht zu widersprechen. Vielleicht weil sie Angst hatte, es sich mit ihrem einzigen Verbündeten zu verderben. Vielleicht auch weil sie Wiebke mochte, ja, weil sie sie im Stillen bewunderte für die Selbstverständlichkeit, mit der sie ihre Gefühle zeigte. Wiebke war aufs Äußerste verletzbar. Aber eines würde ihr für immer erspart bleiben: das Gefühl von Peinlichkeit.

Wiebke wurstelte sich mit glücklichem Strahlen aus ihrer Jacke und saß dann ganz still, während Paul ihre Hand mit dem Löffel darauf stützte, in dem das Schweinchen schmolz. Seine behaarten Finger umschlossen ihre kurzen, runden. Harmony konnte es nicht genau erkennen, aber es sah so aus, als hätte sich Wiebke sogar die Nägel lackiert vor ihrem Überraschungs-Date.

»Komm, ich helf dir beim Gießen«, sagte Paul schließlich, und Wiebke schüttelte fast unmerklich den Kopf.

»Doch, Liebes«, sagte Paul sanft, »sonst verbrennst du dich noch.«

»Ich glaube, sie möchte weiter deine Hand halten«, flüsterte Harmony. Wiebke hob vorsichtig den Kopf und nickte dankbar.

»Keine Sorge«, sagte Paul, »wir müssen uns ja noch zusammen deine Figur anschauen.«

Wasser spritzte auf, als die Bleipfütze in der Schüssel landete, und ohne hinzusehen wusste Harmony, dass Wiebkes Ergebnis dem ihren gleichen würde. Tränen, Regen, Schweiß.

»Oh«, rief Wiebke und beugte sich über die Schüssel, »da sind ja zwei!« Jetzt konnte Harmony den Lack auf ihren Fingernägeln deutlich erkennen, ein sattes Rot, sehr retro, sehr 1995.

»Nein«, Paul schlug sich an die Stirn, »ich bin ja ein Depp. Da hab ich vorhin doch glatt vergessen, meinen eigenen Bleiguss herauszunehmen. Jetzt weiß ich nicht mehr, wem was gehört.«

Wiebke fischte die beiden Teile heraus und sah sie an. »Eine Pfeife«, sagte sie. »Und ein Darsweder.«

»Ein was?«, fragte Harmony.

Wiebke hob ein längliches Bleiteil hoch, das an eine Gestalt in einem langen Umhang erinnerte. »Ein Darsweder«, sagte sie ungeduldig, so als wäre Harmony schwer von Begriff. »Der mit der Macht.«

»Ach so!« Paul lachte und imitierte prustend das Geräusch einer Atemmaske. »Stimmt, einer von uns beiden hat einen Darth Vader gegossen. Die dunkle Seite der Macht.«

»Woher kennt Wiebke denn Star Wars?«, wunderte sich Harmony.

»Ich bin doch kein Kind!«, empörte sich Wiebke.

»Na, jedenfalls: Gemütlich wird das Jahr nur für einen von uns beiden. Und einer bekommt es mit dunklen Mächten zu tun«, lachte Paul. Dann wendete er die seltsame Figur mehrmals in den Fingern. »Könnte auch eine Kelle sein«, sinnierte er, »wie sie früher Bahnhofsvorsteher hatten.«

»Ich verstehe. Du denkst wieder an das Bahnhofsgebäude«, sagte Harmony leichthin und spürte einen kleinen Stich der Enttäuschung. So gut Paul hierherpasste, in ihre Küche, und, wie sie sich zögernd eingestand, auch in ihr Leben, so wenig schien er seine Zukunft hier zu sehen. Die »Elbliebe« war für ihn nur ein Durchgangsbahnhof, kein Ziel. Vielleicht konnte sie das ja ändern. Vorausgesetzt, die Macht war mit ihr.

Wiebke packte wieder Pauls Hand und legte ihren Kopf an seine Schulter. Dann schloss sie die Augen. Im Raum war es jetzt ganz still. Von ferne klopfte Regen an die Scheibe. Ein Tröpfchen heißes Wachs löste sich von der Kerze und lief schillernd in Richtung Tischplatte.

Harmony nahm einen zu großen Schluck Rotwein und musste husten. Etwas an dem wunschlosen, kleinen Glück in ihrer Küche störte sie auf einmal. Damals als Kind, in der großen, schmutzigen WG, hatte sie sich niemals ausgeschlossen gefühlt. Es waren ja immer genügend Menschen da, und vor allem als sie klein war und niedlich mit ihren wirren blonden Locken, hatte sie sich aussuchen können, auf welchen Schoß sie krabbeln wollte, hatte es sich meist bei ihrer Mutter, aber manchmal auch bei Fremden gemütlich gemacht. Wie eine kleine Katze, die sich selbstverständlich ihre Streicheleinheiten abholte und wieder aufstand, wenn sie genug hatte. Jetzt hatte sie das deutliche Gefühl, dass sie überflüssig war. In ihrem eigenen Haus.

Und mehr als das: Erstaunt stellte sie fest, dass sie eifersüchtig war. Ein wenig auf Paul, der mit dieser herzlichen Selbstverständlichkeit klarkam mit Menschen und ihren komplizierten Gefühlen. Aber vor allem auf Wiebke, die sich einfach an Paul schmiegte und im Glück dieses Augenblicks aufging, ohne darüber nachzudenken, wo das hinführen würde. Ob das Anziehung war oder Alkohol. Wie man, falls es gut ging, die unterschiedlichen Karrierevorstellungen unter einen Hut bringen würde und wer seine Wohnung aufgeben musste. Für Wiebke schien gar nichts kompliziert. Hier sein, Pauls Hand halten, das hatte sie gewollt und bekommen.

Schließlich öffnete Wiebke den Mund, hielt ihre Augen aber noch immer geschlossen.

»Hast du einen Mann?«, fragte sie in den Raum, und Harmony dachte für einen Augenblick, dass sie ihre Gedanken gelesen hatte.

»Ich hatte einen«, sagte sie schließlich.

»Hast du den lieb?«, fragte Wiebke und blinzelte.

Harmony schüttelte unwillig den Kopf. »Das ist ja wohl ein bisschen simpel, die Frage.«

Im nächsten Moment schämte sie sich. Einer Frau wie Wiebke konnte sie wohl kaum vorwerfen, dass sie einfache Fragen stellte.

»Ich finde, es ist genau die richtige«, sagte Paul ruhig.

Harmony wurde ärgerlich. Das war keine Teenagerparty, sie waren erwachsene Menschen, wenigstens Paul und sie. Und, Himmel, Wiebke doch auch.

»Wenn ihr es genau wissen wollt«, sagte sie, »erst hab ich ihn geliebt, und dann hat er mir übel mitgespielt. Ich habe mich gerächt. Wollte ich jedenfalls. Jetzt hat er einen Hund mit seiner Neuen. Und das ist auch gut so.«

Sie spürte selbst, dass der letzte Satz nicht besonders überzeugend geklungen hatte. Gar nichts war gut. Außer, dass sie all das weit hinter sich gelassen hatte, Mo und Hamburg und ihr altes Leben. Die Sache hatte nur einen Haken: sie selbst. Das war etwas, das man nicht so einfach in einen Umzugskarton in den Keller packen konnte. Genauso wenig wie die Vergangenheit, die da gerade wieder so ihr Hirn vernebelte wie ein Gas aus einem leckgeschlagenen Behälter. Je weiter sie fortgegangen war, auch von den Schauplätzen ihrer Kindheit, desto mehr schien sie das alles einzuholen.

»Dann hast du ihn auch vorher nicht geliebt«, gab Paul ruhig zurück.

»Bitte?«, gab sie spitz zurück. »Du hast fünf Sätze über meine Beziehung gehört und meinst, du kannst dir ein Urteil erlauben?«

»Manchmal reicht schon ein einziger«, gab Paul unbeeindruckt zurück.

»Egal«, konterte Harmony barsch, »der Zug ist sowieso abgefahren. Ich finde nie wieder einen Lover.«

Paul lächelte undurchdringlich. »Du brauchst auch keinen Lover.«

»Na, danke schön«, Harmony nahm einen weiteren hektischen Schluck Rowein, »genau das wollte ich hören. Als wüsste ich nicht selbst, dass ich nicht mehr ganz taufrisch bin.«

»Erstens wirst du von mir nie das hören, was du hören willst. Es sei denn, es ist die Wahrheit. Und zweitens war ich noch nicht fertig. Was ich sagen wollte ist: Du brauchst keinen Lover. Du brauchst …«

Paul sagte noch etwas, aber seine restlichen Worte gingen in einem gewaltigen Gepolter unter. Ein Stockwerk tiefer wurde schon wieder die Haustür aufgeschoben, dann stampften entschlossene Schritte die Treppe hoch.

»Wiebi!«, kreischte eine schrille Stimme aus dem Treppenhaus, »bist du etwa hier?«

Im nächsten Augenblick stand Wiebkes Mutter in der Küche und starrte auf ihre Tochter wie auf eine Erscheinung. Wiebke hatte zwar die Augen geöffnet, machte aber keinerlei Anstalten, sich von Paul zu lösen. Ihr Kopf lag noch immer schwer an seiner Schulter, und sie hielt mit beiden Händen seine Linke fest.

»Du lässt sofort meine Tochter los!«, keifte die Mutter Paul an und ging bedrohlich einen Schritt auf ihn zu. Dabei stieß sie an die Tischplatte, sodass das Wasser in der Schale sich in Wellen kräuselte und die Bleitränen auf dem Grund aufgeregt aufstoben.

»Dazu müsste Ihre Tochter erst einmal mich loslassen«, gab Paul lässig zurück und blickte auf Wiebkes Hände, die ihn umklammert hielten.

»Ich versichere Ihnen, das ist alles völlig harmlos …«, setzte Harmony zu Pauls Verteidigung an. Aber Wiebkes Mutter beachtete sie gar nicht. Grob riss sie ihre Tochter am Arm.

»Aufstehen«, keifte sie, »du hast uns schon wieder genügend Scherereien gemacht für das ganze nächste Jahr.«

»Ich wusste gar nicht, dass wir per Du sind«, sagte Paul ruhig.

Wiebke blickte ihre Mutter ängstlich an. »Ich hab einen Darsweder«, flüsterte sie. Aber die ging gar nicht darauf ein. Das Energiefeld der Macht war offensichtlich nicht besonders ausgeprägt in Harmonys Küche. Oder die dunklen Mächte standen kurz vor der Übernahme.

Die Mutter zog Wiebke jetzt grob am Arm auf die Füße. Wiebkes Unterlippe zitterte. Gleich würde sie zu weinen beginnen.

»Paul Börnsen«, sagte die Frau drohend, »wenn ich noch ein einziges Mal sehe, wie du mit meiner Tochter Schindluder treibst, dann zeig ich dich an. Das versprech ich dir.«

»Und das soll mir jetzt Angst machen?«, fragte Paul zurück und verschränkte die Arme vor der Brust.

»Ich weiß nur eins«, gab Wiebkes Mutter zurück, »nämlich, dass du mehr als genug Erfahrungen mit der Polizei hast. Geh zurück in deinen Bauwagen, du Nestbeschmutzer, und lass die Hände von Wiebke. Ich hab sowieso nicht verstanden, warum du überhaupt hier aufgetaucht bist. Was dich immer wieder hierher treibt, statt dass du endlich dort bleibst, wo du hingehörst. Ans andere Ende der Welt. Komm, Wiebke.«

Und sie zog die widerstrebende junge Frau hinter sich her aus der Küche, ohne sich zu verabschieden.

»Gute Nacht, Paul«, nuschelte Wiebke im Hinausgehen, »ich habe dich sehr lieb. Und dich da auch.« Sie blickte Harmony bekümmert an. Obwohl der Satz seltsam auswendig gelernt klang, rührte er Harmony. Sie brauchte nicht lang, um zu erraten, wo er herkam. Genauso brav und künstlich hatten sich die Kinder in den alten Denver Clan-Folgen immer verabschiedet.

Unten klappte die Tür. Paul und Harmony saßen stumm am Tisch und sahen aneinander vorbei.

»Was für ein beschissener Anfang«, sagte Harmony schließlich.

Paul sah auf die Uhr. »Nein«, antwortete er, »es ist nur ein beschissenes Ende. Gott sei Dank.«

»Was wolltest du eigentlich sagen, vorhin?«, fragte Harmony schließlich. »Bevor Wiebkes Mutter gekommen ist?«

Paul stand auf, tätschelte ihr geistesabwesend die Schulter und zog dann ein Päckchen aus seiner Umhängetasche, das in

Zeitungspapier eingewickelt war. »Neue Grundsatzdiskussion um Gorleben«, konnte Harmony in Zeitungs-Druckbuchstaben obendrauf entziffern.

»Weißt du was«, sagte er, »ich glaube, es ist besser, wenn ich jetzt gehe.«

Auch Harmony sah auf die Uhr und blickte Paul entgeistert an.

»Jetzt? Um zehn vor zwölf?«

»Nach dem Auftritt von Wiebis Mutter bin ich nicht mehr in der Stimmung für Champagner«, sagte Paul und kratzte ein wenig kaltes Wachs von der Tischoberfläche. »Und für das Neujahrsmenü morgen müssen wir beide früh aufstehen.«

Harmony nickte betreten und überlegte, ob sie etwas falsch gemacht hatte. Hätte sie Paul gegen die aufgebrachte Frau verteidigen müssen? Aber wie, wenn sie nicht wusste, was eigentlich zwischen ihm und den Leuten hier vorgefallen war? »Nestbeschmutzer« hatte sie ihn genannt. Doch immer wenn Harmony in den letzten Wochen versucht hatte, mehr über seine Vergangenheit zu erfahren, war er ausgewichen und hatte sich um eine Antwort gedrückt.

»Es wäre schön ...«, begann Harmony und brach mitten im Satz ab. Was sollte sie sagen? Am liebsten hätte sie Paul gebeten, dazubleiben. Aber dann musste sie an das Desaster mit Jano denken und fühlte wieder die Alarmglocken in ihrem Kopf schrillen.

Paul legte ihr sanft eine Hand auf die Schulter und drückte sie. »Ich möchte jetzt lieber allein sein«, sagte er, »das hat nichts mit dir zu tun. Aber ich lass dir etwas da.« Er deutete auf das Päckchen in der Mitte des Tisches. »Ich glaube, das ist auch die Antwort auf deine Frage.«

Er küsste sie flüchtig auf die Wange, und sie sog schnuppernd seinen Duft ein, nach Rauch und frischer Baumwolle zugleich. Dann entfernten sich seine Schritte auf der Treppe und Harmony blieb zurück in einem süßen und ungewissen Zustand, irgendwo zwischen Sehnsucht und Erfüllung, zwischen Trauer und Glück. Ein Zustand wie ein wehmütiges slawisches Volkslied.

Noch lange stand sie so und blickte hinaus in den Regen auf die Straße, auf der sich das Rücklicht von Pauls Fahrrad schlingernd entfernte. Sie wartete auf ein Zeichen, auf Feuerwerk oder wenigstens eine Kirchenglocke aus einem der umliegenden Orte, die ihr die Ankunft eines neuen Jahres ankündigte. Aber es war nichts zu hören als das gleichmäßige Konzert des Regens.

Als sie vorsichtig das Zeitungspapierpäckchen in die Hand nahm, sah sie nicht einmal auf die Uhr. Es war leicht, aber hart. Nach dem Auswickeln hielt sie eine kleine, irdene Schale aus dunklem Ton in der Hand, die wie von einem Aderngeflecht von goldenen Fäden durchzogen war. Die Goldadern glänzten zart im Kerzenschein, und Harmony war plötzlich feierlich zumute, als würde sie am Weihnachtsabend eine katholische Barockkirche in Bayern betreten. Deutlich spürte sie, dass es nicht irgendeine Schale war, dass das Geschenk mehr mit ihr zu tun hatte, als sie verstand.

Sie ergriff den Zettel, der dabei lag. Keine persönliche Notiz, ein bedrucktes Blatt Papier. »Das Prinzip des Kintsukoroi stammt aus Japan«, stand darauf, »bei diesem Kunsthandwerk geht es darum, zerbrochene Gefäße mit Gold zu reparieren, um damit nicht nur ihre ursprüngliche Schönheit wiederherzustellen, sondern die Bruchstellen mit Stolz zu betonen.«

Gerührt drehte und wendete Harmony das Schälchen zwischen ihren Fingern, und auf einmal wusste sie genau, was Paul hatte sagen wollen, als Wiebkes Mutter kam.

Sie brauchte tatsächlich keinen Lover.
Was sie brauchte, war ein Freund.
Eine Freundin hatte sie ja schon.

21

Drei Wochen nach dem verregneten Silvester kam der Winter und nahm das Land in seinen unbarmherzigen Griff. Eiskalt kam das Wasser morgens aus der Dusche, die Kälte ließ Rohre und alte Dielenböden knacken, und der Niederschlag verwandelte sich in weiche Flocken, die absichtslos draußen vor den Fenstern vorbeirieselten.

Frühmorgens, wenn Harmony sich zusammen mit Paul auf den Weg zum Großmarkt machte, war es, als werfe der Himmel mit Schnee. Die Flocken rasten im Licht der Scheinwerfer auf die Windschutzscheibe zu, als kämen sie aus einem gigantischen Zielfernrohr. Es war, als hätte die Natur sich wieder einmal gegen sie gewandt, als wäre der Himmel eifersüchtig auf ihre Einigkeit mit Paul.

Sie hatte es nicht gleich gemerkt, aber an dem Silvesterabend war etwas geschehen, das sich nicht in Worte fassen ließ. Als hätte eine Kompassnadel unmerklich, von Tag zu Tag, die Richtung geändert, hatte Harmony mehr und mehr das Gefühl, dass Paul und sie ein gemeinsames Ziel verfolgten.

Seit Wochen hatte Paul nicht mehr von dem alten Bahnhofsgebäude gesprochen, sondern sprudelte über vor Ideen für die »Elbliebe«-Speisekarte, die gleichzeitig originell waren und nicht zu überkandidelt. Wenn er Pläne schmiedete, die weit über den

Winter hinausgingen, von Osterbrunch und Sommerfesten fantasierte, dann war Harmony so stolz wie eine Siebzehnjährige, deren neuer Freund schon im Januar einen Campingurlaub mit ihr für den nächsten Sommer plante.

Das hier war anders als alles, was sie kannte. Auf eine platonische Weise verbindlicher als alle ihre vergangenen Beziehungen. Etwas Festes.

Wenn sie mit Paul im Auto saß, wenn sie ihn nachmittags in der Küche mit dem Kochgeschirr klappern hörte, das Fauchen der Gasflamme, das leise Zischen, das der Spülmaschine beim Öffnen entwich, dann spürte sie manchmal etwas von dem, was vielleicht Wiebke in Pauls Nähe empfand. Die pure, von Sorgen unverdorbene Gegenwart. Das Gefühl hatte nur wenig mit Liebe gemein, schon gar nicht mit jener Mischung aus Lust und Besitzerstolz, die sie für Mo gehabt hatte. Paul gab ihr Sicherheit, eine Sicherheit wider jede Vernunft, das wusste Harmony nur zu gut, wenn sie auf ihre Kontoauszüge blickte. Aber dennoch: Mit ihm zusammen fühlte sie sich beinahe unbesiegbar.

Zu einem kleineren Teil hatte das gute Gefühl damit zu tun, dass Harmony ihren Schuhschrank umgeräumt hatte. Cutout-Booties und Slingpumps waren zuerst nach hinten gewandert, dann auch Stiefeletten und Ugg Boots. Denn mit den Stiefeletten war sie mehrfach schmerzhaft auf ihrem Steißbein gelandet. Und Uggs passten vielleicht zum Winterspaziergang auf den geräumten Uferwegen der Alster, aber hier draußen wurden sie in kürzester Zeit undicht und bekamen hässliche Ränder. Schließlich kaufte sie sich in einem Laden für Landwirtschaftsbedarf ein paar fellgefütterte, armeegrüne Gummistiefel mit Profil und fühlte sich darin zum ersten Mal nicht mehr als Fremdkörper in dieser Landschaft.

Nach mehreren Tagen und Nächten ununterbrochenem Schneefalls Mitte Januar ächzten die Äste der alten Weiden am Flussufer unter der frischen Last. Die Menschen versteckten sich in ihren Häusern und schienen nur noch herauszukommen, wenn es unumgänglich war. Doch solange Paul da war, tat Harmony die Einsamkeit gut.

»Allmählich komme ich mir vor wie ein Cowboy in den Weiten des Mittleren Westens«, bemerkte sie, als sie eines Morgens mit dicken Handschuhen die Windschutzscheibe ihres Porsche Cayenne von Schnee befreite. Auch das Auto hatte gelitten. Sand, Kiesel und Tannennadeln ließen die Fußteppiche allmählich aussehen wie Waldboden, die Felgen waren dreckverkrustet. »Hier *ist* der Mittlere Westen Deutschlands«, erwiderte Paul. »Willkommen auf unserem Brokeback Mountain, Baby.«

Am siebten Morgen riss unerwartet die Wolkendecke auf und verwandelte die verschneite Flussaue in eine glitzernde Märchenlandschaft. Als Harmony an diesem Morgen einen Spaziergang machte, zwischen der Einkaufstour mit Paul und dem Arbeitsbeginn in der Küche, stand sie lange am Ufer und sah ihrem eigenen Atem nach, feinste Tröpfchen in eisiger Luft, beleuchtet von der tief stehenden Sonne. Ein Zeichen. Ein gutes.

Und richtig: Kaum kam die Sonne durch, zog auch das Geschäft an. Der Besuch beim Schützen-Stammtisch zeigte Wirkung, und auch der Sparkassenchef aus Hitzacker schien es Harmony nicht übel zu nehmen, dass sie nicht ins Geschäft gekommen waren. Außerdem fand er offensichtlich Gefallen an ihren fast salzlosen Fleischbällchen. Denn er hatte schon zweimal den kalten Imbissteller bestellt.

Zwar ließ Harmony ihre Speisekarten nach wie vor von ihrer überbezahlten Hamburger Grafikerin gestalten, aber was darauf stand, war ein unerwartet guter Kompromiss zwischen

Harmonys städtischen Vorstellungen von Landküche und dem, was die Gäste wirklich zu schätzen wussten. Und wie weit sie zu gehen bereit waren. In einem schwachen Moment kurz nach Neujahr hatte Harmony sogar erwogen, die Schnitzelpizza wieder einzuführen. Wenigstens als Aktion des Monats. Paul hatte eine bessere Idee. Jetzt standen Sonderwünsche ausdrücklich auf der Karte. »Wenn Sie ein Lieblingsgericht vermissen, fragen Sie nach – der Koch macht es gerne möglich.«

Auf diese Weise kam es, dass manchmal seltsame Kreationen die Küche verließen. Zum Beispiel ein Teller, auf dem nichts als Kartoffeln lagen, für eine vegane Harfenspielerin, die bei einem winterlichen Musikfestival in Satemin auftreten sollte. Und eine Runde Mettbrötchen mit extra viel Zwiebel für eine Clique, die bei Harmony ihren Junggesellenabschied feierte. Das war wohl auch ganz gut so. Denn sonst wäre der bemitleidenswerte Bräutigam, ganz in gestreifte Gefängniskleidung gehüllt und mit einer grauen Pappmaschee-Kugel am Bein, bei seiner Dankesrede vermutlich vom Stuhl gefallen. Mettbrötchen schienen auf wundersame Weise sieben bis neun Pils zu neutralisieren.

Und dann, an einem Freitagabend, passierte noch etwas Unerwartetes.

Zum ersten Mal war das Restaurant bis auf den letzten Platz besetzt. Die beiden Kellnerinnen hatten alle Hände voll zu tun. Schon nach kurzer Zeit fasste Harmony selbst mit an, trug Tabletts, brachte Bons in die Küche, rief Paul gut gelaunt Bestellungen zu und tat später sogar so, als nippte sie an einem Ouzo-Glas, um ihren Gästen zuzuprosten. Das Stimmengewirr an den Tischen, das Gelächter, der würzige Küchenduft bereiteten ihr ein warmes Gefühl im Bauch, und als sie später in der Küche erschöpft neben Paul zusammensank und sich mit dem Oberkörper auf die Edelstahlplatte fallen ließ, war sie zum ersten Mal seit langer Zeit wieder fast uneingeschränkt glücklich.

Um elf schloss sie die Tür hinter den letzten Gästen und entkorkte eine Flasche Nero d'Avola, um auf den Erfolg anzustoßen. Paul saß an der Bar und sah müde, aber zufrieden aus. Seine Haare standen wirr zu Berge, und als Harmony näher kam, merkte sie, dass ihn eine eher unappetitliche Duftwolke umgab, aus Fett und Spülmaschinendampf. Paul roch wie ein Koch. Aber aus irgendeinem Grund störte es sie nicht.

Harmony erklomm den Barhocker neben Paul, nahm einen tiefen Schluck Wein und rief dann die Tagesergebnisse auf ihrem Laptop ab. Sie stieß einen überraschten Schrei aus. Das war noch besser, als sie es im Gefühl gehabt hatte.

»Wir haben allein vierzig Portionen von der asiatischen Kürbissuppe verkauft! Hast du gezaubert?«, fragte sie Paul verblüfft.

»Nö. Ich hab Emily gesagt, sie soll den Frauen erzählen, das wäre ein Rezept aus ›Das perfekte Dinner‹. Das baut Berührungsängste ab.«

»Aber die asiatische Kürbissuppe ist *dein* Rezept! Du hast es erfunden!«

»Egal«, Paul schüttelte den Kopf, »Hauptsache, die Gäste sind glücklich.«

Harmony nickte beschämt. Ganz offensichtlich konnte sie von ihrem neuen Koch nicht nur lernen, wie man ein Restaurant führte. Sondern auch einen liebevollen Umgang mit Menschen. Fast so wie in ihrer Hippie-Kindheit. Auch wenn damals persönliche Egoismen den Traum von der großen, harmonischen Kommune zerstört hatten. Wiederum: Die Idee dahinter war vielleicht nicht so übel gewesen.

»Ja«, lachte Paul, »das kommt eben davon, wenn man auch schlecht angezogene Menschen gut bedient.«

»Wieso?«, gab sie verwundert zurück, »ist mir heute gar nicht so aufgefallen.«

»Heute nicht. Aber vor drei Wochen.«

Schweigend schob Paul ihr eine aufgeschlagene Ausgabe des *Dannenberger Kuriers* zu. Die Zeitung hatte wohl in einer Bierpfütze gelegen, das Papier wellte sich an den Rändern und roch auch nicht mehr ganz druckfrisch. »Protest gegen geplanten Ausbau der B 216, Sitzung der Schützengilde, Pläne zum Ausbau des Hochwasserschutzes.«

»Was soll ich denn jetzt mit diesem Käseblättchen?«, fragte Harmony.

»Schau mal genauer hin.«

Und dann erblickte Harmony ein Gesicht, das ihr vage bekannt vorkam, neben der Überschrift »Mit viel Liebe und pfiffigen Gastro-Ideen«.

Während die alte Maschine in ihrem Kopf ansprang und sofort die Überschrift redigierte (albernes Wortspiel! Und Adjektive wie »pfiffig« hatten in guten Texten nichts zu suchen!), fiel ihr plötzlich wieder ein, woher sie das Gesicht auf dem Foto kannte.

Das Männlein mit der Goldrandbrille, das am Tag vor Silvester so allein in der Gaststube gesessen hatte.

»Der war Journalist?«, fragte sie fassungslos.

»Sieht ganz danach aus.«

»Der war sogar *Restaurantkritiker!*«

»Ja. Wahrscheinlich auch Kaninchenzüchtervereinskritiker. Das kommt hier alles aus einer Hand.«

»Kanntest du den?«

»Nein, stell dir vor.«

»Du bist sicher, dass er dir nicht einfach einen Gefallen tun wollte?«

»Glaub mir: Es gibt viele Menschen hier in der Gegend, die ich von früher kenne und die am liebsten alles Mögliche mit mir machen würden, außer mich zu unterstützen.«

»Warum eigentlich?«

Paul deutete auf die Zeitung. »Hauptsache, es hat ihm geschmeckt.«

Harmony las stirnrunzelnd. »Aber mein Konzept hat er nicht verstanden«, beschwerte sie sich, »da steht schon wieder was von Familienfeiern und Ausflugslokal. Dabei will ich doch eigentlich gehobene, eigenwillig interpretierte …«

»Das ist aber nicht so wichtig, was du willst. Wichtig ist, was du gibst.« Paul sprach sehr langsam wie zu einem Kind, das etwas schwer von Begriff war und dem man einen simplen Sachverhalt wieder und wieder erklären musste.

Schon wieder ballte sich in Harmonys Kopf eine wortgewaltige Antwort zusammen, ein kurzer Vortrag über moderne Küchentrends, über *Fusion Food* und *New Orient,* aber als sie Paul ansah, fiel die Buchstabenwelle einfach in sich zusammen, und ein ungewohntes Wort formte sich in ihrer Kehle. Ein Wort, von dem sie plötzlich spürte, dass sie es ein wenig zu sehr vernachlässigt hatte in den letzten Jahren.

Harmony wandte ihren Blick ab und fixierte einen Spritzer orangefarbenes Kürbismus auf dem Boden.

»Danke«, sagte sie leise.

»Ich habe zu danken«, lächelte er. »Wenn du nicht wärst, dann wäre ich vielleicht schon wieder abgehauen. Du gibst mir einen Grund zu bleiben.«

»Mein Lokal«, verbesserte Harmony.

Er sah sie lange an.

»Nein. Du.«

Und während sie noch auf die Zeitung blickte, spürte sie,

wie sich auf dem Tresen eine Hand warm und entschlossen über ihre legte.

Für einen kurzen Moment schien alles ganz klar. Harmony starrte auf die großen fetten und die kleinen kursiven Buchstaben, als wäre dort nicht eine Restaurantkritik neben einer Meldung über die Planung einer neuen Umgehungsstraße zu sehen, sondern die nächsten Szenen eines durchschnittlichen Mittwochabend-Films im Privatfernsehen.

Der Moment, in dem die Frau und der Mann ihre Gläser abstellten, die letzten Zentimeter überwanden, die sie trennten, und mit möglichst viel wehenden Haaren ineinander versanken, während im Hintergrund eine melancholisch-träumerische Adele-Ballade lief.

Ein Teil in ihr sehnte sich nach dieser einfachen Auflösung, ein anderer hatte Angst. Das war zu billig. Zu wenig besonders. Und Paul zu wertvoll. Außerdem: Was geschah, wenn die Ballade zu Ende war? Wo spielte der nächste Akt? Im Bauwagen auf dem Campingplatz? Auf dem Fahrradsattel?

Die Hand über ihrer drückte zu, kurz und warm, dann verschwand sie genauso plötzlich, wie sie gekommen war.

Verwirrt hob Harmony den Blick. Paul saß völlig entspannt auf seinem Barhocker und machte keine Anstalten, näher zu kommen. Seine Hände lagen locker in seinem Schoß. Verstand sie die Situation falsch? Oder wartete er, ob sie die Initiative übernahm?

»O Mann, ich bin wirklich eine unterirdische Gastgeberin«, plapperte sie nervös los, »du hast ja gar nichts in deinem Glas!«

Paul winkte lächelnd ab. »Lass mal. Mir reicht ein Schluck zum Anstoßen.«

»Aber mein Champagner …«

»Also gut: in gut begründeten Ausnahmefällen«, schmunzelte er. »Aber glaub mir, wenn du eine Ausbildung zum Koch machst, vergeht dir das Saufen ganz von allein. Da ist keine Entschuldigung billig genug, um sich möglichst früh schon möglichst viel hinter die Binde zu kippen. Das fand ich immer abstoßend.« Sein Blick ging jetzt verträumt in eine unbestimmte Ferne. »Schon seltsam, als Junge dachte ich, das wäre mein Ticket raus aus allem, was ich hier gehasst habe. Das Kampftrinken, die Zoten, dieses ganze …«, er suchte nach einem Wort, »dieses ganze Herumgemännere. Aber in Restaurantküchen ist das noch viel schlimmer. Das ist Machotum in Reinkultur. Ich hatte damals einen Chef …«

Er fing an, von seiner lange zurückliegenden Kochlehre zu erzählen, ganz als müsste er Harmony an weiteren Fragen hindern. Sie spürte ein leises Bedauern, das ihren ganzen Bauch ausfüllte, dort, wo sich eben noch die angenehme Wärme des Rotweins und der Geborgenheit ausgebreitet hatte.

Der Moment zum Küssen war vorbei.

Wenigstens für heute.

22

»Ey. Wo kann ich'n hier die Flyer auslegen?«

Verblüfft blickte Harmony auf die winzige Person, die nachmittags um drei an der Hintertür geklingelt hatte. Sie hielt einen Stapel Pappkarten in der ausgestreckten Hand und sah aus wie eine leicht in die Jahre gekommene Pippi Langstrumpf mit roten Zöpfen unter einer nass glänzenden Wollmütze und einem Nasenpiercing. Über einer türkisfarbenen Strumpfhose trug sie einen schmutzig gelben Wollrock, oder wenigstens konnte man annehmen, dass es ein Rock war, denn nur ein winziger Rand lugte unter ihrer unförmigen Jacke hervor. Ihre Füße in den derben Boots hatte sie leicht eingestellt, sodass ihre Zehen zueinander zeigten. Ganz offensichtlich hielt sich sich selbst für eine besonders gelungene Mischung aus cool und niedlich.

So ja nun nicht.

»Ich freu mich auch, Sie kennenzulernen«, flötete Harmony und lächelte übertrieben.

Die Frau – eigentlich war sie eher noch ein Mädchen – ging nicht auf Harmonys ironische Bemerkung ein und trat ungeduldig von einem Fuß auf den anderen.

»Komm, chill mal, ich muss noch mit dem Rad bis Clenze, und es ist echt saukalt.« Sie deutete anklagend auf ein Hollandrad, das vermutlich einmal schwarz gewesen war, ehe jemand es mit mindestens dreißig »Freie Republik Wendland«-Aufklebern tapeziert hatte.

Wo sie recht hatte, hatte sie recht. Das knackige Winterwetter war trüb und nasskalt geworden, und wenn man draußen unterwegs war, fühlte es sich an, als müsste man sich durch einen Berg klammer, halb gefrorener Wäsche kämpfen. Special des Monats: Nebelsuppe. In den Wiesen am Fluss stand das Wasser schenkelhoch, einzelne Bäume streckten hilfesuchend ihre Äste aus dem Sumpf, eine fiese Witterung hatte das gesamte Wendland zur Zwischennutzung gepachtet und wollte es gar nicht wieder loslassen. Auf der Altstadtinsel von Hitzacker waren die Fluttore des Hafens geschlossen, sonst hätten die Bewohner beim Gang zum Bäcker nasse Füße bekommen.

Aber dass Pippi Langstrumpf bei dieser Witterung nach Clenze radeln musste, war ja nun nicht Harmonys Schuld.

Das Mädchen trat immer noch ungeduldig von einem Fuß auf den anderen und rieb sich mit der freien Hand den Oberkörper. Dabei sah sie Harmony vorwurfsvoll an.

»Also, kann ich dir die Dinger in die Hand drücken? Oder musst du erst deinen Chef fragen?«

»Meinen Chef?«, fragte Harmony belustigt. Allmählich begann die Begegnung ihr Spaß zu machen.

»Na, irgendjemandem wird dieser Tote-Tiere-Laden ja wohl gehören«, nölte das Mädchen.

»Das sehen Sie völlig richtig.«

Das Mädchen sah zu Boden und kratzte mit der Schuhspitze ein Muster in den Kies.

»Ich war ja eh dagegen, hier vorbeizukommen. Aber die anderen im Plenum haben gesagt, wir grenzen niemanden aus. Nicht mal Fleischesser. Manchmal sind die echt beinhart tolerant.«

»Da bin ich aber beruhigt.«

»Also, was ist? Kann ich jetzt weiter?«

Harmony griff nach dem Flyerstapel und warf einen flüchtigen Blick darauf. »Die Kunst ist weiblich«, stand in Schreibschrift über dem Foto eines seltsamen Gebildes, das aussah, als hätte jemand den Sperrmüllcontainer eines Wertstoffhofes geplündert und wahllos Teile aneinandergelötet. Darunter standen ein Ort und ein Datum. Eine Verkaufsausstellung.

»Originale von Wendländer Künstlerinnen«, versuchte Harmony es jetzt mit etwas weniger Ironie. Auch wenn diese Art von Recycling-Kunst nicht nach ihrem Geschmack war, war es ja vielleicht trotzdem sinnvoll, sich gegenseitig zu unterstützen. Und selbst wenn die Flyer-Botin sich nicht benehmen konnte.

Vielleicht wäre eine Verkaufsausstellung auch kein schlechtes Event für das Restaurant. Harmony sah es deutlich vor ihrem inneren Auge: Die veganen Kranichschützer konnten sich mit Schrottkunst eindecken, und die Wunnefitzer Nachbarn wären vielleicht dankbare Abnehmer für die Deko-Arrangements von Tante Gerhild. Denn die monatlichen Lieferungen kamen so pünktlich wie unerbittlich, und mittlerweile stapelten sich Kisten mit späten Schneemännern und frühen Osterhasen fast bis unter die Decke eines Wandschranks neben der Putzkammer. Irgendwie musste Harmony das Zeug ja loswerden.

»Meinst du jetzt Künstlerinnen mit Binnen-I oder wie?«, fragte das Mädchen irritiert zurück, »also mehr im Sinne von Frauen, Männern und Transgender?«

Harmony hatte nicht gewusst, dass sie eine so komplizierte Frage gestellt hatte und schwieg ihrerseits verwirrt.

»Also, es ist so«, erklärte das Mädchen, »jahrelang haben wir nämlich echt nur Frauen den Zugang gewährt. Aber dieses Jahr hat das Plenum dagegen votiert. Weil die Geschlechtergrenzen ihnen da doch zu eng gezogen waren bei dieser Definition. Ist ja auch irgendwie faschistoid, wenn man bedenkt, dass Geschlecht ein soziales Konstrukt ist.«

Harmony dachte an Dessous-Fotostrecken in der *Style*. An Gruppeninterviews (»Was Männer im Bett wirklich wollen«) und an amerikanische Hirnforscher, die im Halbjahrestakt mit populären Büchern den Beweis antraten, dass Frauen und Männer grundsätzlich verschieden waren.

Die hatten wohl wenig Ahnung vom Gruppenplenum in der wendländischen Kunstszene.

»Es gibt Männer unter uns, die ganz stark ihre weibliche Seite leben«, erläuterte das Mädchen geduldig, »zum Beispiel der hier, mit dem Objekt auf dem Flyer. Eigentlich ist der Töpfer, was ja an und für sich schon etwas sehr Nährendes hat, etwas Gebärendes, aber auch etwas Hingebungsvolles.«

Harmony riss dem Mädchen so heftig den Flyerstapel aus der Hand, dass sie verdutzt zwei Schritte nach hinten stolperte.

»Ey, jetzt hast du's aber eilig«, kommentierte sie.

»Entschuldigung, aber mir wird langsam kalt«, sagt Harmony hastig. »Ich geb die Flyer dann mal meinem Chef.« Und sie schloss so hastig die Tür, dass das Mädchen gerade noch seine ausgestreckte Hand wegziehen konnte.

Im Flur blieb Harmony vor dem Spiegel stehen. Ein müdes Gesicht blickte ihr entgegen. Nicht etwa müde und glücklich so wie in den letzten Wochen, wenn sie oft erst spätabends ihre letzten Gäste verabschiedet hatte. Sondern einfach nur müde.

Es war nur eine Frage der Zeit gewesen, bis sie dem enttäuschten Jano auf die eine oder andere Weise wiederbegegnen würde. Andererseits, was war schon dabei? Schließlich waren es die Menschen hier gewohnt, nach Enttäuschungen wieder auf der gleichen Bierbank beim Schützenfest nebeneinander zu sitzen. Aber gleichzeitig hatte sie eine Ahnung, dass es in dem Fall nicht so leicht werden könnte. Da war dieses kleine Detail, das sie nur aus dem Augenwinkel wahrgenommen hatte, aber das ihr keine Ruhe ließ. Mit zitternden Händen legte sie den Stapel mit den Flyern auf dem Garderobentisch ab und griff nach dem obersten, um sich die Schrottplastik noch einmal genauer anzusehen.

Was sie sah, war nicht schlimm.

Es war eine Katastrophe.

Um zehn vor zehn am Samstagmorgen stand Harmony vor dem Tor eines verwilderten Gartens an der Hafenpromenade des Nachbarortes. Über den verrosteten Zaun hinweg konnte sie einige Obstbäume und eine verwitterte Gartenbank erkennen, die alle miteinander als Ablage für Kunst dienten. In den kahlen Baumkronen steckten kleine Blechfässer, die gelb angemalt und mit dem schwarzen Atommüllsymbol bepinselt waren, auf der Gartenbank lungerte eine Schaufensterpuppe in einem schmutzigen grünen Kaftan, an einem Fuß einen einzelnen, pinkfarbenen Plüschhausschuh im Zustand fortgesetzter Verrottung. Ein Balkon zog sich über die gesamte Fassade des Fachwerkhauses hin und diente als Aufhängung für ein Plakat, auf das im Stil eines Demo-Transparents die Aufschrift »Die Kunst ist weiblich« gesprüht war. Egal wie, sie musste unbedingt die erste Besucherin in der Ausstellung sein und sich Jano schnappen.

Und dann musste sie ihn zwingen, dieses schreckliche, rufschädigende Ausstellungsstück zurückzunehmen.

Es war ein Jammer, dass so etwas passieren musste. Ausgerechnet jetzt, wo es aussah, als ginge endlich alles aufwärts in ihrem Leben. Es war ein überraschend gutes erstes Quartal gewesen, und das in der äußersten Nebensaison. Harmony war beliebt, sie hatte Gäste, die sie mit Namen kannte, und jedes Mal wenn sie die Küche betrat, war es, als würden die Küchendüfte Paul und sie zart wie ein Schleier umfangen. Das würde sie sich nicht kaputt machen lassen. Schon gar nicht von diesem übersensiblen Seelentöpfer mit der weiblichen Seite, der es nicht aushielt, dass nach einem Kuss wieder Schluss gewesen war.

Auf jeden Fall musste sie den Reportern vom *Dannenberger Kurier*, der *Elbe-Jeetzel-Zeitung* und den *Lüneburger Nachrichten* zuvorkommen. Ein Interview, in dem Jano die Entstehungsgeschichte seines Meisterstückes kommentierte, wäre der Super-GAU. Aber Gerede konnte fast genauso tödlich sein. Vor allem im offline Social Network.

Um fünf nach zehn war die Gartentür noch immer geschlossen, um zehn nach zehn war Harmony nicht mehr allein. Hinter ihr standen zwei Frauen in unförmigen Patchworkjacken und unterhielten sich. Über was, konnte Harmony nicht wirklich ergründen. Entweder ging es um Fahrradschläuche. Oder um Schmuck. Oder um Schmuck, der aus alten Fahrradschläuchen gefertigt war. Später gesellte sich noch ein hageres Pärchen in praktischen Schuhen dahinter, deren Unterhaltung Harmony ähnlich schwer folgen konnte. Mehrmals fiel das Wort »gesextes Sperma«, und Harmony wunderte sich, dass die beiden so unbefangen über ihre Fruchtbarkeitsprobleme plauderten in Gegenwart von Fremden. Aber dann verstand sie schließlich, dass es um Pferdezucht ging.

Währenddessen begann es zu regnen, zum wiederholten Mal seit Tagen. Es war, als hätte der Himmel eine undichte Stelle.

Um zwanzig nach zehn kam endlich eine Gestalt ans Gartentor geschlappt und öffnete sie wortlos. Die Gestalt trug so ausgebeulte Cordhosen und einen so unförmigen Pullover, dass Harmony nicht ganz sicher war, ob es ein Mann war oder eine Frau. Aber vielleicht war ja auch das ein Teil des Gesamtkonzepts. Die Kunst mochte vielleicht weiblich sein, die Künstler hingegen ließen sich von solchen spießigen Kategorien nicht mehr einengen.

Durch eine Seitentür betrat Harmony das Fachwerkhaus und blinzelte. Drinnen war es dunkel und roch ein wenig nach Abwasser. Als sich ihre Augen an die fehlende Beleuchtung gewöhnten, sah sie, dass die Tür zu einem Badezimmer offen stand. Darin glänzte mattgolden eine schmutzige Badewanne auf Löwenfüßen, dahinter gähnte eine Toilette mit offenem Klodeckel. Das größere Zimmer war leer bis auf eine Gestalt, die in der Ecke auf einem Meditationskissen hockte und die Augen geschlossen hielt. Hinter ihr hing ein bestickter Wandteppich mit der Aufschrift »Der Rest ist Schweigen«.

Die hatten immerhin originelle Titel für ihre Gesamtkunstwerke. Und zeigten richtig Körpereinsatz.

Harmony verließ rasch den muffigen Raum mit der lebenden Installation, ging eine hölzerne Außentreppe hinauf auf eine Galerie und folgte dann den Pappschildern mit den aufgemalten Pfeilen, die in verschiedene Ateliers führten. Im ersten gab es die versprochenen Ketten aus den Schnipseln alter Fahrradschläuche zu sehen. Harmony war nicht ganz klar, ob es sich dabei um Schmuck handelte oder um eine Anklage gegen bürgerliche Öko-Attitüde. Der zweite Raum war leer bis auf zwei altmodische Röhrenfernseher auf hohen Holzblöcken, auf denen in Endlosschleife zwei Filme liefen, die einen kahl geschorenen Mann und eine kahl geschorene Frau zeigten, die abwechselnd schrille Schreie ausstießen.

Die beiden Fahrradschlauchkettenfans waren hinter ihr die

Treppe hochgeeilt, blieben vor den Bildschirmen stehen und nickten gedankenverloren im Takt.

»Irritierend«, sagte die eine von beiden schließlich.

»Verstörend«, setzte die zweite noch einen drauf.

»Ich finde, es fordert die Sehgewohnheiten heraus.«

»Ich finde sogar, es *bricht* sie.«

Das Gespräch kam Harmony seltsam bekannt vor, aber sie wusste nicht woher, bis ihr schließlich einfiel, dass sie zu Verlagszeiten jeden Monat auch die Ausgabe einer Hochglanz-Kunstzeitschrift gefunden und gelegentlich sogar durchgeblättert hatte. Auch da waren die Autoren abwechselnd irritiert und verstört gewesen, und sie hatten es als Kompliment gemeint. Vielleicht hatten die Patchwork-Zwillinge auch so ein Abo.

Harmony ging suchend weiter, vorbei an verstörenden Nacktbildern in grau-weiß und irritierenden Fotos von Trauerweiden. Schließlich, im hintersten Raum, entdeckte sie Jano. Jetzt musste sie sich selbst beherrschen, um nicht laut loszuschreien.

Die Skulptur des Schreckens war noch viel größer, als sie es sich gedacht hatte. Als sie das Ding auf dem Flyer gesehen hatte, hatte sie angenommen, es handle sich um eine kleine Plastik, die man auf den Tisch stellen konnte. Aber das Schrottgebilde war ungefähr so hoch wie ein ausgewachsener Golden Retriever. Und doppelt so breit.

Erschüttert musterte Harmony das Sammelsurium aus Nägeln, abgebrochenen Eisenstangen und Autoschrott, das Jano kunstvoll zu einer Form zusammengeschweißt hatte, die an überdimensionierte Stiletto-Pumps denken ließ. Der Absatz hatte die Form eines Schwertes, am Boden darunter lag eine winzige, getöpferte Figur, die sich wie ein Embryo zusammenkrümmte, als hätte sie Angst, zetreten zu werden.

Quer über das Metall waren blutrote Buchstaben gesprüht,

und die Hoffnung, man könne sie vielleicht im Original nicht so gut lesen, fiel spektakulär in sich zusammen.

Dort standen ganz eindeutig die Worte »Sweet Harmony.«

Harmony ging noch einen Schritt näher und baute sich vor Jano auf, der äußerlich völlig ruhig in einem abgewetzten Schaukelstuhl neben seinem Opus Magnum saß. Cool erwiderte er ihren Blick. Sie hoffte, dass er ihr Herzklopfen nicht hören konnte.

»Hast du eigentlich keinerlei Respekt vor meiner Privatsphäre?«, eröffnete sie kühl das Gespräch und war froh, dass bisher noch niemand außer ihr in das hinterste Atelier vorgedrungen war. Gut, dass die beiden Video-Schreihälse weiter vorne offenbar nicht nur irritierten, sondern auch faszinierten.

»Ich freue mich auch, dich zu sehen«, gab Jano seelenruhig zurück.

Der hatte vielleicht Nerven.

Außerdem war das ihr Satz. Den konnte er nicht einfach so klauen.

»Für solche Spielchen hab ich jetzt keine Zeit«, erregte sich Harmony und versuchte, ruhig zu atmen. »Wie kommst du darauf, mich in dieser Weise zu benutzen?«

Jano zwirbelte nachdenklich sein Ohrläppchen, dann lachte er kurz und heftig auf. »Der war gut«, entgegnete er. »Wer hat denn hier wen benutzt?«

»Ich habe dich kein bisschen benutzt. Ich bin nur eine Frau, die ihre Grenzen kennt.«

»Und ich bin der Mann fürs Grenzenlose. Was du leider nicht zulassen wolltest.«

»Lass das mal mein Problem sein. Jedenfalls habe ich dieses Problem lieber als das da.«

Harmony zeigte anklagend auf die Skulptur des Grauens.

»Kunst ist meine Art, mit den Strömungen und Energien umzugehen, die auf mich einwirken. Auch mit Schmerz.«

Du liebe Güte. Der tat ja so, als habe sie ihn nach zehn Jahren Ehe aus heiterem Himmel verlassen. Ihn, die drei minderjährigen Kinder und den Hund.

»Und wenn ich dich jetzt herzlich bitte, dieses … Ding wegzuschaffen? Aus Rücksicht auf mich? Schließlich habe ich einen Ruf zu verlieren.«

»Im Leben bin ich sehr rücksichtsvoll. In meiner Kunst bin ich rücksichtslos.«

Sie hatte es befürchtet. Das hier würde schwer werden.

»Und was glaubst du, was das für ein Gerede gibt? Bei dem Namen? Eindeutiger geht's ja wohl kaum. Ist dir das nicht selber peinlich, wenn alle Leute hier denken, die neue ›Elbliebe‹-Besitzerin hätte dir einen Korb gegeben?«

»Zu meinen Gefühlen stehe ich. Und mit Gerede kann ich leben.«

»Aber ich nicht! Ich bin Gastwirtin!«

»In meiner Kunst bin ich rücksichtslos«, wiederholte Jano.

»Jetzt sei doch mal ehrlich«, bat Harmony, »das ist doch auch ein bisschen platt.«

»So?«

»Erinnerst du dich an diese Bilder, die wir früher im Kunstunterricht gemalt haben? Abgebrochene Gewehrläufe mit Blumen? Menschen mit Gasmasken in baumlosen Städten? Diese düsteren Zukunftsvisionen der Achtziger? Ich glaube, du kannst es besser. So etwas wie das hier ist doch ziemlich kitschig.«

»Ich würde sagen: authentisch.«

»Also gut«, sie stöhnte auf, »ich sehe schon, es bleibt mir nichts anderes übrig.«

»Nichts anderes als was?«

Harmony zückte ihre Brieftasche.

»Ich kauf das Ding. Ich zahl auch bar.«

Langsam schüttelte Jano den Kopf.

»Das ist nicht zu verkaufen.«

»Wieso?«, regte Harmony sich auf. »Da an der Wand hängt doch die Preisliste! Und da steht ...«, sie ging näher an den handgeschriebenen Zettel heran, » ... da steht: Preis auf Anfrage.«

»Eben.«

»Hiermit frage ich dich ...«

»Ich muss dir aber keine Antwort geben.«

Irgendetwas in ihrem linken Auge irritierte Harmony, vielleicht ein Mascara-Krümelchen, und sie wischte verstohlen daran herum.

»Du hast ja doch Gefühle«, sagte Jano zufrieden, während sie ein Taschentuch zückte. Hatte der eine Ahnung. Wer so lange nicht geweint hatte wie Harmony Schlüter-Hansen, brauchte einen besseren Anlass als eine kitschige Liebeskummer-Skulptur. Auch wenn die auf ihre Kosten ging.

Jano ließ sich gemütlich in seinen Stuhl zurücksinken und verschränkte die Arme über seinem Bauch.

»Können wir nicht wenigstens den Namen überpinseln?«, fragte sie mutlos.

»*Wir* können gar nichts. Wenn, dann kann *ich* das.«

Im gleichen Moment hörte Harmony in ihrer Handtasche das Telefon klingeln. Sie erwog kurz, es einfach klingeln zu lassen, griff dann aber doch danach. Paul war heute Vormittag bei einem neuen Lieferanten, einem Bio-Bauernhof mit Ziegenhaltung, um Käsespezialitäten zu testen. Und Ziegenkäse hatte in ihrem Leben im Moment eine höhere Priorität als beleidigende Kunst. Zumindest sollte sie das haben.

Aber es war nicht Paul. Es war eine Nummer aus dem Hamburger Umland, und eine leise Ahnung, dass Janos Riesenskulptur für heute noch nicht das Ende vom Lied war, ließ sie den Anruf entgegennehmen.

»Liebes Kind«, sagte Tante Gerhild am anderen Ende düster, »wir müssen reden.«

23

Im Leben gab es immer diesen Augenblick davor, dachte Harmony. Diesen letzten Moment, in dem alles am richtigen Platz schien, alles gut und aufgeräumt war, so als gäben sich Dinge und Menschen gleichermaßen einer trügerischen Ruhe hin, bevor eine Bombe platzte, ein Gewitter losbrach, der Himmel sich öffnete.

Für ihren Geschmack waren es vielleicht ein paar dieser Momente zu viel gewesen in den letzten Monaten. Nicht der Tod ihrer Mutter, der war qualvoll vorhersehbar gewesen, und für einen kurzen Augenblick der Stille war da nichts als angenehme Taubheit gewesen, ehe der Schmerz einsetzte. Aber da war dieser Moment, in dem sie gerade ihre Feuchtigkeitsmaske entfernen und ins Bett gehen wollte, um sich an ihren schönen Trophäenmann zu schmiegen, bis das Geräusch einer eingehenden Facebook-Nachricht ihr den Boden unter den Füßen weggerissen hatte. Und der Moment, in dem sie Dr. Schwindtke gegenübersaß wie ein Kapitän, der gerade den neuen Kurs erläutern wollte, ohne zu wissen, dass der Bordcomputer keine Funkverbindung mehr besaß. Der Tag ihrer Kündigung.

Das hier, dieser Anruf, war Nummer drei. Mit einem kleinen, aber wichtigen Unterschied. Zum ersten Mal war sie nicht allein.

Dort drinnen, in der Küche hinter dem Gastraum, stand ihr bester, ihr einziger Freund. Ihr Kamerad. Er würde sie nicht alleine untergehen lassen. Vielleicht würde er sie überhaupt nicht untergehen lassen. Wider besseres Wissen packte Harmony die Hoffnung, dass er auch diesmal das Richtige tun und sagen würde. Dass er ihr einen Ausweg zeigen würde, genau so, wie er in den ganzen letzten Monaten gewusst hatte, auf welchem Schützenvereins-Stammtisch sie sich blicken lassen sollte und warum sie sich keinen Zacken aus der Krone brach, wenn sie abends um zehn eine alte CD mit Whitney-Houston-Balladen auflegte.

Vor der Küchentür blieb sie stehen und zögerte. Wenn sie schon wusste, dass es wieder so ein Moment davor war, dann wollte sie ihn wenigstens ausdehnen, genießen bis zuletzt. Und auch Paul noch eine letzte Pause gönnen, Paul, der nicht einmal wusste, was auf sie beide zukam.

Die Tür stand ein Stück weit offen, und durch den Spalt hatte sie ihn genau im Visier, wie er am Gasherd stand, bedächtig, fast meditativ in einem großen Edelstahltopf rührte, zwischendrin nach einem Löffelchen griff und kostete. Dabei stand er ganz still, als würde jede Bewegung das volle Geschmackserlebnis stören, als wären sein Mund, seine Zunge und sein Gaumen ein einziges Energiezentrum, das in diesem Moment wichtiger war als alles andere, wichtiger als die Lunge, die seine Zellen mit Sauerstoff versorgte, wichtiger als das Herz, das Blut bis in die entferntesten Provinzen seines Körpers transportierte. Schließlich nickte er und begann wieder zu rühren.

Harmony schloss die Augen und atmete, sog den Duft nach Kartoffeln, Speck und Zwiebeln ein, und wie so häufig in letzter Zeit kam ihr wieder die Küche ihrer Kindheit in den Sinn.

Nicht ihre Mutter war es gewesen, die am Herd gestanden hatte. Sondern der Horst. Ihr Vater hatte die weltbeste Kartoffelsuppe gekocht, eine Suppe, die nach sonnigen Herbstwiesen schmeckte, nach Trost und nach der Geborgenheit einer Nacht unter der riesenhaften Decke des Elternbettes. Sie konnte ihn sehen, wie er dastand, ähnlich wie jetzt Paul, wie er gewissenhaft abschmeckte, wie glücklich er gewesen war, wenn seine Tochter nicht genug bekommen konnte und immer wieder Nachschlag forderte. Seine Tochter und wer auch immer gerade auf der Küchenbank herumlümmelte.

Damals hatten sie in der Küche in Eppendorf noch diese spinatgrün furnierten Schränke gehabt, den runden Holztisch mit den Macken von zu heiß abgestellten Töpfen darauf, die Kork-Untersetzer. Lange bevor Harmony alles hatte herausreißen und eine Highend-Küche einbauen lassen, mit separater Kochinsel nach englischem Vorbild und bordeauxroten Plexiglasfronten, in der Mo und sie kaum jemals etwas zubereitet hatten.

Ihre Küche. Ihre Wohnung. Ihr Rettungsanker.

Nun stand alles auf dem Spiel.

Entschlossen stieß sie die Tür der Restaurantküche auf, und Paul drehte sich um. Er hatte einen leicht entrückten Gesichtsausdruck, dann strahlte er.

»Zwei gute Nachrichten«, sprudelte er los. »Erstens: Die Ziegen sind große klasse. Da müssen wir unbedingt was machen, eine Käseauswahl-Variante nach dem Menü, eine rustikale als Radfahrerimbiss.«

»Und zweitens?«

Paul sah sie skeptisch an und regelte den Gasherd herunter.

»Gleich. Du siehst aus, als hättest du mir etwas Wichtigeres zu erzählen.«

Harmony nickte langsam. Auch sie hatte zwei Nachrichten. Zwei miserable. Wobei sie die erste mit Glück schön für sich behalten würde. Wenn die Flyer nicht gerade auf Pauls Campingplatz gelandet waren, bestand zumindest eine kleine Chance, dass Paul Janos zweifelhaftes Kunstwerk nicht bemerken würde. Oder wenigstens nicht so genau hinschauen würde.

Vielleicht hatte sie ja auch überreagiert. Schließlich war sie Paul keine Rechenschaft schuldig, schon gar nicht über das, was vor ihrer gemeinsamen Arbeitszeit passiert war. Sollte Jano doch seinen Spaß haben und seine süße Privatrache. Jedenfalls verlor der Schrottskulptur-Skandal deutlich seinen Schrecken, wenn sie daran dachte, was sie vor einer halben Stunde erfahren hatte. Jano konnte höchstens ihrem Ruf schaden. Gerhild konnte ihr das Genick brechen.

»Meine Tante hat angerufen«, sagte sie düster.

»Na immerhin«, Paul lachte ausgelassen, »dann haben wir ja noch Zeit umzudekorieren. Was ist es diesmal? Pinkfarbene Osterhasen mit Schubkarren in Blumenkastenform?«

»Sie will nicht kommen.«

»Nein? Und was ist dann das Problem?«

»Sie will ihren Kredit zurück. Und zwar sofort.«

Einen Moment war es ganz still. Dann sprang das Kühlschrankaggregat an und gab ein bedrohliches Brummen von sich.

»Das ist sicher nicht ganz einfach«, sagte Paul schließlich.

»*Nicht ganz einfach?* Das ist ja wohl die Untertreibung des Jahrzehnts!«, regte Harmony sich auf. »Woher sollen wir das denn nehmen?«

»*Wir*«, Paul lachte, »mich kannst du ja wohl nicht meinen.«

Jetzt fühlte Harmony sich nicht mehr wie unter einer riesenhaften Decke im Elternbett, im Gegenteil. Es war, als hätte Paul ihr ohne Vorwarnung sämtliches Bettzeug weggerissen, in einer eisigen Januarnacht. Wie konnte er sie denn ausgerechnet jetzt hinauswerfen aus diesem Wort, diesem Wir, das ihr so selbstverständlich geworden war?

»Ich hab doch nichts«, sagte er dann sanft.

»Aber ich doch auch nicht.«

Paul sah sie mit einem schwer zu deutenden Blick an, so, als glaubte er ihr nicht.

Der dachte doch nicht ernsthaft …

»Warum will sie das Geld denn wiederhaben?«, fragte er.

»Ihr Geschäft läuft miserabel, sagt sie. Wegen des verregneten Frühjahrs. Die Leute warten viel länger als sonst, ehe sie sich um ihren Garten kümmern. Die Bank sitzt ihr im Nacken.«

»Das heißt, wenn du nicht sofort zurückzahlst …«

» … dann geht sie pleite.«

»Ja dann«, Paul kratzte sich gedankenverloren am Handgelenk. »Dann musst du wohl in den sauren Apfel beißen.«

»Hast du wirklich gar nichts auf der hohen Kante?«, fragte sie verzweifelt.

Paul schüttelte den Kopf mit einem Gesichtsausdruck, als wäre sie ein Kind und hätte eine einfältige Frage gestellt.

»Es war vor ein paar Jahren«, begann er, »da habe ich erst in Australien gelebt und dann in Thailand. Mir ein eigenes Häuschen gekauft, von meinen Ersparnissen. Direkt am Strand, mit nur dem Nötigsten eingerichtet. Nicht mal Strom gab es, wenn ich nachts mal rausmusste, habe ich eine Kerze angezündet.«

»Klingt paradiesisch.«

»Ja. Einmal habe ich wohl nicht richtig aufgepasst und die Kerze nicht ordentlich gelöscht. Ich hatte Glück, dass ich mit dem Leben davonkam. Es ist alles verbrannt.«

»Das ist ja schrecklich«, sagte Harmony halbherzig. Es ärgerte sie, dass er jetzt von diesen alten Geschichten anfing. Als gäbe es gerade keine dringlicheren Probleme.

Paul schüttelte den Kopf, ging ein paar Schritte auf Harmony zu und legte einen Arm um sie. Sie fühlte sich plötzlich sehr schwach, und ihr Kopf sank an seine Schulter, als wäre er aus Blei. Mit den Fingerspitzen massierte Paul Harmonys Rücken.

»Es war überhaupt nicht schrecklich«, sagte er, »zumindest langfristig. Es hat mich gelehrt, dass ich noch immer an den falschen Dingen hing. An Besitz, an der falschen Vorstellung, ein Zuhause sei ein Ort. Dabei ist das Zuhause kein Ort. Das Zuhause ist in dir.«

Er nahm Harmony an den Schultern und drehte sie zu sich um.

»Auch du trägst deine eigene Heimat in dir, unzerstörbar. Aus der Zeit, als du noch nicht diese Teflonschicht auf deiner Seele hattest, als du noch zugelassen hast, dass Dinge dich berühren und durchdringen. Nichts anderes zählt. Und alles, was du loslässt, macht dich leichter.«

Sie schüttelte starr den Kopf. »Das kannst du nicht ernst meinen«, sagte sie tonlos, »ich kann unmöglich meine Wohnung verkaufen!«

»Ich hörte, in Hamburg wird man auf diese Weise reich.«

Natürlich hatte er recht. Die Wohnung würde sogar deutlich mehr einbringen als das, was Tante Gerhild forderte. Aber weg war sie dann trotzdem.

Harmony war plötzlich zumute, als schwebte sie im Hubschrauber über ihrem eigenen Lokal, und was sie sah, war keine Idylle, sondern eine Bedrohung. Das Fachwerkhaus, eingeklemmt zwischen Fluss und sumpfigen Wiesen auf der einen Seite, undurchdringlichem, feuchtem Wald auf der anderen.

Wollte sie denn wirklich so leben? Für immer?

Sie konnte auch den umgekehrten Weg gehen. Das Restaurant wieder verkaufen, alles hinter sich lassen, die Fahradschlauchketten tragenden Yogalehrerinnen und die Pferdebesitzer in den Funktionsjacken, die über gesextes Sperma plauderten, die Störche in ihren Nestern und die Biber in ihren Burgen.

Zurückgehen nach Hamburg. Abends irgendwo essen gehen, statt selbst in der Küche zu stehen. Nicht bei Matteo. Egal. Es gab ja auch noch Cornelia Poletto. Oder den guten alten Italiener auf dem Kiez, mit den verblichenen Schwarz-Weiß-Fotos von Prominenten an der Wand. Eher: von Exprominenten. Genau die richtige Gesellschaft für sie.

Einen Hund würde sie sich anschaffen. Auf keinen Fall einen Terrier, vielleicht einen Golden Retriever. Die Chance, noch einmal einen Mann zu finden, war noch geringer als die Chance auf einen guten Job. Der Hund wedelte immerhin mit dem Schwanz, wenn man ihn streichelte. Und voluminöse Tiere machten optisch schlank.

»Und du?«, fragte Harmony schließlich mit belegter Stimme. »Willst du denn das hier alles?«

Paul nickte. »Ich mag das. Ich mag das Lokal. Ich mag dich.« Nachdenklich blickte er auf einen Spritzer Kartoffelsuppe auf den Fliesen.

»Aber ich weiß nicht, ob ich dir allzu viel versprechen kann. Ich bin kein Mann für die Ewigkeit. In keiner Hinsicht.«

Er riss ein Stück Krepppapier von einer Küchenrolle ab und reichte es ihr.

»Hier. Putz dir mal die Nase.«

»Kann ich zur Abwechslung mal die zweite gute Nachricht hören?«, fragte sie und schneuzte sich.

»Einer vom Schützenverein hat angerufen, das hat Frauke gestern Abend notiert.«

»Ist Frauke die Kleine mit den Tattoos oder die Große mit den Nietengürteln?«

Es war eine Schande, das fand Harmony selbst. Zu viele 400-Euro-Kräfte, zu viele Wechsel, als dass sie sich alle Namen merken konnte.

»Frauke ist die mit dem blonden Pferdeschwanz und den großen Ohren. Und die Schützen möchten ihren Ball hier feiern, in drei Wochen. Das bringt richtig Geld.«

Harmony nickte zaghaft. Das war schon mal besser als nichts. Auch wenn der Umsatz nicht ausreichen würde, um Tante Gerhild auszuzahlen. Schützen würden wohl kaum kistenweise Jahrgangschampagner bestellen.

»Und sonst?«, fragte sie, »Reservierungen für heute Abend?«

»Ja, eine ganze Menge. Und einen Tisch können wir doppelt belegen, ein einzelner Herr kommt erst abends um neun. Hat vorhin angerufen, als ich vom Einkaufen zurück war. War Glück, dass ich zufällig neben dem Telefon stand und drangehen konnte. Er sagt, er ist aus Hamburg.«

»Aus Hamburg? Haben wir einen Namen?«

Paul griff nach einem Zettel, der am Rand der Arbeitsplatte lag, und musterte ihn.

»Ja, hab ich notiert. Liebherr, Nettmann … nein, da ist es: Liebermann. Moritz Liebermann.«

24

In ihrer Zeit als Chefredakteurin war Harmony Schlüter-Hansen nicht nur die Frau mit den höchsten Heels im Verlag gewesen, sondern auch die mit den meisten Spitznamen. Der Großteil darunter alles andere als schmeichelhaft. Aber über ein Pseudonym hatte sie sich sogar richtig gefreut: Wenn die Mädels aus dem »Leben & Lieben«-Ressort sie als »Mrs. To-do-Liste« bezeichneten. Denn tatsächlich konnte kaum eine so professionell mit Deadlines, Meetings und überraschenden Planänderungen jonglieren, ohne dass darüber ihr Vierundzwanzig-Stunden-Deo schal wurde.

Harmony wusste nicht nur, wie man in Sekundenschnelle Prioriäten setzte, sie hatte auch ein untrügliches Gespür für Zeiträume. Mehr als einmal hatte sie ihre Assistentin verblüfft, wenn sie im Auge des Hurrikans ausgerechnet eine Aufgabe anging, die als weniger wichtig schien. Wohl wissend, dass diese mehr Zeit brauchte und andere, dringendere Punkte parallel abzuarbeiten waren.

Deshalb verzog Harmony sich nach Pauls Nachricht als Erstes an ihren Computer im Obergeschoss, um einen langwierigen Download-Vorgang zu starten. Denn das Netz in dieser abgelegenen Region war berüchtigt für seine Postkutschengeschwindigkeit, und es ging um eine ordentliche Datenmenge.

Eine Datenmenge, die sie erst am Nachmittag brauchen würde, dann aber dringend. Denn sie gehörte zu ihrem Plan.

Danach blickte sie auf die Liste mit ihren 400-Euro-Kellnerinnen und griff zum Telefon.

Frauke konnte sie Mo nicht vorsetzen, das war schon mal klar, und auch Emily und Silke kamen nur zur Not infrage. Aber Marusha, aus der konnte man auf die Schnelle etwas machen. Marusha, zwanzig Jahre alt und benannt nach einer Techno-Oma mit grünen Augenbrauen und Girlie-Zöpfen, die in den frühen Neunzigern ein Superstar gewesen war. Wahrscheinlich war sie vor dem Fernseher gezeugt worden, zu MTV oder Viva. Nun, den Namen musste Mo ja nicht erfahren, und optisch war die neue Aushilfe genau die Sorte Eye Candy, die Harmony vorschwebte. Volle, immer ein wenig geöffnete Lippen, leicht sommersprossiger Prinzessinnenteint, Karoline-Herfurth-Typ. Auch das Styling war in Ordnung. Und nicht zuletzt konnte Marusha sich benehmen. Ob Mo ein wenig zu genau hinsah oder gar nach Telefonnummer oder Twitter-Account fragte, darüber musste sie sich ja jetzt keine Gedanken mehr machen. Das war nicht mehr ihr Problem, sondern wenn überhaupt, dann Maries.

Der Gedanke an ihre reife Nebenbuhlerin ließ Harmonys Herz für einen Moment aus dem Takt kommen, und sie versuchte sich zu erinnern. Hatte Paul tatsächlich »ein einzelner Herr« gesagt? Was, wenn er wagte, seine Neue unangemeldet mitzubringen, zu einem Romantik-Dinner im Landgasthof? Ganz so, als gehörten sie alle drei zu einer dieser ungezwungenen Öko-Kommunen auf irgendeinem Resthof zwischen Neu Darchau und Lüchow? Oder war die Affäre zwischen den beiden möglicherweise schon wieder Geschichte? Erst jetzt fiel ihr auf, dass sie lange Zeit nicht mehr die Facebook-Profile der beiden studiert hatte. Offensichtlich hatte sie andere Sorgen gehabt. Und auch anderes Glück.

Aber mit diesen Gedanken konnte sie jetzt keine Zeit verschwenden, denn Marusha nahm den Anruf schon beim zweiten Klingelton entgegen. Im ersten Moment klang sie ängstlich, dann aus unerfindlichen Gründen enttäuscht, schließlich aber hörbar erfreut, als sie erfuhr, dass sie ihre Schicht tauschen sollte.

»Cool«, sagte sie, »mir ist gerade ein Date geplatzt, da kommt mir die Ablenkung ganz recht.«

»Genau die richtige Einstellung!«, lobte Harmony mütterlich und fragte sich zur gleichen Zeit, ob das, was sie heute Abend hatte, auch so etwas war wie ein Date. Immerhin das erste Wiedersehen mit ihrem Ex nach der Trennung.

»Und dann hab ich gleich noch eine gute Nachricht für dich«, fuhr Harmony fort, »ich spendier dir einen Friseurbesuch. Aber bitte nicht bei irgendeinem aus dem Dorf. Fahr in die Stadt und sag mir, was du an Benzinkosten ausgelegt hast.«

»Krass«, Marusha klang jetzt regelrecht begeistert, »ich war schon seit Wochen nicht mehr in Lüneburg. Werde gleich mal bei *Haar-Monie* anrufen, um einen Termin auszumachen.«

Das hatte Harmony nun eigentlich nicht gemeint mit dem Wort »Stadt«. Aber solche Kleinigkeiten hatten jetzt allerhöchstens B-Priorität.

»Hör mal«, sie senkte ihre Stimme zu einem verschwörerischen Raunen, »dass du mir nicht wieder abspringst, falls er es sich anders überlegt.«

Marusha verstand sofort. »Kein Thema. Der soll ruhig zappeln. Und ich bin da voll chillig.«

»That's my girl.«

Zufrieden drückte Harmony den Anruf weg. Nun musste

sie nur noch ein paar Stammgäste einladen. Oder jedenfalls Menschen, die so aussahen, als wären sie es. Solche, die nicht um halb neun fertig waren mit dem Essen, die sitzen blieben, den richtigen Wein tranken, die richtigen Gespräche führten. Damit Mo sah: Die »Elbliebe« war nicht nur ein Restaurant, sondern ein Treffpunkt, ein Knotenpunkt, an dem soziale Netze intelligenter und gut aussehender Menschen zusammenliefen.

Nur wen?

Keine Schützen, nicht den Sparkassenmann und nicht das Ehepaar aus dem Dorf, das hier gerne seinen Samstagabend verbrachte. Auch wenn die beiden herzensgut waren und nach dem Nachtisch immer noch die teure Williamsbirne aus dem Digestiv-Regal bestellten. Die Künstlerkommune aus Janos Villa fiel aus naheliegenden Gründen auch aus, wenngleich die ganz gut gewesen wären für die optische Mischung. Hektisch scrollte Harmony durch ihre Kontaktliste auf der Suche nach Gästen, die ihr in den letzten Wochen aufgefallen waren und die ihre Mailadressen für den Restaurant-Newsletter eingetragen hatten. Es musste ja kein städtisches Publikum sein, eher die Art von Leuten, die Menschen wie Mo und sie sich immer vorgestellt hatten, wenn die Sprache ausnahmsweise aufs Wendland kam. Schriftsteller, Musiker, Künstler.

Schließlich wurde Harmony fündig. Da war eine Hut tragende, Zigarre rauchende Möbelmacherin mit androgyner Ausstrahlung, die Harmony mal bei einem Konzertabend in einer Jazzkneipe in Mützingen angesprochen hatte; eine Keramikerin, die bevorzugt Mittelaltergewänder trug; ein Land-Art-Künstler, der nicht mehr bewohnte Biberburgen Hölzchen für Stöckchen abtrug und sie dann ebenfalls Hölzchen für Stöckchen in seinem Innenhof in Clenze wieder aufbaute.

Fünf Anrufe später beschloss Harmony, diesem Tag noch

eine Chance zu geben. Obwohl er mit Krise angefangen hatte. Nicht nur dass Marusha in diesem Moment auf dem Weg nach Downtown Lüneburg war, tatsächlich standen jetzt zehn bunte Vögel auf der Gästeliste, die alle zugesagt hatten, noch jemanden mitzubringen. Das Künstler-Dinner-Special, das Harmony sich rasch aus den Fingern gesogen hatte – fünfzig Prozent auf alles, für alle Kreativen – hatte gewirkt. Dass die Tische für sie nicht vor zwanzig Uhr zu haben waren, das hatte keiner von ihnen moniert. Ganz offensichtlich gab es auch in Niedersachsen Menschen, die nicht zu Krankenhauszeiten zu Abend aßen. Hauptsache, die Hütte war voll, wenn Mo kam.

Zufrieden legte Harmony ihr iPad ab, und blickte rasch auf den Ladebalken ihres Standrechners, der beharrlich und in annehmbarer Geschwindigkeit von links nach rechts wanderte. Auf die Weise würde der Download bald fertig sein. Und damit das letzte Problem gelöst.

Dann rannte sie die Treppe hinunter und stürmte durch die Schwingtür in die Küche.

»Hallo?«, kommentierte Paul mit hochgezogenen Augenbrauen, »jemand zu Hause?«

»Ich war noch nie so zu Hause wie heute!«, erklärte Harmony begeistert, »Paul, das kann unser ganz großer Durchbruch werden! Schließlich ist Mo Liebermann nicht irgendwer.«

»Sondern?«

»Hab ich doch vorhin schon gesagt. Seine Kolumne im *Gourmet*-Magazin ist Legende, sein Blog hat Zehntausende von Lesern, und seine schnellen Tipps auf *Gastro-Nachtkritik.de* werden von echten Fans sogar im Morgengrauen abgerufen.«

Paul blickte sie abwartend an, als müsste da noch etwas kommen, und Harmony fragte sich zum wiederholten Mal, ob sie den Namen ihres früheren Geliebten vielleicht doch irgendwann erwähnt hatte. Oder seine Tätigkeit. Aber eigentlich war sie ziemlich sicher, dass Paul den Zusammenhang nicht verstand. Sonst hätte er wohl kaum noch einmal im Reservierungsbuch nachschauen müssen, wie der einzelne Herr hieß. Oder sie gleich mit der Neuigkeit begrüßt, dass ihr Ex heute Abend hier aufschlagen würde.

Nach dem ersten Schreck fing Harmony an, sich auf das Wiedersehen mit Mo zu freuen. Heute Abend würde sie ihn beeindrucken. Das brachte nicht nur besseres Karma als eine billige Racheaktion, es war auch länger haltbar. Hoffentlich.

Sie griff nach der Karte, die neben Paul auf der Arbeitsplatte lag, und studierte sie stirnrunzelnd.

»Nä«, sagte sie schließlich, »das müssen wir heute anders machen.«

Paul ließ den Kochlöffel in die Suppe sinken, trat vor den Herd und verschränkte kämpferisch die Arme, als wollte er sein eigen Haus und Hof vor einer Horde Barbaren schützen.

»Rehrücken, Rehrücken«, meckerte Harmony und hielt die Karte mit spitzen Fingern, »als wären wir in den Sechzigerjahren. Preiselbeeren und Klöße, das ist so vorhersehbar. Kannst du nicht was anderes machen mit dem Wild?«

»Sie wünschen, Chef?«

Paul funkelte sie angriffslustig an, und Harmony begriff im letzten Moment, dass sie es sich nicht mit ihrem Koch verscherzen durfte, wenn der Abend gelingen sollte.

»Ich mein ja nur«, sagte sie und versuchte, schmeichelnd zu klingen, was ihr nur ansatzweise gelang, »heute Abend darfst du deiner Kochkunst mal so richtig freien Lauf lassen. Mach doch einen kombinierten Hauptgang draus, mit einer Essenz von Fleischbrühe, einem Stück klassischem Braten und einem asiatischen Glasnudelsalat mit heimischem Huftier.«

»Eine Trilogie.« Paul blickte noch immer finster, aber nicht mehr ganz so sehr wie zuvor. Harmony nickte eifrig.

»Ich mag keine Dreier«, sagte Paul verächtlich.

Harmony seufzte. »Ich weiß nicht, wie ich es dir begreiflich machen kann«, sagte sie schließlich, »aber dieser Besuch ist sehr, sehr wichtig. Und der Gast ist sehr, sehr verwöhnt.«

»Und wenn er sehr, sehr viel Bullshit über uns schreibt, kommen sehr, sehr viele Porschefahrer aus Hamburg ins schöne Wendland.«

»Ja, eben. Und die brauchen wir! Leute mit Geld und Geschmack und …«

Sie wollte noch »Stil« sagen, verkniff es sich dann aber rechtzeitig, ehe die Temperatur zwischen ihnen auf den absoluten Nullpunkt einschrumpfte.

»Paul. Bist du mein Freund, oder nicht?«

»Muss ich deshalb alles tun, was du sagst?«

»Aber ist das nicht genau der Knackpunkt in einer Freundschaft? Dass man jemandem auch mal einen Gefallen tut, auch wenn man nicht versteht, wozu es gut ist?«

Ein Lächeln stahl sich in seine Mundwinkel. »Ist ja schon gut. Du sollst deine blöde Trilogie haben. Von mir aus auch bei der Vorspeise. Dreimal Ziege, mit unterschiedlichen Namen. Von der Bella, von der Senta und von der Emma.«

Vor Erleichterung trat sie spontan auf ihn zu und umarmte ihn. Der Geruch von Seifenlauge und Spülmaschinendämpfen schlug ihr entgegen, vermischt mit einem stechenden Aroma. Sie schnupperte noch einmal, dann wusste sie, was es war.

»Man riecht es«, sagte sie. »Du hast dich wohl ganz schön lange zwischen den Ziegen herumgetrieben.«

»Stallgeruch«, sagte er und haute ihr kumpelhaft seine große

Hand auf das Schulterblatt, »der geht so schnell nicht raus.« Dann griff er nach ihren Oberarmen und schob sie ein Stück von sich weg. Er musterte sie, als wollte er gleich etwas Wichtiges sagen oder vielmehr eine Frage stellen.

Eine, die über alles entschied, über ihre und seine Zukunft, was aus ihnen werden würde, gemeinsam oder einzeln, was aus der »Elbliebe« und was aus den Atommüll-Behältern, die in einer Art Scheune in Gorleben vor sich hingammelten.

Aber alles, was er schließlich fragte, war: »Und was machen wir mit der schönen Karte?«

»Ganz einfach. Wir nehmen stattdessen die Schiefertafel und schreiben die Gerichte von Hand drauf.«

»Wie beim Schicki-Micki-Italiener.«

»Exakt, mein Freund.«

Einige Stunden später drang aus der Gaststube das entspannte Klappern von Besteck auf Porzellan, Gläser klirrten, und das Stimmengewirr verschmolz mit den leisen Jazzballaden von Melody Gardot zu einem angenehmen, rotweinschweren Teppich. Akustisch war der Abend schon mal gelungen, und den leeren Tellern zufolge, die Marusha laufend in die Küche schleppte, schmeckte es den Gästen auch. Jedenfalls den meisten. Aber ob es auch dem schmeckte, auf den es wirklich ankam, darauf hatte sie noch keine Antwort.

Wieder trat Harmony an den Spalt in der Schwingtür und versuchte, einen Blick auf Mo zu erhaschen. Bei der Tischvergabe hatte sie darauf geachtet, dass er so saß, wie sie ihn am besten ungestört beobachten konnte. Das war ihr auch gelungen. Vielleicht ein wenig zu gut. Alles, was sie sah, war sein Hinterkopf und seine Schultern in einer Lederjacke, die sie noch nie an ihm gesehen hatte. Schon seit zehn Minuten schien er in der

Vorspeise zu stochern, und Marusha hatte bisher keine aussagekräftigen Informationen liefern können.

»Jetzt geh doch noch mal hin und frag ihn, ob du noch was bringen kannst«, drängelte Harmony, als die Aushilfskellnerin mit dem nächsten Tellerstapel durch die Schwingtür rauschte und dabei beinahe Harmonys Nase getroffen hätte. Marusha stellte die Teller ab und stopfte sich eine Strähne zurück in den Haarknoten auf ihrem Hinterkopf. Das Geld für den Friseurbesuch hätte sie sich eigentlich sparen können, dachte Harmony. Blogger-Knödel und schwarz gerandete Art-Direktoren-Brille, die Kombi hätte auch ohne neuen Haarschnitt funktioniert.

Marusha feixte.

»Wer ist denn hier die Chefin?«, fragte sie leicht genervt.

»Ich kann da jetzt nicht rausgehen«, zischte Harmony.

»Weil?«

»Ich hab meine Gründe«, zischte sie wieder, »das wirkt unprofessionell zu diesem Zeitpunkt.«

Marusha musterte sie unverwandt. »Der bringt Sie aber ganz schön durcheinander, der Gast«, stellte sie fest.

»Und du solltest mal schnell da raus, der Gast sucht dich nämlich«, gab Harmony zurück. Tatsächlich konnte sie jetzt beobachten, wie Mo seinen Kopf auf den männlichen Schultern unruhig hin und her drehte. Gleich würde sie seinen Vorspeisenteller in der Hand halten, und sie erwartete ihn mit einer Mischung aus Angst und Vorfreude wie zuletzt eine wichtige Klassenarbeit in der Schule, die über ihre Versetzung entschied. Aufgegessen oder nicht, das war hier die Frage.

Paul schob eine große gusseiserne Pfanne zur Seite, trat hinter sie und legte eine Hand zwischen ihre Schulterblätter. Dann schob er seinen Kopf neben ihren, um auch einen Blick auf den prominenten Gast zu erhaschen. Harmony musste kichern. Da standen sie wie zwei Kinder heimlich am Schlüsselloch, die wissen wollten, was die Erwachsenen hinter verschlossenen Türen taten.

»Ausatmen nicht vergessen«, flüsterte er Harmony zu, während sie beobachteten, wie Marusha draußen nach einem Teller griff und ihn dann schnellen Schrittes in die Küche zurückbrachte.

»Weißt du, was ich mir gerade vorstelle?«, Paul kicherte in ihr Ohr, »wäre es nicht ein hübscher Auftritt vor unserem Ehrengast, wenn Wiebke heute Abend mal wieder zu Besuch kommen und lautstark nach mir fragen würde?«

»Mach dir keine Sorgen«, flüsterte Harmony zurück, »das wird nicht passieren.«

»Woher willst du das wissen?«

Im gleichen Moment wichen sie gemeinsam zurück, als Marusha wieder durch die Schwingtür kam, den Teller vor sich hertragend wie ein wichtiges Beweisstück. Zu dritt beugten sie sich darüber und sahen sich dann fragend an.

»Er hat die Hälfte gegessen«, stellte Marusha optimistisch fest.

»Er hat die Hälfte liegen lassen«, unkte Paul.

»Die machen das so«, beruhigte Harmony, »Gastrokritiker müssen ja auch auf ihr Gewicht achten.«

Aber ganz sicher war sie ihrer Sache nicht. Sie konnte sich gut erinnern, wie häufig Mo die Gerichte bis zum letzten Krümel vernascht und Teller mit Weißbrotscheiben blank gewischt hatte, wenn es ihm wirklich schmeckte. Noch war er ja nicht in dem Alter, in dem er seinen Cholesterinwert kennen musste.

Während Paul auf einem Teller auf der Wärmeplatte das Hauptgericht für Mo anrichtete – Essenz vom Reh in einer winzigen Espressotasse, zwei Filettranchen mit einem Hauch von Rotkraut mit Thai-Gewürzen und schließlich eine Handvoll Glasnudelsalat –, warf er Harmony einen misstrauischen Seitenblick zu. Er verzierte das essbare Kunstwerk mit einigen Kringeln Balsamico-Creme, überreichte es Marusha und flüsterte Harmony dann zu: »Warum?«

»Na, ist doch klar!«, gab sie gereizt zurück, »was meinst du, wie du aussehen würdest, wenn du zweimal täglich ein Gourmet-Menü verdrücken würdest?«

»Das meine ich nicht«, sagte er, »woher weißt du, dass Wiebke hier nicht auftaucht?«

»Ach so, das«, Harmony unterdrückte ein nervöses Kichern, »ganz einfach. Ich habe ihr heute Morgen eine komplette Staffel Denver Clan aus dem Netz gezogen und auf CD gebrannt. Hat fast bis sieben Uhr abends gedauert, weil die Verbindung so langsam war, aber jetzt ist sie versorgt. Die hat heute ein ganz langes Date mit Blake Carrington. Und ich habe persönlich darauf geachtet, dass es nicht platzt.«

Paul blickte sie lange unergründlich an. »Versteh ich das richtig?«, fragte er schließlich leise. »Du hast dafür gesorgt, dass sie hier nicht auftauchen und dir die Show stehlen kann?«

»Na hör mal«, gab Harmony stirnrunzelnd zurück, »was macht denn das für einen Eindruck?«

Paul nahm gedankenverloren einen Kanten Baguette in die Hand und zupfte kleine Bröckchen Kruste ab.

»Verstehe«, sagte er dann langsam und betont, »Wiebke ist dir peinlich. Deine Gäste, die sich wohlfühlen bei dir, sind dir peinlich. Wahrscheinlich bin auch ich dir peinlich.«

»Aber nein! Es ist nur …«

Harmony kam nicht weiter, denn schon wieder stand die Kellnerin vor ihr.

»Der Herr wünscht keinen Nachtisch. Aber er wünscht jetzt endlich mal die Chefin zu sprechen.«

»Was ist denn das für ein Ton?«, ärgerte sich Harmony.

»Das ist kein Ton. Das ist ein Zitat.«

Harmony warf einen unglücklichen Seitenblick auf Paul, der noch immer gedankenverloren sein Brotstück zerkrümelte. Da hatte er wohl etwas gründlich missverstanden.

Oder, noch schlimmer: Er hatte es besser verstanden, als es ihr lieb war.

»Und der Koch?«, machte sie einen zaghaften Versuch, »sollte der nicht auch ...«

Paul schüttelte den Kopf. »Das ist deine Suppe. Löffle sie aus.«

Wehmütig dachte Harmony an den Abend, an dem das Restaurant zum ersten Mal richtig voll gewesen war. Daran, wie Paul und sie zu später Stunde an der Bar gesessen und sich um ein Haar geküsst hätten.

Auf einmal hatte sie den Eindruck, einen unverzeihlichen Fehler gemacht zu haben. Nicht nur mit ihrem Trick, was Wiebke anging. Auch mit diesem verpassten Kuss. An jenem Abend hatte sie gedacht, dass die Gelegenheit wiederkommen würde oder, besser, dass sie nur den Moment abwarten musste, in dem wirklich alles stimmte.

Nun dachte sie plötzlich, dass nie wieder alles stimmen würde. Ein Leben wie ein unkomplettes Puzzle, das sich nicht mehr zusammensetzen, wie eine zerbrochene Schale, die sich auch mit Goldschmiedekunst nicht mehr kitten ließ.

»Paul«, sagte sie leise, und er sah sie unverwandt an und wies auf die Schwingtür.

»Geh«, sagte er, »geh da raus und tu, was du tun musst.«

»Schicke Hose«, sagte Mo und grinste ihr entgegen, mit einem Seitenblick auf ihre Küchenjeans, die sie immer trug, wenn sie dorthin musste, wo es heiß und fettig war. Noch vor fünf Minuten, noch vor einer Stunde hatte Harmony nicht gewusst, wovor sie sich mehr fürchtete: vor einem abweisenden Gesicht oder vor diesem jungenhaften Grinsen, das alles auslöschen konnte bei ihr, alle berechtigte Wut und alles, was zwischen ihnen passiert war, und sie in ein willenloses Weib verwandeln. Aber jetzt, da Pauls verschlossene Miene ihr nicht mehr aus dem Kopf ging, ließen Mos feucht schimmernde Lippen sie erstaunlich kalt.

Harmony winkte ab. »Arbeitskleidung. Ich bin ja hier nicht zum Vergnügen. Obwohl ich meinen neuen Job wirklich liebe.«

»Und ich hab mich die ganze Zeit gefragt, aus welchem Designer-Sale das Teil nun wieder stammt«, scherzte Mo.

»Die ganze Zeit?«

»Na, du hast ja ausführlich Gelegenheit gehabt, mir beim Essen zuzusehen.« Mo grinste jetzt noch ein bisschen breiter, und Harmony warf einen Blick in Richtung Küche. Hatte er sie also doch erkannt, sogar an ihren Waden in einer Billigjeans. Das fand sie nun schon fast wieder rührend.

»Ich bin eben bemüht um jeden Gast«, schnurrte Harmony und schielte auf Mos Teller. Auch hier waren die winzigen Portionen nur gerade so angerührt.

Mo folgte ihrem Blick auf die traurige Damwild-Trilogie auf weißem Porzellan. »Ich sehe, du hast neuerdings ein Faible für Dreier«, sagte er und bot ihr mit gönnerhafter Geste einen Stuhl an. Harmony ärgerte sich, wie er mit ihr umging, in ihrem eigenen Reich. Aber sie ließ sich nichts anmerken.

»Ist doch eine ganz stabile Verbindung«, kommentierte sie trocken. Er schob ihr den Teller zu, dann zupfte er gedankenverloren ein paar kurze weiße Hundehaare von seinem Jackenärmel.

»Probieren?«

Das fehlte gerade noch. Was für eine Mischung aus vorgetäuschter Intimität und Unverschämtheit – als wären sie entweder noch zusammen, oder sie wüsste als Restaurantbesitzerin nicht, wie ihr eigenes Essen schmeckte. Harmony sah sich flüchtig um und war nur mäßig zufrieden. Während Mo sich Zeit gelassen hatte, war der Großteil der Gäste bereits wieder im Aufbruch. Nur noch an einem Ecktisch saß die Möbelmacherin mit dem Herrenhut und hatte ihre Hand auf die ihrer hellblonden, knabenhaften Begleiterin gelegt. Wenigstens gab es in ihrem Restaurant zu diesem Zeitpunkt ein einziges glückliches Paar.

Harmony beschloss, es als gutes Zeichen zu sehen.

»Bisschen schade«, sagte Mo und seufzte, »ich hatte mich eigentlich auf was ganz anderes gefreut. Linseneintopf, Schnitzel mit Pommes, so etwas.«

»Das meinst du nicht ernst! Dafür bist du doch nicht den ganzen Weg von Hamburg gekommen!«

»Doch«, Mo nickte trotzig, »ich dachte, das wird so was wie ein Ausflug zu Mutti. An die Fleischtöpfe. Sonst hätte ich ja gleich daheimbleiben können und in irgendeinem Multikulti-Gourmettempel Ameisen auf Quark und geröstete Heuschrecken probieren können.«

Harmony fühlte sich mit einem Mal sehr schwach. Matt winkte sie Marusha, die gerade bei der Möbelmacherin und ihrer Begleitung abkassierte.

Marusha richtete sich anmutig die schwere Kellnerbörse und kam mit federnden Schritten an ihren Tisch hinüber.

»Sweetie«, sagte Harmony, »wärst du ein Engel und würdest noch eine Portion Suppe für mich bestellen?«

Marusha legte den Kopf schief und sah sie mitleidig an. Schon wieder baumelte die widerspenstige Strähne vor ihrem Gesicht.

»Soll ich die Ihnen warm machen?«

»Wieso du?«

»Der Koch ist vor fünf Minuten gegangen«, sagte sie betreten. »Ich soll schön grüßen.«

Harmony fühlte sich, als wäre im Boden unter ihren Füßen ein Magnet, der alles Leben aus ihr heraussaugte. Und als würde sich die leicht abgestandene Luft im Gastraum auf einen Schlag in eine Flutwelle verwandeln, die sie mit sich nahm. Irgendetwas musste passieren, damit der Abend nicht in einer Vollkatastrophe endete.

Mos Kritik konnte sie retten, konnte ihr vielleicht so viel Geld in die Kasse spülen, dass sie Tante Gerhild auszahlen konnte, wenigstens zum Teil, konnte verhindern, dass sie ihre Wohnung verkaufen musste. Mos Kritik konnte ihr aber auch das Genick brechen.

Mos Smartphone gab ein leises Pling in der Jackentasche von sich. Er griff danach, lächelte zuerst und drückte dann auf dem Universalknopf herum, zunehmend ärgerlich.

»Rödel, rödel, rödel«, kommentierte er die hektische Aktivität des kleinen Kreisels, der einen Ladevorgang anzeigte. »W-LAN gibt's auch nicht hier draußen, oder?«

Die beiden letzten Gäste verließen stumm grüßend das Lokal, und die CD war zu Ende gespielt. Auch von Marusha war nichts mehr zu sehen, und Harmony nahm an, dass sie sich ebenfalls leise aus dem Staub gemacht hatte.

Auf einmal fiel Harmony auf, wie laut das kleinste Geräusch im Gastraum hallte. Sie erschrak vom Quietschen der Stuhlbeine auf den Terrakotta-Fliesen, als sie sich erhob, entschlossen den Tisch umrundete und sich an Mos Seite aufbaute. Überraschte sah er zu ihr auf, und zum ersten Mal seit ihrem Wiedersehen fühlte sich etwas richtig an. Die Perspektive stimmte schon mal.

Wie hatte Paul das genannt? Geh da raus und tu, was du tun musst.

Auf einmal war ihr der Gedanke unerträglich, ihre gemeinsame Zeit könnte zu Ende gehen. Und gleichzeitig war da noch immer ein Rest von Anziehung, je länger sie in Mos Nähe war. Ein schleichend wirkendes Gift.

Mos Duft nach teurer Hautcreme, exotischen Gewürzen und einem winzigen Hauch von Schweiß, kernig und männlich, nicht nach Küche, der noch immer ihre Wirkung tat und es Harmony leicht machte. Was hier getan werden musste, war für Paul, für die »Elbliebe« und für sich selbst.

Aber ein Opfer war es nicht.

Wenigstens kein allzu schweres.

Harmony legte Mo die Hand in den Nacken, fühlte die vertrauten Muskelstränge darin, und er ließ sich hineinsinken, beinahe automatisch. Einen kleinen Moment wartete sie wie bei einem scheuen Tier, von dem man nicht so genau wusste, ob es nicht doch bissig war, dann ging sie zum Angriff über. Sportlich schwang sie ein Bein über Mos Kopf, sodass sie mit gespreizten Schenkeln vor ihm an der Tischkante lehnte, ihn in die Zange nahm, und schob dann mit einer freien Hand das Geschirr hinter sich zurück. Er riss die Augen weit auf, zum Teil Überraschung, zum Teil unverkennbare Lust. Ja, das hatte er immer an ihr gemocht, jahrelang, ihre erotischen Überraschungsangriffe, das Aggressive, mit dem sie ihren Hunger stillte. »Benutz mich, Panther!«, so hatte er es manchmal herausgestöhnt, in ihrem Bett, aber auch bei einem Quickie auf dem Beifahrersitz oder in der sauber aufgeräumten Speisekammer eines befreundeten Paares in Hummelsbüttel, wo sie es einmal während eines Sommerfestes getrieben hatten.

Wenn es nicht anders ging, dann musste sie sich ihre Restaurantkritik eben erkaufen. Erschlafen. Ihren Spaß dabei würde sie haben. Mit Erschaudern fiel ihr ein, wie lange es her war, dass sie das letzte Mal Sex gehabt hatte. Wie hatte sie so sicher sein können, dass sie nur einen Freund brauchte und keinen Lover mehr? Sie ergriff Mos Hände und presste sie wortlos gegen ihre Brüste.

Wieder gab Mo nach, aber nur im ersten Moment. Ein vertrauter Körper und seine vertrauten Reaktionen. Dann entwand er sich ihrem Griff, schüttelte den Kopf und rückte mit seinem Stuhl ein Stück ab, während sie wie ein verschmähtes Dessert halb auf der Tischplatte liegen blieb. Die Stuhlbeine knarzten dabei wieder ganz abscheulich.

»Nee«, sagte er schließlich, »so wird das nichts.«

Harmony rappelte sich auf und fühlte sich sehr nackt in ihrer Küchenjeans.

»Ich bin halt auch nur eine Frau«, hauchte sie entschuldigend und spürte im gleichen Moment, dass das nur ein weiterer Misston war.

»Ich hab mich lang genug von dir kaufen lassen«, sagte Mo und stand langsam auf, »und du kannst mir glauben, das war nicht leicht. Ich hätte mich dir lieber geschenkt. Aber das hast du ja gar nicht ertragen. Ständig musstest du mir beweisen, dass du mich in der Hand hattest, mehr Kontakte, mehr Geld, mehr Know-how.«

»Aber warum hast du mir das denn nie gesagt?« Harmony rieb sich verdattert die Augen, als wäre sie eben aus einem tiefen Schlaf erwacht.

Er zuckte mit den Achseln. »Du sagst, du bist auch nur eine

Frau? Na gut, ich bin eben auch nur ein Mann. Vielleicht habe ich versucht, mit dir zu reden, aber nicht deutlich genug. Stattdessen habe ich mein Ego eben immer wieder bei anderen Frauen aufgerichtet. Die mich angehimmelt haben. Bis Marie kam. Die himmelt mich nicht an. Aber die schaut auch nicht auf mich herunter.«

Sie hatte sich also nicht getäuscht. Die fremden Haare an seinen Oberhemden, die angeblichen Spätnacht-Interviews mit Köchen, die hastig weggedrückten Anrufe. All diese Klischees, und alle hatten genau so gestimmt. Im Grunde hatte sie es immer gewusst, dass Mo nebenher andere Frauen hatte. Nur geschwiegen. Bis zu dem Tag, an dem eine harmlos aussehende Facebook-Nachricht das Fass zum Überlaufen gebracht hatte.

»Mo …«

»Harmony, ich liebe Marie. Ich liebe diese Frau wirklich. Und ich werde den Teufel tun, mit ihr wieder den gleichen Fehler zu begehen wie mit dir.«

Mo schloss seine Lederjacke mit einem entschlossenen Ruck und sah sie dann an, zum ersten Mal mit so etwas wie Wärme in seinem Blick.

»Du bist ein tolles Weib. Du lässt dich nicht unterkriegen, du hast Power für fünf und Ideen für eine ganze Kleinstadt. Ich bin nicht mehr scharf auf dich, ich habe nicht den Eindruck, dass ich dir etwas schulde, ich war einfach nur neugierig. Weil ich dachte, du machst hier etwas ganz anderes. Etwas, bei dem alles zusammenpasst, das Essen, die Leute, das Drumherum. Aber irgendetwas stimmt hier leider überhaupt nicht. Wenn ich nur wüsste, was es ist. Welcher Züchter nennt seine Ziege eigentlich Emma?«

An diesem Abend saß Harmony noch lange vor ihrem Rechner im Obergeschoss. In den Wänden knackte es, draußen trommelte Regen an die Scheibe. Mit nervtötender Langsamkeit erneuerte sich die Website von *Gastro-Nachtkritik.de* eins ums andere Mal, bis schließlich morgens um fünf ein neuer Aufmachertext erschien.

Um halb sechs schrieb Harmony eine E-Mail an einen Immobilienmakler im feinen Hamburg-Pöseldorf. Einhundertundzehn Quadratmeter Altbau mit Stuck und Dielenboden in Eppendorf, voll saniert, mit Highend-Einbauküche.

Zwei Stunden später hatte sie bereits die Antwort. Eine chinesische Investorengruppe aus Shanghai war laufend interessiert an hochwertigen Eigentumswohnungen in Hamburg, kaufte fast unbesehen und zahlte fast jeden Preis. Und Harmony sollte besser heute als morgen im Büro vorbeikommen, denn es gab erste Anzeichen am Immobilienmarkt, dass die Blase einen Riss bekam.

Harmony blickte aus dem Fenster auf die trostlose Landschaft.

Der Regen war jetzt noch stärker geworden.

25

An schönen Sommertagen sah die Alster aus, als machte die Stadt Urlaub von sich selbst. Eine riesige, blau schimmernde Wasserfläche mitten in der Stadt, getupft mit weißen Segeljachten, schraffiert mit langen Ruderbooten. Am Rand verziert mit einer Borte aus Anlegern, auf denen junge Mädchen ihre Bikinis und Mütter ihre Perlensammlung bei einem gemeinsamen Cappuccino ausführten.

Vom obersten Stock eines Bürohochhauses am Harvestehuder Weg, an einem frühen Apriltag nach sieben Tagen Dauerregen, wirkte die Alster eher wie der größte Schmutzfleck auf einem ohnehin schmuddeligen Anzugstoff. Wie ein Loch in der Stadt.

Traurig ließen die Trauerweiden ihre kahlen Äste ins Wasser hängen, Enten trieben ziellos umher, graubraun wie die Stimmung, und das schlammfarbene Wasser unter dem tiefer gehängten Himmel schob sich zu unschönen Schaumkronen auf. Im Radio hatten sie weitere starke Niederschläge für Schleswig-Holstein, den Süden und den Osten Niedersachsens vorhergesagt. Keine Aussichten auf Wetterbesserung. Seit Tagen war Harmony nur noch in ihren Gummistiefeln aus dem Landwirtschaftsbedarf unterwegs, erst im Auto auf der Fahrt nach Hamburg hatte sie die schlammbespritzten Gummidinger gegen ein paar Stilettos getauscht. Jetzt, in einem Swingerstuhl hinter dem leer geräumten Schreibtisch mit der spiegelnden Glasplatte, fühlte sie sich wie ein Kind, das sich als Geschäftsfrau verkleidet hat, mit Mamas Schuhen und ihrer Kostümjacke.

»Am Ende des Tages geht es ja um Value for money«, sagte der Immobilienmakler mit den teuer geprägten Visitenkarten, der Gutenberg-Gelfrisur und einem Nachnamen, der nach altem Hamburger Patriziertum klang. Harmony nickte und machte im Geist einen weiteren Strich auf ihrer heutigen Shitlist. Es war schon das achte Mal in einem viertelstündigen Gespräch, dass der Makler einen Satz mit »Am Ende des Tages« begonnen hatte. Wenn er in den nächsten zehn Minuten das Dutzend voll machen würde, dann … ja, was eigentlich?

Was sollte sie sich wünschen, wenn der Makler seine eingedeutschte Floskel noch ein paarmal innerhalb einer vorgegebenen Zeit wiederholen würde? Dass sie ihr Geld bekommen und die Wohnung trotzdem ihre bleiben konnte? Wohl kaum. »Man kann den Kuchen nicht behalten und essen«, so würde ihr neuer, anglophiler Geschäftspartner wohl dazu sagen.

Ein einzelner Wunsch war ohnehin nicht genug. Eher hätte Harmony eine gute Fee gebraucht, die mehr als drei davon anbot oder die auf den alten Trick hereinfiel und als dritten Wunsch drei weitere akzeptierte. Ganz oben auf der Liste: Dass es endlich aufhören würde zu regnen. Das Grau in Grau ließ die Gemüter beschlagen wie eine Windschutzscheibe in einem Auto mit defekter Lüftung. Die Gäste blieben aus, und die wenigen, die kamen, hinterließen Dreckspuren auf dem Boden.

Zweitens: dass der Seelentöpfer von Hitzacker in einer spontanen Schaffenskrise sämtliche Kunstwerke beim nächsten Wertstoffhof abladen und auf Aquarellmalerei umsatteln würde. Zwar hatte bisher niemand Harmony auf das Kunstwerk des Grauens angesprochen, aber sie hatte zunehmend das Gefühl, dass Leute hinter ihrem Rücken tuschelten. Vielleicht auch reine Paranoia.

Drittens, dass die Wendländer Tierschutzguerilla endlich aufhören sollte, ihre stummen Mahnwachen gegen Leichenteile auf dem Teller vor der »Elbliebe« abzuhalten, abends um sieben.

Ausgerechnet ein paar Tage nach dem Desaster mit Mo hatten sie damit angefangen, und ausgerechnet bei ihr. Als gäbe es nicht jede Menge Lokale rundherum, deren XL-Schnitzel mit Sicherheit zu den Körpern unglücklicherer Tiere gehört hatten als ihre teuren Bio-Filets. Vielleicht war es doch keine gute Idee gewesen, das Restaurant am Abend von Mos Besuch mit bunten Vögeln zu bevölkern. Die waren zu gut vernetzt in ihren Bürgerinitiativen und Protestgruppen. Undankbare Bande.

Mo hatte das Gästecasting entweder durchschaut oder sie war ihm entgangen, weil schon das Essen auf seinem Teller keine Gnade fand. Immerhin war er einer der wenigen, die das Fleisch probiert hatten. Schon an dem Abend selbst hatte Paul schwer zu improvisieren gehabt, weil die Nachfrage nach vegetarischen und veganen Gerichten ganz ungewöhnlich angestiegen war. Wie gut, dass er immer einen Topf Extra-Kartoffelsuppe auf dem Herd stehen hatte.

Paul. Ach, Paul.

Wunsch Nummer vier hatte mit ihm zu tun. Aber den wagte sie nicht einmal zu denken. Sie wagte ja schon kaum, sich die alten Zeiten zurückzuwünschen. Die guten alten Zeiten, die vor zwei Wochen abrupt zu Ende gewesen waren. Die Abende mit ihrem besten Freund, die Manöverkritiken bei einem Glas

Rotwein und einer Tasse Tee die Selbstverständlichkeit und Unaufdringlichkeit, mit der Paul für sie gesorgt und mitgedacht hatte. Wie er sie manchmal, auf dem Höhepunkt des Betriebs, in der Küche an den Tisch beordert und ihr einen Teller Eintopf hingestellt hatte, damit sie auch einmal dazu kam zu essen. Wie er ihr den kaputten Riegel an ihrem Schlafzimmerfenster repariert oder ihr eine Regenjacke aufgenötigt hatte, weil er immer gleich spürte, woher der Wind wehte, und dass Westwind Regen bedeutete. Seine Begeisterung, wenn er von einem seiner Eroberungszüge zurückkam, ihr einen neuen Käse präsentierte, eine Bio-Pastete mit grünen und roten Paprikastückchen, einen besonderen, selbst gemachten Apfelsaft. Wie er diese Gegend selbst noch einmal neu kennengelernt hatte, seitdem er als Koch für Harmony arbeitete, wie er zum Detektiv geworden war auf der Suche nach dem Besonderen, das zur »Elbliebe« passen konnte, zu sich und ihr.

Sie dachte an die japanische Schale, die er ihr zum Jahresanfang geschenkt hatte. Ihr dunkles Leuchten, wie sie auf dem Tisch in der Küche ihrer Wohnung stand und wenn mitten in der Nacht Mondlicht durch das Fenster auf ihre goldenen Adern fiel. Paul hatte recht gehabt, so verdammt recht. Er hätte es sein können, der ihre Scherben wieder zusammensetzte. Der Mann, der sie trösten konnte. Der Mann, der sie endlich, endlich hätte zum Weinen bringen können. Und zum Lachen.

Er fehlte, fehlte auch hier in dem Büro auf dem freien Stuhl neben ihr, in diesem Maklerbüro, das eingerichtet war für Paare, die gemeinsam Entscheidungen trafen.

Gerne hätte sie ihn gebeten, sie nach Hamburg zu begleiten, wenn sie den Vertrag über den Verkauf ihrer Wohnung unterschrieb. Beinahe wären die Worte einfach aus ihrem Mund gepurzelt. Heute Morgen noch, als sie sich auf den Weg nach Hamburg machte, während er stumm in der Küche stand und Salat wusch, den langen Rücken gebeugt, die Hände routiniert und gewissenhaft in ihren alltäglichen Bewegungen. Aber sie kannte seine Antwort im Voraus, auch wenn sie nicht sicher war, wie harsch er sie formuliert hätte. Was sie anfing mit ihrem Leben und ihrem Geld, mit dem verschuldeten Restaurant und ihrer Zukunft, ob sie ihre Wohnung verkaufte oder das Lokal aufgab, war ganz allein ihre Sache. Paul benahm sich in letzter Zeit so, als wäre er nichts weiter als das, was in seinem Arbeitsvertrag stand: ihr Koch mit einer gesetzlich definierten Kündigungsfrist. Nicht mehr ihr Freund. Schon gar nicht einer, der mehr hätte für sie werden können.

Kein Lover.

Sondern ein Mann, den sie liebte und der sie wiederliebte.

»Am Ende des Tages entscheiden Sie natürlich, wer den Zuschlag bekommt«, hörte Harmony wie durch einen Nebel den Makler sagen und machte einen weiteren Strich auf der Liste in ihrem Kopf, ohne zu verstehen, wovon der Mann redete. Unbehaglich rutschte sie in ihrem knapp geschneiderten Kostüm hin und her, ihre Füße in den High Heels schmerzten. Nichts passte mehr in ihrem Leben, und dabei waren Rock und Schuhe noch das geringste Problem. Es war weniger ihr Körper, der nicht mehr in diese Klamotten passte, mehr ihre Seele. Der war hier auf einen Schlag alles zu eng.

»Wenn sie mich fragen, dann würde ich der spanischen Immobiliengesellschaft den Zuschlag geben, nicht den Chinesen. Da haben Sie einen solventen Geschäftspartner und kulturell passt das auch besser zusammen. Am Ende des Tages weiß man ja nie, was man sich da einhandelt mit Leuten aus Fernost.«

»Was machen eigentlich spanische Geschäftsleute mit einer Wohnung in Hamburg?«, fragte sie mäßig interessiert.

»Glänzendes Investment, bei der Preisentwicklung«, erklärte der Makler. »Wenn das so weitergeht, ist Eppendorf am Ende des Tages in Barcelona-Hand.«

Ungeduldig griff Harmony nach dem vorbereiteten Kaufvertrag, der vor ihr auf dem glänzenden Glasschreibtisch lag. Darin steckten kleine rote Klebefähnchen, sorgsam von der Sekretärin platziert, und Harmony hätte wetten können, dass die Frau zusätzlich noch mit Bleistift angekreuzt hatte, wo die Verkäuferin unterschreiben musste. Verrückt, dachte Harmony: Sie trauten ihr zu, Geschäfte in hoher sechsstelliger Höhe abzuschließen, aber nicht, in einem mehrseitigen Vertrag die gestrichelten Linien zu finden, auf denen die Unterschrift stehen musste. Sie lachte laut auf.

»Stimmt was nicht?«, erkundigte sich der Makler besorgt und fuhr sich mit einer Hand über den gegelten Schopf. Gleich, dachte Harmony. Gleich bleibt er an sich selbst kleben.

»Nein, alles klar. Ich hätte nur gerne einen Stift zum Unterschreiben. Und ein Fenster zum Rausspringen.«

Als sie seinen besorgten Blick bemerkte, lachte sie erneut, diesmal noch lauter und unnatürlicher.

»Keine Sorge, ich brauche nur ein bisschen Luft.«

Ein paar Minuten später stand sie mit einem tauben Gefühl in den Beinen an der Alster und blickte über die graue Fläche, während ihre Stiletto-Absätze im Matsch versanken. Ihr Schirm lag zusammengefaltet in der Tasche, aber auf einmal war es ihr, als koste es übermenschliche Anstrengung, die Hand zu heben und den Reißverschluss zu öffnen, und so blieb sie stehen und wurde langsam nass.

»Sie können Ihre Möbel bequem in den nächsten vier Wochen

abtransportieren lassen«, hörte sie wieder die Abschiedssätze des Maklers. »Oder wir schicken eine Entrümpelungsfirma rein. Die machen das in Nullkommanix, sind die ja gewohnt von Todesfällen.«

Sie spürte, wie das Wasser ihre Haare schwer machte, sich seine eigenen Rinnsale zwischen den Strähnen grub, schließlich über ihre Stirn lief und aus ihren Augenbrauen tropfte. Jogger in Funktionsjacken und Herrchen mit ihren Hunden hasteten vorbei, die Frauen in Noppenballerinas und die Männer in englischen Halbschuhen, zu beschäftigt mit ihrem eigenen Leben, um ihr irritierte Blicke zuzuwerfen.

Einmal glaubte Harmony einen ehemaligen Kollegen aus dem Verlag zu erkennen, einen älteren Herrn in Wachstuchjacke, der sich von einem Husky mehr ziehen ließ, als dass er ihn ausführte. Aber auch er blieb nicht bei ihr stehen. Eine uralte Liedzeile fiel ihr ein, aus einem dieser Songs, den ihre Eltern, als sie noch zusammen waren, manchmal auf dem alten Plattenspieler im Wohnzimmer gehört hatten, eine knackende, schwere schwarze Scheibe auf dem Plattenteller, eine angeraute Frauenstimme aus den kleinen Boxen.

Freedom is just another word for nothing left to lose.

Vielleicht konnte sie doch noch alles wenden. Wenn sie jetzt Paul anrief, ihm sagte, was sie getan hatte, dass sie es nicht nur für sich getan hatte, sondern auch für ihn, für die gemeinsame Zukunft – vielleicht konnte dann doch noch alles gut werden. Mit dem Restaurant. Und auch mit der Liebe.

In diesem Moment gab es nichts an dem Gedanken, das sie abschrecken konnte. Selbst wenn sich herausstellen sollte, dass Paul seine Fußnägel mit einem Nagelclipper auf dem Kopfkissen im Bett kürzte, beim Küssen seufzte wie ein Teenagermädchen oder Altpapier nach Farben sortierte.

Sie wollte diesen Mann. Mit all seinen Geheimnissen und seinen Geheimratsecken, mit seinem langen Körper und inklusive seiner Protestkette.

Und plötzlich kam ihr ein Gedanke, der ihr mit Mo nie gekommen war.

Mit diesem Mann möchte ich alt werden.

Sie hatte nur noch ein klitzekleines Problem. Sie musste ihre Hand dazu bringen, endlich in ihre Tasche zu greifen – eine It-Bag von gestern, zu neu, um Vintage zu sein, zu alt, um noch als trendy zu gelten – und ihr Smartphone zu bedienen.

Und dann, noch ehe sie sich endlich dazu durchgerungen hatte, als sie ihre Tasche geöffnet und das Gerät aus einer Seitentasche gefischt hatte, begann es von selbst zu klingeln.

Unverwandt starrte sie auf die Zahlen auf dem Display, eine sechsstellige Hamburger Telefonnummer, die sie sofort erkannte, obwohl sie keinen Namen dazu in ihrer Kontaktliste gespeichert hatte. Eine von zwei, drei dieser kurzen Nummern, die in den Siebzigerjahren noch vergeben wurden, eine dieser zwei, drei Telefonnummern, die sie bis heute auswendig konnte. Selbst Mos Handynummer hatte sie in all den Jahren nicht im Kopf gehabt. Aber diese hier hätte sie im Schlaf gewusst. Eine vertraute Stimme, nur eine Wischbewegung von ihrem Ohr entfernt.

»Papa«, sagte sie verwundert, während er gleichzeitig ein »Ich bin's, der Horst« in ihr Ohr murmelte.

Einige Sekunden stand sie so, verwundert über den unerwarteten Anruf, mehr aber noch über ihr eigenes Wort, das offensichtlich in irgendeiner verstaubten Dachkammer ihres Hirns noch immer gelegen und auf seinen Einsatz gewartet hatte. Auch wenn sie es schon als Kind kaum verwendet hatte. »Papa«, wiederholte sie die ungewohnten Silben noch einmal, »wie komme ich denn zu der Ehre?«

Nach einigen endlosen Kaugummimomenten hörte sie, wie ihr Vater sich räusperte, dann ein kurzes Lufteinziehen mit einem vertrauten leisen Plopp am Ende. Horst und seine Pfeife.

»Ich dachte«, begann er erneut, »ich meld mich mal. Weil es dir doch heute vielleicht nicht so gut geht.«

Nun war Harmony noch verblüffter. Mit hanseatischem Understatement hatte ihr Vater den Nagel auf den Kopf getroffen. Die Sache mit Paul, die Anti-Fleisch-Demos, der Notverkauf der Wohnung – das konnte man wohl mit einem »Mir geht's nicht so gut« zusammenfassen. Aber woher …

»Woher weißt du denn das?«, fragte sie zurück.

»Na, der Jahrestag«, kam es vom anderen Ende. Nun klang Horst seinerseits verwundert.

Harmony schwieg, und so nahm ihr Vater den Faden wieder auf.

»Letztes Jahr, gleiche Zeit. Als ich heute Morgen aufgestanden und den Regen vor dem Fenster gesehen habe, musste ich an unseren alten Balkon denken. Den überdachten Gartenbalkon in Eppendorf. Ingrid hat den geliebt, vor allem das hässliche gelbgrüne Kunststoffdach darüber. Konnte ewig dort sitzen und dem Gepladder zuhören. Ist sogar in der Zeit ohne Schirm und Kapuze draußen durch Wolkenbrüche gelaufen, als wir alle dachten, der saure Regen vergiftet uns. Vielleicht hältst du mich jetzt für komisch, aber ich hatte heute Morgen auf einmal den Eindruck, sie will uns mit dem Regen ein Zeichen schicken. Dass sie irgendwo ist, auch wenn wir sie nicht sehen und fühlen können.«

Harmony betrachtete ihre Füße, die Spitzen ihrer schwarzen Lack-Stilettos, die ungleichmäßigen Dreckspritzer und hatte den Eindruck, dass der Boden sich sanft zu drehen begann. Sie hätte sich nicht gewundert, wenn aus der kaum merklichen

Bewegung eine Spirale geworden wäre, bereit, sie mit zunehmender Geschwindigeit auf den Grund der Schlammpfütze zu ziehen und tiefer in Richtung Erdmittelpunkt. War es wirklich schon ein Jahr her, dass sie die Asche ihrer Mutter in der Nordsee versenkt hatte? Wie hatte sie das nur vergessen können? Und wer waren überhaupt …

»Was meinst du mit ›wir‹?«, antwortete sie schließlich schwach. »Du hast ja meines Wissens nicht mehr viel zu tun gehabt mit Ingrid.«

Wieder hörte Harmony die leisen Ploppgeräusche, während Horst an seiner Pfeife zog.

»Aber sie ist die Mutter meines Kindes«, sagte er, »meines einzigen Kindes.«

Bei den letzten Worten zitterte seine Stimme leicht, und Harmony war erstaunt über so viel Pathos. Das lag ihrem Vater doch sonst auch nicht.

»Hast du etwa getrunken?«, fragte sie und blickte stirnrunzelnd auf ihre Armbanduhr. Fünf vor zwölf. Vermutlich hatte der Makler ihren spanischen Käufer bereits informiert. Das letzte Seil durchgeschnitten, das sie noch mit der Vergangenheit verband, der Stadt, in der sie aufgewachsen war, dem Boden, auf dem sie laufen gelernt hatte. In einer Wohnung, die früher, ganz früher einmal, von einer bunten Truppe besetzt worden war, als Protest gegen angeblichen Mietwucher und Spekulation. Harmony erinnerte sich dunkel an Plenumssitzungen in rauchgeschwängerter Luft, als man gemeinsam über das Verkaufsangebot der Stadt Hamburg diskutiert hatte. Ob man Geschäfte machen sollte mit dem Klassenfeind.

»Du hast den Regen auch gern gehabt«, sagte Horst. »Manchmal haben wir zu dritt draußen auf dem Balkon gestanden und haben den Tropfen zugehört. Und natürlich später, im Hüttendorf, da fandest du es auch immer so gemütlich, wenn der Regen dich in den Schlaf getrommelt hat.«

»Was denn für ein Hüttendorf?« Harmony blickte noch immer argwöhnisch auf ihre Schuhe und hatte den Eindruck, dass die Kreiselbewegung sich verlangsamte.

»Harmony, mein Herz!«, Horst klang empört, »willst du etwa damit sagen, dass du dich nicht an unsere Zeit im Wendland erinnerst?«

Nun war Harmony vollends verwirrt. Die Erzählung ihres Vaters hatte an etwas gerührt, das sie lange vergessen hatte. Jetzt stand es wieder vor ihr, ein großes, fest verschnürtes Paket aus Erinnerungen, ein Irrläufer, der endlich an seinen Bestimmungsort gelangt war.

So viele Monate war sie durch ihr Leben getaumelt wie durch ein unendliches Déjà-vu. Die Buchenwälder, die Lärchen mit ihrem rötlichen Holz, die Flußauen, die Fachwerkhäuser, all das war ihr auf eine seltsame Weise vertraut gewesen, ohne dass sie einen Zusammenhang hätte herstellen können. Jetzt endlich verstand sie. Ihr neues Leben war gar kein Neuanfang oder jedenfalls nicht nur.

Es war auch eine Rückkehr.

»Ich war als Kind schon im Wendland«, stammelte sie, mehr Feststellung als Frage.

Dunkel kam es ihr wieder in den Sinn, ein zusammengezimmertes Dorf mit Hütten aus Holz und Lehm, zwischen denen VW Käfer parkten und langhaarige Gestalten herumschlenderten, selbst gekochtes Essen aus einer provisorischen Feldküche, Wasser, das nie richtig warm wurde.

Es stimmte, sie war mit ihrem Vater einmal in einem solchen Hüttendorf gewesen, schon nach der Trennung ihrer Eltern, und auf einmal erinnerte sie sich fast schmerzlich intensiv an Holzkohlegeruch und Abenteuergefühl.

»Das Hüttendorf – wo lag das genau?«, fragte sie schließlich.

»Machst du Witze?«, rief Horst, »du warst doch sogar dabei, als wir damals die Freie Republik Wendland ausgerufen haben, in der Nähe von Gorleben!«

»Echt?«

»Hat ja nur vier Wochen gedauert, der Traum. Aber immerhin, vier Wochen lang haben wir sie von Probebohrungen im Salzstock abgehalten mit unserem Camp. Ich sag dir eines, dagegen war Woodstock 'n Scheiß. Das war wirklich Solidarität. Die Bauern aus der Umgebung haben uns mit Essen versorgt, jedes Wochenende kam hoher Besuch, der Schröder von den Jusos, der Wolf Biermann mit Gitarre im Gepäck. Irgendwo müsste sogar noch mein Wenden-Pass rumliegen. Offizielles Dokument der Freien Republik. ›Gültig für das gesamte Universum, solange sein Inhaber noch lachen kann‹, diesen Stempel hatte sich ein Witzbold ausgedacht. Ich bin heute noch stolz, dass du mit dabei warst.«

»Wann soll denn das gewesen sein?«

»1980. Frühjahr 1980, im Jahr nach dem großen Treck nach Hannover, als wir zum ersten Mal im großen Stil mobilgemacht haben gegen das geplante Endlager.«

Harmony schüttelte den Kopf, dass die Spritzer flogen.

»1980 war ich in der vierten Klasse. Da war ich garantiert nicht vier Wochen lang mit dir im Anti-Atomkraft-Camp. Sondern in der Schule.«

Jetzt war es Harmonys Vater, der schwieg. Erst nach einer langen Pause kam seine Antwort.

»Komisch«, sagte er leise und klang plötzlich sehr alt und sehr müde. »Ich hätte schwören können, dass du die ganze Zeit über dabei warst. Aber du hast recht, das kann gar nicht stimmen. Und das hätte die Ingrid ja auch gar nicht zugelassen, die hatte ja sowieso immer Angst, dass dir was passiert auf einer Demo.«

»So ist das mit den Erinnerungen«, sagte Harmony. »Man kann ihnen nicht trauen.«

»Weißt du«, entgegnete Horst, »die Dinge zerfallen. Aber trotzdem bleibt immer etwas zurück.«

»Bitte wie?«

»Atommüll. Gutes Beispiel. Ist unvermeidbar und zerfällt über Jahrhunderte. So ist das auch mit dem Leben selbst. Egal wie du handelst, egal was du denkst, es bleibt immer irgendwelcher Abfall zurück, mit dem muss man klarkommen.«

»Und du?«, fragte Harmony zurück, »was ist dein Endlagerproblem?«

Er atmete hörbar ein. Wieder zitterte seine Stimme. »Ich«, sagte er, »ich muss damit klarkommen, dass ich dir kein guter Vater war. Obwohl wir damals alles anders und neu machen wollten als unsere Eltern, sind wir nur auch wieder gescheitert. Anders gescheitert. Weil wir euch Kinder genauso egoistisch vor unseren eigenen Karren gespannt und für unsere Interessen eingesetzt haben. Nur dass wir andere Ziele hatten.«

»Ach, Papa.« Wieder entschlüpfte Harmony das ungewohnte Wort, fast, als hätte sie unfreiwillig eine Kiste aufgemacht, deren Inhalt ins Freie drängte und sich selbstständig machte. »Jetzt sei doch nicht so hart mit dir selbst. Aus mir ist ja trotzdem etwas geworden.«

»Ja. Wirtin, wie ich höre. Stand zumindest in der kurzen Mail, die du mir mal geschickt hast.« Horst wagte ein unsicheres kleines Lachen.

»Ich weiß, ich hätte dich längst einmal einladen können nach

Wunnefitz«, sagte Harmony versöhnlich, »aber ich schätze, ich wollte erst mal sehen, dass der Laden läuft.«

»Und? Läuft er?«

Harmony zuckte mit den Achseln. »Wenn du wüsstest«, sagte sie schließlich, »aus wie vielen Baustellen mein Leben gerade besteht, du würdest lieber nicht fragen.«

»Wunnefitz«, sagte Horst träumerisch. »da waren wir doch auch mal an der Elbe baden, kannst du dich daran erinnern?«

»Die Bucht«, antwortete Harmony tonlos, und wieder hatte sie den Eindruck, in einem Strudel aus Erinnerungen zu versinken. Der große, haarige Körper ihres Vaters, überall dunkle Wirbel, auf der Brust, auf dem Kopf, auf den Schienbeinen, ein Geschmack von reifen Herzkirschen, das stählerne Blau der Elbe, die Wildgänse, die hoch über den Sommerhimmel zogen. Ihr eigener Körper, noch kindlich und sommerbraun. Ja, sie waren dort gewesen, mit Badehandtuch und Picknickkorb, aber ohne Badesachen, hatten sich gemeinsam ausgelassen in das stille Wasser am Rand gestürzt, hinterher die Tröpfchen auf der Haut von der Sommersonne trocknen lassen.

Mit dem Horst war so etwas möglich gewesen, Ausgelassenheit, Genuss, die Lust, in der eigenen Haut zu stecken, die Vorfreude, wenn es in der Küche nach Kartoffelsuppe duftete. Wie hatte sie das so gründlich vergessen können? Ihre Mutter, die war zuständig gewesen für den Alltag, für die Geborgenheit, aber auch für die Sorge, die Zurückhaltung, die Was-wäre-wenn-Gedanken. Trotz ihres Hippie-Äußeren, ihrer blau getönten Sonnenbrille und ihrer langen Lockenmähne war Ingrid im Grunde ihres Herzens eine ängstliche Frau gewesen.

»Bist du denn jetzt glücklich? So ganz generell?«, fragte Horst.

»Ach, Glück. Was heißt das schon.«

»Wenn es nach mir gegangen wäre, ich hätte dich damals einfach mitgenommen«, sagte Horst nachdenklich. »Erst ins Wendland, dann nach Indien, schließlich zurück nach Hamburg. Wir hätten ein gutes Leben haben können miteinander, du und ich.«

»Aber?«

»Nichts aber. Ein Kind braucht doch seine Mutter.«

»Was ist damals passiert, in dem Hüttendorf?«, fragte Harmony. »Warum war ich nur ein einziges Mal mit dir dort?«

»Ingrid hatte Angst. Mal wieder. Ausnahmsweise hatte sie recht. Ich war ja da, als sie es platt gewalzt haben, mit schwerem Gerät. Und ich habe gesehen, wie die Polizei zugegriffen hat. Mir ist nichts passiert. Aber ich hab einen Freund, der kann seinen Arm bis heute nicht mehr richtig bewegen. Weil ihn ein Gummiknüppel mit solcher Wucht getroffen hat. Dabei hat er dort einfach nur gesessen. Bereit, sich wegtragen zu lassen.«

»Na, irgendeinen Grund werden die Polizisten ja wohl gehabt haben für ihr Durchgreifen«, gab Harmony patzig zurück.

»Wir passten einfach nicht in ihre Ordnung. Eine Gesellschaft von freien Menschen, die ein Stück Grund und Boden besetzt hatte, um es zu retten.«

»Ja, das konntet ihr ja immer gut. Einfach mal was besetzen. Ihr hattet ja immer das Gefühl, dass euch die Welt gehört. Dass ihr euch einfach bedienen könnt.«

Ein Regentropfen lief Harmony über die Wange, während sie in die Stille am anderen Ende lauschte. Feuchtigkeit im Gesicht. So in etwa mussten sich die Tränen anfühlen, die andere Menschen in solchen Augenblicken weinten. Harmony stand im Matsch und verstand sich selbst nicht. Warum war sie so harsch zu ihrem Vater? Warum schlug sie nach denen, die sie in den Arm nehmen wollten, biss in Hände, die sie streichelten?

Warum hatte sie Wiebke aus dem Restaurant verbannt, und warum schlug sie jetzt auch noch das vorsichtige Versöhnungsangebot ihres Vaters aus? Ein nasser Hund war sie, ein nasser Straßenköter im Regen, trotz der teuren Schuhe, ein wildes Vieh, das zubiss, wenn ihm jemand zu nahekam.

Und keiner da, der sie zähmen konnte.

26

Harmony hielt sich an der Theke fest und beobachtete ihre Fingerknöchel, die langsam weiß anliefen. Es war einfach nicht möglich, dass der Mann hinter dem Keyboard mit den bunten Aufklebern sang, was er da sang. Wahrscheinlich lag es an ihr, und sie entwickelte eine Mischung aus Tinnitus und Stimmen im Kopf. Wäre ja nicht verwunderlich nach den Ereignissen der letzten Wochen.

Alleinunterhalter Andy, so stand es in glitzernden Riesenbuchstaben auf seinem Instrument, nahm seinen Job jedenfalls verdammt ernst. Dem Emblem an seiner feldgrauen Schützenuniform zufolge hatte er eine glorreiche Vergangenheit als Schützenkönig hinter sich, im Jahr 1985, und war als Veteran nun mit dem gleichen Engagement in die Unterhaltungsbranche gewechselt. Die Orden auf seiner Brust waren schon leicht verrutscht, auf seiner hochroten Stirn glänzten Schweißperlen. Eine der Hilfskellnerinnen strebte gerade mit einem großen Tablett voll kleiner Schnapsgläser an ihr vorbei in Richtung Bar, und Harmony hielt sie an der Schulter fest. »Sag mal«, rief sie dem Mädchen ins Ohr, »verstehst du den Text?«

Sie deutete mit ihrer freien Hand auf den Exschützenkönig. Gerade haute er zum wiederholten Mal in die Tasten und ging dazu auf das Mikrofon los, während sich zwischen den beiseitegeräumten Tischen einige Tanzpaare drehten. Die Kellnerin machte sich mit einem Ruck los. »Sorry, keine Zeit«, rief sie, »die Herren haben gesagt, sie verdursten.« »Nicht die Damen vergessen«, bemerkte Harmony bissig. Wenn Frauen in diesem Verein schon nicht Mitglied werden konnten, dann sollten sie wenigstens etwas Vernünftiges zu trinken bekommen.

»Gut, dass Sie mich daran erinnern«, erwiderte die Kellnerin, »haben wir eigentlich auch liebliche Weine?«

Harmony schüttelte resigniert den Kopf. »Bring ihnen eine Flasche Rosé und stell die Zuckerdose dazu.«

»Aber …«

»Wenn sie sich beschweren, sag ihnen, in Hamburg macht man das so.«

Ein penetranter Geruch von Anis breitete sich aus, während die Kellnerin hinter der Bar großzügig eine Runde Ouzo in den Gläschen verteilte. Wieder hörte Harmony hin, wie Alleinunterhalter Andy seinen verstörenden Text schmetterte, und jetzt fiel ihr ein, dass sie diese Wortkombination schon einmal gehört hatte. Beim Grillfest auf dem Campingplatz, an jenem Tag, als sie nach dem Weg zu ihrem Wellnesshotel gefragt hatte.

Der sang da allen Ernstes: »Hast du Weinbrand in der Blutbahn, kannst du bumsen wie ein Truthahn.«

Die Tanzpaare schien es jedenfalls nicht zu stören. Die waren offensichtlich Kummer gewohnt. Oder hatten eine andere Auffassung von Kummer. Verblüfft hatte Harmony am Nachmittag zugesehen, wie folgsam die mitgebrachten Damen abzockelten, als Andy sie von seinem Platz hinter dem Keyboard aus in den Nebenraum schickte: »Die Herren treffen sich jetzt auf einen gepflegten Drink an der Bar, das Kuchenbüfett ist eine Tür weiter aufgebaut.« Wie es aussah, trank die sittsame

Schützenfrau keinen Whisky. Oder nur heimlich am Vormittag, wenn der Gatte auf dem Exerzierplatz unterwegs war.

Sogar die Frau des aktuellen Schützenkönigs hatte brav ihr blaues Kunstseidengewand gerafft und war mitgedackelt. Jetzt tanzte sie sich gerade dort vorne die Seele aus dem Leib. Eine dralle Blonde um die vierzig mit tiefem Rückenausschnitt, der den Blick freigab auf ein imposantes Tribal Tattoo, das seine beste Zeit vermutlich etwa im Jahr 2000 gehabt hatte. Ausgelassen ließ sie sich von einem schnauzbärtigen Galan herumschleudern und quiekte jedes Mal ausgelassen, wenn Andy zu seiner nicht jugendfreien Stelle gelangte. Sie sah aus, als hätte sie den Spaß ihres Lebens.

Der Ablauf des Schützenballs, von der Kuchenschlacht bis zur Mitternachtssuppe, schien einem minutiös festgelegten Ritual zu folgen, und das vermutlich seit 1375. Das Gründungsjahr der Gilde, so stand es auf den allgegenwärtigen Abzeichen. Der bürokratische Plan hielt die Gäste aber nicht davon ab, sich zu amüsieren wie Bolle. Und das galt nicht nur für die sinnlich-aufgelöste First Lady. Gläserklirren, Gelächter von quiekend bis dröhnend, schwitzige Hände auf schwitzigen Händen allüberall. An Stühlen und auf Tischen hingen und lagen einige Uniformjacken voll bunter Fantasieorden. Die Wände waren provisorisch mit Schießscheiben dekoriert, unter der Decke lange Ketten mit grün-weißen Wimpeln gespannt, und neben dem Durchgang zur Küche lehnte eine mannshohe Fahne mit aufgesticktem Gildenwappen. Was Mo wohl geschrieben hätte, wenn er sie so hätte sehen können? Ganz zu schweigen von dem, was auf dem Büfett herumstand, dieses Fingerfood aus den Fünfzigerjahren.

Der Einzige, der nicht lachte, war der Fahrer des Kleinbusses, der die Gesellschaft hergebracht hatte. Der saß etwas abseits, trank Cola, als gäbe es kein Morgen, wischte sich zwischendurch die Hände an einer abgetragenen Kunstfaserhose ab und sah im Fünfminutentakt auf die Uhr. Vermutlich hielt ihn nur die Aussicht auf ein angemessenes Schmerzensgeld pro Minute bei der Stange. Da hatte er etwas gemeinsam mit Harmony.

Gedankenverloren blickte sie auf ein Matschhäufchen am Eingang, überlegte, ob sie den Dreck rasch selbst wegputzen sollte, den die Gäste mit ihren nassen Stiefeln in den Gastraum geschleppt hatten, und warum sie sich das überhaupt angetan hatte mit dem Schützenball. Am Geld lag es nicht, davon hatte sie seit dem Wohnungsverkauf noch reichlich, sogar nachdem sie ihre Tante ausgezahlt und die unausgepackten Dekopakete kostenpflichtig hatte abholen lassen. War es Harmonys Geschäftsfrauenehre, ihr Pfeffersackgen, das sie davon abgehalten hatte, der Schützengesellschaft abzusagen? Oder war es eher die Sehnsucht nach ungebrochenen Versprechen, nach Dingen, die Bestand hatten, auch wenn sie so geschmacklos waren wie der Lieblingsschlager der Schützengilde? Möglicherweise war der auch im Jahr 1375 komponiert. Ein Hauch von Ewigkeit in einem Leben, in dem kaum mal für ein paar Jahre alles beim Alten blieb.

Während Harmony noch sinnierend an ihrem Tresen stand, war das jahrhundertealte Festprogramm bereits in ein neues Stadium eingetreten, denn die letzten Takte von Andys Gute-Laune-Song waren verklungen, und die Paare strebten auseinander und wieder ihren Tischen zu, als wüssten sie bereits genau, was nun anstand. Tatsächlich wischte sich der amtierende Schützenkönig mit zeremonieller Geste die dicken Schweißtropfen von der Stirn, stand auf, um seiner Gattin den Stuhl zurechtzurücken, und verkündete: »Und jetzt will uns unser lieber Erster Vorsitzender noch ein paar Worte sagen.«

Alle Augen wandten sich nun dem Tisch zu, an dem die Creme de la Creme der Schützengilde versammelt war. Eine Parade stattlicher Bäuche, randloser Brillen unter schütterer Lockenpracht und Schnurrbärte. Harmony erkannte einige Gesichter vom Weihnachtsumtrunk wieder. Rudi war mit dabei, auch der junge Fabian, das Gesicht blau angeleuchtet im Schein eines iPad-Displays. Der fühlte sich in der digitalen Welt offensichtlich wohler als zwischen so viel analoger Gediegenheit.

Aus dem Bollwerk niedersächsischer Eichen erhob sich schließlich ein kleines schmächtiges Männlein mit spitzer Nase und trippelte in Richtung Tresen. Von Weitem hätte man ihn für ein Kind halten können, das aus Spaß Papas Uniform als Faschingskostüm ausgeliehen hatte, aber im Näherkommen sah man deutlich, dass seine Kindheit schon ein paar Jahrzehnte zurücklag. Harmony trat einen Schritt zurück und postierte sich zwischen der Theke und dem Durchgang zur Küche. Die Kellnerin, die gerade hinter der Theke Weingläser aus dem Regal holte, stellte eine Handvoll davon mit leisem Klirren ab und stützte die Ellenbogen auf, als machte sie sich auf langes, stummes Zuhören gefasst.

Andy nestelte mit seinem drahtlosen Mikrofon herum, das beleidigt zu fiepen begann, und reichte es dann weiter an das Männlein. Augenblicklich erstarben die letzten Gespräche rundherum, es wurde totenstill. Die einzigen Geräusche, die noch an Harmonys Ohr drangen, waren der Regen an den Fenstern, das Gluckern in den Dachrinnen, und ein leiser Knipslaut, mit dem die Gattin des Schützenkönigs wieder und wieder ihre Handtasche öffnete und schloss. Selbst in der Küche war es still. Was wohl Paul gerade tat?

»Schützen«, begann der erste Vorsitzende mit einer hohen

Fistelstimme, »liebe Schützen, Männer, Freunde des Schießsports!«

Er machte eine Kunstpause, in die sich etwas Applaus mischte. Vor allem die Frauen hoben bereitwillig ihre Hände, obwohl von ihnen in seiner Begrüßung noch nicht einmal die Rede gewesen war.

»Was mich ja ganz besonders freut, ist, dass wir heute hier feiern können, im Dorfgasthof Wunnefitz. Die älteren unter euch werden sich vielleicht erinnern, wir hatten hier schon viele schöne Stunden, seit unserem Ball von 1981 bis zu den tragischen Ereignissen von Zwanzig-Sechs.«

Harmony blickte verwundert in die Runde. Alle nickten und schienen bestens im Bilde zu sein. Auch wenn ihnen nicht aufgefallen war, dass das Lokal den Besitzer und ein- bis zweimal den Namen gewechselt hatte. Aber was war Zwanzig-Sechs passiert?

»Wenn ich schon damit angefangen habe«, fistelte das Männlein leutselig, »ich dachte ja, wir könnten unser geselliges Zusammensein gleich mit dem der freiwilligen Feuerwehr zusammenlegen und sicherheitshalber ein paar Sandsäcke einpacken. Wenn ich mir das Wetter da draußen so anschaue, könnte man glatt meinen, es geht wieder los. Aber ich will den Teufel nicht an die Wand malen, schließlich hatten wir die Jahrhundertflut schon mal, und wenn mich nicht alles täuscht, ist das Jahrhundert noch nicht rum. Jedenfalls nicht ganz.«

Vereinzelt wurde an den Tischen gekichert, andere Gäste legten ihre Gesichter in besorgte Falten. Langsam verstand Harmony, wovon die Rede war. Der gottesfürchtige Spruch über dem Giebel ihres Hauses, den sie immer für eine Art niedliche Folkore gehalten hatte – doch im Gegenteil: Seinem Verfasser war es ernst gewesen. »Errettet aus des Stromes Flut/was wir nannten Hab und Gut.«

Und düster schwante ihr, welches Schicksal ihren Vorgänger und das Lokal vor einigen Jahren ereilt hatte.

Was, wenn die Elbe tatsächlich wieder über die Ufer trat?

Und wie war sie eigentlich versichert?

Harmony warf einen alarmierten Blick zum Fenster und versuchte, sich an das Gespräch mit dem freundlichen Außendienstmitarbeiter zu erinnern. Eines von vielen Gesprächen im letzten Herbst, in dem sie erfolgreich Durchblick markiert hatte, obwohl sie über weite Strecken keine Ahnung hatte, wovon ihr Gegenüber eigentlich redete und was die einzelnen Klauseln bedeuteten. In ihrem früheren Leben war sie mit dieser Strategie immer hervorragend gefahren. Aber jetzt kamen ihr deutliche Zweifel, ob diese Art von Chef-Theater wirklich das Richtige gewesen war, um ein neues Leben zu starten.

»Aber wie versprochen will ich ja auch gar keine großen Worte machen, ich weiß, euch ist heute mehr nach feiern als nach großen Reden, kann ich gut verstehen, ich war ja auch mal jung.«

Wieder machte der Redner eine Kunstpause, als wartete er auf flammenden Protest, doch der blieb aus. Als er weitersprach, klang er ein wenig enttäuscht.

»Ich will euch also auch gar nicht langweilen mit den anstehenden Veränderungen in unserem Verein, der Diskussion über die Satzung oder das Konzept, das unsere Frauengruppe für das diesjährige Grillfest erarbeitet hat, dazu haben wir ja unsere nächste Sitzung. Aber bevor ich uns allen noch mal einen kleinen Überblick über die Höhepunkte des vergangenen Vereinsjahres gebe, möchte ich an dieser Stelle doch vor allem unseren lieben Heimkehrer begrüßen, der nach langen Jahren in der Fremde endlich wieder in unserer Mitte angekommen ist. Norbert«, das Männlein wies mit leutseliger Geste auf einen

Mittvierziger, der mit am Ehrentisch saß, »ich freue mich außerordentlich, dass deine Jahre im Exil endlich vorbei sind und du dich auch gleich bereit erklärt hast, das Amt des Kassenwartes wieder zu übernehmen.«

»Wo war denn der Mann?«, raunte Harmony ihrer Kellnerin zu.

»Hannover«, zischelte diese zurück. »Landespolizeidirektion.«

»Der Norbert«, fuhr der Vorsitzende fort, »hat in all der Zeit, die er nicht aktiv an unserem Vereinsleben teilnehmen konnte, wirklich keine Kosten und Mühen gescheut, um ...«

Weiter kam er nicht, denn in diesem Moment zerriss plötzlich ein ohrenbetäubender Lärm die weihevoll-gelangweilte Stille. Glas klirrte, Frauen kreischten, und mit einem enormen, dumpfen Schlag landete ein Bündel mitten im Raum, zwischen dem Honoratiorentisch und der Theke. Für einen kurzen, surrealen Moment musste Harmony an alte Western denken, in denen ein schießwütiger Fremder mit geladenem Colt in den Saloon des Grenzstädtchens stürmt, aber schon gleich danach verstand sie, dass die Dinge anders lagen. Die Männer mit der Vorliebe für Feuerwaffen saßen entwaffnet und entsetzt vor ihren Biergläsern, und das was geknallt hatte, war kein Colt, sondern ein Ziegelstein, der das Seitenfenster zertrümmert hatte.

Nein: nicht nur ein Ziegelstein.

Sprachlos starrten Harmony und ihre Gäste auf das Bild inmitten der blank polierten Terrakottafliesen. Auf dem Ziegelstein, angebunden mit doppelter Paketschnur, lag ein Hase, der aussah, als übte er eine Yogaposition. Rücklings ausgestreckt, die Vorder- und Hinterläufe lang gemacht, den Kopf im Nacken, wirkte er wie auf dem Weg ins Nirwana. Aber es gehörte nicht viel dazu, um zu erkennen: Dieser Hase war bereits im erleuchteten Jenseits angekommen. Mausetot.

Und noch etwas war eindeutig: Er hatte eine Botschaft. Jedenfalls trug er einen kleinen Briefumschlag um einen der Hinterläufe, festgemacht mit rotem Geschenkband. Harmony war bisher noch nie mit Terrorismus in Verbindung gekommen, aber das sah ganz nach einem Bekennerschreiben aus.

Nach einem kurzen Schreckmoment begann die Frau des Schützenkönigs zu kreischen. Sie sprang auf, stand dann ganz steif und mit hochgezogenen Schultern, während kleine Glasscherben aus ihrem voluminösen Ballkleid rieselten. Sie hatte genau in der Einflugschneise des gruseligen Objektes gesessen.

»Kathrinchen! Bist du verletzt?«

Ihr Tanzpartner eilte zu ihr, aber der Ehemann hatte sich bereits resolut vor seine Frau gestellt.

»Nicht bewegen, ich hol dich da raus!«, kommandierte er und nestelte hektisch am einem Stück Reißverschluss zwischen Rückenmitte und Halb-Tattoo. Währenddessen stellte sich der schnauzbärtige Tanzpartner ritterlich vor die Frau, um ihre Blöße zu bedecken. Oder, um endlich ungestört einen Blick darauf zu werfen. Ein Windstoß fuhr durch das zerbrochene Fenster ins Lokal, und auf einmal bemerkte Harmony, die immer noch stumm und stocksteif dastand, eine Bewegung draußen.

»Da«, hörte sie sich selbst rufen, »da flüchtet einer mit dem Fahrrad!«

Im Halbdunkel konnte sie den zitternden Lichtkegel eines schwachen Scheinwerfers erkennen und eine schwarz gekleidete Gestalt auf dem Sattel, eine Mütze tief über den Kopf gezogen. Sie hätte nicht einmal sagen können, ob es ein Mann war oder eine Frau.

Wie abgesprochen sprang eine Clique Schützenbrüder von ihrem Tisch auf und stürmte nach draußen. Harmony konnte ihr Geschrei hören und das aufspritzende Wasser, während sie durch knöchelhohe Schlammpfützen losliefen, um die Verfolgung aufzunehmen. Zu Fuß würden sie keine Chance haben, das war klar.

Schon kurze Zeit später erschien der erste Verfolger denn auch schwer atmend in der Tür, mit dunklen Flecken auf der Uniform, bei denen fraglich war, ob sie vom Regen kamen oder vom Schweiß.

»He, Busfahrer«, bellte er in militärischem Ton durch den Raum, »die Autoschlüssel, schnell.«

Der Busfahrer, der als einer der wenigen nicht aufgestanden war, sondern ungerührt an seiner siebten Cola nippte, schüttelte langsam den Kopf.

»Kommt nicht infrage«, sagte er dann langsam, »Sie sind nicht mehr fahrtüchtig.«

»Na, dann nehmen Sie gefälligst selbst die Verfolgung auf«, keifte die Frau des Schützenkönigs und zerrte ihre verrutschte Corsage wieder über den Busen.

»Das kostet aber Zuschlag«, murrte der Mann. Dann blickte er endlich auf und verstand, dass er sich gerade in eine ausgesprochen gefährliche Situation begab. Allein, im Kreis angetrunkener und schießgeübter Männer, und anscheinend stand auch noch die Ehre einer Dame auf dem Spiel. Oder gleich die Ehre zweier Damen: einer eigenen und einer fremden.

»Zu den Waffen, Männer!«, grölte ein nicht mehr ganz nüchterner Schützenbruder.

»Nichts da!«, nun kam Bewegung in Norbert, den neuen, alten Kassenwart. »Das ist ein Fall für meine Kollegen! Ich ruf die Polizei!« Während er sein Handy zückte und ein paar dringliche Befehle hineinbellte, als hätte er zu viele Krimis geschaut, drängte der feuchte Verfolger den Busfahrer aus dem Gastraum und vor die Tür. Es dauerte nicht lange, da hörte man den Busfahrer draußen lautstark fluchen.

»Verdammte Axt! Die haben mir die Reifen aufgestochen!«

Wieder kam Bewegung in die Gesellschaft. Einige liefen nach draußen, um sich den Vierfachplatten anzuschauen, andere bewegten sich von dem zertrümmerten Fenster weg. Frauen warfen Jacken über bloße Schultern, Männer drängten sich in die Ecke.

Undeutlich nahm Harmony hinter sich ein Geräusch wahr und bemerkte, dass Paul in den Gastraum gekommen war. Endlich löste sie sich aus ihrer Starre.

»Verehrte Damen und Herren«, sagte sie und räusperte sich, »das tut mir außerordentlich leid! Ich werde das natürlich gleich wegräumen lassen und …«

»Und Sie fassen hier nichts an, Sie warten auf die diensthabenden Beamten!«, Norbert eilte mit schnellen Schritten auf Harmony zu, »das ist ein Tatort!«

»Aber der Hase hat Post für mich«, sagte sie und spürte, wie sich ein unkontrolliertes, hysterisches Kichern in ihrer Kehle zusammenbraute, »die sollte ich doch wohl lesen.«

»Sie da«, Norbert gestikulierte zu der Hilfskellnerin, die ein paar Schritte hinter den Tresen zurückgewichen war und nun mit dem Rücken zur Wand stand, »schauen Sie mal im Verbandskasten nach, ob wir Einweghandschuhe haben.«

»Wieso, ist doch jemand verletzt?«

Norbert warf einen prüfenden Blick auf die Schützenkönigsgattin, die wieder vollkommen angekleidet war und eben mit resoluten Schlucken das zweite Glas Ouzo hinunterkippte, das mitfühlende Herren ihr reichten.

»Nein. Aber wenn die Spusi kommt, möchte ich mir keine Vorwürfe anhören müssen.«

Die Kellnerin kramte im Verbandskasten, förderte tatsächlich ein Paar Latexhandschuhe zutage und reichte sie Norbert. Der gab sie weiter an Harmony.

»Tun Sie, was Sie nicht lassen können«, sagte er und beobachtete mit gerunzelter Stirn, wie Harmony die Handschuhe überstreifte und sich zu ihrem ungebetenen Gast beugte.

Je näher sie kam, desto mehr musste sie einen Brechreiz unterdrücken. Zwar hatte der Körper des Tieres wie durch ein Wunder unversehrt den Flug durch die Scheibe überstanden, aber er roch schon ziemlich streng. Mit angehaltenem Atem fingerte Harmony das kleine Klappkärtchen aus dem Umschlag, der an »die Mörderwirtin von der Elbliebe« adressiert war, in einer nichtssagenden Schrift mit Blockbuchstaben. Der Attentäter (oder die Attentäterin) hatte sich nicht einmal die Mühe gemacht, Buchstaben aus der *Elbe-Jeetzel-Zeitung* auszuschneiden. Da musste sich jemand erstaunlich sicher fühlen bei dem, was er tat.

Harmony stand auf und musterte das Kärtchen in ihrer Hand. »Alles Liebe«, stand in Glitzerbuchstaben auf der Vorderseite, umgeben von lächelnden rosa Schmetterlingen. Entweder hatte derjenige einen bösen Sinn für Humor, oder er hatte gerade nichts anderes zur Hand gehabt. Dann öffnete sie die Karte. Darin standen, grußlos, nur zwei knappe Sätze.

»Dieser Hase ist eines natürlichen Todes gestorben«, las Harmony stockend vor, »das kann man von den Tieren auf deiner Karte nicht behaupten.«

»Gibt es einen Absender?«, fragte Norbert professionell.

Harmony nickte. »Doch, da steht was: Vegane Republik Wendland.«

Erneut polterte es an der Tür. »Endlich«, freute sich Norbert, »die Kollegen haben sich ja Zeit gelassen.«

Doch es stapfte nur die unerschrockene Gruppe Schützen in die Gaststube, die noch immer versucht hatte, den Attentäter auf dem Fahrrad zu verfolgen, im Schlepptau den immer noch fluchenden Busfahrer.

»Keine Chance«, keuchte einer der Schützen und fuhr sich mit der Hand über die halb verschwitzte, halb nass geregnete Glatze, »der war schon weg, als wir hinterher sind. Wir …«

Plötzlich unterbrach er sich mitten im Satz und starrte in Harmonys Richtung, als hätte er dort ein Gespenst gesehen. Irritiert wandte sich Harmony um und folgte dem Blick. In der Tür stand Paul, die Arme verschränkt, das Gesicht regungslos. Er wirkte völlig unbeteiligt, so, als hätte er mit der ganzen absurden Szenerie nichts zu tun, ein Zaungast, der nur zufällig da war.

Nun hob der Glatzköpfige an der Tür einen dicken roten Finger und zeigte quer durch den Raum.

»Der da!«, rief er, »der war's! Der hat den Hasen geworfen!«

Mit einem Mal kam Bewegung in die stumme Gesellschaft. Die Frauen begannen zu tuscheln, die Männer stießen sich aufgeregt mit den Ellenbogen an.

»Aber nein«, erwiderte Harmony verdattert, »das ist Paul Börnsen, mein Koch! Der war doch die ganze Zeit hier!«

»Sind Sie sicher?«, fragte Norbert und blickte verwirrt zwischen dem Glatzköpfigen und Paul hin und her. Beinahe erleichtert registrierte Harmony, dass sie nicht die Einzige hier im Raum war, die nicht verstand, was hier gespielt wurde. Nur dass hier schon wieder Menschen waren, die auf Pauls Gegenwart höchst unentspannt reagierten.

»Ha!«, stieß der Glatzköpfige aus und machte ein paar drohende Schritte durch den Raum. Er wirkte wie jemand, der seinen großen Auftritt genoss und sich ganz als Mann der Stunde fühlte.

»Börnsen, du linker Hund!«, schleuderte er Paul entgegen, »dass du dich nicht schämst! Dass du es überhaupt wagst, hier noch mal aufzukreuzen, nach allem, was du deinem Vater angetan hast. Was du uns allen hier angetan hast.«

Nun begann auch Norbert, ganz langsam zu nicken, und Harmony hatte das deutliche Gefühl, dass sie jetzt die Einzige im Raum war, die nicht mehr folgen konnte. Sie und vielleicht noch der missgelaunte Busfahrer.

»Das ist …«, begann Norbert in fragendem Ton, und der Glatzköpfige nickte bedeutungsschwer.

»Ja. Das ist er. Der Sohn vom alten Börnsen. Dem Vor-Vorgänger von deinem neuen Chef drüben in Lüchow. Und unserem alten Schützenbruder. Und warum der heute nicht unter uns ist und mitfeiert, na, das könnt ihr ja mal den da drüben fragen. Wenn der nicht auch verantwortlich ist für diesen terroristischen Akt hier.«

Anklagend deutete er auf das Hasen-und-Backstein-Ensemble auf den Fliesen.

Alle Augen ruhten jetzt auf Paul, der noch immer unbewegt in der Tür stand.

»Wenn das so ist«, sagte Paul schließlich, »dann wäre ich wohl lieber in der Küche geblieben.«

»In der Küche?«, rief der Glatzköpfige mit sich überschlagender Stimme und rückte noch mal ein paar Schritte näher, »ja, wärst du mal lieber gleich ganz weggeblieben, am anderen Ende der Welt! Bei den Schlitzaugen, oder wo du auch immer warst! Oder, noch besser, hättest du mal lieber die Nase in dein Mathebuch gesteckt, als du ein Junge warst, statt bei den Freaks herumzuschleichen und deine Nase in Dinge zu stecken, die dich nichts angehen!«

»Und wer bist du«, sagte Paul noch leiser, »dass ich mich vor dir rechtfertigen müsste?«

Im gleichen Moment hörte Harmony Schritte an der Tür, dann klopfte es, und zwei Polizisten traten in die Gaststube.

»Guten Abend, die Herren«, grüßte der ältere von den beiden »wer ist denn wohl hier der Chef?«

»Ich«, sagte Harmony und spürte, dass ihre Stimme zitterte. Erst allmählich kam in ihrem Bewusstsein an, was hier eigentlich geschehen war. Sie fragte sich, ob dem Attentäter eigentlich klar war, was geschehen wäre, hätte die Frau des Schützenkönigs tatsächlich den Ziegel an den Kopf bekommen. Am liebsten hätte sie sich die andere Hälfte der Schnapsgläser hinter die Binde gekippt, die Kathrinchen übrig gelassen hatte.

»Ihr Mann ist nicht da?«

»Harmony Schlüter-Hansen. Mir gehört das Restaurant.«

»Und wer ist für das hier verantworlich?« Der ältere Polizist deutete auf den Hasen wie ein strenger Vater, der seinen Sohn ermahnt, er möge doch bitte endlich das Star-Wars-Lego vom Teppich räumen.

»Na, der da! Der Börnsen! Das hab ich im Urin!« Aufgeregt deutete der Glatzköpfige auf Paul.

Paul hielt sich beide Hände an die Schläfen, als müsste er seinen Kopf daran hindern, wie ein Stein zu Boden zu kullern.

»Es reicht«, flüsterte er, »es reicht.«

27

»So«, sagte Paul, »das müsste halten.«

Erschrocken fuhr Harmony herum. Seit einer halben Stunde arbeiteten sie stumm nebeneinander, beseitigten Glasscherben, brachten Geschirr in die Küche und dichteten das Loch in der Scheibe mit einem großen Stück Pappe ab. Hand in Hand wie ein altes Ehepaar, deren Aufgaben und Bewegungen in einer jahrzehntelangen Choreografie aufeinander abgestimmt waren, wie Eislaufpartner oder Kollegen bei einem Rettungseinsatz, konzentriert und ohne dass ein einziges Wort dabei fiel.

Harmony war froh, dass es etwas zu tun gab, etwas, das man mit den Händen und ohne viel Überlegung erledigten konnte, denn so hatte sie einen guten Grund zu schweigen. Sie vermutete, dass es Paul ähnlich ging. Jeder Handgriff war ein guter Grund, den Mund zu halten. Deshalb durchschnitten seine sachlichen Worte die konzentrierte Stille fast ebenso wie das Splittern der Fensterscheibe zwei Stunden zuvor die Rede des Vereinsvorsitzenden.

Harmony warf einen prüfenden Blick auf die Pappe, die mit dickem braunem Paketband am Fensterrahmen festgemacht war. Ein Anblick, der das Restaurant auf einen Schlag wieder in die baufällige Ruine verwandelte, als die Harmony es damals entdeckt hatte. Da halfen auch keine abstrakten Gemälde an den Wänden und keine geschmackvollen Fliesen. Nackt und trostlos sah das aus, wie eine Frau, der jemand eine hübsche Maske vom Gesicht gerissen oder kunstvolles Make-up fortgewischt hatte. Die Stunde der Wahrheit.

Aber auch wenn alles so schrecklich war, das kaputte Fenster, der stinkende Hase, der ruinierte Schützenball und der Dauerregen, so konnte sich der Abend vielleicht doch noch zum Guten wenden, dachte Harmony.

Immerhin hatten Paul und sie mit ihrer stummen Räumaktion gerade bewiesen, wie gut sie miteinander funktionierten, Vielleicht konnte dieses Erlebnis die Mauer wieder einreißen, die seit Mos Besuch zwischen ihnen entstanden war, und ganz sicher sogar war heute endlich der Tag gekommen, um zu reden.

Harmony räusperte sich. »Und?«, fragte sie schließlich zaghaft, »welchen Wein würden Sie zu Terror und Unwetter empfehlen?«

Paul lächelte nicht. Er ging auch nicht auf ihren Scherz ein. »Tschüss, Harmony. Ich muss dann mal.«

Harmony schüttelte fassungslos den Kopf.

»Du willst jetzt einfach gehen? Nach allem, was heute Abend passiert ist? Glaubst du nicht, du schuldest mir …«

»Ich schulde dir gar nichts.«

Pauls Stimme klang so scharf, dass sie zusammenzuckte. Wenn sie gedacht hatte, dass dieses Abenteuer sie beide versöhnen konnte, dann hatte sie gründlich falschgelegen.

»Nein«, gab sie unsicher zurück, »natürlich nicht. Ich wüsste nur gerne …«

»Harmony, ich muss dir etwas sagen.«

Paul sah sie nicht an, während er sprach. Konzentriert kniebelte er an seinem Zeigefinger herum, an dem noch ein Stückchen Klebeband haftete.

»Was der Glatzkopf da vorhin meinte … in einer Sache gebe ich ihm recht. Ich hätte wirklich nicht wiederkommen sollen. Ich kann mit meiner Vergangenheit leben, aber die hier, die können es nicht. Zumindest einige von ihnen. Auf diese Weise heilt keine Wunde.«

Dabei war sein Blick so traurig und leer, dass Harmony unwillkürlich einige Schritte auf ihn zu machte. Gerne hätte sie ihn in den Arm genommen, ihn geschützt, die Schwere von ihm genommen, die um ihn herum zu spüren war. Ihm zugeflüstert, dass alles gut werden würde, dass sie für ihn da war und immer da sein würde.

Aber als sie dann vor ihm stand, wagte sie es gerade einmal, eine Hand an seinen Oberarm zu legen. Für einen kurzen Moment griff er danach, drückte sie und legte sie dann wieder weg wie einen Gegenstand, den man nicht mehr brauchte.

»Es tut mir leid, wenn du es gerade jetzt erfährst, nach allem, was hier heute Abend passiert ist. Aber noch länger zu warten, wäre nicht fair. Schließlich musst du den Betrieb hier organisieren.«

»Wovon redest du?«, stammelte Harmony. »Glaubst du etwa, ich wollte nicht mehr mit dir arbeiten, weil diese Spießer hier ein Problem mit dir haben? Wegen irgendwelcher Jugendsünden, von denen du nicht sprechen willst?«

Paul schüttelte stumm den Kopf. »Das waren keine Jugendsünden. Mit vierzehn Jahren habe ich etwas getan, was das Leben meiner Familie für immer verändert hat, und nicht zum Guten. Wenn ich es bereuen würde, dann würden sie mich vielleicht wieder aufnehmen in ihren Kreis. Aber ich kann es nicht bereuen. Es war damals richtig, und es ist auch heute richtig.«

»Aber was …«

Als er weitersprach, war sein Blick so intensiv, dass sie ihn fast nicht ertrug.

»In den letzten Monaten habe ich tatsächlich gedacht, dass es noch einmal etwas werden könnte mit dem Wendland und mir. Dass mich etwas hier halten könnte. Eine Hoffnung, eine Zukunft. Vielleicht sogar ein Mensch, der mir das Gefühl gibt, willkommen zu sein. Die andere Scherbe, mit der ich gemeinsam wieder ein Ganzes sein kann.«

»Paul …«, wieder hob Harmony ihre Hand, aber sie schaffte es nicht mehr, ihre Finger um seinen Arm zu schließen, schaffte es nicht einmal mehr, ihn zu berühren. Ihre Hand fühlte sich an wie steif gefroren.

»Keine Sorge«, sagte er, und ein Hauch von Sarkasmus hatte sich in seine Stimme geschlichen. »Das Leben geht weiter, für jeden von uns. Ich nehme an, du bist gut versichert.«

»Aber es gibt keine Versicherung!«, platzte Harmony heraus. »Für nichts! Vielleicht für kaputte Glasscheiben, aber für nichts, das wirklich zählt!«

»Ja«, sagte Paul kühl, »willkommen in der Wirklichkeit. Was ich eigentlich loswerden wollte, ist nur, dass ich gehe. Ich habe ein Last-minute-Ticket für Costa Rica, übermorgen. Ein alter Freund hat dort ein Strandlokal. Vielleicht kann er einen Koch gebrauchen. Oder er kennt jemanden, der einen sucht.«

»Und wann kommst du wieder?«, stammelte Harmony verständnislos.

Paul zuckte mit den Achseln. »Ich wollte eigentlich einen One-way-Flug buchen, aber das war teurer als ein Hin- und Rückflugticket. Vielleicht kann ich die halbe Strecke weiterverkaufen. Mal sehen.«

»Du willst einfach alles hinter dir lassen?«

Er zuckte mit den Schultern. »Wäre ja nicht das erste Mal.«

»Moment«, stammelte sie, »und wie soll ich zurechtkommen, ohne dich?«

»Ich bin nicht der einzige Koch auf der Welt. Und so wie das hier aussieht, musst du ja ohnehin ein paar Tage dichtmachen.«

»Dann nimm mich mit«, flüsterte Harmony tonlos, »nimm mich doch wenigstens mit.«

Auf einmal, als hätten ihre eigenen Worte einen verborgenen Schalter in ihrem Hirn umgelegt, sah sie es wieder vor sich. Wie der Horst eines Morgens in der Wohnküche gestanden hatte, Filterkaffee schwarz aus einem Porzellanbecher mit einer roten Sechs darauf hinunterkippte. Ein Kinderbecher, den er seiner Tochter zum sechsten Geburtstag geschenkt hatte. Sie selbst, Harmony, als Mädchen mit Zöpfen und einer gelben Cordhose mit Schlag, wie sie an ihm dranhing, bettelte, dass er nicht gehen sollte ohne sie, zu einer Demonstration, einem Sit-in, ins Protestcamp von Gorleben, vielleicht auch zu einer anderen Frau, wenn sie die Blicke ihrer Mutter richtig deutete. Nimm mich mit, Papa, nimm mich wenigstens mit.

Paul schüttelte den Kopf. »Nein. Du gehörst hierher. Denn du bist eine Frau, die auch durchzieht, was sie plant. Im Gegensatz zu mir. Egal was es kostet. Du hast mich schon einmal enttäuscht. Und offensichtlich nicht nur mich. Enttäusch mich nicht noch mal.«

»Wie meinst du das, nicht nur mich?«, fragte sie schwach.

Er lachte freudlos. »In diesen kleinen Städten hier wird man schnell zum Stadtgespräch, auch als Muse von zweitklassigen Künstlern.«

Mit entschlossenen Schritten ging er hinaus in den Flur und

pflückte seine Regenjacke von der Garderobe. Die Luft roch nasskalt, metallisch, und Harmony fror in ihrem Hosenanzug und ihrer Seidenbluse.

»Ich wünsch dir ein schönes Leben«, sagte Paul und griff nach der Tür.

»Nein«, flüsterte Harmony, und dann lauter: »Nein!«

Er drehte sich noch einmal um, schwerfällig wie ein alter Mann, den jede Bewegung schmerzt.

»Sag es mir«, bat Harmony mit fester Stimme. »Sag mir wenigstens das noch: Was ist passiert, damals? Als du dich bei den Freaks herumgetrieben hast, statt deine Nase in ein Mathebuch zu stecken?«

Paul sah sie unverwandt an.

»Er war dabei«, sagte er schließlich, mit einer Stimme, die wie von weither zu kommen schien, »mein Vater. Er war dabei, beim Einsatz gegen die Demonstranten. Im Frühjahr 1980. Am Tag, an dem sie das Protestcamp aufgelöst haben. Ich stand am Zaun. Ganz am Anfang war es noch friedlich, da haben sie die Demonstranten an Armen und Beinen gefasst und weggetragen. Aber irgendwann haben sie zugeschlagen. Nicht alle, aber einige. Und mein Vater mittendrin.«

»Wie konntest du so sicher sein, dass er es wirklich war?«, fragte Harmony. »Bei den Polizeiuniformen, den Helmen …«

Paul schüttelte den Kopf. »Ich habe es gesehen. Genauer, als es mir lieb war. Mein Vater war alt, er war im Krieg gewesen und dort verletzt worden. Seitdem zog er ein bisschen das Bein nach, wenn er angestrengt war. Ein winziges Hinken, es fiel nur auf, wenn man ihn gut kannte. Und glaub mir, ich kannte ihn gut. Diesen Körper hätte ich in jeder Uniform erkannt, das Gesicht unter jedem heruntergeklappten Visier. Dieser Hass in seinem ganzen Körper war unheimlich. Als müssten diese

Menschen hier für etwas ganz anderes bezahlen, das er erlebt hatte. Auch wenn ich nie erfahren habe, für was.«

»Und dann?«

»Es gab noch andere Zeugen. Erwachsene, denen man mehr geglaubt hat als mir, mit meinen vierzehn Jahren. Aber ich, ich habe ihn angezeigt.«

»Und? Ist er ins Gefängnis gekommen?«

Paul lachte freudlos auf.

»Ach was. Freispruch erster Klasse. Aber für mich, für mich gab es nie einen Freispruch. Für manche Leute hier bin und bleibe ich der Verräter. Ach was: der Mörder.«

»Aber wieso ...«

Paul lachte bitter. »Als mein Vater ein paar Jahre danach an einem Infarkt starb, galt es als ausgemachte Sache, dass ich ihm das Herz gebrochen hatte. Die Familie zerstört hatte.«

Abrupt wandte Paul sich ab und öffnete die Eingangstür. Ein erneuter Schwall feuchtkalter Luft drang in den Hausflur, und Harmony schlang ihre Arme um sich, während sie Paul nachsah. Er ging gebeugt, mit hochgezogenen Schultern, schloss mit schlaffen Bewegungen sein Fahrrad auf und verschwand schließlich schlingernd, im Slalom den tiefen Pfützen auf der Zufahrt ausweichend. Bis zuletzt hoffte sie, dass er sich wenigstens umdrehen, noch einmal winken würde. Aber sie hoffte vergebens.

Stumm stand sie und blickte in die Nacht, die sich undurchdringlich vor ihr ausbreitete, ohne den Trost einer einzigen Straßenlaterne oder den Schein aus einem Fenster der Häuser weiter vorne im Dorf. Die Dunkelheit wurde nur abgemildert durch den zaghaften Lichtkreis, der aus der Gaststube ihres eigenen Lokals ins Dunkel drang. Bäume raschelten im Wind, irgendwo schrie ein Vogel einen klagenden Laut in den schwarzen Himmel.

Sie hätte später nicht mehr sagen können, wie lange sie so

dagestanden hatte, die Haut gefühllos vor Kälte, die Haare feucht. Irgendwann hörte sie von fern ein Motorgeräusch, und dann sah sie ein großes Fahrzeug mit Allradantrieb den Weg entlangschlingern. Als es näher kam, konnte sie auch die weißen Buchstaben darauf entziffern. Ein Wagen vom THW.

Der Wagen hielt direkt neben ihrer Haustür, die Tür ging auf, und ein Mann in blauem Overall und Gummistiefeln stieg aus. Schnellen Schrittes kam er auf Harmony zu, so, als hätte er keine Zeit zu verlieren.

»Gut, dass ich Sie antreffe«, begann er grußlos, »ich nehme an, Sie haben die Nachrichten im Radio verfolgt?«

Harmony schüttelte stumm den Kopf.

»Seit heute Abend einundzwanzig Uhr siebenunddreißig ist für den gesamten Landkreis Katastrophenalarm ausgelöst worden. Wie Sie wissen, befindet sich Ihr Grundstück im Kerngebiet des Deichvorlandes.«

Harmony schüttelte noch immer den Kopf, dann nickte sie zur Abwechslung.

»In Sachsen-Anhalt sind bereits die ersten Deiche gebrochen, wir erwarten die Flutwelle bis etwa übermorgen.«

»Und was heißt das?«

Der Mann im Overall schüttelte belustigt den Kopf. »Was das heißt, gute Frau? Das heißt, das Wasser kommt nicht nur heftiger, als wir bis vor ein paar Stunden dachten, sondern auch schneller. Das heißt, morgen früh steht hier ein Trupp von unseren Leuten bereit, die ihnen helfen, das Haus abzudichten, so gut es geht. Und dann verlassen Sie Wunnefitz auf dem schnellsten Wege und beten, dass alles gut ausgeht. Brauchen Sie einen Platz in einer Sammelunterkunft? Ich hätte hier die Liste, in der Turnhalle in Dannenberg wäre noch etwas zu haben. Die Zimmer im ›Hotel Elbblick‹ sind leider alle schon voll.«

Sie hob die rechte Hand, bevor der Mann ihr die Liste unter die Nase hielt.

»Danke. Ich komm alleine klar.«

28

»Parkhotelharvestehudesiesprechenmitsophiecharlotte-wiekannichihnenhelfen?«

Harmony öffnete folgsam den Mund, aber es kam nichts heraus. Am anderen Ende der Funkverbindung hörte sie beruhigende Hintergrundgeräusche, das Plätschern von Small Talk an einer Hotelrezeption, zurückgenommene Lounge-Musik. Sie blickte auf die japanische Schale mit dem Goldkitt in ihrer rechten Hand, als könnte in den Maserungen des Materials die Antwort verborgen liegen.

»WiekannichIhnenhelfen?«, wiederholte die Stimme noch einmal, und Harmony hatte den Eindruck, das hörbare Lächeln darin wurde schon um eine Nuance schmallippiger.

Es war nicht so, dass ihr keine ernst gemeinten Antworten einfielen. Im Gegenteil. Die junge Dame am anderen Ende wäre ihr zum Beispiel eine große Hilfe gewesen, wenn sie den Regen dort draußen mit sofortiger Wirkung hätte stoppen und gleichzeitig die Flutwelle aufhalten können, die aus Richtung Süden auf das östliche Niedersachsen zurollte. Oder wenn sie per Fingerschnippen oder Mausklick die Zahl der orange gewandeten Helfer hätte verzehnfachen können, die draußen im ersten Grau des anbrechenden Morgens Sandsäcke schleppten und Kellerfenster verbarrikadierten.

Oder, wenn das alles nicht ging, dann wäre Harmony schon damit gedient gewesen, wenn sie ihr einen Glaser vorbeigeschickt hätte, der zumindest noch schnell das zerbrochene Erdgeschossfenster reparieren konnte. Diese Lücke, die ihr Haus völlig schutzlos machte gegenüber den Wassermassen, egal, wie sehr die freiwilligen Helfer sich bemühten, es provisorisch abzudichten.

Und, natürlich, hätte sie ihr außerordentlich helfen können, wenn sie ihr verraten hätte, wie sie Paul am Weglaufen hindern konnte. Welche Zauberformel, welchen magischen Satz, welche Worte ihn zum Bleiben bewegen würden.

»Hallowiekannich …«

»Ich wollte fragen, ob Sie für heute Nacht noch ein Einzelzimmer hätten«, unterbrach Harmony die Rezeptionistin, ehe sie endgültig die Geduld verlor. »Schlüter-Hansen mein Name.«

»Tut mir schrecklich leid, Frau, äh, Pansen. Wir sind völlig ausgebucht, wegen der Intergastro. Zu Messezeiten empfehlen wir unseren Gästen einen Buchungsvorlauf von …«

»Sind Sie ganz sicher? Könnten Sie vielleicht so nett sein und noch mal nachschauen, ob nicht irgendeine Abstellkammer …«

»Wir vermieten keine Abstellkammern«, kam es kühl zurück, »und zu Messezeiten empfehlen wir grundsätzlich eine Vorausbuchungsfrist von mindestens vier Monaten. Obwohl, Momentchen, warten Sie mal … wenn Sie preislich etwas flexibel sind …« Harmony hörte das leise Klackern einer Computertastatur, »die Suite Süderelbe, die könnte ich ihnen noch anbieten. Vierhundertneunundfünfzig Euro inklusive Schlemmer-Langschläferfrühstück und eines Begrüßungsgetränks, alkoholisch oder nicht alkoholisch.«

»Danke«, sagte Harmony, »lassen Sie mal.« Das Smartphone fühlte sich plötzlich sehr schwer in ihrer Hand an, und sie musste es rasch auf den Schreibtisch ablegen, ehe sie von seinem immensen Gewicht auf den Boden ihres Zimmers gezogen wurde. Gerade eben hörte sie noch, wie die Stimme aus dem Lautsprecher etwas sagte, das klang wie »Dann wünsche ich Ihnen noch einen zauberhaften Tag, Frau Pansen«.

Harmony blickte aus dem Fenster, über das dünne Regenschnüre liefen. Trotz der frühen Stunde herrschte draußen geschäftiges Treiben wie zur Rushhour in der Hamburger City. THW-Männer riefen Anweisungen durch gelbstichtige Megafone und verständigten sich über altmodische Funkgeräte, ein nicht abreißender Strom von Treckern brachte Nachschub an Sandsäcken, und eine ganze Armee von Helfern gab sich Mühe, das Dorf wasserfest zu machen. Besonders optimistisch war trotzdem keiner von ihnen, das war den wortkargen Dialogen unter ihrem Schlafzimmerfenster zu entnehmen.

»Schlimmer als Zwanzig-Sechs.«

»Kannst du laut sagen.«

»Eher wie Zwanzig-Zwo.«

»Jou.«

»Sieben-einundfünfzig Minimun.«

»Minimum.«

»Gut, dass es das Schöpfwerk gibt.«

»Und die Hochwasserschutzwand.«

»Drüben in Hitzacker.«

»Aber hier nich.«

»Nee. In Wunnefitz nich.«

»Jou.«

Harmony blickte in die Ferne. Wie bizarre Inseln standen einzelne Baumgruppen im Wasser, hier und da ragten einzelne Gegenstände aus der überfluteten Wiese. Harmony konnte die Rücklehne einer Parkbank erkennen, die Pfosten, zwischen denen das Gatter einer Viehweide gespannt war, und ganz hinten blinkte etwas Blaues, das aussah wie die Lenkstange eines Motorrollers. Da hatte ein Angler sein Gefährt am Ufer vergessen, und würde es vermutlich so schnell nicht wiedersehen.

Harmony wusste, dass es der Fluss war, der stieg. Aber sie konnte sich des Eindrucks nicht erwehren, dass es eigentlich die Welt war, die sank.

Nun kam wieder der Pick-up in Harmonys Blickfeld, der seit einer halben Stunde seine Runden durch das Dorf drehte. Auch der Fahrer hatte ein Megafon und wiederholte unablässig seine Botschaft. Alle Bewohner wurden gebeten, sich schnellstmöglich aus ihren Häusern zu entfernen und sich in Sicherheit zu bringen. Wer nicht bei Freunden oder Verwandten unterkommen konnte, sollte sich bei der Einsatzleitung melden.

Harmony überlegte. Die Hotels auf Sylt fielen ihr wieder ein, die ihre Assistentin durchtelefoniert hatte. Vor einem guten halben Jahr. Vor einer halben Ewigkeit. Jetzt, in diesem verregneten Frühling, standen die Chancen bestens, dort ein Zimmer zu finden. Für einen Moment erschien Harmony der Gedanke enorm verführerisch. Sie würde sich in Ihren Porsche Cayenne setzen, ihre letzten verbliebenen Designerklamotten einpacken und einfach dort wieder einsetzen in ihrem Leben, wo sie damals so überraschend aus dem Sattel gefallen war. Wo sie sich verfranst hatte und verfahren, in einer Gegend gelandet war, die sie nie gewollt hatte, Menschen getroffen hatte, mit denen sie noch vor wenigen Monaten nur das Allernötigste gesprochen hätte, wenn überhaupt, Weine getrunken hatte, für die sie sich in Hamburg geschämt hätte.

Vielleicht war das ganz einfach, vielleicht ging das, vielleicht konnte sie diesen ganzen Irrtum einfach streichen und weitermachen wie bisher. Diesen unvernünftigen, dummen Traum von einem eigenen Restaurant einfach den Fluten übergeben.

Die Versicherungssumme kassieren, so klein sie auch sein mochte, mit dem Rest ihres Vermögens ein Einzimmer-Apartment in der Hamburger HafenCity kaufen.

Die Zähne zusammenbeißen, wenn man ihr nur noch einen Posten bei einer Supermarkt-Kundenzeitschrift anbieten würde. Und wenn der nächste Mann kein schöner, verrückter Gastrokritiker mit Tattoos an geheimen Stellen mehr wäre, sondern vielleicht ein geschiedener Anzeigenleiter mit neurotischer Tochter im Teenageralter.

Ein Abklatsch ihres früheren Lebens, ja – aber immerhin ein Abklatsch. Wieder fiel Paul ihr ein, der einzige Mensch, an den sie sich verboten hatte zu denken. Die Lücke, die ein Brand ließ, der größere Platz in den eigenen Gedanken – was für Feuer galt, konnte auch für Wasser nicht falsch sein.

Aber dann hatten die alten Griechen vielleicht doch recht mit ihren schlauen Sprüchen. *Panta rhei,* alles fließt, aber in den gleichen Fluss steigen, sich an der gleichen Stelle vom gleichen Wasser forttragen lassen wie auch nur fünf Minuten zuvor, das konnte man nicht. Das konnte keiner.

Sie war schon im Begriff, ihre gepackte Tasche zu nehmen, mit den wichtigsten Unterlagen, der Sammlung lange nicht getragener La-Perla-BHs und den nie geputzten Cutout-Booties, da hatte sie plötzlich den Impuls, ein letztes Mal aus dem Fenster zu sehen. Einen Impuls, den sie besser unterdrückt hätte.

Denn hätte Harmony Schlüter-Hansen an jenem Morgen nicht noch ein letztes Mal zurückgeblickt, dann hätte sie auch die kleine, untersetzte Gestalt nicht gesehen.

Eine Gestalt mit gelben Gummistiefeln und einem gepunkteten Plastikhut, die da mutterseelenallein am viel zu nahen Ufer einen Regentanz aufführte, die Füße bereits im Wasser, das innerhalb von Minuten bedrohlich steigen konnte.

Im Laufschritt polterte Harmony die Treppe hinunter, warf ihre Reisetasche ins Auto, donnerte die Tür hinter sich zu und eilte dem Fluss entgegen. Wie konnte das denn sein, dass diese Frau völlig schutzlos und ohne Begleitung unterwegs war! Schon von ferne hörte sie Wiebke singen.

»Regen, Regen, tropf, tropf auf meinen Kopf, tropf auf meine Hand, übers ganze Land«, sang sie mit schwerer Zunge und ließ dabei ihren rechten Zeige- und Mittelfinger auf ihrem linken Arm ein Tänzchen aufführen, während sie in ihren Gummistiefeln auf und ab sprang, sodass das Wasser spritzte.

Im nächsten Augenblick war Harmony bei ihr und legte ihr vorsichtig eine Hand auf die Schulter, aber Wiebke fuhr so erschrocken herum, als hätte der Blitz sie getroffen. Harmony hätte gerne mit ihr geschimpft, aber das ließ sie besser bleiben. Denn damit hätte sie Wiebke zum Weinen gebracht, und das war das Letzte, das sie jetzt gebrauchen konnte.

»Wiebke, Schätzchen«, sagte sie vorsichtig, »wo sind denn deine Mama und dein Papa?«

Wiebke zuckte verschmitzt mit den Schultern und schob dabei ihre füllige Unterlippe vor.

»Weg«, sagte sie nur.

»Soll ich dich nach Hause bringen?«

Wiebke schüttelte energisch den Kopf. »Nicht nach Hause. Will Bötchen fahren.«

»Bötchen fahren?«, echote Harmony verständnislos.

Wiebke nickte zufrieden. »Jawoll. Bötchen fahren. Schön viel Wasser, da will ich Bötchen fahren.«

»Aber das geht doch nicht«, sagte Harmony so sanft wie möglich, »bei diesem Hochwasser ist das doch viel zu gefährlich! Da fahren außerdem gar keine Boote.«

»Doch«, gab Wiebke empört zurück und musterte Harmony mit einem »Du-hast-ja-keine-Ahnung«-Blick. »Viel Wasser ist gut. Gut für Bötchenfahren.«

»Na gut«, Harmony dachte nach, »aber wahrscheinlich kostet das bei dem vielen Wasser auch viel Geld. Und das hast du sicher nicht bei dir. Also gehen wir jetzt zu deiner Mutter und holen uns …«

»Mama ist nicht da. Bei der Oma. Mit Papa. Weil die krank ist. Mit dem Herz.«

Harmony schwante Böses.

»Wo wohnt deine Oma noch mal?«

»In Bleckede.«

»Und da hat deine Mutter dich ganz allein gelassen?«, fragte Harmony empört.

Wiebke nickte stolz und so heftig, dass ihr beinahe der Regenhut vom Kopf fiel.

»Mama sagt, ich bin ein großes Mädchen.«

»Und wann war das?«

Wiebke knetete ihre Finger und sah aus, als würde sie scharf nachdenken.

»Gestern?«, antwortete sie schließlich fragend.

Allmählich konnte sich Harmony zusammenreimen, was passiert war. Aber erleichtert war sie deswegen kein Stück. Im Gegenteil. Möglicherweise waren die Eltern zu einem kurzen Besuch bei der kranken Oma aufgebrochen, weil sie annahmen, dass Wiebke schon schlief, und dann am späten Abend vom Katastrophenalarm überrascht worden. Und nun war natürlich die Hölle los, mit Straßensperrungen und Staus auf allen Wegen, auf denen die Menschen versuchten, aus dem Hochwassergebiet zu kommen.

»Gut«, sagte Harmony mit fester Stimme, »dann rufen wir jetzt deine Mama mal an. Hast du ihre Nummer?«

Wiebke knetete wieder ihre Finger und sah dabei so schuldbewusst aus, als sei sie für die komplizierte Lage verantwortlich.

»Die mag nicht. Mag keine Handys.«

»Deine Eltern haben kein Mobiltelefon?«

Das war ja komplizierter als gedacht. Jetzt nur die Nerven behalten. Sie versuchte, sich an eine Atemübung aus einem lang vergangenen Yoga-Workshop zu erinnern. Luft langsam einströmen lassen bis unter das Brustbein …

Wiebkes Kichern unterbrach ihre Konzentration.

»Das ist lustig«, quietschte Wiebke. »Du guckst wie ein Fisch.«

»Hör mal, Wiebke«, versuchte Harmony es noch einmal auf die vernünftige Tour, »das Wasser hier sieht vielleicht spaßig aus, aber es ist gefährlich. Du kannst ertrinken, wenn das näher kommt. Dann gibt es keine Wiebke mehr. Und das wäre doch sehr traurig. Deshalb bringe ich dich jetzt zu einem von den netten Männern vom THW, damit deine Eltern dich auch finden, wenn sie kommen.«

Jetzt sah Wiebke sie wieder mit diesem Du-kannst-wohl-nicht-bis-drei-zählen-Blick an.

»Die netten Männer haben bestimmt ein Wurstbrot für dich!«, behauptete Harmony auf gut Glück.

»Will aber Bötchen fahren«, sagte Wiebke genervt und stampfte leicht mit dem Fuß auf. Dann hellte sich ihr Gesicht auf, und sie deutete aufgeregt in die Ferne.

»Da, da, schau mal. Die dürfen auch!«

Harmony blickte in die Richtung von Wiebkes ausgestrecktem

Zeigefinger. Tatsächlich, Wiebke hatte recht. Wenigstens, wenn man den Ausdruck »Boot fahren« etwas großzügig auslegte. Auf den reißenden Wellen trieben zwei aus Strohballen gebastelte Figuren vorbei, die Harmony sehr bekannt vorkamen.

Das Silberhochzeitspaar hatte sich offenbar flussaufwärts losgerissen und war unterwegs in Richtung Hamburg. Noch hatten sie Oberwasser, die Braut ein paar Meter vor ihrem Bräutigam, als hätte sie es eilig. Vielleicht weil sie rechtzeitig für den Beginn eines Musicals da sein wollte oder zur Nachmittagsausgabe der verruchten Reeperbahn-Tour. Aber Harmony nahm an, dass das nicht so bleiben würde.

Und mit Sicherheit würden die Jubilare niemals in Hamburg ankommen. Irgendwo in den Elbwiesen würden sie von dem wütenden Wassermassen in alle Strohhalme zerteilt liegen bleiben. Die beiden taten Harmony leid, aber gleichzeitig beneidete sie das alte Paar. Die hatten immerhin ihre Reiselust nicht verloren, die Neugier auf das, was hinter der nächsten Flussbiegung lag.

»Das ist aber was anderes«, sagte Harmony schließlich. »Die können nämlich sehr gut schwimmen.«

»Ich hol einfach meinen Schwimmring.«

Musste wohl Plan B in Kraft treten.

»Denk mal an Krystle Carrington«, flötete Harmony, »die würde niemals bei Hochwasser Boot fahren. Stell dir mal vor, alle ihre schönen Kleider und Schuhe, wenn die nass werden! Und die Frisur! Bist du nicht genauso eine Dame wie sie?«

Einen Augenblick lang fixierte Wiebke träumerisch einen Punkt in unbestimmter Ferne, und Harmony hegte eine leise Hoffnung. Vielleicht fruchtete ja der Hinweis auf Wiebkes Lieblings-Glamourgirl aus den Achtzigern. Aber dann schüttelte sie entschieden den Kopf.

»Sie zieht die Schuhe aus«, sagte sie sachlich, als wäre das eine unumstößliche Wahrheit.

»Wiebke«, Harmony sah ihr eindringlich in die Augen und griff nach ihren fleischigen, kleinen Händen, »jetzt hör mir mal gut zu. Wenn du wirklich gerne Bötchen fahren möchtest, dann machen wir das. Dann machen wir das aber nicht hier, sondern in Hamburg, wo ich herkomme. Da gibt es einen richtigen Hafen und richtige Barkassen und einen Kiosk an Bord, wo man Cola kaufen kann. Und Fleischklößchen. Und Pommes.«

Wiebke riss die Augen weit auf, und ihr Mund verzog sich zu einem ungläubigen Lächeln. Die Aussicht auf Fast Food war wohl deutlich verlockender als die Aussicht auf Wurstbrot. Irgendwie verständlich. »Echte Pommes? Und der Ketchup?«

»Ja«, lockte Harmony, »den gibt es auch, so viel du willst. Und Mayo. Und …«

»Aber der Paul, der muss auch mit.«

In Harmony krampfte sich alles zusammen. So kurz vor dem Ziel, und wieder nichts.

»Süße, ich verspreche dir, wir beide machen uns einen schönen Tag. In Hamburg.«

»Heute?«

»Nein. Nicht heute. Aber ganz bald. Jedenfalls sobald sich das Wasser hier wieder verzogen hat.«

»Aber der Paul, der muss mit.«

Auf einmal hatte Harmony eine Idee. »Und wenn ich dich jetzt zu Paul bringe? Und nicht zu den Männern vom THW? Gehst du dann mit?«

Wiebke nickte bedächtig. »Ja. Und dann gehen wir alle Bötchen fahren.«

29

Der rundum dreckige Porsche bockte und hopste bei jedem der Schlaglöcher, die in den unbefestigten Weg eingefräst waren und die der Dauerregen noch tiefer gemacht hatte. Regelmäßig ließ er auf dem Amaturenbrett ein Lämpchen mit zwei Wellenlinien aufleuchten, das als Hochwasserwarnung hätte durchgehen können, aber wahrscheinlich nur bedeutete, dass das Auto gerade die Bodenhaftung verlor. NDR Info sendete Interviews mit Einsatzleitern, Reporter berichteten von überfluteten Kellern weiter südlich und verglichen Pegelstände von 2006 und 2002 mit der künstlichen Aufregung von Sportjournalisten, die Fußballstatistiken kommentierten. Der Verkehrsfunk dauerte mehr als fünf Minuten am Stück.

Mit einer Hand hielt Harmony das Steuer, mit der anderen die japanische Schale auf dem Beifahrersitz, damit sie bei der abenteuerlichen Fahrt nicht herunterfiel. Denn dann hätte auch der begabteste Goldschmied sie nicht noch einmal heil machen können.

Auf dem Rücksitz wippte Wiebke ausgelassen auf und ab, als säße sie nicht in einem edlen SUV, sondern in der Wilden Maus auf dem Hamburger Dom.

Lang war es her, dass Harmony diesen Forstweg oberhalb der Elbuferstraße gefahren war, in Richtung Campingplatz. Bei jedem Hopser juchzte Wiebke, und Harmony betete gleichzeitig, dass die Achse ihres Autos diesen halsbrecherischen Umweg mitmachen würde und dass Paul dort oben genauso in der Falle saß wie Wiebkes Eltern in Bleckede, oder wo auch immer sie gerade waren. Wenn sie Pech hatte, hatte Paul die Nachricht vom Katastrophenalarm noch rechtzeitig mitbekommen und zugesehen, dass er Land gewann. Dann trieb er sich jetzt vermutlich schon irgendwo in Hamburg herum und schlug die Zeit tot bis zu seinem Abflug, irgendwann in den nächsten Tagen.

Aber vielleicht hatte sie ja auch Glück, wenigstens dieses eine Mal. Dann schlief er noch unschuldig in seinem Bauwagen und wusste von nichts, denn der Platz lag so hoch am Abhang, dass das Wasser auf keinen Fall bis dort gelangen würde. Mit Sicherheit hatten die Leute vom THW erst einmal die Anwohner in den direkt betroffenen Gebieten gewarnt. Dann würde sie ihm Wiebke zum Frühstück servieren, sie abgeben und mit ihr die ganze Verantwortung, die auf einmal auf ihr lastete und nach der sie nie gefragt hatte.

Das Herz schlug ihr bis zum Hals bei der Aussicht, Paul wiederzusehen, auch wenn es nur ein Wiedersehen war, um dann selbst zu gehen, für immer. Wenigstens das, wenigstens konnte sie wieder einmal diejenige sein, die ging, nicht die, die zurückblieb. Ein schwacher Trost, aber immerhin ein Trost.

Gerade überlegte sie, ob sie nach ihrer Ankunft in Hamburg nicht doch auf die Suite Süderelbe zurückkommen sollte – Panoramafenster, King-Size-Bett, gut gefüllte Minibar und ein XL-Sofa, standesgemäßer Willkommensgruß für eine, die alleine aufgebrochen und alleine zurückgekommen war – als ein ungutes Knirschen sie zusammenzucken ließ. Dann kam das Auto so plötzlich zum Stillstand, als hätte jemand in voller

Fahrt die Handbremse angezogen. Sämtliche Kontrolleuchten auf dem Amaturenbrett blinkten Alarm, dazu erinnerte ein diskretes Bing-Bing sie daran, dass sie soeben den Motor abgewürgt hatte.

Aber das war nicht das größte Problem, das merkte sie, als sie erneut auf den Anlasserknopf drückte und einen Gang einlegte. Und dann einen anderen. Es ging nicht vor und nicht zurück. Sie steckte fest. Allein auf einem Waldweg voller knietiefer, wassergefüllter Schlaglöcher, mit einer verliebten Frau auf dem Rücksitz, die vielleicht ein großes Herz hatte, aber nicht in der Lage sein würde, mit ihr gemeinsam einen SUV aus einem Schlagloch zu wuchten.

»Okay«, sagte Harmony mit mühsamer Beherrschung. »Wir gehen zu Fuß weiter.«

»Ich hab Gummistiefel an.«

»Ich nicht.«

Fluchend öffnete Harmony die Fahrertür, nur um zu sehen, dass sich auf ihrer linken Seite ein reißender Gebirgsbach seinen Weg über Stock und Stein bahnte, der garantiert letzte Woche noch nicht da gewesen war. Sie kletterte über die Schaltung hinweg auf die Beifahrerseite und ließ sich auf die Seite des Weges gleiten, die noch halbwegs trocken war. Ihre Sneakers würden diesen Tag trotzdem nicht überleben. Egal – was waren schon Schuhe.

Auch Wiebke kletterte jetzt übermütig aus der hinteren Tür und zupfte sich das getupfte Regenhütchen so sorgfältig zurecht, als wäre sie auf dem Weg zu einem Date. Vermutlich fühlte es sich für sie auch so an. Dann folgte sie Harmony mit ihrem eigentümlichen Gang, dieser Mischung aus schwerfällig und leichtfüßig, und patschte dabei vergnügt durch die Pfützen.

Wind fuhr durch die Baumkronen, und fegte dabei schwallweise Tropfen von den schweren Blättern der Buchen und Ahornbäume hinunter auf die Köpfe der beiden Frauen. Auf beiden Seiten des Weges gurgelten und gluckerten angeschwollene Rinnsale, und ganze Armeen von Nacktschnecken feierten eine Party auf dem Boden.

Frühlingszauber in Norddeutschland.

Nach etwa zehn Minuten erreichten sie das Hinweisschild am Eingang des Platzes. Als sie schließlich an dem roten Schwedenhäuschen mit der Aufschrift »Empfang« anlangten, war ihnen noch keine Menschenseele begegnet. Die Eingangstür war verschlossen, eine Klingel gab es nicht. Harmony ging um das Häuschen herum und klopfte an eine Scheibe, hinter der vergilbte und grau gerauchte Spitzengardinen hingen. Keine Antwort. Wie sollten sie hier Paul finden, zwischen den satellitenschüsselgeschmückten Häuschen und den moosüberwucherten Bauwagen, dieser seltsamen Kommune von Vollzeit-Hippies und Teilzeit-Kleingärtnern?

»Komm«, sagte sie entschlossen zu Wiebke und schlug auf gut Glück einen breiteren Weg ein. Die Häuser sahen verschlossen aus, die Einfahrten leer. Ein einzelnes Gartentrampolin stand verwaist, in einer anderen Einfahrt schlief ein kleines Boot mit Außenbordmotor unter einer schwarzen Plastikplane.

Nachdem sie zweimal aufs Geratewohl hin abgebogen waren, sahen sie endlich den ersten Menschen. Ein älterer Mann in einer gebügelten Jeans pflückte gerade sorgsam eine Armada von Gartenzwergen von seinem Rasen und war dabei, sie einzeln erst mit einem Geschirrhandtuch trocken zu reiben und dann in seinen Schuppen zu tragen. Mit misstrauischem Blick beäugte er das ungleiche Paar.

»Guten Morgen«, rief Harmony forsch, »können Sie uns sagen, wo Paul Börnsen wohnt?«

Der Mann blickte so unwillig drein, als hätte man ihn mitten aus einer Vorstandssitzung eines Dax-Unternehmens gerissen.

»Börnsen sagt mir nix«, grummelte er und griff nach dem nächsten Gartenzwerg, der lasziv auf der Seite lag und neckisch an den Aufschlag seiner Kunststoffmantels griff. Lustiges Kerlchen. Ganz anders als sein Besitzer. »Vielleicht bei den Neubauten drüben, Terrasse F?«

»Nein, ich glaube, ihm gehört ein Bauwagen.«

Der Mann wischte dem Sex-Gartenzwerg mit ruppigen Bewegungen über den Hintern und blickte noch unwilliger drein als zuvor.

»Ach so. Einer von den Hippies.«

»Wenn Sie so wollen. Groß, schmal, meistens schwarz gekleidet …«

»Ja. Das sind die alle.«

Auf einmal fiel Harmony der entscheidende Hinweis ein. »Und er ist Koch!«, rief sie. »Wenn ich mich richtig erinnere, dann hat er beim letzten Sommerfest hier auf dem Platz gegrillt.«

Endlich wurde die Miene des Gartenzwergmannes etwas freundlicher. »Ach so, sagen Sie das doch gleich. Sankt Pauli, unser Platzheiliger.«

»Ist er das?«

»Na, wenn Sie mich fragen – ich hab ja nicht viel übrig für diese Hippiekolonne, aber der, der ist okay. Immer hilfsbereit, immer freundlich. Hat mir sogar geholfen, die Leuchtstreifen für unsere Pergola aufzuhängen, die meine Frau im Baumarkt entdeckt hat.« Er wies auf eine ebenso hässliche wie knallbunte Installation mit bunten LED-Lämpchen, die sich um ein gusseisernes Gestell mit spärlichem Weinlaubbewuchs ringelte.

»Wo Sie es sagen«, der Mann wurde jetzt richtig redselig,

»den hab ich sogar vorhin noch gesehen, am Platzausgang. Mit einem riesigen Rucksack. Sah aus, als wollte er verreisen.«

»Am Platzausgang?« Der Boden unter Harmonys Füßen schien sich unsichtbar zu wölben und brachte sie zum Straucheln. Alles war zu spät, Paul war fort, auf dem Weg nach Costa Rica, zu einer Strandbude am anderen Ende der Welt.

Und sie stand hier mit Wiebke, Wasser zur einen, Wald auf der anderen Seite, ohne zu wissen, wie sie mit ihrem festgefahrenen Auto auch nur einen Meter weiterkommen sollte.

»Am hinteren«, präzisierte der Gartenzwergfreund, »vorne herum geht ja im Moment nicht, wegen der ganzen Pfützen und Schlaglöcher.«

»Hab ich gemerkt«, stöhnte Harmony, »wo finden wir den Hinterausgang?«

»Ganz einfach: Vorbei an der Stellwand, wo die gelben Säcke gesammelt werden, dann hinter der Bierstube ›Waldesruh‹ vorbei, und wenn Sie den Gartenzaun mit den lachenden Igeln sehen, dann sind Sie schon fast da.«

Das ließ sie sich nicht zweimal sagen.

Im Laufschritt hechtete Harmony über den Platz, Wiebkes schwitzige Hand in ihrer. »Nicht rennen!«, beschwerte sich Wiebke, aber Harmony konnte jetzt keine Rücksicht nehmen. Keuchend passierten sie Mülldeponie, Kneipe und Igelzaun. Der Mann hatte alles präzise beschrieben. Sogar Paul.

Harmonys Herz machte einen ungestümen Satz, als sie ihn dort stehen sah, einen Campingrucksack aufgeschnallt, den Blick auf eine Fahrpiste gerichtet, als müsste dort gleich jemand auftauchen.

»Paul«, rief Wiebke begeistert, und wie bei einem müden Kind, das beim Anblick einer Eisbude lossprintet, hörte sie augenblicklich auf, sich zu beklagen.

Er drehte sich um, schwerfällig, und auf einmal konnte sich Harmony vorstellen, wie er als alter Mann aussehen würde. Ein wenig gebeugt, verlangsamt, die Haare noch schütterer, ein gutmütiger Riese.

Mit dir wäre ich gerne alt geworden, dachte Harmony. Aber alles, was sie sagte, war: »Ich habe hier jemanden für dich.«

Wiebke fiel Paul stürmisch um den Hals, während das Gewicht seines Rucksacks ihn gleichzeitig nach hinten zog. Er schwankte kurz, fing sich dann aber wieder.

»Wiebke, mein Schatz«, sagte er und legte eine große Hand auf ihren Rücken, »was machst denn du hier?«

»Bötchen fahren!«, nuschelte Wiebke, das Gesicht an seiner Brust vergraben, »Harmony hat gesagt, ich darf.«

Endlich hob Paul den Kopf und sah Harmony direkt an. Einen Moment lang hielt sie stand, dann senkte sie den Blick. In seinen Augen lag so viel Traurigkeit, aber auch so viel Zuneigung, dass sie es fast nicht aushielt.

»Ihre Eltern hängen irgendwo fest, die sind nicht da«, erklärte Harmony schließlich.

»Genau wie das Taxi, das mich abholen sollte. Das kommt wohl auch nicht mehr.« Paul nickte.

Harmony räusperte sich mehrmals.

»Ich konnte sie ja nicht allein lassen.«

»Und deshalb bringst du sie zu mir?«

»Wann gehen wir Bötchen fahren?«, fragte Wiebke.

»Ich wusste nicht, wohin.«

»Da haben wir etwas gemeinsam.«

»Sie wollte Boot fahren. Auf der Elbe. Das Einzige, was sie da wegbewegt hat, war die Aussicht, dich zu treffen. Und die Idee, das wir alle zusammen eine Hafenrundfahrt machen. In Hamburg.«

Paul kratzte sich am Kopf und blickte ratlos zwischen den beiden Frauen hin und her.

»Klingt nach einem schönen Ausflug.«

»Ich hab dich lieb«, sagte Wiebke und drückte ihn fester.

Harmony räusperte sich noch einmal. Ihre Kehle brannte.

Wiebke hob kurz den Kopf und lächelte sie breit an.

»Dich hab ich auch lieb«, sagte sie.

»Ich geh mit dir Boot fahren, Wiebke. In Hamburg. Versprochen.«

»Wir alle drei.« Wiebke nickte selig.

»Vielleicht«, sagte Paul, »irgendwann.«

Er löste sich vorsichtig aus Wiebkes Umarmung und schob sie ein Stück von sich weg. Dann fingerte er nach seinem altmodischen Handy und suchte etwas.

»Was machst du?«, krächzte Harmony.

»Ich müsste hier irgendwo die Nummer von Wiebkes Onkel haben. Kenn ich von früher. Soll er auf sie aufpassen, bis ihre Eltern wieder auftauchen. Du musst ja auch los.«

»Muss ich das denn?«, fragte Harmony. Ihr Stimme klang fremd und kratzig und so, als käme sie von weit, weither.

Paul sah sie verblüfft an.

»Du weinst«, sagte er schließlich sachlich.

Wiebke tapste auf sie zu und streichelte ihr die Wange.

»Heile Gänschen, gut«, summte sie.

Harmony rieb sich verblüfft die Augen. Es half nichts.

Wie ein Deich, der lange Zeit immer weiter unterspült wird, schwamm alles davon, das ihr Herz umschlossen, es unverletzlich, aber auch einsam gemacht hatte. Nun trug die Tränenflut alles fort. Alles, das den Fluss in seinem ihm zugedachten Bett gehalten hatte und die Wiesen dahinter trocken, das die Sicht geschützt hatte und den Schlaf ungestört.

»Ja«, schluchzte sie laut, »ich weiß.«

Auch Paul machte einen unschlüssigen Schritt auf sie zu, stand dann aber vor ihr, als hätte er vergessen, wie man seine Arme und Hände bewegt. Sein Handy baumelte unbenutzt in seiner Hand.

»Ich hätte nicht gedacht, dass du das kannst«, sagte er schließlich leise.

Harmony schniefte. Es war, als würden die Tränen jetzt aus allen Körperöffnungen kommen, als wäre sie ein einziges, riesiges Leck. Nicht mehr lang, und sie würde sich hier in ihre Einzelteile auflösen, mitten auf dem Campingplatz zwischen lachenden Igeln und Bierbar, genau wie das Silberhochzeitspaar floßaufwärts.

»Dass ich was kann«, stieß sie zwischen zwei Schluchzern hervor, »weinen?«

»Nein«, sagte er sehr sanft und hob nun doch eine Hand, als hätte er eine vorübergehende Lähmung abgeschüttelt. »Dich kümmern. Und um Hilfe bitten.«

»Ich habe doch gar nicht um Hilfe gebeten«, protestierte sie unter Tränen.

Paul nickte. Steckte sein Handy ein. Und endlich, endlich nahm er sie in den Arm. So stand sie, eingehüllt von zwei Seiten, Pauls großen, sehnigen und Wiebkes kleinen, runden Körper an ihrem, als wäre sie eine Frucht in einer ungleich gewachsenen Samenkapsel.

»Bitte«, krächzte sie, »bitte.«

»Was«, fragte er, »um was bittest du mich?«

»Dass du nicht gehst«, stieß sie hervor. »Dass du mich nicht allein lässt. Dass wir zusammenbleiben. Egal wo und egal wie. Auch wenn die ganze Welt gerade untergeht.«

»Und Costa Rica?«, fragte er, und nun klang auch seine Stimme ganz dunkel und rau.

»Nicht nach Rica«, protestierte Wiebke und löste sich aus der Umarmung, »Hamburg.«

Paul trat einen Schritt zurück, hielt Harmony auf Abstand und musterte ihr tränennasses Gesicht, mit diesem Blick, interessiert und liebevoll und als wäre er auf jede Überraschung gefasst, die er von dieser Frau noch zu erwarten hatte.

»Es gibt vielleicht eine Möglichkeit«, sagte er leise, aber bestimmt.

»Ja«, Harmony nickte hoffnungsvoll.

»Aber dann musst du alles auf eine Karte setzen.«

Wieder nickte sie, diesmal so heftig, dass ihr Nacken zu schmerzen begann.

»Du weißt doch noch gar nicht, wovon ich spreche.«

»Ja.«

»Es ist dir völlig egal?«

»Nein«, schniefte sie, »ist es nicht. Oder doch. Mit dir würde ich auch eine Wurstbude in Weißrussland eröffnen.«

»Lauwarm.«

»Schlimmer?«

»Und wenn? Wärst du dann immer noch mit von der Partie?«

»Ja«, sagte sie. »Ja, ja, ja.«

30

Also, wenn ihr mich fragt, eine richtige Hafenrundfahrt wäre schon noch drin gewesen.«

»Kommt gar nicht infrage! Wir müssen unser Geld zusammenhalten!«

Harmony hob den Zeigefinger in den Wind und drohte ihrem Vater.

»Aber musste es ausgerechnet eine ›König-der-Löwen‹-Fähre sein?«

Der Horst stand mit dem Rücken zur Reling. Hinter ihm zogen die Hamburger Docks und die Hafenkräne vorbei, Möwen kreischten den passenden Soundtrack, als wären sie einem »Hans-Albers-Film« entkommen, aber er blickte nur missmutig auf den grünen Metallboden des Oberdecks.

»Ich weiß gar nicht, was du hast«, mischte Paul sich ein, »solange du oben drauf stehst, musst du doch den Werbeaufdruck gar nicht sehen!«

»Und außerdem sind die Fährfahrten unschlagbar günstig«, sekundierte Harmony. »Mit der ›9-Uhr-Kleingruppenkarte für bis zu fünf Personen‹ zum Nahverkehrstarif bis nach Blankenese. Hätten wir sogar noch jemanden mitnehmen können.«

»Hauptsache, euer Schützling ist glücklich«, brummte der Horst und zog an seiner Pfeife. Paul und Harmony blickten hinüber zu Wiebke, die an der Reling stand, sich mit zwei Händen aufstützte und dabei heftig auf den Zehen wippte. Es sah aus, als sei die Freude fast zu viel für ihren kleinen Körper. Dabei drehte sie sich immer wieder um, und jedes Mal wenn ein neuer Passagier auf der Treppe zum Deck hinauf erschien, strahlte sie ihn an und grüßte freundlich in seine Richtung.

»Ich glaube, wir müssen ihr noch mal erklären, dass sie in einer Großstadt nicht jedem Guten Tag sagen muss«, raunte Harmony, und Paul schüttelte den Kopf.

»Ich finde, sie wirkt eher wie eine Königin, die ihre Untertanen begrüßt. Wiebke, Herrscherin des Hafens.«

»Jedenfalls ist das Bötchen für sie groß genug«, pflichtete Harmony ihm bei.

»Versprochen ist versprochen.«

»Und sie hat wirklich lang gewartet. War nicht ganz einfach, ihre Mutter zu überzeugen, dass wir sie mitnehmen dürfen nach Hamburg. Aber schließlich hat sie nachgegeben. Weil ich ihrer Tochter möglicherweise das Leben gerettet habe, deshalb kann sie mir nichts abschlagen.«

»Wann war die Überschwemmung?«, fragte Horst, »im Mai?«

»1[illegible]. Mai«, Harmony seufzte, »das Ende eines Traums.«

»Ja«, sagte Paul. »Aber nicht nur.« Dann legte er einen Arm um sie. Harmony ließ sich hineinsinken und genoss die Schwere ihres eigenen Körpers und die Hand, die sie so selbstverständlich hielt.

Noch immer war jede Umarmung, jede Berührung ein Geschenk, eine Sensation, verbunden mit einem schönen kleinen Erschrecken, das sie überall in ihrem Körper spüren konnte. Noch immer hatte sie nicht mit Paul geschlafen, ihn nicht einmal geküsst, als gäbe es eine unausgesprochene Verabredung zu warten. Wenigstens, bis sie ein gemeinsames Zuhause hatten.

Nachdem die »Elbliebe« im Elbmatsch versunken war, wo sie jetzt verlassen stand, in einer morastigen Wiese, die faulig stank und in der die Frösche sich häuslich eingerichtet hatten, genau dort, wo Harmony vor einem Jahr noch an Bohlenwege und einen Beachklub gedacht hatte.

Vielleicht, mit Glück, würde sie irgendwann einen Käufer für das Grundstück finden. Aber bestimmt keinen, der sich noch einmal auf das Abenteuer eines Dorfgasthofes einließ. Vielleicht war Wunnefitz eine gute Adresse für einen Kanuklub. Oder für eine Biberberater-WG.

Am Nordufer der Elbe konnte sie jetzt das Verlagsgebäude sehen, in dem sie so viele Jahre ihres Lebens verbracht hatte, dahinter auf dem Elbhang die Skyline der Reeperbahn, Schauplatz so mancher Partys und Präsentationen. Während das sonntägliche Hamburg an ihr vorbeiglitt und sie mit einem dieser Winde streichelte, die mitten im August eine erste Ahnung des Herbsts vermittelten, schloss sie für einen Moment die Augen und wartete auf ein Gefühl. Ein Gefühl, das sich unterschied von dem großen, inneren Frieden, der sich schon den ganzen Tag in ihr ausbreitete. Wehmut, zum Beispiel.

Als sie vorhin zusammen mit Paul und ihrem Vater in dem ehrwürdigen Auktionshaus den Zuschlag bekommen hatte für das alte wendländische Bahnhofsgebäude, hatte sie ihr Schicksal besiegelt. Sich entschieden. Gegen Hamburg und einen Abklatsch ihres früheren Lebens, gegen Glamour, Anzeigenkundengeschenke und kleine Portionen auf großen weißen Tellern. Die würde sie sich fortan nicht mehr leisten können, jedenfalls nicht allzu oft.

Es war ihr letztes Geld gewesen, beinahe jedenfalls, und es hatte gerade gelangt, um den einzigen Mitbieter zu übertrumpfen. Jetzt war sie so gut wie pleite. Auch wenn der Horst tapfer sein kleines Depot bei der Öko-Bank mit in den Topf geworfen und Paul angeboten hatte, sein Lastenfahrrad zu verkaufen.

Was sie selbstverständlich abgelehnt hatte.

»Hast du eigentlich noch mal etwas von der Versicherung gehört? Zahlen die doch noch was für das kaputte Lokal?«, riss die Frage ihres Vaters Harmony aus ihrer Versenkung, und sie blinzelte in die Sonne.

Sie schüttelte den Kopf. »Bisher nicht, aber ich mache mir auch keine großen Hoffnungen. Hätte ich eben mal das Kleingedruckte gelesen. Jetzt wird gerade wieder über eine Pflichtversicherung für Elbanrainer diskutiert, aber das kommt für mich zu spät.«

»Aber der Bahnhof ...«, begann der Horst noch einmal, und Paul drückte Harmonys Schulter freundlich zwischen Daumen und Zeigefinger, ein Signal, das sie wortlos verstand. Bloß nicht aufregen. Sondern lieber zum zehnten Mal bestätigen, was ihr Vater längst mit eigenen Augen gesehen hatte: Das Gebäude, das sie vorhin ersteigert hatten, lag in einem Waldstück, kilometerweit von jedem Fluss entfernt und außerdem auf einer kleinen Anhöhe. Irgendwann, wenn sie das Haus von den Scheußlichkeiten der Siebzigerjahre befreit haben würden, von PVC-Böden, Teppichen und abgehängten Decken, würde es ihr gemeinsamer Palast werden.

Ein Palast für diese neuen Träume, die ihnen in den letzten Monaten aus dem Nichts zugelaufen waren wie Straßenhunde und die sie seither mit Hingabe pflegten. Vor allem, als sie festgestellt hatten, wie gut sie zusammenpassten. Der Horst träumte von Therapiegruppen in der Waldeinsamkeit und von einer original indianischen Schwitzhütte auf dem Grundstück, Paul von Naturexkursionen für Großstadtkinder.

Vielleicht, dachte Harmony manchmal, würde sie dort eines Tages einen Roman schreiben. Sich ihren alten Journalistentraum vom eigenen Buch verwirklichen. In einem Erkerzimmer mit Blick über Birken und Lärchen, deren Holz auch in trüben Wintern leuchtete wie in einem Sonnenuntergang.

Worum es gehen würde, wusste sie noch nicht so genau, aber einen Titel hatte sie bereits. »Elbliebe«.

Der war ja jetzt, nach dem Untergang des Lokals, wieder frei.

Und alle zusammen träumten sie von dieser tröstlichen Kartoffelsuppe, mit oder ohne Speckstückchen, die ihnen Kraft geben würde fürs Weitermachen.

Es würde nicht immer leicht werden, drei Menschen mit fortgeschrittenen Macken zusammenzubringen. Vielleicht auch noch mehr als drei, denn das Haus war groß genug für eine richtige Gemeinschaft. Aber sie würden es schaffen. Weil sie es wollten. Weil sie füreinander einstanden. Und weil sie nicht zulassen würden, dass irgendetwas aus der Vergangenheit sie wieder auseinanderbrachte.

Der Horst redete in diesen Tagen viel von Neuanfang, und Harmony nickte dazu, weil sie die Einigkeit zwischen Vater und Tochter nicht aufs Spiel setzen wollte. Dabei mochte sie das Wort nicht. Völlig neu beginnen, das konnte keiner. Nirgendwo. Immer nahm man sich selbst mit, die eigene Geschichte, die eigenen Unzulänglichkeiten, die alte Angst.

Sie musste an Pauls Blick denken, als er vor einigen Tagen aus dem Campingplatzbriefkasten einen Umschlag mit einem amtlichen Polizeistempel gezogen hatte, adressiert an Harmony Schlüter-Hansen, c/o Börnsen, Campingplatz Waldesruh. Wie erwartet hatten die Beamten ihr mitgeteilt, dass man die Ermittlungen gegen unbekannt nach einigen Monaten ergebnislos eingestellt hatte. Beim Kampf gegen die Flutwelle hatten auch die Beamten anderes zu tun gehabt, als sich um einen Fall von schwerer Sachbeschädigung zu kümmern, und alles, was man an brauchbaren Spuren hätte finden können, hatte die Elbe mit sich genommen. Nie würden sie erfahren, wer für den Hasen- und Backsteinwurf verantwortlich gewesen war, und ein wenig mulmig war ihr schon bei dem Gedanken, dass der Täter auch ihre neue Adresse im Wendland herausfinden würde. Aber mit dieser Angst konnte sie leben. Mit dem Untergang ihres Restaurants war sie schließlich gestraft genug, und sie hoffte, dass auch der Hasenwerfer das so sah. Oder die Hasenwerferin.

Außerdem war Paul bei ihr. An seiner Seite fühlte sie sich auf eine neue Art unverwundbar, die sie bisher nicht gekannt hatte. Stark und trotzdem durchlässig. Und sie wusste, dass sie mit diesem Gefühl nicht alleine war. Auch er konnte sich jetzt den Geistern seiner Vergangenheit stellen. Weil er es nicht alleine tun musste. Auch wenn er beim Anblick eines Polizeiautos oder eines amtlichen Schreibens noch immer zusammenzuckte. Harmony machte sich nichts vor. Sie wusste genau, dass mehr Menschen auch mehr Probleme machten. Aber eben auch mehr Kraft, sie zu lösen.

Sie warf einen dankbaren Blick auf Wiebke, die mit ihren kleinen Händen aufgeregt den Möwen hinterherwinkte. Der Lack auf den Nägeln war diesmal perfekt, schließlich hatte Harmony ihr gestern noch geholfen, ihn aufzutragen, Farbton »Eighties Diva«. Und Wiebke anschließend eine Stunde lang zum Stillsitzen gebracht, mithilfe einer Doppelfolge »Denver Clan«. Ohne diese kleine Frau mit den einfachen Wahrheiten und dem großen Herzen hätte sie vielleicht niemals entdeckt, dass in ihr etwas anderes schlummerte als eine autoritäre

Chefin, eine tapfere Einzelkämpferin, eine tränenlose Frau zu Beginn ihrer zweiten Halbzeit.

Vielleicht, dass dieser Bahnhof im Nirgendwo endlich ein Ort sein konnte, um anzukommen und zu bleiben.

Sie blickte wieder auf das Wasser, auf die tanzenden Sonnenstrahlen, die sich in den Wellen spiegelten, den Strand, der sich jetzt zu ihrer Rechten erstreckte und an dem bunt gekleidete Menschen sich an Bierflaschen und Gläsern festhielten, als wollten sie den Sommer selbst zurückhalten, ihn beschwören, noch ein bisschen für sie zu glänzen, wenigstens ein paar Tage noch.

Dann stellte sie sich vor, wie die Elbe entsprang, irgendwo zwischen Dresden und Prag, wie sie sich durch das Sandsteingebirge schlängelte, in Dresden unter einer Brücke durchfloss, die das »Blaue Wunder« genannt wurde, schließlich die Grenze zwischen Bundesländern markierte, dort, wo sie früher Deutschland geteilt hatte. Lebensfluss, Todesfluss. Wie sie sich schließlich in Richtung Hamburg verbreiterte, um sich bei Cuxhaven in die Nordsee zu stürzen, eine ständige Auslöschung, eine ständige Wiedergeburt.

Sie überlegte, was alles in diesem Fluss herumschwamm, die Reste des Silberhochzeitspaares aus Strohballen, Flaschen von der Strandparty der letzten Nacht, der Schlamm aus dem Keller ihres verlassenen Lokals und irgendwo, mikroskopisch klein, vielleicht auch noch die Reste einer Urne, zersetzt von den Wellen an der Flussmündung. Aber heute machte es ihr keine Angst mehr, tat nicht mehr weh. Ein Fluss, in dem die Asche ihrer Mutter trieb, war ein guter Fluss, um sein Lebensboot darauf zu steuern. Aber auch das ging nicht gut alleine. Dafür brauchte es eine Mannschaft.

Sie griff nach Pauls Hand auf ihrer Schulter, drückte sie

leicht und löste sich aus seinem Griff. Dann trat sie neben Wiebke an die Reling und blickte auf die tanzenden Reflexionen unter ihr auf den Fluten der Elbe. Sie funkelten und wirbelten im Kreis, blitzten auf und erloschen, eine Demonstration der Lebensfreude und der Vergänglichkeit, und schon wieder spürte Harmony, wie ihr die Tränen kamen. Wie so häufig in den letzten drei Monaten, als wäre tief in ihrem Inneren ein riesiger See aus vielen Jahren, den es trockenzulegen galt.

Aber Harmony weinte nicht. Sie blickte in die Wellen, ohne zu blinzeln, bis ihre Augen brannten. Sie lächelte.

Und die Elbe tat etwas, das sie noch nie getan hatte und sicher auch nicht so bald wieder tun würde.

Sie lächelte zurück.

Danksagung

Im Leben vieler Menschen wird das Wendland zu einem Wendepunkt – das gilt nicht nur für frei erfundene Chefredakteurinnen in Zeiten der Printmedienkrise. Dass ich mir dort vor einigen Jahren einen zweiten Lebensmittelpunkt schaffen konnte, dafür danke ich erst einmal meiner Familie: dafür, dass sie meine Spinnerei mitgemacht hat, mich auf vielfältige Weise unterstützt und unser Wochenendhäuschen zwischen Wald und Elbe genauso lieb gewonnen hat wie ich.

Mein zweiter Dank gilt Barbara Kenner vom bezaubernden Bio-Familienhotel »Kenners Landlust« in der Göhrde. Denn sie und ihr Mann Kenny waren nicht nur unsere Gastgeber bei unserem allerersten Ausflug ins östliche Niedersachsen vor vier Jahren, Barbara Kenner hat mir auch mit vielen wertvollen Informationen rund um das Dasein als Gastronomin im Wendland weitergeholfen.

Auch Stevan Paul möchte ich nicht vergessen, nicht nur weil ich einfach seinen Nachnamen für die männliche Hauptfigur geklaut habe, sondern auch, weil sein Foodblog *nutriculinary.com* eine wunderbare Inspiration für alle ist, die kochen, essen und das Leben lieben. Stevans Insider-Erfahrungen als Exkoch haben mich auf die eine oder andere Idee gebracht.

Danke auch den Familien, die mich teilhaben ließen am

Leben mit einem Familienmitglied mit Behinderung und die mir die Augen geöffnet haben nicht nur für das Schwere, sondern vor allem für die komischen und unbeschwerten Momente, die oft gerade mit diesen Menschen möglich sind.

Evelyn Fürstenau hat mir mit Infos rund ums Renovieren sehr weitergeholfen, und meinen Journalistenkollegen verdanke ich die eine oder andere unausdenkbare Anekdote rund um die Gepflogenheiten in den Chefetagen deutscher Lifestylemagazine.

Und natürlich danke ich dem tollen Team vom Diana-Verlag, allen voran meiner Lektorin Carola Fischer, die immer wieder an den richtigen Stellen dafür gesorgt hat, dass unser gemeinsames Schiffchen nicht an Fahrt verlor und genau die Fragen gestellt hat, die man als Autorin braucht, um seine Figuren noch besser kennenzulernen.

Hamburg, im Sommer 2015

Janna Hagedorn